古典文學研究輯刊

八　編

曾永義主編

第3冊

漢代文學的審美研究

劉　歡　著

國家圖書館出版品預行編目資料

漢代文學的審美研究／劉歡 著 -- 初版 -- 新北市：花木蘭文化出版社，2013〔民102〕

目 2+218 面；19×26 公分

（古典文學研究輯刊 八編；第3冊）

ISBN：978-986-322-368-9（精裝）

1. 漢代文學 2. 文學評論

820.8 102014616

古典文學研究輯刊

八 編 第三冊 ISBN：978-986-322-368-9

漢代文學的審美研究

作 者 劉 歡
主 編 曾永義
總編輯 杜潔祥
出 版 花木蘭文化出版社
發行所 花木蘭文化出版社
發行人 高小娟
聯絡地址 235 新北市中和區中安街七二號十三樓
電話：02-2923-1455／傳眞：02-2923-1452
網 址 http://www.huamulan.tw 信箱 sut81518@gmail.com
印 刷 普羅文化出版廣告事業
初 版 2013年9月
定 價 八編24冊（精裝）新台幣42,000元

漢代文學的審美研究

劉 歡 著

作者簡介

劉歡，女，1955 年出生於上海，祖籍浙江遂昌。1963 年在支援大西北背景下隨父母所在工廠遷至陝西西安。祖父係辛亥革命志士，參與浙東起義失敗後熱衷興辦義學，係遂昌歷史十大名士之一。文革期間本人正值少年，受前輩影響，雖飽經顛沛沉潦於社會底層從事艱苦勞作，然亦一心向學，堅持自學。恢復高考後進入大學學習。獲漢語言本科、古典文學碩士、中國思想史博士學歷。留校長年從事教學與學報編輯工作，進行古典文學與古代思想史研究，曾參與《唐代文學大辭典》的編撰工作，在各學術期刊發表專業論文 40 餘篇、學術專著、譯著、文學作品等多部。2006 年晉升教授。

提　要

長期以來學界對漢代文學的研究上都存有一種悖論：一方面認為漢代是一個政教文學佔統治地位，是一個文學不自覺的時代，這個觀點影響深巨，近幾十年大陸地區文學史、文藝理論、美學史等領域都沿襲這一觀點，認為文學好看是經由曹丕等人努力的結果；而另一方面又對漢代人所呈現的創作實績津津樂道，對《古詩十九首》、漢樂府詩、漢大賦等漢代人所建立的文學豐碑驚歎不已。仔細考察漢人的寫作意識，漢人在繼承先秦的文化遺產中已確立了對文學特質的基本認識，從先秦儒家繼承的關乎社會意志的「情志」，到了漢人之手卻把它變通為既關係國家之治亂，又懷一己之窮通的「情志」。他們從楚辭、諸子散文、《詩經》、先秦歷史散文中汲取藝術營養，在對文學審美刻意追求意識下去作創作審美上多元突破的探索。改造舊賦體，在追求「道」與「藝」合璧的中和之美境界上作努力。有漢四百餘年，漢代文人們在文學領域的文（怎麼說）與質（說什麼）這一對審美範疇的耕耘上產生了無愧於偉大時代的建樹，並對後世文學產生了母源性的影響。劉師境「文章各體至東漢而大備，漢魏各家承其體式」的評論道出了漢代文學崇高的歷史地位。漢代人不僅在文學體裁形式上有所開拓，而且在體材內容上也有新的拓展。所以，我認為漢代已進入了一個文學自覺的時代，正因為有了這種自覺，才有漢朝文壇上的百花齊放、豔麗多姿的繁榮局面。可也應看到一些漢代文人在這方面的追求過了頭，將筆墨投諸於遊戲文字，抽空或淡化了文學內質性的要求。

目次

前　言

漢代是處於社會轉型的一個特殊時期，從分裂混戰的戰國經過秦的短暫統一，又經過一個短時期的楚漢戰爭，社會進入一個眞正統一穩定的發展時期。社會的政治、經濟、文化等諸方面都表現出發展的趨勢。單從文學的角度來說，有漢四百餘年，無論是文學創作的量還是質，漢代文學都較前代有一個長足的發展。如果要從整體上對這一時期中國文學面貌特徵作一個較客觀的評價，就應該從一個更爲宏觀的角度來把握這個時期的創作，從文學審美趣尚角度切進去，來考察它發展水平背後所蘊含的人類學意義。

中古初期的文學雖是以先秦五百年文化積纍爲基礎，但是從大體的形態來看，亦算是華夏民族早期的文化。先秦和秦漢時期在物質文明發展的整體水平上基本可以看作是同一等高線，這是文學發展根本制約性的因素。在這樣一個文明發展階段的文學，無論是內容還是形式，表現形而下層面的東西是這一時期文學最合乎邏輯、最合乎歷史現實的表現形態。站在這樣一個角度來看待發育於先秦時代儒家的政教詩學觀念，那一時期的文學審美觀念具有實用理性的、多重功利色彩是有其內在的歷史必然性和合理性的。儒家詩學注重實用功利，強調文化中的社會公益精神，由此而形成的文化體系基本奠定了漢代文學審美形態的主體面貌。

兩漢時期的文學理論從整體上來說並沒有超越先秦儒家的詩學觀點，文學理論相比這一時期的文學創作是相對保守的，這一時期的創作可以說是進入了一個空前活躍的時期。漢代文學是在「生活態度」比較保守，「技術思維」又相當活躍的狀態下發展起來的。漢代文人是在對文學這一藝術形態表現特徵有清晰認識的基礎上，去作文學實踐中審美多元努力探索的。漢人寫作時審美追求的心態是銳進的，將先秦儒家手裏承載社會主流意識的「志」，變通爲既關係國家之治亂、又抒發一己之窮通感慨的「情志」。每個個體在進入創作狀態時都有強烈的意識去追求文字審美的表達。兩漢文學審美趣尚雖然隨政局、隨社會思潮諸因素的影響，呈現一個流變的趨勢，但它在總體上還是可以歸納出一些含有普遍意義的審美格調的，既有側重於表現藝術上的：以刻畫意境壯闊宏巨爲美，以鋪排意象之多而滿爲美，以物象生動傳情的細膩刻畫爲美，以生動曲折跌宕起伏的敘事爲美，以修辭之深澀古奧、平實素樸爲美；也有內容方面的、那個時代帶有普遍性的一些社會觀念：以人倫道德之仁厚良善爲美、以抒寫平常人的樸素情懷爲美、以悲劇之哀婉悲壯爲美、以表現生活之眞實平凡爲美，等等。四百餘年，在一代一代文學家不懈的努力下，整個漢代文學審美意趣呈現百花繁盛的局面。他們在文學領域的「文」（怎麼說）與「質」（說什麼）這一對審美範疇上努力耕耘，產生了無愧於時代的偉大創作，並對後世文學產生了深遠的影響。劉師培在概括漢代文學的成就時說：「文章各體至東漢而大備，漢魏各家承其體式」，客觀道出了漢代文學所具有的歷史地位和歷史影響，道出了漢代人在追求「道」與「藝」合璧的中和之美意境上的開掘。因此，漢代人在文學體裁形式上的開掘和在題材內容上的拓展，給後世文學帶來了深巨的影響，這也應是我們對這個問題的基本認識，也是我們探討本命題的基本出發點。

導　論

漢代文學審美思想是個少有人論及的選題，並且漢代文學在整個中國古代文學研究中也是一個相對薄弱的環節，就我個人有限的涉獵，時有人對漢代人的文藝審美觀念作過探討，比如徐復觀的《中國藝術精神》（春風文藝出版社，1987 年版）、張法的《中國美學史》（上海人民出版社，2000 年版）、葉朗的《中國美學史大綱》（上海人民出版社，1999 年版）、儀平策的《中國審美文化史》（山東畫報出版社，2000 年版）、李澤厚的《美有歷程》（中國社會科學出版社，1984 年版）、施昌東的《漢代美學思想評述》（中華書局，1981 年版）、許結的《漢代文學思想史》（南京大學出版社，1990 年版）等著作中均對此專題作過研究，但他們或是各有側重，或是切入的角度不同，論著各有千秋。比如徐復觀的《中國藝術精神》，從中國哲學、音樂美學、畫論、書論及文論的寶藏中發掘出大量的漢人思想特徵，進而對中國藝術精神進行全面的現象描述，書中一個主要觀點是認爲莊子美學思想、他創造的藝術化的生活態度以及生存的方式，始終是主導中國藝術主流的內在精神。李澤厚的《美的歷程》闢出一章專門論及漢代藝術，主要是通過對漢代造型藝術及漢賦藝術的審視，認爲漢代的造型藝術在整體上呈現出一種「古拙和氣勢」，充滿陽剛之美。「是一個幅員廣大，人口眾多、第一次得到高度集中統一的奴隸帝國的繁榮時期的藝術，遼遠的現實圖景、悠久的歷史傳統、邈遠的神話幻想的結合，在一個琳琅滿目五色斑斕的形象系列中，強有力地表現了人對物質世界和自然對象的征服主題。」〔註 1〕漢大賦「其特徵也恰好是上述那同一時代精神的體現」。張法在他的著作中也闢出一節專門討論秦漢朝廷美學，認

〔註 1〕李澤厚，《美的歷程》，中國社會科學出版社，1984 年版，頁 82～104。

爲：「秦漢朝廷美學是以四種文化資料爲基礎的，（1）荀子的養別情等級享樂理論；（2）氣陰陽五行理論；（3）先秦形成的由神話歷史化而來的帝王系統；（4）前周（崑崙神話）、齊（蓬萊神話）、楚（巫覡神話）的神話形象。而把這四者融爲一體的，是秦漢特有的『容納萬有』的心靈」。「秦漢美學……而在有一種朝廷的新精神：一種佔有一切，賞玩一切的力量和心態。」〔註2〕這種朝廷美學精神主要是體現在秦漢的宮殿建築、帝王陵墓、漢畫像、漢大賦等各方面。葉朗在他書的第八章《漢代美學》中也專門就此作了討論，認爲：「從美的角度看，漢代思想最重要的著作有兩部：一部是西漢的《淮南子》，一部是東漢的《論衡》，葉先生從漢代的理論著作著手來分析漢代美學思想，認爲漢代美學有過渡性的特點，「先秦的孔子和儒家學派，強調人爲的禮樂文章，強調政治的教化作用，強調審美和道德的緊密聯繫，……魏晉南北朝美學的發展是對孔子美學的否定，是一個回到老、莊美學的運動。而魏晉南北朝的這種回到老、莊美學運動，正是在《淮南子》、《論衡》等著作的誘發下產生的，《淮南子》『旨近老子』。王充自己也說他的天道自然思想『雖違儒家之說，合黃老之義也』。《淮南子》、《論衡》都發揮老子的哲學，推崇『自然』，以對抗和批判漢代官方的宗教神學體系。這對於魏晉南北朝美學發展產生了深刻的影響。魏晉南北朝是通過《淮南子》和《論衡》而接受老子美學的影響的。」〔註3〕儀平策在他的《中國審美文化史》是從時間的流變上來分別論述兩漢美學品格的，秦漢之際他從歌舞伎樂、都城風貌、宮苑氣象、陵墓造形、雕塑品格的風格上概括出「大美氣象」，東漢時代作者又從漢代墓葬藝術中所體現的世俗化情結、造型藝術的寫實品格、樂府民歌的敘事特徵等文藝作品中概括出東漢時代的崇實趣尙。〔註4〕施昌東的《漢代美學思想評述》「漢代的美學思想是相當複雜，其有關著作也不少」，但其立意是「只選擇幾個主要的代表作家和著作加以評述。讀者大約可以從中瞭解到漢代美學思想的一般情況及其歷史特點了。」〔註5〕許結的《漢代文學思想史》，主要是「試圖兼顧漢代思想、文學理論批評、文學史、文學創作之綜合研究方面所作的努力」〔註6〕。這種努力主要是體現在探究有漢一代占主導的文學觀念流變過程。

〔註2〕張法，《中國美學史》，上海人民出版社，2000年版，頁96。
〔註3〕葉朗，《中國美學史大綱》，上海人民出版社，1999年版，頁160。
〔註4〕儀平策，《中國審美文化史》，山東畫報出版社，2000年版。
〔註5〕施昌東，《漢代美學思想評述・序》，中華書局，1981年版。
〔註6〕許結，《漢代文學思想史》，南京大學出版社，1990年版，頁420。

這些學者或是從漢代的理論著作，或是從具體的實用藝術對漢代的美學形態作過一些研究，這些時賢們的努力對漢代美學的研究做出了重大的學術貢獻，給後學者不少啓迪，然而也有一些遺憾，就我有限的涉獵，眞正從漢代文學這樣一個非常具體的學科角度切入研究漢代文學審美觀念的論著尙未見到。而文學是一門獨立的學科，與其他藝術作品的審美風格會有相同點，但有更多自身的特點。它應該有自己學科的基礎理論研究，目前的這種現象應該說與漢代文學創作的繁盛現象不符，也與漢代文學在文學史上的崇高地位不符。而且我一直認爲從漢代文學的研究現狀來看，呈現出這樣兩種不太和諧的傾向：一方面從創作現狀角度切入的研究，論者大都充分肯定漢代文學創作的佳績，稱《古詩十九首》爲「詩母」，樂府的創作達到了後人難以超越的高度，王國維也認爲漢代人創造了「一代文學」，而另一方面在對其進行整體評價的時候，又把它定爲是政教文學的典型。就連魯迅的著作也有這樣的情況，他在《漢文學史綱要》中說：「惟誼（賈誼）尤有文采，而沉實則稍遜，如其《治安策》，《過秦論》與晁錯之《賢良對策》，《言兵事疏》，《守邊勸農疏》，皆爲西漢鴻文，沾溉後人，其澤甚遠。」〔註 7〕魯迅在肯定西漢文學作品「沾溉後人，其澤甚遠」的同時，又在《魏晉風度及文章與藥及酒之關係》一文中提出一個非常著名的觀點：魏晉才是始於文學自覺的時代，「漢文慢慢壯大起來，是時代使然，非專靠曹操父子之功的。但華麗好看，卻是曹丕提倡的功勞。」〔註 8〕言下之意，至少是到了魏曹之後文章才好看的。這就讓人感到有些無所適從了，究竟應該如何評價漢代的創作才是客觀公允的呢？尤其是後者對中國學術界影響深巨，中國在過去幾十年編寫的中國文學史、文學批評史、中國美學思想史都是圍繞這一觀點展開論述的，已成定論，那麼，究竟何爲文學的自覺時代呢？魯迅說得比較含糊，他在文章中只有這麼一段話：「他（指曹丕）說詩賦不必寓教訓，反對當時那些寓訓勉於詩賦的見解，用近代的文學眼光看來，曹丕的一個時代可說是『文學的自覺時代』，或如近代所說是爲藝術而藝術的一派。」〔註 9〕仔細分析這段話，魯迅理解的

〔註 7〕魯迅，《魯迅全集・漢文學史綱要》第 9 冊，人民文學出版社，1981 年版，頁 391。

〔註 8〕魯迅，《魯迅全集・魏晉風度及文章與藥及酒之關係》第 3 冊，人民文學出版社，1981 年版，頁 504。

〔註 9〕魯迅，《魯迅全集・魏晉風度及文章與藥及酒之關係》第 3 冊，人民文學出版社，1981 年版，頁 504。

文學自覺就是「說詩賦不必寓教訓，反對當時那些寓訓勉於詩賦的見解」，就是純文學，將文學作爲一門獨立的學科，從政治、經濟、歷史、哲學中明晰地剝離開來，就是「自覺」了。在魯迅看來是經由曹丕這一爲文觀點的影響，中國古代文學審美走向，才華麗好看起來了。這位文化巨人對漢代文學的評價，似乎規劃出了一個雷池，使後人在這一問題的研究上不能跨越，尤其在上世紀 80 年代之前的政治背景下，難以開展正常的學術爭鳴活動，對此提出質疑無疑會給研究者帶來難以想像的後果。近年來，魯迅的這一觀點受到了不少時賢質疑，他們用理性的目光重新審視這一觀點，提出了一些新看法，有人提出：「文學的獨立和自覺非自魏晉」〔註 10〕，有人將文學的自覺時代上溯至以經典性的文學體裁著稱於世的漢大賦出現爲標誌的漢代〔註 11〕。這個局面的出現說明在目下的學術論壇上已出現了學術民主的氣氛，而要眞正判明是非，需要作深入的探討，需要理論的支持。首先弄清楚這個理論問題，才能在此基礎上討論漢代文學所呈現的多元審美趣尙，並且對此作出合理的解釋，因爲這是有內在因果聯繫的兩個方面。

學界目前對漢代人的文學審美觀念這個比較重要的學科問題有些漠視，時賢許結對此亦深有感受，許結研究漢代文學思想之興趣的緣起有兩點：「其一，漢代經學昌盛，文學籠罩於經學氛圍，後代研究家囿於經學之迷障，而忽略文學思想之審美；其二，目前文學批評多重魏晉時代人之覺醒，文之自覺，而視漢代爲先秦至魏晉一過渡，故其文學思想之時代特徵與歷史貢獻，均隱而未聞，基於此，筆者不揣學殖疏淺，作此草創。在撰寫思想上本書一則力求給有漢四百二十六年文學思想以全面之闡述與中肯之評價，一則以重新評價西漢中葉經學之隆盛期文學思想爲重點，以顯其隱奧，以示其流變。」〔註 12〕本專著把視角對準這個選題，也是不揣疏淺想就兩漢時期文學審美思想這個不太有人關注的問題上去做些微薄的工作，力圖能對漢代這個中國歷史上大一統奴隸帝國繁榮時期的文學創作所呈現的審美思想作一個較爲全面和客觀的理論總結。

所謂審美思想應爲審美主體在審美活動中所持的態度和看法，而我的論著選題是漢代文學的審美思想，那我的作業面就應該是追溯漢代人在圍繞文

〔註 10〕張少康，《文學的獨立非自魏晉始》，北京大學學報，1996 年（2）。

〔註 11〕楊德貴，《漢賦的創作標誌著文學自覺時代的到來》，信陽師範學院學報，2001 年（3）。

〔註 12〕許結，《漢代文學思想史》，南京大學出版社，1990 年版，頁 420。

學欣賞和文學創作中，通過藝術方式來把握現實的審美活動中所持的基本態度和看法。那麼，我的工作就是想通過對漢代文獻資料多方面的爬梳，最終落實到將生活在這個歷史時段的人們在從事文學活動中，形象思維中所表現出來的審美趣尙、審美觀念挖掘出來，並且能夠給它們以一個較爲合理的解釋。這是我論文的主要思路。

首先，我考察了那個時代士子的生存狀態、他們的心理模式以及這種心智取向的歷史成因，企圖通過對創作主體文化心理的分析認知，深入探討漢代文學主導性審美風尙形成的主觀性因素。接著又將漢代文學發育的社會背景、政治背景和經濟發展背景等這些客觀性的因素作了一個粗略的考察。因爲我相信文學是社會文化不斷被堆疊和被闡釋的產物，文學作爲社會亞文化系統，不能脫離人類文明發展的整體水平而獨立發展，正是這些綜合因素決定了中國文學的基本面貌。因爲任何時代的人在對外部世界的征服中，都不可能完全擺脫傳統，擺脫當時社會物質生產條件和文化發展水平的制約。因此，這些因素綜合在一起就從整體上構成了客觀環境對人類從事文化活動的影響因素，相反也可以說，環境因素是很有資格成爲一個時期或一個地域文化面貌的決定因素。我考察這些綜合因素就是試圖在一個宏觀的視野下，對漢代文學的面貌特徵進行理性的勾勒和客觀的評價。

其二，我將先秦時代的荊楚文化和中原文化創造上所積纍的藝術經驗與審美風格對漢代文學的影響作了一番考察，意在能對從先秦到中古初期這一時期的文學發展流變、歷史承傳作一宏觀的勾勒，我認爲這一工作對於深入理解漢代文學審美意識的主要特徵有一定的裨益。

其三，我閱讀了大量那個時代留下的文學作品，我覺得那個時代的人，在文學活動中，理論上和實際創作中出現一種懸隔的現象，他們在著作中留下來的是堂皇的理論說教，對「詩言志」中的「志」作出了比較偏狹的詮釋。按當時最正統的文學觀念認爲「言」的範疇應該是社會意志，社會正統道論，顯得十分保守，但是從漢人們留下來的文學創作中我們看到了除表現社會性主題、社會主流意識的作品之外，還有大量關涉一己性情的文字，呈現出一種超越理論範圍的直抒胸臆的性情文字。而正是這種貼近生活，渲泄普通人日常情懷，充滿靈動之性的文字所產生的藝術張力穿越了兩千年的時光隧道，至今依然撥動著人們的心弦。同時，我們也可以明顯地感受到那個時代的人在注重文藝關注社會公益話題的同時，也十分熱衷於對文學的審美意趣的探索，這兩種傾向很和諧地統一在他們寫文章時的價值取向上。牟世金先生在他的論文《從漢人論賦到劉勰的賦論》中提出一個觀點：「所謂的自覺，就我的理解，主要指藝術創造的自覺，即有意識地進行藝術創造。」〔註 13〕我同意這個說法，但自覺不應該是個籠統的結論，而應該有一定的理論作支持。我爲「文學的自覺」確立了八條衡量標準，一一對照，我的結論是漢代人的確是在明確的藝術創造意識支配下進行寫作的，漢代完全可以說是一個文學十分自覺的時代。只是受制於當時社會文化發展的整體水平，文學作爲一門學科本身積纍不足，理論探索不自覺等因素，他們處於一個相對較低的水平線上。另外，站在一個客觀的角度來說，文學呈現形而下的東西應該是那個時代最合邏輯的表現。只有在理論上明確了漢代人在文學創造審美領域的探索是自覺的這個重大的理論問題，再進一步論證漢代人在文學創作領域多方面的審美突破才是順理成章的。

其三，討論漢代文學審美思想，我的設想是分兩部分來談，其一是漢代人的文學審美思想一部分保留在他們的理論著作中，所體現的文學審美取向基本上是先秦儒家正統的文學觀念，在很大程度上體現的是當時社會的普世價值意識。而且在理論上漢代人也並沒有比先秦儒家走得更遠，他們沒有太多的理論方面的建樹和創新。正因如此，在這一部分我主要是將先秦儒家及漢代人的文論打通，放在一起作一梳理，意在說明一個農耕民族處在那樣一種物質生產水平和文化發展水平線上，文化體系中實用理性的特點占主導是有其歷史的必然性的，從先秦人到漢代人，對於文學多元實用性功能的理解應該是最合乎歷史發展邏輯的，有它的必然性和合理性。其二我仿傚李澤厚、張法等人的做法，他們試圖從漢代人所創造的宮殿建築、帝王陵墓、漢畫像、歌舞伎樂、都城風貌、宮苑氣象、雕塑等藝術作品中去歸納總結漢代人的審美趣味，去挖掘當時人在創造這些藝術品時熾烈的情感和隱含在作品中的審美追求意向。故而，我所要面對的不僅是思想精英的著作，所能引證的不僅是這些思想家遺著中某些最集中閃耀他們智慧光芒的精彩論斷，而更多的還要引證一大堆站在經國治世角度來看與修齊治平無關的充滿審美愉悅性的文學作品。那個時代遺留下來的文學作品所體現出的文字表現技巧上所蘊含的審美意識，在我看來這才是最體現社會民眾普遍的文學觀念的，它通過各種傳播途徑，已滲入到了社會大眾文化心理的潛意識層面，作爲一種終極的依

〔註 13〕牟世金，《從漢人論賦到劉勰的賦論》，《文史哲》1988 年（1）。

據而形成了最有效的操做法則，人們在從事創作時不自覺就會受其支配。的確，文學作品的精神意義是複雜的，可以是最爲關涉人之性情、源自於人生命欲望的文字，也可以是扭曲人天性、板起面孔進行倫理說教的文字，它多元化的社會功能使文學作品在表現內容上極富有彈性，有很寬的擺動幅度，那些生動的、優美的文字實際都是思想情感的外衣，它可以關照兩頭，理論思想與一般思想，它們都會在文學作品中得到最直接、最眞實的坦露。文學是個社會性很強的學科，其社會性是指這樣兩個方面，一是說它以藝術的形式反映社會生活本質，社會生活是其表現的源泉；二是指這門學科具有開放性的特點，進入它的殿堂沒有門檻，上至王公貴族，下至販夫走卒，無論什麼文化背景和政治背景的人都可以進入其中，是民眾廣泛性的文化智性活動，參與這項活動的人大多沒有堂皇理論，但是凝聚著他們情感訴求的作品，則將他們在特定時間、特定環境下的思想內容和審美傾向，物化到其創作的字裏行間了。即就是像漢樂府這樣的俗文化，民間文學，或者是《古詩十九首》這種屬於特定階層的創作，也昭示出有一定社會基礎的審美情趣，理論家們往往就是將這些大量的作品作爲其思想生成和發育的土壤。我不能單純以理論著作爲研究基礎，而代之以要多元化的資料，它可能會略有些偏離思想史研究的正宗，但這是選題的獨特性所然。我在這一段的處理上既要照顧到它的線，又要顧及到點，因此，我先將漢代文學審美思潮流變作一個粗略的描述，然後就兩漢作品中所呈現的主要的審美風尚，從內容到形式遴選了十二個突出的特徵作了個擇要性的論證。

最後，我想就漢代人在審美多維度追求的努力下，在創作實踐中對文學審美上的多元突破作一個陳述。漢代人的創作實績是最有力的說明，我舉其大要作以羅列，意在照應前文，漢代人在自覺地進行審美追求的努力下，在文學領域開拓出了一個五彩斑爛、花團錦簇的局面，使後世文學在傳統題材的審美格調上，或者各種體裁格式上，都可以看到漢代文學的遺傳基因，漢代人的文學創作實績爲後代文學的審美走向劃出了一個大致的軌迹，這是一個不爭的事實。

本論著的致力點在於開掘以下四點：

1、選題要有一定的新意，它是在前賢對漢代審美研究的一個空隙點展開的，客觀說它有交叉點，但更多的是新生點，故而它的難度是在文獻資料方面缺乏更多可供借鑒的經驗。我嘗試從兩個方面來爬梳漢代文學審美意識，漢代的理論著作和文學作品，試圖打破前人在漢代文學研究上的一個成見，通過大量地閱讀和深入地分析漢代人的文學創作，意在說明漢代不僅是個文學自覺的時代，而且漢代人是在藝術創作審美追求非常自覺的意識指導下進行藝術實踐的，他們在文學領域裏既注重描寫對象的內在審美因素，也對文學表達的形式因素倍感興趣，「文」和「質」都是他們企圖要掌控的東西，故而他們在文學中的審美突破是多方面的，既有質的方面（我將其詮釋為「說什麼」），也有文的方面（我將其詮釋為「怎麼說」）。我認為獨特的思維方式、文化價值觀念和心理結構反映在文藝的審美取向上亦會形成獨特的審美風格，為了說明漢代文學審美特徵的內在依據，我盡可能從一個較為宏觀的角度去爬梳對漢代文學審美形成影響的文化背景、歷史背景，企圖從文化發育源頭以及漢代文人所處的具體歷史環境中去探究漢代文學審美意識形成的客觀因素，這些綜合因素對漢代文人生活態度、寫作態度的影響。

2、圍繞論證漢代文學是個自覺的時代，我從八個方面羅列論據，意在較為紮實地確立這一觀點。通過在理論上釐清對漢代文學的整體評價，從而再進一步去歸納羅列漢代文學審美的多元追求。將先秦儒家及漢代人對文學理解的理論形態作了一個比較，結論認為漢代人對文學的理解基本上沒有超出先秦儒家的水平，這可能受制於那樣一個歷史階段物質生產水平和文化發展的整體水平，漢代人在文學理論上沒有突出的建樹，其理論發展滯後於實踐。

3、從漢代文學作品中可以看出西漢人和東漢人在文學創作中有不同的審美追求，西漢以宮廷審美趣尚占主導，其代表作品是漢大賦，而兩漢之際，隨著政治集團內部力量的削弱，國力的日趨羸弱，人們政治情結逐漸淡化，產生了適應於老莊淡泊玄遠審美傾向的社會條件，文壇悄然興起了一股玄遠之風。而東漢隨著政治局面的變化和人們觀念形態的變化，人們在審美上也出現了以表現普通人生活情感為尚的趨勢，風格趨於沉鬱，其代表作品是《古詩十九首》及一部分抒情小賦、樂府。通過大量閱讀兩漢人的創作，我分別歸納出兩漢時期在文學表現中比較突現的十二種審美趣尚：「以刻畫意境壯闊宏巨為美」，「以鋪排意象之多而滿為美」，「以物象傳情生動的細膩刻畫為美」，「以表現生活之真實平凡為美」，「以人倫道德之仁厚良善為美」，「以抒寫平常人的樸素情懷為美」，「以悲劇之哀婉悲壯為美」，「以意象詭譎奇幻浪漫為美」，「以生動曲折跌宕起伏的敘事為美」，「以自矜式的矯飾誇耀為美」，「以因襲前賢經典範文為美」，「以修辭之深澀古奧、平實素樸為美」，等等。

並力圖對此做出理論上的詮釋，另外，在此基礎上粗略陳述了漢代人在文學審美領域對後代文學發展多方面的奠基性貢獻，她成了後世文學發展的文化傳承基因。一種文化一旦形成爲文化的基因，她對於一個民族精神的潛在影響力是難以估量的。

4、通過對上述十二種文學審美格調及其原因的分析歸納，結論認爲漢代作家對具象層面的審美有特別的興趣，諸如人物形象性格的描寫、故事的細節、物態的形象刻畫等等。也有些審美意趣的形成是出於一種觀念性的寫作，比如部份漢大賦，就是漢代文人在特定生存背景、特定社會氛圍中，表現頌聖這樣一種特定社會主題的寫作。漢代短篇小說、志怪小說的興起也與漢代文人強烈的社會參與意識、政治參與意識有關。參與政事的寫作心態，和普通人的日常生活情感有一定的距離，多少有矯情、虛僞的成分，所以它也會在文字審美上表現出一種比較扭曲的審美追求，比如以矯情誇飾爲美，以虛構意境壯闊的宏巨爲美，以過度的鋪排爲美等傾向。正是有這樣一些審美傾向存在，也是後人在很長一段時期內不能客觀看待漢代文學，或者低估漢代文學在文學史上地位的原因所在。

第一章　漢代文學審美思想發育的人文環境

任何人從事文化創造活動都不可能脫離所處的環境給他提供的條件進行隨心所欲的創造，人類只能在一定的歷史條件下進行活動，而歷史條件包含著複雜的文化因素、文化傳統、心智模式、歷史背景、政治背景、經濟背景等等，這些因素都會在特定時期、特定地域的人類文化創造中留下印迹。所以考察這些綜合因素，對於斷代研究某個時期人們傾注在文學活動中的審美意識就顯得尤爲必要，我們有必要對此作一個全面的考察。

第一節　漢代文學審美思想發育的文化、歷史背景

一、古代士子階層人生價值觀念及歷史成因

人們在創造文化的活動中，首先碰到的就是在既定的、從歷史傳承下來的文化基因，任何人的創造都只能是在社會歷史條件下進行的。那麼，漢代人是在一個什麼樣文化環境中創造自己的時代文化呢？這是一個很值得我們去探討的問題，因爲從歷史上繼承下來的文化因子有資格成爲說明后世文化發展沿革走向的理由，尤其是文化創造主體獨特的思維方式、心理傾向、文化情結是構成某種文明特徵的重要因素。

春秋戰國是一個戰亂紛爭、任智角力的時代，也是一個思想活躍、人才濟濟、張揚自我的時代。士人階層在這樣一個時代走到歷史前臺，在討論改善政治、改善人們生存處境社會大問題的同時，創造了那個時代燦爛的文化。

但隨著漢帝國的建立和大一統政治局面的形成，士人逐漸失去了獨立的地位，從前臺退居到了後臺，但是文人地位的這種改變並沒有從根本上改變他們對於政治的熱情。進入漢代，我認爲是迎來一個文化復興的時代，漢代人在繼承前人文學成果的基礎上，不僅創造了屬於自己時代的文學，並且對後世文學注入了母源性深迹。劉師培在《中國中古文學史》中說：漢代文學是中國文學史上一個承前啓後的重要發展階段，她蘊含了中國多種文學體式的萌芽，所謂「文章各體至東漢而大備，漢魏之際文章承其體式。」〔註 1〕劉熙載也說：「西漢文無體不備」〔註 2〕這是一個很有見地的觀點，它客觀闡述了漢代文學在中國古代文學中的地位，道出了漢代文學開創性的歷史功績。的確如此，漢代文學作爲從先秦文學到魏晉文學的過渡，它在體裁形式上的開拓是多方面的，後代的大部份創作在體裁上基本是囿於漢人創作的基礎。但這些闡述還是不夠全面的，他們只看到了漢代人在文學體裁形式上的開拓，而忽視了其在題材內容上的開拓，客觀地評價應該是要看到漢代文人在儒家所構建的文化體系中，既有體裁格式上的開拓，又有題材內容上的創新，其實，他們是在追求「道」與「藝」合璧的中和之美的境界上努力的（許結語）。這裏姑且不談這個問題，我們將其留到後面再作論述。我想在這一節裏專門討論一下漢代文化發育的歷史性的文化傳承背景問題。

宗教是現實世界在人類想像中的投影，每一個社會，每一個民族的人文思考都可以從他們的宗教信仰中折射出來，要瞭解中華民族與其他民族在內在精神上、文化上、思維模式等方面的不同，明確自身文化的特點，就有必要去追溯華夏民族文化的傳統因子，有必要考察在中華民族文化發育原點上原始宗教形態。因爲文化的歷史沉澱是構成了一個民族的文化生態環境，而一個民族早期的文化樣態，文化生態環境很有可能是框定這個民族文化發展走向的重要因素。聞一多說：「這個民族的第一聲歌唱，往往決定這個民族的幾千年來的發展道路。」這是有根據的中的之論，他意識到一個民族的文化基因的重要性以及它對後世文化發展中的深刻影響。

以農耕經濟爲支柱的生活方式孕育起的中華民族，人與人之間有緊密的地緣關係，這種生存環境造成了民族性格中有較多溫和、保守、內向的色彩，講仁德，講中庸，講平和，講折衷退讓，解決社會矛盾喜歡用溫和的方式，

〔註 1〕劉師培，《中國中古文學史》，人民文學出版社，1957 年，頁 20。
〔註 2〕劉熙載，《藝概・文概》，上海古籍出版社，1978 年版，頁 10。

這跟我們民族早期的生存方式是有很大的聯繫，儒家文化在很大程度上與我們祖先這種生存方式有很大的適應性，因而她會具有悠久的生命力。這種心智模式的思維取向，反映在文化上必然是注重用政治的手段來解決公共資源分配之類的關乎國計民生的問題。故而早在中華文明發育的源頭上，政治就在社會生活當中佔據重要的位置，在那樣一個蠻荒的年代，知識階層在政治活動中佔據著極重要的位置。傳說早在夏代，顓頊就禁止人們自由祭祠鬼神，命令他一個叫重的孫子來管理祭祀天上諸神的事務，另一個叫黎的孫子來管理地上諸神的事務。這就是中國最早的神職人員——祝巫，祝巫就是最初的知識分子和思想家。他們的社會使命是神聖的，負責溝通人與神的世界，是俗世與神界的聯繫橋梁，在那樣的一個蠻荒年代，祝巫之類的人就處於至高無上的壟斷地位。正是這種文化上的壟斷地位，形成了社會生活中一個特殊的階層，這個階層一個最重要的社會職能便是幫助統治階級治理國家，管理人民中的各種事務。〔註3〕張光直先生對中國的早期文明有很精深的研究，他曾說：「王權、巫術與美術的密切聯繫是中國古代文明發展史上的一個重要特徵，也是中國文明形成的一個主要基礎。」〔註4〕陳夢家先生論及上古時期文明的發展狀況時已指出了這一點：「由巫而史而爲王者的行政官，是巫統治者的最早形態。」〔註5〕這種狀態一直持續到春秋時代。錢穆說：春秋時代「國之大事，在祠與戎」，「以言學術，則政教不分，官師合一。大率一國之歷史宗教政治，三者每混而不別。其典籍掌之史祝，藏之宗廟，即其一宗一姓之父兄子弟，亦未必盡曉，無論下民也。」「及於戰國……而社會之劇變，遂與春秋以來大殊其貌相。」〔註6〕從上引文獻可以看出，中國的知識分子歷來就有介入政治的傳統，這種人生價值取一旦形成傳統，對於中國古代文化創造的意義和文化特徵面貌的構成影響是難以估量的，至少，我們今人在研究傳統文化時是不應忽略這個特別的因素的，它對於形成民族文化心理結構、知識階層人生價值觀念是有著直接影響的。另外，這種人文生態環境也會在社會公眾意識上對知識階層產生文化創造和道德範模期待這樣兩個層面的要求。這種社會期待和價值取向必然會對文化創造的內容風格產生巨大的影響。幾千年來，華夏民族的大部份文學作品的主體風格都有著深厚的人文關

〔註3〕張豈之，《中國思想史》，西北大學出版社，1989年版，頁9。
〔註4〕張光直，《中國青銅時代二集》，三聯書店，1990年版，頁79。
〔註5〕陳夢家，《商代的神話與巫術》，《燕京學報》第20期。
〔註6〕錢穆，《秦漢史》，生活、讀書、新知三聯書店，2004年版，頁4。

懷色彩，承載著或多或少的社會責任意識、歷史使命意識，這種局面的形成不能不說跟傳統文化中這方面的歷史積澱有著深厚的淵源關係。

歷史進入到春秋，人們的理性在上升，神祉在人們的觀念中已不是唯上唯從的地位了，因此，文人的社會地位、社會職能也隨之發生了變遷，地位有所下降了。但是，諸侯割據，各國競相發展國力，還是要依賴文人學士的才智，雖然這時他們的地位相對之前的中心地位有所下降，但文士在各國的政治生活中依然起到了舉足輕重的作用。士階層從興起那天起就表現出強烈的功名意識，對於統治集團強烈的依附性。與農耕文化最貼近、最適應的儒家文化，最基本最核心的精神就是在很大程度上鼓勵個體對政治的參與意識，對天下蒼生的使命意識，即所謂的入世精神，對國計民生傾注生命的熱情，並把這上升到了衡量文士個人道德境界的基本標準。這種人生態度也就形成了中國古典文學中濃郁的人文色彩面貌。孔子是這方面的代表，他研究社會問題的終極旨歸都是從民生出發的，這就給後世文人立了一根標杆，《詩經》這部中華文化發育的早期的民間創作，都是先民們即性而發的帶有共通人性的普遍化的一般性的倫理情感，它的內容是那樣的豐富，但是到了孔子手裏，他對這些內容各異情緒色彩不同的詩篇進行了一些刪改，選擇了一個十分獨特的角度切入進行解讀，把它解讀成道德情感的教科書，孔子把《詩經》中對客體世界描寫的物象全看作爲道德的象徵或是起興的手段。在中國的文化體系中，歷史和傳統本身就帶著厚重權威力量。這種積澱在早期文化中的道德倫理元素，帶著歷史和傳統的巨大力量，帶著孔聖人的權威力量，催生著士人們這個知識群體的社會憂患意識、國家意識和社會責任意識。不論自己身處怎樣的處境，都會把天下興衰、國家的興亡直系心懷。在中國古代的文化價值觀中，士人的人格理想中一個重要的價值取向是關注宗族群體的命運，關注政治文明對天下蒼生生存環境的影響，弘揚這種人文精神似乎是士人們恒久不變的精神追求。這種對政治獨特的情結，對民生關懷的精神投注，是中國文人最基本的心理投向。這種信念是在漫長的歲月中逐漸演化而成的，並泛化成了一個民族的群體意識，尤其成了古代士階層的人格基準。知識分子積極介入政治的傳統在中國幾千年的歷史中顯示出極大的穩定性，甚至直到目前也依然保持著這一傳統。韓少功說的一段話頗能代表性中國士階層這種精神投向：「不能植根公共文化積纍的個性一定是空虛的，不能承擔公共事物重荷的個性一定是輕浮的。」「我覺得，個性化寫作非得要有藝術張力，而最好的個性化永遠處於最劇烈的社會張力與藝術張力之中。」〔註7〕顯然，現代作家文士也依然保持著這一傳統，把根植於社會公共利益的文化看作是文學作品藝術張力產生的重要因素。故而，中國古典文學把關懷社會公益、關懷民生這種人文色彩當作是作品所要呈現的道德底線是有它歷史必然性的。

雖然延續兩千多年的中國文化中一直有另一種聲音，道家文化的精神核心在提倡出世的人生態度，消解士人們這種參與社會事務的熱情，但實際上中國文人這種入世精神情況並沒有得到實質性的改變，其根本的原因是這種對政治的參與熱情，對公眾事物的參與熱情，在古代社會的社會普世價值意識中，被劃歸到個人的道德評價體系之中，而且也是衡量知識分子人生價值實現的標杆，更重要的是它還關係文人的現實利益。從人的自然本性來說，誰都願意以高蹈的人格昭示於世以賺取社會的尊重，再說追求現實利益也是人的自然天性，故而，我國古代士人對政治對功名一直有著異乎尋常的熱情，《左傳》中就有「太上有立德，其次有立功，其次有立言」三不朽的古訓，這三不朽都是指士人在人文學科領域作出貢獻以實現自身的價值。

經過春秋戰國五百年文明的發展，除了物質文明的積纍以外，最重要的還有政治文明的積纍。到了漢代，社會已進入了非暴力政治時代，相對於野蠻時代的政治，已在很大程度上表現出親和人性的傾向，古代人道主義觀念已普及為公眾的社會主流意識，法律在調整各方面的關係，力求以一種社會公認的權力和義務關係來建立社會的秩序，社會每一個成員都在這種社會新秩序中受益。

秦漢時代是一個社會轉型期，政治體制發生了根本性的變化，進入了權力高度統一的封建專制政體。在這種體制下，普泛的社會意識中所建立起的國家觀念都會自覺不自覺地把最高權力者看作是國家利益、民族利益的代表，這種思想的延伸，就是在一般正常的情況下（指社會在有序的情況下），統治集團的利益在頗大程度上代表的是民族利益，只要在階級對立不是十分尖銳的政局中，社會公眾心理都會在很大程度上認同統治者的利益取向，這是那個社會內部凝聚力產生的基礎。社會處於安定局面時，社會運行機制的各個方面都能在有序的環境中得到發展，環境的正面因素積纍也激勵士人們增長著對於政治的熱情。特別是當統治階級銓選官員的制度等系列鼓勵文化

〔註7〕韓少功，《個性》，《小說選刊》2004年第1期。

發展的政策出臺，也會在很大程度上影響漢代士人的人生價值觀念，文化階層在人格取向上也會呈現外向型、社會化程度高的特點。另外，隨著漢帝國的建立和大一統政治局面的形成，士人們的地位在不斷地下降，如果說西漢初期戰國養士之風餘緒還存在、士人還有自由的話，那麼到了漢武帝時期，隨著諸侯國被削平和中央集權制的加強，養士之風開始逐漸消亡，士人的身份發生了變異，他們由戰國時期的與人主之間的師友關係下降到與人君之間的君臣關係，投身政治已不再是他們自主選擇的對象，而成了統治者的施捨之物了，漢人的不少賦裏強烈地傳達出這種社會地位轉換給他們內心帶來失落感的痛苦，依附於人君，活得極為被動和壓抑。正如東方朔《答客難》中所描述的：「尊之則為將，卑之則為虜，抗之則在青雲之上，抑之則在深泉之下，用之則為虎，不用則為鼠。」〔註 8〕這種相處格局的改變，對於文人來說個人的惟一出路就在於與當政者合作，為現時政府貢獻自己的才智，以換取物質利益和社會地位是他們必然的選擇。漢武、漢宣、漢成三個時期是漢賦的鼎盛時期，這個時期文人們的處境最能說明問題。漢武帝建立樂府機構，鼓勵文士們創作。他每到一地，每逢大事，總帶上文士，目的是讓文士們為他歌功頌德。例如《漢書》中載一件事就很能說明漢代文人們的處境和地位：「武帝春秋二十九年乃得皇子，君臣喜，故皋與東方朔作《皇太子生賦》及《立皇子禖祝》，受詔所為，皆不從故事，重皇子也。初，衛皇后立，皋奏賦以戒終。皋為賦善於朔也。從行自甘泉、雍、河東，東巡狩，封泰山，塞決河宣房，遊觀三輔離公館，臨山澤，弋獵射馭狗馬蹴鞠刻鏤，上有所感，輒使賦之。為文疾，受詔輒成，故所賦者多。司馬相如善為文而遲，故所作少而善於皋。皋賦辭中自言為賦不如相如，又言為賦乃俳，見視如倡，自悔類倡也。」〔註 9〕由此看來，在漢代辭賦之士的社會地位並不高，如司馬相如、枚皋、東方朔等一代文壇泰斗，武帝也只是以俳優蓄之，未嘗委以重職。

王充有一段話也許很能幫助我們來理解漢代主流意識對於文人的看法：「文章之人，滋茂漢朝者，乃夫漢家熾盛之瑞也。天晏，列宿煥炳；陰雨，日月蔽匿，文今文人並出見者，乃夫漢朝明明之驗也。」〔註 10〕這應該也客

〔註 8〕東方朔，《答客難》，見費振剛、胡雙寶、宗明華輯校，《全漢賦》，北京出版社，1993 年版，頁 135。

〔註 9〕班固，《漢書》五十一卷《賈鄒枚路傳第二十一》，中華書局，1962 年版，頁 2366。

〔註 10〕王充，《論衡校釋・超奇篇》，黃暉撰，中華書局，1990 年版，頁 616。

觀道出了統治者對待文人的心態，通過大量文人學士的出現以彰顯漢帝國的繁榮昌盛和帝王的開明，是政治生態環境的一種點綴，或者說是太平盛世的一種象徵。魯迅也曾在《從幫忙到扯淡》一文中就統治者對待文人的心態有個精闢地論語：「中國的開國雄主，是把『幫忙』和『幫閒』分開的，前者參與國家大事，作爲重臣；後者卻不過叫他獻詩作賦，『俳優蓄之』，只在弄臣之列。不滿於後者的待遇的是司馬相如，他常常稱病，不到武帝面前去獻殷勤，卻暗暗地作了關於封禪的文章，藏在家裏，以見他也有計劃大典——幫忙的本領，可惜等到大家知道的時候，他已經『壽終正寢』了。」〔註 11〕這正是對這些文人當時生存窘境很好的寫照，最重要的是漢代文人不甘心這種處境，他們從內心深處是渴望能夠從後臺走到前臺，進入到統治者「幫忙」系列中去的。這種生存處境對於他們從事文化創造的寫作原動力、心理傾向、心智模式、價值取向上必然會有很大的影響。漢代文學無論是在內容上還是在審美趣味上，都可以看到漢代文人迎合王公貴族欣賞口味的努力。

這種有著很深厚歷史源淵的士人人格觀念對於內化爲他們心智模式所起的作用是不容漠視的，並且在華夏文明的發育發展中也起到了很大的作用，這是一個容易忽視的問題。只有深切理解了這一點，才能深入理解兩千年中國文學中「文以載道」、「詩言志」的文化旨歸了。

二、漢代文學審美思想發育的社會、政治、經濟背景

我們對漢代這個中古時代早期階段社會形態作一個較宏觀的考察，雖然它在行政管理上也像許多社會一樣存在各種各樣的問題，社會各個方面也都存在許許多多難以解決的矛盾，但是客觀地說，漢代的大部分君主在多數情況下，主要方面採取的措施是合理的，對於推動經濟發展起到的是正面作用，符合全民族的利益，表現出了歷史的進步性。漢代帝國從秦帝國那裏繼承的不僅僅是廣大的疆土，大一統的政權，更重要的行政管理方面的經驗：集權的政體；一種可以將權力輻射到全國的政治管理體制；行政管理的思想和智慧；管理國家的制度；還有秦政權失敗的教訓，這些都從正面提高了漢代統治者的執政水平。這一時期政治環境給文化事業的發展帶來的是正能量，也就是說漢代文化發展的社會環境是良好的。這就是漢代文學發育的文化生態環境，沒有這樣一個基礎，漢代文學乃至中國古典文學都可能會是另一番天

〔註 11〕魯迅，《魯迅全集・從幫忙到扯淡》第 6 冊，人民文學社，1981 年版，頁 156。

地。

漢代本身的政治文化建設亦使社會的各個方面都處於上升趨勢，漢代統治者，尤其漢初的統治者在社會各個方面都表現出銳意進取的態勢，但是這種進取在漢初的經濟領域是以退守的姿態出現的。經過多年的楚漢戰爭，劉氏集團在建國之初，國家已進入經濟凋敝、民不聊生的境地。漢初統治者的明智在於奉行黃老治國方略，採取清靜無爲、休養生息、藏富於民、以退爲進的經濟政策，使國力在很短的幾年時間裏得到了恢復。在經濟利益對立的兩大集團中，統治者以低調的姿態出現，所以使得在社會財富的分配上取得了一個較好的平衡點。文景之時，土地尚比較平均，「未有兼併之害」。漢文帝還對秦代的刑罰制度進行了重大改革，刑罰的精神趨於寬面，廢除了罪人家屬連坐之責罰，廢除了黥、劓、刖三種肉刑，改之以笞刑，文景時代，許多官員能夠執法寬厚，斷獄從輕，獄事相對比較清明，刑罰比較簡省。〔註12〕這種政策舉措都能夠提高政府的親和力和社會的凝聚力，以推動社會經濟、文化的發展。漢武帝即位憑藉自身的雄才大略，採取了一系列措施以發展經濟。鞏固封建中央集權國家，推行統一貨幣，實行鹽鐵及均輸法、平準法、算緡、告緡等方法。政治生態環境相比秦朝得到了很大的改善，漢代的農業和工商業都能在一個相對安定的環境中發展。政治文化的成果，最終都會成爲提高國民生產積極性的動力，以提高民族的綜合實力。經過漢初幾代君主的努力，到漢武帝時期，國家的經濟基礎已發生了根本性的變化，國家經濟實力充實，民間經濟生活一度十分富足，以至於城鄉的大小倉廩充足，存糧堆積，陳陳相因，堆積於露天，腐敗不可食用，京師的錢庫錢幣累積，錢貫壞朽錢幣逶地，民間盛行養馬之風，人們競相逞示富足，甚至騎母馬者，不得參加鄉間聚會。〔註13〕不僅是民間，朝廷亦擺脫不了誇耀財富的俗舉，「天子每巡狩海上，悉從外國客，大都、多人則過之，散財帛以賞賜，厚具以饒給之，以覽示漢富厚焉。大角抵、出奇戲、諸怪物，多聚觀者。行賞賜，酒池肉林，令外國客遍觀各倉庫府藏之積，見漢之廣大，傾駭之。」〔註14〕經

〔註12〕張豈之主編，《中國歷史·秦漢魏晉南北朝卷》，高等教育出版社，2001年版，頁47。

〔註13〕張豈之主編，《中國歷史·秦漢魏晉南北朝卷》，高等教育出版社，2001年版，頁50。

〔註14〕司馬光，《治資通鑒》卷二十一《世宗孝武皇帝下之上》，中華書局，1956年版，頁696。

濟的振興、財富的積累對於政權的鞏固、社會的穩定、民族內部的凝聚力具有重要的意義，每一個社會成員不僅會在和諧有序的社會中看到生活的安定，經濟的繁榮，還更能讓人憧憬於個體的發展空間，對未來有一種期待，整個社會充滿了活力和生機。

劉氏政權的堅強有力體現在兩個方面，一是對內統治權的控制上。漢初，劉邦採用非常手段剪除異姓王，使中央政府權力集中，社會安定，消弭了戰爭的隱患。到了漢武帝手裏，爲加強中央集權制，實行「推恩令」，大大削弱了地方諸侯的勢力，使國家權力高度集中在帝王一人手中，排除了政局動蕩的隱患。二是對外的軍事征服上，由於物質財富的增加，漢武帝政府改變一貫和親的對外政策，轉而開始了對外疆土的擴張，首先向北方興兵討伐匈奴，他多次派遣將相統兵征伐匈奴，解除了百餘年來北方農業所受的匈奴威脅，出現了李廣、衛青、霍去病等一批名將，基本上緩解了長期困擾漢帝國的邊境問題，使匈奴再不敢南窺。與此同時，派軍隊西征大宛，出使西域結交安息，向西南開發巴、蜀、滇、洱之地，向南安撫吳越，使得漢武帝成了有史以來中國版圖最大的一個朝代。據《漢書・地理志》記載：漢代疆域「地東西九千三百二里，南北萬三千三百六十八里……，民戶千二百二十三萬三千六十二，口五千九百五十九萬四千九百七十八，漢極盛矣。」〔註 15〕比秦時地域更加廣闊，人口眾多。擴大疆域就意味著財富的增加，權力的擴張，國威震撼四方，四方賓客皆來朝服。客觀上形成了當時世界上最強盛的帝國。這對於一個農耕民族來說，沒有比這更令國民情緒振奮的了；從而也更增強了國民的精神凝聚力。漢武帝兩次派遣張騫出使西域，溝通了中西方之間的聯繫，帶來了許多異族的物產，大大開闊了國人的眼界。當時的政治、經濟、軍事、外交各方面都達到了前所未有的鼎盛時期，整個西漢帝國國運昌盛，國威上揚，氣勢如日中天。

漢代的政治環境也表現出了一定的寬鬆，統治者顯示出一定的包容與開明姿態，在一定程度上開放社會批評、譏刺的渠道。漢代社會政治文化成就有力地促進了社會各種積極因素的發展，這自然也包括文學藝術。國運昌盛的政治環境對於推動文化發展的內動力是難以估量的，它會在人的心靈深處激發起對生活的熱情，對前途的嚮往以及向社會奉獻才智的欲望。瞭解這個背景對於理解漢代文學中所表現出的審美風尚是有意義的。漢帝國構築起了

〔註 15〕班固，《漢書》卷二十八下《地理志第八下》，中華書局，1962 年版，頁 1640。

一種社會秩序，這種制度文明對一個社會中的每個個體，乃至整個民族的發展都是有著非同尋常的意義。從大的方面許多東西是符合人性要求的，故而現實世界不再是充滿血腥的非理性的人間地獄，而是顯露出許多可愛的事物，漢代的藝術出現了對現世的歌頌和留戀，藝術走向凡俗、對現實世界親和的姿態，人間化、世俗化、生活化是當時藝術的主流，審美充滿了世俗功利的色彩。

秦代實行的是箝制思想文化的政策，而兩漢的統治階級在文化建設上的基本態度是對秦政策的一個反撥。漢代多數君王對文化的社會作用有一個明智的理解，「安上治民莫善於禮，移風易俗莫善於樂」〔註 16〕。一個在戰爭廢墟上崛起的朝代，君王著眼於國家長遠發展，必須十分重視文化上的創造與積纍。故而劉邦在開國之初便是「天下既定，命蕭何次律令，韓信申軍法，張蒼定章程，叔孫通制禮儀。」〔註 17〕一個正常的國體必須要有自成系統的民族文化，而且從現實需要來看，總結前代的政治教訓，總結前人的歷史文化成果，並給大一統的政局以哲學和歷史的解釋，也是當時統治集團迫切的現實要求。漢代的君王都對文化進行過有目的的投入，這是一貫性的，他們也有許多文化建設方面的舉措，兩漢時期的確是文化發展的沃土。漢初除了解除秦朝的挾書律之外，還採取了大收篇籍廣開獻書之路的政策，並且又在法律上去除了「誹謗妖言之罪」。漢高祖是第一個祭祀孔廟的帝王。武帝興太學，立五經博士，定儒學爲官方哲學，完成了一次思想上的統一。漢帝國的時代精神也是開放的，漢代的知識分子相對來說還是有一定精神自由的，漢大賦的不少經典之作是在漢初黃老之學盛行時創作的，而且大都是在藩王幕府中誕生的，漢初雅愛辭章的諸侯王出於個人對文學的興趣，大量招攬文士，當時以招致文士而聞名的諸侯王有吳王劉濞、梁孝王劉武、淮南王劉安等。投奔吳王劉濞門下的文士有枚乘、鄒陽、公孫詭、羊勝、嚴忌等，他們都擅長辭賦。司馬相如也曾棄官投奔梁孝王，過著文酒高會的生活。《淮南子》就是出自淮南王劉安門下的賓客之手，可見當時在一些諸侯王周圍就有一個文學創作群體，他們不但著書立說，還從事辭賦創作。不僅如此，西漢時很多帝王本身亦愛好文學，他們利用地位與權力，也大量從事招攬文士的活動，許多文士因有文名而得以在朝廷任官，武帝「招選天下文學材智之士，待以

〔註 16〕《孝經》，北京國學時代文化傳播有限公司出版，2003 年版。
〔註 17〕班固，《漢書》卷一下《高帝紀第一下》，中華書局，1962 年版，頁 81。

不次之位」。武帝時的司馬相如、枚臯、東方朔，漢宣帝時代的王褒，成帝時的揚雄。這些人雖不多，從兩漢的仕進制度來說，也不是靠正常途徑取得功名的，他們的顯達之途在漢代不佔據銓選人才的主導地位，但是他們從民間直接進入朝廷服務的人生軌迹在社會上產生的影響是十分巨大的，這無疑對於作家群體的催生以及文學的繁榮起到了很大的推動作用，對於廣大文士有很強的號召性，把文學創作當作可以博取功名改變生活地位的一種手段。《漢書・武帝紀》中總結武帝文治方面歷史功績時說：「興太學，修郊祀，改正朔，定曆數，協音律，作詩樂，建封禪，禮百神。」〔註18〕這應該是客觀的記載。

某些文化機構的設立，也爲文學的發展和作家群體的生成提供了一定的條件，樂府是西漢政府設置的文化機關。它的主要職能是採詩，由政府出面搜集民間流傳的歌謠樂曲，允許作品中對時政和統治者有一定的批評、譏刺。就拿漢樂府來說，樂府的大部分內容都是抨擊時弊的，都是揭露那個時代最隱秘最陰暗處之生活狀態，當時的政府組織力量去採詩，既有對世俗生活進行審美觀賞的情結，也有出於明確地要保留歷史這一塊記憶的目的，這不能不說當時的政府是有著比較寬容博奧胸懷和文化建設眼光的。同時官方也組織文人從事創作活動，司馬相如等幾十名作家，爲樂府寫過詩賦。東漢的洛陽東觀也是當時文人的薈萃之地，自然最少不了的便是詩文唱和之類的雅舉。綜上所述，漢代在物質文明、精神文明、制度文明、政治文明相比前代是發展到了一個最好的水平階段。這些都說明當時的社會環境是比較有利於文學創作的。

國力強盛，民心所向是西漢初年一段時期的政局，但這種狀態並不是一直持續下去的。漢武帝登基後，這位好戰的皇帝或許是出於對國家長遠利益的考慮，在位 54 年，一直打了 50 年的仗，大量的軍費開支憑藉的是文景時代的經濟積纍，可是再厚實的積纍也經不住長達半個世紀的大量的軍費開支，到了西漢末年，國家經濟已基本崩潰，《漢書・貢禹傳》載：「禹以爲古民亡賦算口錢，起武帝征伐四夷，重賦於民，民產子三歲，則出口錢，故民重困，至於生子輒殺，甚可悲痛。宜令兒七歲去齒乃出口錢，年二十乃算。」「自五銖錢起已來，七十餘年，民坐盜鑄錢被刑者眾。富人積錢滿室，猶亡厭足，民心動搖。商賈求利，東西南北，各用智巧，好衣美食，歲有十二之利，而不出租稅。農夫父子暴露中野，不避寒暑，捽屮杷土，手足胼胝；已

〔註18〕班固，《漢書》卷六《武帝紀第六》，中華書局，1962 年版，頁 212。

奉穀租，又出稾稅；鄉部私求，不可勝供。故民棄本逐末，耕者不能半。貧民雖賜之田，猶賤賣以賈，窮則起爲盜賊。」〔註19〕的確，漢武帝時代連年的對外戰爭對國力的消耗，已經使國家和人民都不堪承受了，漢宣帝即位後曾想給武帝立廟以供後人瞻仰其功德，但長信少府夏侯勝上奏：「武帝雖有攘四夷廣土斥境之功，然多殺士眾，竭民財力，奢泰亡度，天下虛耗，百姓流離，物故者半，蝗蟲大起，赤地數千里，或人民相食，蓄積至今未復，亡德澤於民，不宜爲立廟樂。」〔註20〕董仲舒對當時貧富兩極分化狀態也概括說：「富者田連阡陌，貧者無立錐之地」。到了後來，武帝受到財政危機的困擾，也不得不歇戰收兵。這種局面，經過兩代發展，到漢宣帝即位時還沒有喘過氣來。到了東漢，社會積弊更多，漢帝國開始了由盛而衰的發展趨勢。經濟凋蔽便百弊叢生，西漢遺留下來的土地集中問題不但沒有得到解決，反而愈演愈烈。人民遭受無窮災難，到處是流離失所的人。而一般中下層地主階級出身的士人也是仕進無門，或滯留太學，或窮居山野，或周遊豪族門下，難以看到個人前途。豪強勢力強固，和、安以後，皇帝都幼年即位，大權旁落，朝綱混亂，外戚和宦官爲爭奪統治權都拉攏豪強，朝野勾結，結黨營私，形成了牢不可破的權力網。在外戚或宦官勾結官僚集團的統治下，社會各方面機制都處於下行之勢，兩次「黨錮之禍」，一次黃巾起義，東漢王朝終於在混亂的政局中覆滅了。

不同的作家會有不同的經歷，不同的人生軌迹，不同的生活感受，不同的思想情感和人生態度。兩漢時期，社會生活的各個方面都有可能在文學中得到反映。漢大賦中呈現的畸形誇富宣漢心理不可能持續長久，這裏畢竟有很多是虛構的東西，是一種主題先行的創作，不是人之天性的自然流露。過度虛誕誇飾、矯情亢奮的東西不可能有持久的生命力，社會環境發生了變化，社會思潮、文化審美風尚亦隨之變化，這種具有矯飾虛情意味的審美格調就更顯得蒼白無力。到了兩漢之際以及之後很長的一個歷史階段，隨著漢代政治體系中危機的滋生，社會前途及士階層的個人出路都顯得有些晦暗不明，人們失望的情緒在滋長，隨之帶來的是文學審美傾向的轉變，人們開始有意識地在政治之外尋找新的人生補償，發育於先秦的老莊思想在新的歷史

〔註19〕班固，《漢書》卷七十二《王貢兩龔鮑傳第四十二》，中華書局，1962年版，頁3075。

〔註20〕班固，《漢書》卷七十五《眭兩夏侯京翼李傳第四十五》，中華書局，1962年版，頁3156。

時期有了它的社會適應性，這種思潮體現在文學中是表現出漢初那種迎合宮廷審美需要的巨麗、繁複、華豔之審美風格的逐漸消退，這時的審美出現了兩種傾向：一種是「東漢文學作品，雖遠紹漢初淡泊情緒，但卻更多地表現崇尙自然的意趣；雖沿習西漢中期鋪張揚厲之聲貌，但卻更多地通過個性的發泄達到玄覽之境，這種轉機與深化，正是揚雄對兩漢文學的重要貢獻。因爲自揚雄創作中表達出死生、窮達，『是事之變，命之行也』的道家思想和『物我一體』的自然同化境界，東漢文人多受影響……東漢文人創作競相言玄。」〔註21〕另一種是通過抒發距離普通人生活最貼近個人生活情感的這種比較平實、樸素、平凡的審美風格逐漸佔據上風，《漢樂府》、《古詩十九首》和東漢一些抒情小賦等所呈現的樸素的自然眞情所產生的審美意蘊更被時人所接受。按事物發展的規律，如果對一種文化產生了審美逆反後，轉而向另外的方向去作多維度的探求，反而可能會更多地萌發文學發展的契機，促使文學創作形成審美多元局勢。而漢代文學實際上的發展流變也就是呈現這樣一個態勢，比較西漢和東漢的文學審美風格就有很大的反差。東漢的文學也因此充滿了亂世的憂憤和王朝沒落的哀音。有人說：「從漢賦的流變史中，我們可以清楚地看出來，漢賦的盛衰轉變和漢帝國的勃興與衰微是息息相關的。因此，要更爲深入地把握漢賦的精神實質，只有把漢賦還原到漢代文化背景下進行考察和分析，才能達到目的。」〔註22〕

三、先秦文化對漢代文學的影響

在探討漢代文學審美思想時，除了要考慮其社會歷史原因、文化背景之外，還應從文學本身的因素中去尋找原因，因爲任何一個時代的文學審美傾向除了與社會文化提供的整體環境有關外，也與文學自身的發展、沿革、繼承有密切關係，因爲任何時代的文學審美特徵都不會是憑空而來的，都是有其特定的生態環境的，這是文學發展的規律。

有人說：澆灌著中國文化花朵的主要甘泉是由西向東並肩橫貫中華大地的長江與黃河，他們的不同性格及其流域的不同風貌使得中國文化大體上形成爲兩大板塊。無論中國古代的政治是南北分裂還是南北統一，中國古代文化卻一直是在南北的碰撞和交融中，在對峙與互補中發展的，這種文化格局

〔註21〕許結，《漢代文學思想史》，南京大學出版社，1990年版，頁221。

〔註22〕《學者論賦——龔克昌教授治賦五十週年紀念文集·論漢賦的文化意蘊》，齊魯書社，2010年版，頁98。

早在春秋戰國時代就已形成了。其時南北文化的代表就是楚文化和中原文化。〔註 23〕漢代文化就是在荊楚文化和中原文化的碰撞與交融中、在對峙與互補中發展起來的。

1. **楚文化對漢代文學的影響**

張應斌在《中國文學的起源》一書中提出一個文學分類的標準——按主題分類：「19 世紀前爲古代社會，從 19 世紀開始向『現代社會』轉化，20 世紀 80 年代開始進入現代社會的門檻。20 世紀以前的古代社會可以分爲三段：(1) 自然社會；(2) 原始國家社會（從黃帝到東周）；(3) 專制國家社會（君主集權，從秦至清）。與這三種社會相聯繫，主流社會的文學也呈現三種形態：(1) 自然文學；(2) 神士文學；(3) 政教文學。」〔註 24〕張應斌的這種分類法揭示出了文學中所蘊含的人類學的價值，有他的一定道理。從文學發展自身的邏輯來說，「自然文學」是在文學萌發的初始期的創作，其藝術思維的方式對後世的文學形態會產生深刻影響，我們可以在中國古代的「神士文學」「政教文學」中看到萌發於「自然文學」時的藝術思維頑強的表現。

楚國的歷史始於西周初年至戰國末年 800 餘年，其地域面貌環境培育了楚人好巫的風俗，原始巫教文化需要文學的參與，或許正是這一緣故，楚地在經歷「自然社會」階段便培育起了發達的民間楚文學，中國現存最古老的民間歌謠就是《吳越春秋》中的《彈歌》，之後又有《候人歌》。到了周代，是楚地的民間文學最爲興盛時期，《詩經》中收錄的《周南》、《召南》代表了那一時期文學創作的最高成就，就是江漢流域的民間歌謠。遺留下來春秋晚期的《接輿歌》、《孺子歌》，大概也可以劃歸到「自然文學」的範圍，它已在句式的表現上發展成了與情事相宜的長短錯雜民歌體了。到了戰國時期，已經產生了文學上的經典之作以及哲學著作中經典的文學性表現。前者以宋玉、屈原等一批楚地作家的純文學作品爲代表，後者以莊子、老子等人的哲學著作爲代表。宋玉創作的目的以侍奉君王滿足君王的聲色之需，《風賦》、《高唐賦》、《神女賦》、《徒登子好色賦》都是精雕細琢之精品，以突出的音韻整齊和諧、色彩豔麗、遣詞新異、形象生動等多方面造詣形成了自己在文學史上的地位。魯迅在《漢文學史綱要》中說：「楚雖蠻夷，久爲大國，春秋之世，

〔註 23〕蔡靖泉，《楚文化論略》，《中國文學研究》1996 年，第 3 期。
〔註 24〕張應斌，《中國文學的起源》，廣東人民出版社，2003 年版，頁 223。

已能賦詩，風雅之教，寧所未習，幸其固有文化，尚未淪亡，交錯爲文，遂生壯彩。」〔註 25〕說的就是楚文學發展的歷史沿革。

南方多水，多水的地域特徵又形成了發達的巫神文化。楚國曾是個巫神文化十分發達的地區，巫神活動需要文學的參與，反之，巫神活動在楚文化的發育中也起了至關重要的作用。朱熹在《楚辭集注．九歌第二》中說：「昔楚南郢之邑，沅湘之間，其俗信鬼而好祀，其祀必使巫覡作樂，歌舞以娛神，蠻荊陋俗，詞既鄙俚，而其陰陽人鬼之間，又或不能無褻慢淫荒之雜。」〔註 26〕「楚俗祠祭之歌，今不可得而聞矣，然計其間，或以陰巫下陽神，或以陽主接陰鬼，則其辭之褻慢淫荒，當有不可道者。」〔註 27〕巫神文化必有不少浪漫的因素在其中，神巫文化著重展示的是一個超越現實的神靈世界，神靈世界必然是要比現實世界詭異得多，絢麗得多。這些浪漫的東西形成了楚文學獨特的風貌，屈原的大部分作品都是根據楚地民歌改編的，屈原在作品中表現出了極爲開闊的宇宙意識，這除了與其個人的精神氣質有關外，也很可能跟巫神文化的精髓分不開，屈原經常將他對天國的幻想訴諸筆端，他在天國遊歷，清晨從蒼梧出發，傍晚到達崑崙山，日行千里，「前望舒使先驅兮，後飛廉使奔屬。鸞皇爲余先戒兮，雷師告余以未具。吾食鳳鳥飛騰兮，繼之以日夜。飄風屯其相離兮，帥雲霓而來御。」〔註 28〕《離騷》、《惜誦》、《涉江》皆有類似的描寫文字。宋玉的《神女賦》、莊子的《逍遙遊》等作品也有這種特點。而中原地區的文化就表現出與此完全不同的風格，我以爲這種差異主要是得益於地域文化上的差異。周人曾發生過一次思想的革命，「周人在探求三代更替的原因時形成了自己的歷史觀念。他們在尋求歷史的因果關係時，雖然沒有脫離宗教神學，卻把注意力轉移到了人事方面。他們承認天意主宰人事，卻又讓人事制約天意，多少肯定了人的能動作用。」〔註 29〕周人由敬天命到重人事，這個思想變革在民族文化的發軔之初就很有意義了，它給北方文學中注入了濃重的理性色彩（這麼說並不是說中原文化中就沒有遊仙、巫祝之

〔註 25〕魯迅，《魯迅全集．漢文學史綱要》第九冊，人民文學社，1981 年版，頁 372。

〔註 26〕朱熹，《楚辭集注．九歌第二》，上海古籍出版社，安徽教育出版社，2001 年版，頁 31。

〔註 27〕朱熹，《楚辭集注．九歌序》，上海古籍出版社，安徽教育出版社，2001 年版，頁 180。

〔註 28〕朱熹，《楚辭集注．離騷》，上海古籍出版社，安徽教育出版社，2001 年版，頁 18。

〔註 29〕張豈之主編，《中國思想史》，西北大學出版社，1989 年，頁 15。

類的宗教色彩），《詩經》和先秦散文就是個顯證。可是楚文化在它的發生發展過程中缺乏這樣的一次思想變革，楚文化完全是在巫風浸潤下發育起來的，這正是楚文化這種浪漫型文字產生的原因，這種浪漫的風格形成了與北方現實主義文學平實風格相對峙的另一種審美之濫觴。它深受漢代人的喜歡。春秋時期的文學經過秦代及以後的一段時期，基本上處於消歇狀態，漢代興起一時間也沒有產生新的文學形式，漢人最自然的做法便是到傳統中去尋找比較適合時代的東西來加以改造。而楚文化在新的歷史時期再度復興也是有其歷史必然性的，原因有三：一是當時的漢代尚有不少楚國的遺民，楚歌荊調具有相當的群眾基礎，楚文學對漢文學的影響之大，實難以全面評述，項羽被圍垓下，被漢軍團團圍住，對楚軍軍事力量形成致命重創的是楚文化。漢軍利用楚歌瓦解了楚軍的軍心，可見楚歌當時是相當普及的音樂。就連劉邦、項羽這類行武出身的人也有傳世的楚歌。並且，根據歷史記載，他們的創作都是信手拈來，即興創作。二是當時這種楚歌深受統治階級的喜愛，漢建國後亦不時有帝王模仿楚調製歌：劉邦的《大風歌》、武帝的《瓠子歌》、《秋風歌》、《西極天馬歌》、淮南王劉安的《八公歌》、昭帝劉弗陵的《黃鵠歌》、《淋池歌》等等，這一點魯迅先生在《漢文學史綱要》中也有論及：「楚聲之在漢宮，其見重如此，故後來帝王倉卒言志，概用其聲，而武帝詞華，實爲獨絕。當其行幸河東，祠后土，顧視帝京，忻然中流，與群臣醼飲，自作《秋風辭》，纏緜流麗，雖詞人不能過也。」〔註30〕三是先秦時期楚國就已有很輝煌的文學成就，在整個兩漢的文壇上深受漢人的喜愛，這是不爭的事實。流傳於漢代文壇上的楚人遺作已具備了賦的基本藝術特徵，想像詭譎，辭彩典雅華美，注重形式，音律工麗，有的還形制較大，已初具漢賦的文體特點，是漢賦發展的直接源頭。我們從漢文學中可以看到很多楚文學的影子，其中最典型的就是漢賦，漢賦作爲成熟於漢代的經典型文體從楚辭中繼承了很多的元素，不少前賢也看到了這點。就楚辭而言，魯迅先生在《漢文學史綱要》中說：「較之於《詩》，則其言甚長，其思甚幻，其文甚麗，其旨甚明，憑心而言，不遵矩度。故後儒之服膺詩教者，或訾而絀之，然其影響於後來之文章，乃甚或在三百篇以上。」〔註31〕魯迅看到了楚文學中比《詩經》的文學性表現因素要多，相對《詩經》來說，是一個跨躍式的進步，對後世影響甚

〔註30〕魯迅，《魯迅全集·漢文學史綱要》第九卷，人民文學社，1981年版，頁372。
〔註31〕魯迅，《魯迅全集·漢文學史綱要》第九卷，人民文學社，1981年版，頁384。

巨，超過《詩經》。徐中玉先生在《中國古代文學作品選》就說得更透徹：(楚辭)「句式加長而靈活，篇章放大而嚴密，詞採絢麗而貼切，是《詩經》之後的一次大解放。」〔註 32〕這個大解放依我看在中國文學發展史上是具有里程碑意義的，楚辭對《詩經》作了一個成功的放大嘗試，將句式和結構作一個長度上的延伸，屈原的《天問》竟達三百七十多句，篇幅加大就產生了一個別具一格的審美意義的文體形式，後世文學順著這個思路再走一步，亦意味著也可以拓寬一下文學審美的範疇。漢賦對於楚辭的變革明顯也有外在形式上的，句式長短靈活，不加「兮」字，羼入了散文的因素，篇幅加長。司馬相如的《子虛》、《上林》有五千餘字，在《史記》與《漢書》中合爲一篇，到了蕭統編《文選》時嫌其太長，分爲兩篇，班固《兩都賦》近五千字，張衡《二京賦》八千餘字。先秦文學到漢代文學的發展軌迹就是這樣的。最重要的是這些作品中形成的藝術思維形式、藝術思維的取向、審美趣味、表現手法、語言風格，與同時流行的北方文學的審美格調形成對峙與互補的兩大流派。

2.《詩經》對漢代文學的影響

《詩經》是我國最早的一部詩歌選集，反映了西周初年至春秋中葉的社會生活。從文化的發展順序來說，《詩經》也是自然文學的產物，是原生態的自然文字，尚未被社會賦於功利色彩，它的生存空間是民間，自然帶著濃厚生存環境的氣息登上了文壇。這種性質決定了《詩經》最本質的特點是寫實、平樸、自然，沒有任何功利目地記錄下了當事人彼時彼地最自然、最眞實的心靈律動。民歌的平民風格，有一種貼近生活的拙樸，跟泥土緊緊相連。自然主義地表現生活是《詩經》作者惟一的寫作理由。正是在這種狀態下的寫作，賦予了作品無窮的魅力，這個魅力來自於它對人日常生活狀態的實錄，是人的心靈在彼時彼地思緒眞實的披露，人們通過這些文字，不僅保留住了一個民族經歷的記憶，它們能夠溝通後人們與他們先祖的情感交流，更重要的是它跟人們的生活經驗相契合，很容易激起人們的情感共鳴，讓人產生一種既熟悉、親切而又難以言說的審美愉悅，看到先人們曾經經歷過的心路歷程，情感體驗，讀者在賞讀中不禁會發出會心的一笑。的確，《詩經》的這種文化性格和審美意趣向人們昭示了一條能被世人普遍接受的審美原則，就是盡可能地用語言文字再現生活。當然，先民們無意中保留下來的這些精神產

〔註 32〕徐中玉，《中國古代文學作品選》，上海古籍出版社，1987 年版，頁 3。

品，也給後人一個重要的啓示，就是這種審美表現還可以通向人類的公益，使文化能夠擔負起某種沉重的歷史使命、社會使命。這也是自從《詩經》問世之後就激起不少人對它進行研究興趣的原因。孔子、孟子、荀子都對這部詩集做出過認眞的評價，尤其是孔子用極其推崇和讚美的語言描述了這部作品在這方面的特性。也正是孔子這個行爲，使這部原本原生態的民間文學作品被推到了經學的地位。到了漢武帝時代「獨尊儒術」以後，被官方正式列爲「經」的地位，成了漢代主流社會意識形態的體現，它的影響是空前的。《毛詩序》中說：「故詩有六義焉；一曰風，二曰賦，三曰比，四曰興，五曰雅，六曰頌。」其中談到「賦」，是一種文學表現方法，也就是直白地描寫，不繞彎。那時的賦與「漢賦」中的賦是有區別的，那只是一種文學的表現手法，而不是指一種文體，可是它們有一定的聯繫，這種文學的表現手法在漢賦中得到了光大，成爲了一種以平直敘述，又竭力刻畫鋪排的文學體裁。

這些先哲們對於這項工作的熱情，一方面是要因循《詩經》等古代文化傳統作爲民族文化發育的根基，更重要的是對這一傳統進行的重新詮釋，使古代文化傳統在新的歷史背景下生成新的意義和價値，把這種因循傳統的文化改造成一個開放的體系，這是那一代文化人自覺承擔起的社會使命。《詩經》經過他們的推崇性宣傳，社會價値得到了大幅的提升，它帶著神聖的光環從歷史深處走來，走到了文壇的前臺，對後世華夏文化的發育產生了母源性的滲透影響，之後的歷代文學基本上都是在《詩經》畫規的人倫道德軌道上發展。華夏這個古老的東方民族，在文化方面的創造既有充滿浪漫主義幻想的一面（比如遊仙文學、祭祀文學之類），但主體面貌基本上是因循著寫實的審美原則。漢代的文學從時間順序上說離源頭頗近，自然受到的影響更爲深巨，其文學表現中寫實性的審美意蘊是最爲鮮明的時代色彩。王充的美學思想在那個時代是頗有代表意義的，他提倡眞美，他批評時俗：「世俗所患，患言事增其實；著文垂辭，辭出溢其眞，稱美過其善，進惡沒其罪。」〔註 33〕他認爲這是「失本離實」，在他看來美的東西必然是眞的，文章「質」方面的審美應該是體現在「眞」和「善」兩方面的，這種審美崇尚在整個兩漢時期也是占居主流的。

3. 先秦散文對漢代文學的影響

先秦散文分爲歷史散文和諸子散文。這是中華民族最早有文字記錄的先

〔註 33〕王充，《論衡校釋・藝增篇》，黃暉撰，中華書局，1990 年版，頁 381。

祖們的著作，這批在文化發育源頭上的文獻對後世文化的發展也做出了不朽的貢獻。

中國古代史官，歷來有所謂的記言、記事之分，《漢書・藝文志》說：「左史記言，右史記事，事爲《春秋》，言爲《尚書》」〔註 34〕。這種分類在我們現在人看來多少有些不可理喻，因爲在實際操作上是很難將記事和記言嚴格區分開來的，比如《春秋左氏傳》雖是一部歷史著作，應是以記事爲主，但其中也含有不少的文學因素，站在文學的角度它也有可欣賞的地方。首先，它表現爲完整的敘事性，特別是重大的戰爭事件的記錄，就頗能體會出作者的匠心，條理清晰，主次分明，詳略安排得當，注意把戰爭與政治結合起來寫，顯示了作者較強的文字與事理的駕馭能力；其次，它在刻畫事件中的人物時，爲了烘託人物形象，也有大量的語言描寫，使人物鮮明生動，語言簡潔有力，對於歷史事件起到了很好的烘托作用，行文語言簡明，遣詞造句精嚴得當。《國語》是一部國別史，它分別記載的是西周末年至春秋前 440 年周、魯、齊、晉、鄭、楚、吳、越八國的史事。《國語》又是一部以記言爲主的史書，以記錄歷史人物的言論爲主旨，但其中也有一些佳篇，記錄了一些歷史人物經典的比喻。而《戰國策》卻是一部彙編成冊的史書，雜記著東周、西周以及秦、齊、楚、趙、魏、韓、燕、宋、衛等諸國之事，它所載的主要人物多爲戰國時代活躍於各國政治舞臺上的謀臣策士的言行、謀略，《戰國策》打破了歷代史編年的體例，而以人物的活動爲記敘中心，以此來統率記言、記事。這種結構方式就是以表現人物爲主旨的設計，因此，在刻畫人物形象上表現出一種充分的自覺意識，從而爲表現人物內心世界和形貌特徵積纍了經驗，提供了成功的範例。司馬遷寫《史記》，班固寫《漢書》，不僅從這些書中採用了大量的史料，並且在其寫作體例、表現技巧、語言風格等方面都獲益匪淺，這些早期先祖們留存的歷史資料給後人的影響是難以言說的。中華民族重傳統也表現在重視歷史典籍上，這些記錄早期人文活動遺存的文獻因其歷史年代的久遠而自然而地帶上了威重的份量，對後世文化創造所產生的影響是深厚的。

先秦諸子散文的發展呈一個流變的趨勢，據游國恩、王起等人編寫的《中國文學史》概括，它分爲三個歷史發展階段：「第一階段是《論語》和《墨子》，前者爲純語錄體散文，後者則語錄體中雜有質樸的議論文。第二階段

〔註 34〕班固，《漢書》卷三十《藝文志第十》，中華書局，1962 年版，頁 1715。

是《孟子》和《莊子》，前者基本上還是語錄體，但已有顯著發展，形成了對話式的論辯文，後者已由對話體向論點集中的專題論文過渡，除少數幾篇外，幾乎完全突破了語錄的形式而發展成爲專題議論文。第三階段是《荀子》和《韓非子》，在先秦散文中都已經發展到議論文的最高階段。」〔註 35〕這是一個行文及理性思索由短而長、由簡向繁的發展過程，這個過程說明古代文人的專題論事議政能力和技能也有一個發展的過程，漸趨成熟，思想也日漸豐富。但是它不論在哪一個發展階段，其表達的思想、表達的形式、文體特徵對漢代政論文的寫作都產生了影響。揚雄的《法言》明顯就是模仿《論語》、《墨子》的對話體，而漢初賈誼《過秦論》、《陳政事疏》，晁錯的《論貴粟疏》、《守邊勸農疏》、《言兵事疏》等鴻文對問題的分析、論證、議論，都可以看到荀卿、韓非及其他一些先秦政論文的餘風，切中時弊，語風犀利，陳述鋪排誇張，筆鋒雄健。更重要的是先秦諸子的思想探索的成果，探討問題的終極旨歸，文化中的社會精神等直接影響到漢代人的人生觀念和漢代文化的精神面貌。

4. 縱橫家言論對漢代文學的影響

劉師培在《論文雜記》中說：「屈原數人皆長於辭令，有行人應對之才，西漢詩賦，其見於《漢志》者，如陸賈、嚴助之流，並以辯論見稱，受命出使。是詩賦雖別爲一略，不與縱橫同科，而夷考作者之生平，大抵曾任行人之者……欲考詩賦之流者，盍溯源於縱橫哉！」清人章學誠也看到了這個問題，他在《校讐通義．漢志詩賦第十五》中說：「古之賦家者流，原本《詩》《騷》，……恢廓聲勢，蘇、張縱橫之體也。」他們是看到了漢賦在形成和發展的過程之中明顯有受縱橫家發表言論時雄辯風格的影響。我們仔細研讀漢賦，不難感受到漢賦從內容到形式，都有先秦時代縱橫家的影響。由於春秋戰國時代王權不能穩固統一，中央集權制度尚未建立，戰國時代諸侯割據，各諸侯國之間展開全方位的競爭，這就給了當時的社會精英仕人階層有了很大的施展才華的餘地。這是一個一言可以興邦的時代，縱橫家大都出於社會下層，這些人大多是政治投機分子，他們以布衣之身庭說諸侯，出謀劃策多出於主觀的政治願望。他們或主張聯合六國之力以抗秦，或主張以聯合六國力量以事秦，這些人出入於各諸侯之門，最大的資本就是滿腹經綸，滔滔辯才。最有代表性的典籍是《戰國策》，書中大量記載了戰國時代的謀臣、策士

〔註 35〕游國恩、王起等人編寫，《中國文學史》，人民文學出版社，1963 年版，頁 60。

們遊說各諸侯或互相辯論時所提出政治主張、鬥爭策略和處世方略。其中不少遊說辭、演說辭，其文采與義理都令人稱絕。試舉一例體會一下這種言辭的風格《蘇秦始將連横》。蘇秦，戰國時代最著名的說客、謀士，縱横家中合縱派的代表人物：

> 蘇秦始將連横，說秦惠王曰：「大王之國，西有巴、蜀、漢中之利，北有胡貉、代馬之用，南有巫山、黔中之限，東有崤、函之固。田肥美，民殷富，戰車萬乘，奮擊百萬，沃野千里，蓄積饒多，地勢形便，此所謂天府，天下之雄國也。以大王之賢，士民之眾，車騎之用，兵法之教，可以并諸侯，吞天下，稱帝而治。願大王少留意，臣請奏其效。」
>
> 秦王曰：「寡人聞之，毛羽不豐滿者不可以高飛，文章不成者不可以誅罰，道德不厚者不可以使民，政教不順者不可以煩大臣。今先生儼然不遠千里而庭教之，願以異日。」
>
> 蘇秦曰：「臣固疑大王之不能用也。昔者神農伐補遂，黃帝伐涿鹿而禽蚩尤，堯伐驩兜，舜伐三苗，禹伐共工，湯伐有夏，文王伐崇，武王伐紂，齊桓任戰而伯天下。由此觀之，惡有不戰者乎？古者使車轂擊馳，言語相結，天下爲一；約從連横，兵革不藏；文士並餝，諸侯亂惑；萬端俱起，不可勝理；科條既備，民多僞態；書策稠濁，百姓不足；上下相愁，民無所聊；明言章理，兵甲愈起；辯言偉服，戰攻不息；繁稱文辭，天下不治；舌弊耳聾，不見成功；行義約信，天下不親。於是，乃廢文任武，厚養死士，綴甲厲兵，效勝於戰場。夫徒處而致利，安坐而廣地，雖古五帝、三王、五伯，明主賢君，常欲坐而致之，其勢不能，故以戰續之。寬則兩軍相攻，迫則杖戟相橦，然後可建大功。是故兵勝於外，義強於內；威立於上，民服於下。今欲并天下，凌萬乘，詘敵國，制海內，子元元，臣諸侯，非兵不可！今之嗣主，忽於至道，皆惛於教，亂於治，迷於言，惑於語，沈於辯，溺於辭。以此論之，王固不能行也。」〔註36〕

這些文章最大的特點就是充滿雄辯氣息，氣勢如虹，滔滔不絕，肆恣多變，

〔註36〕劉向集錄，《戰國策》，上海古籍出版社，1985年版，頁78。

委曲盡情，縱橫捭闔，辯才無礙，洋洋灑灑，一泄千里。這種言談風格在漢賦裏顯然是化為了文字的風格。鋪排和誇張中呈現絢麗多姿的辭藻、酣暢淋漓的氣勢。語言不僅是作用於理智、說明事實和道理的工具，也是直接作用於感情以打動人的手段。

漢代賦作中也有不少是採用問答的形式來謀篇布局的。比如枚乘《七發》的內容就是通過吳客和楚太子的問答對話來展開的。傅毅的《七激》明顯也是徒華公子託病，玄通子前往遊說，通過玄通子與公子對話展開情節。張衡的《七辯》也是虛擬出無為先生、虛然子、雕華子、安存子、闕丘子、空桐子、依衛子等人物，通過他們的對話，描述了居室、飲食、音樂、女色、服飾、神仙、善政七個方面的當時最高水準的享受。漢賦中這樣對話題比比皆是。縱橫家在論述自己觀點還有一個重要特點，它們往往採用多方鋪陳的方法來表現內容。例如前例的蘇秦始將連橫說秦，蘇秦對秦惠王遊說時先對秦國的整體狀況做了有利於自己觀點的描述，接著蘇秦開始論述「霸道」勝於「王道」、武功勝於文治的優越性、適時性，現實針對性很強，風格十分鋪排，字字珠璣、句句精華、文采飛揚、氣勢磅礴，極具感染力和說服力，可謂中國遊說史上之經典。縱橫家的說辭中不是個別的現象。至於漢賦中的鋪排筆法之運用我在後面第四章第二節中已闢專章論述，在此不再贅言。

正是這些歷史流傳下來的文化成果，鑄就了漢賦的主體風格。也就是說，楚文學、先秦散文、《詩經》、縱橫家們的言論行事風格，甚至還包括秦朝時的一些政論文等等，都構建起了一個文化體系，也可以說是文化土壤，沒有這樣的一個土壤漢代文學不可能發育生長，同時，漢代文學也必須把自身納入到這個體系中去。這就是漢文學生長的文化生態環境，不釐清這個文化生態環境就不可能完成「漢代文學審美研究」這個命題。

第二節　漢代是一個文學自覺的時代

魯迅先生在《魏晉風度及文章與藥及酒之關係》一文中提出一個著名的觀點：魏晉才是始於文學自覺的時代，這個觀點影響很大，這似乎已成為學術定論，中國這幾十年編寫的中國文學史、文學批評史、中國美學思想史都是圍繞這一觀點展開論述的，這是一個重大的理論問題，這個問題不討論清楚，對於漢代文學的評價就不可能客觀公允，漢代文學所呈現的多元審美格調更是無從立論。牟世金先生在他的論文《從漢人論賦到劉勰的賦論》中提出一個觀點：「所謂的自覺，就我的理解，主要指藝術創造的自覺，即有意識地進行藝術創造。」〔註 37〕我同意這個說法，這個標準很簡明，很客觀。文學自覺實際就是體現在作者在創作環節中有明確意識去自覺追求文字的藝術美感。但是自覺不應該是個籠統的結論，而應該有一定的理論作支持。客觀地說，我們可以明顯地感受到那個時代的人在注重文藝反映社會內容的同時，也十分熱衷於對文學的審美意趣的探索，這兩種傾向很和諧地統一在他們寫文章時的價值取向上，而不是對立起來，他們一直是致力於平衡好這兩者的關係。要客觀科學地評價漢代文學，只有在理論上確定了漢代人在文學創造審美領域的探索是自覺的這個重要的學術問題，再進一步論證漢代人在文學創作領域多方面的審美突破才是順理成章的。所以對這個理論問題的重新界定，對於漢代文學乃至整個華夏民族的古典文學研究都是有著非同尋常意義的。

我理解的「文學自覺」是指文學作為文藝的一個分支也同文藝一樣，應具有審美的屬性，自覺是指社會主流意識對這一屬性具有理性的認識，而這種理性的程度是以若干個衡量標準為尺度的，所謂文學的自覺時代應該是指一個社會主流意識對文學是一種審美表達的理性認知達到一個較客觀的水平，它是以這麼八個方面的特徵為標誌的：其一，是觀念的自覺，社會主流意識能夠清醒地認識到文學與非文學的界線，文學有自身獨有的內質，而不是經學、政治、歷史等的附庸，文學本質的特徵就是刻畫形象、抒發情感和抒寫人性，這些方面的追求既是目的，也是手段；其二，是文體的自覺，作為藝文，它就有體裁格式上的要求，這是文學的創作規律，創作主體和欣賞主體在從事創作和欣賞活動中都必須自覺予以尊重；其三，有一支專業的創作隊伍；其四，是創作審美追求的自覺。創作主體對文學審美特徵有充分的認識，並在自己的創作中極力地加以表現，創作主體在這種精神創造中實現人生價值；其五，產生了一批能傳達時代精神並對後世產生深遠影響的經典型的作品；六、作者要有關於體裁和題材兩方面審美開拓的自覺表現；其七，學界對作家、作品深入研究，並自發產生了文學批評話語；其八，社會風尚對作家和作品有普遍的認同和尊重。如果上述八點能夠成立，那麼，漢代是

〔註 37〕牟世金，《從漢人論賦到劉勰的賦論》，《文史哲》1988 年，第 1 期。

一個文學自覺的時代這個命題就是成立的，因爲它是有據之論。我們就將此八項作爲一個標尺，來對漢代的文學作一番考察。

一、先秦兩漢時代人們對文學功能的理解

《毛詩序》可以看作是一個表達漢代主流文學觀念的經典性文本，它集中反映了漢代人對文學社會功能多方面的期待，歸納起來有五個方面：第一，認爲文學是個體的精神世界中激蕩著的社會抱負（志）和私人情感的載體，「詩者，誌之所之也，在心爲志，發言爲詩，情動於中，而形於言，言之不足，故嗟歎之，嗟歎之不足，故永歌之，永歌之不足，不知手之舞之，足之蹈之也。」由這一段話可以看出這麼幾個信息：在漢人看來詩、歌、舞都是宣泄個人情感之載體，這種宣泄是源自於生命的需要；第二，它強調文學與社會生活的緊密關係，文學是反映社會興衰、政治得失、民眾生存環境優劣的鏡子，將文學引入了認知、倫理規範的教化功能系統：「情發於聲，聲成文謂之音。治世之音安以樂，其政和；亂世之音怨以怒，其政乖；亡國之音哀以思，其民困」；第三，文學與社會政治的關係密切，不僅是表現在社會政治、世風民情決定了詩賦藝文的內容方面，更重要的是詩樂藝文能夠能動地反作用於政治道德和匡扶社會正義的作用；「故正得失，動天地，感鬼神，莫近於詩。」他們甚至把文學看作是一種富有靈氣的具有神秘力量的靈物，漢人對它有著近乎於宗教般的敬畏崇拜心理，能夠交通神靈。自然，它也的確是可以起到輔佐統治者理政馭民的作用；第四，講到詩在語言表達上的特點：「故詩有六義焉；一曰風，二曰賦，三曰比，四曰興，五曰雅，六曰頌。上以風化下，下以風刺上，主文而譎諫，言之者無罪，聞之者足以戒，故曰風。」在漢人看來詩的語言特點在於諷詠，即委婉含蓄地抒訴情懷，通過比興來言志，「主於文辭」、「譎諫」：利用委婉有審美意趣之語來評論政治的得與失。第五，利用藝文具有感化人心的特點，教化世風民情，以化成天下：「先王以是經夫婦，成孝敬，厚人倫，美教化，移風俗。」〔註 38〕從這些表述可看到，漢人對於文學社會多元性功用重視到了無與倫比的地步，他們對於文學的期待極其厚重，除了文學要承載私己性個人情感的宣泄外，還強調了它要承擔公共性事務的重荷，漢代人所追求的是充實的內容與文采斐然的中和之美。或許正是文學這雙重使命，才使文學具有了崇高的地位。正如有學者說的那樣：「在

〔註 38〕阮元，《十三經注疏・毛詩正義》，上海古籍出版社，1997 年版，頁 272。

文學充分發展和獨立之前，對文學作品特徵的一定認識，比如詩與個人心志的關係，詩與時代的關係，詩之於人的感化作用，詩文的語言修飾性等等，事實上早已經產生，只是這些認識都並不是將文學單獨來觀察的結果。同樣，對文學的期待很早就有，不過不是從較爲單一的文學審美角度出發的。」〔註 39〕的確如此，漢代人對文學的期待是多元的，而且他們不認爲這多重功倣之間是對立衝突的，反而它們完全可以並行不悖地發揮各種功效。漢代處於生產力尚低下的社會物質文明早期發展階段，文學在形而下層面表現他們圍繞生存而努力的種種精神欲求是有其歷史必然性的。

二、漢人對於藝文形式特徵的認識

人對於美的追求是自然天性，只要有人的地方就有對審美追求的自然欲望。文藝的發生和發展就是基於人的這種自然的天性。從人類學角度來考察，中華民族在文明發展的初始時期，就有著對文藝多個領域的審美追求。從考古發現來看，最早的山頂洞人就已經有了裝飾自身的意識。春秋時期，我國音樂的發展已進入了很高的水平，從曾侯乙墓出土的大型編鍾就是個顯證，那套製造於公元前 500 多年的編鍾連鍾架在內，重萬餘斤，由六十五枚鍾組成，分成八組作三層懸掛，它的音聲所構成的音域五個八度，比起現代音域最廣的樂器鋼琴只少兩個跨度。〔註 40〕這種音樂史上的奇觀不是人們對審美享受的刻意追求是難以想像的，這足以說明中華民族在早期文明進化中就有著強烈的審美自覺追求意識的。這類例子是舉不勝舉的。文學的自覺與文藝的自覺是相聯繫的，沒有文藝的自覺就沒有文學的自覺，文藝和文學從邏輯上講是種屬關係，它們之間密不可分。這種審美的意識會體現在文藝的各個領域，文字作爲承載思想的載體，其藝術審美表現也必然要進入人們的審美視野的範圍。考古發現也在很大程度上證明，中國古代早期的社會思想中就已明確建立了文藝消費的意識。一個不爭的事實，消費必定要刺激生產。而文藝最基本的實用性功能便是審美愉悅，給人提供感官的享受。社會有了文藝消費需要，必定就有了生產審美享受藝術的社會意識與生產機制。文學發展也是同理，有了文學的消費就會有文學的生產，供需雙方都會把焦點集中到供需點上，漢代社會實際上已經產生了由「宮廷皇室和公卿大臣、富豪吏

〔註 39〕于迎春，《試論漢代文人的政治退守與文學的私人性》，《文學評論》2003 年，第 1 期。

〔註 40〕于民，《春秋前審美觀念的發展》，中華書局，1984 年版，頁 114。

民組成了兩大消費群體」〔註41〕。

按照人類思維發展的規律，文明早期階段人類思維是以直觀思維、感性思維爲特點的，文學作爲藝文的審美特徵、認知功能以及抒發人的情感功能等，是人們通過感性思維就可以把握的，最早記載人們對文學看法的是《尚書》中的一段文字：「詩言志，歌詠言，聲依詠，律和聲。」朱自清認爲這是中國歷代詩論的「開山綱領」，在上古時代人們就認識到詩這種文體主要功能是抒發人的情志，也可以說是描寫人的生活感受，「歌詠言」是要披樂詠唱的，「律和聲」是指依附於「詠言」的聲調節律要和諧悅耳。從這些描述就可以看出在上古人的觀念裏詩歌屬於藝文，是歸類於美感文體，在理念上就明確地認識到這種文體的存世的目的就是通過刻畫形象、抒發情感來撼動人的心靈的，在初民的認識中，還把文學與音樂、舞蹈緊密聯繫在一起，它的功能是純粹出於娛樂心情的。孔子對文學的認識可代表春秋時期人們對文學的認識水平：「《志》有之：『言以足志，文以足言。』不言，誰知其志？言之無文，行而不遠。」〔註42〕從這段話我們可以體會到孔子對語言的多元功用是認識的，一是傳達思想信息的，二是承載思想的語言要有審美性，三是強調語言只有賦於審美性的修飾才可以強化語言的傳播功能。由此可知，在先秦時期文學的審美功能就已成爲人們對於文學的期待之一了。漢代人對於文學的觀念與儒家學派是一脈相承的，他們在這方面並沒有新建樹，從上引的《毛詩序》就看得很清楚。

三、形成了一支專業的創作隊伍

專業作家自主從事文學創作亦是文學獨立和自覺的重要標誌。在中國文學史上最早出現把文學創作當作精神寄託，以此來實現人生價値的恐怕要算是戰國時期的屈原、宋玉、唐勒、景差等這樣一批楚地作家了。當然，在中國古代並沒有現代意義上的專業作家，這裏所謂的專業作家是指生平主要從事文學創作、以文章傳世的文學之士。他們的創作給漢代文學提供了豐富的營養，而且深受漢代人的喜愛，無論是王宮貴族，還是平民百姓，都以吟誦

〔註41〕趙敏俐，《漢代社會歌舞娛樂盛況及從藝人員構成情況的文獻考察》，《中國詩歌研究》第一輯，中華書局，2002年版，頁101。

〔註42〕左丘明，《春秋左傳・襄公二十五年》，陳克炯譯注，見許嘉璐，《文白對照十三經》，廣東教育出版社、陝西人民出版社、廣西教育出版社，1998年版，頁253。

楚辭爲時尚，甚至連後宮佳麗都視誦讀楚辭爲風雅，西漢時期讀楚辭被看作是一門專門的學問，很受社會崇尚。嚴助向漢武帝推薦朱買臣說春秋，誦楚辭，帝甚悅之，拜其爲中大夫。漢代享國四百餘年，爲文化藝術的發展提供了良好的生存空間，全社會濃厚的人文氣氛，不僅提升了當時士人們的文化修養、爲文的興趣，對於催生作家群體也起到了很大的作用。再則當時諸侯王中有一些雅愛辭章的貴族利用自己的經濟實力，招攬文學之士，不僅從事著書活動，還從事創作活動。漢初一個重要的文化現象就是諸侯王納士成爲一種風氣。他們可能受戰國時諸侯招攬賢才遺風影響，也利用自己的財勢大批招攬文士，從事文化活動，形成了自己的各具特色的文化中心，楚、吳、梁、淮南、河間是其中最有名的五個。在這種社會風氣的激勵下，不僅專業文人創作十分活躍，就是業餘創作也頗爲繁盛，上至帝王，下至販夫走卒，都有人投入創作，漢樂府就部分記錄了在野之士的即興之作。在這濃厚的社會文化風氣薰染下，在社會爲文熱情高漲的文化環境中，在深厚的群眾性創作基礎上，漢代自然就形成一支彬彬繁盛的專業作家隊伍，其中亦不乏大家，以文名稱世的作家有賈誼、司馬相如、枚乘、司馬遷、揚雄、張衡、班固、枚皐、東方朔、劉向、劉歆、傅毅、蔡邕等人。這批人在創作上都有驕人的業績，他們繼往開來，創造出了獨步千古的、堪稱經典的、能夠生動反映漢帝國時代精神「一代文學」（王國維語）漢大賦。唐詩、宋詞在文學史上的崇高地位，是得益於一批高水平而又在風格流派上各具特色的著名作家，漢賦的興盛也是同樣的因素，《文心雕龍・詮賦》列舉了漢代的 8 位賦作家及代表作：「枚乘《菟園》，舉要以會新；相如《上林》，繁類以成豔；賈誼《鵩鳥》，致辨於情理；子淵《洞簫》，窮變於聲貌；孟堅（班固）《兩都》，明絢於雅贍；張衡《二京》，迅發以宏富；子雲（揚雄）《甘泉》，構深瑋之風；延壽《靈光》，含飛動之勢。……辭賦之英傑也。」〔註 43〕其實有成就的賦家遠不止於這 8 人，漢賦之域彬彬大盛，劉勰說賦：「積繁於宣時，校閱於成世，進御之賦，千有餘首。」班固敘《詩賦略》：「得賦家七十八人，賦作一千零四篇，其中除「雜賦」十二種二百三十三篇外，其餘六十六家、七百七十一篇，漢人獨佔六十一家，計七百零七篇。」像枚乘、枚皐父子、蔡邕、趙壹、劉向、劉歆、傅毅、杜篤、崔駰等等，這些人青史留名，實現了自己人生價值與他們在賦體創作上的貢獻是分不開的。

〔註 43〕范文瀾注，《文心雕龍注》，人民文學出版社，1958 年版，頁 135。

四、寫作主體對於作品審美水準具有強烈的追求意識

也許跟漢代人的寫作動力有關，一旦一篇賦作被帝王看中，命運隨即會發生翻天覆地的變化，有人通過一篇文學作品，「朝爲田舍郎，暮登天子堂」的。漢武帝讀了司馬相如的《子虛賦》，求賢若渴，下詔徵求入朝，拜爲郎。武帝早年仰慕枚乘文名，即位後即下詔以安車蒲輪徵召枚乘，枚乘死於赴京路上，繼下詔徵其子枚皐，並拜其爲郎，枚皐由文入朝成爲武帝文學侍從，常隨武帝出巡。漢代專業文人投入創作的熱情是空前的，令後人歎爲觀止。司馬相如在寫《上林賦》時，「意思蕭散，不復與外事相關，控引天地，錯綜古今，忽然如睡，煥然而興，幾百日而後成。」〔註 44〕「大漢初定，日不暇給。至於武宣之世，乃崇禮官，考文章，內設金馬石渠之屬，外興樂府協律之事，以興廢繼絕，潤色鴻業，……故言語侍從之臣，若司馬相如、虞丘壽王、東方朔、枚皐、王褒、劉向之屬，朝夕論思，日月獻納，而公卿大臣御史大夫倪寬、太常孔臧、太中大夫董仲舒、宗正劉德、太子太傅蕭望之時時間作……。」〔註 45〕《後漢書》載：張衡作《二京賦》，精思傅會，十年乃成。由這些文獻記載可以看出，漢代文人具有空前高漲的創作熱情，爲寥寥幾千字的一篇賦，竟可以幾個月，甚至十年廢寢忘食地投入創作。劉勰在《文心雕龍・神思》中記錄了揚雄創作《甘泉賦》的過程。漢成帝爲了求子而到甘泉宮，當時剛被徵召入宮做侍郎的揚雄也受命跟隨去了。成帝命揚雄作賦來記錄此次祭祀大典，揚雄受命創作《甘泉賦》，殫精竭慮，嘔心瀝血，以至於寫完《甘泉賦》後，頓覺困頓不堪，倒頭就睡，睡夢中恍惚覺得自己的五臟六腑都流出體外，他大驚急忙將它們拾起小心放回。夢中醒來他竟然眞就大汗淋漓，心悸氣短，元氣大傷，好像大病一場一般，以至很長一段時間他都精神萎靡。說明他在寫賦時構思用心過度，體力精力嚴重透支。桓譚也在文章中說到過自己有過類似經歷：「余少時見揚子雲之麗文高論，不自量年少新進，而猥欲逮及。嘗激一事，而作小賦，用精思太劇，而立感動發病，彌日瘳。」〔註 46〕這種創作熱情和創作態度眞是空前絕後的，可以說這不是用筆在寫，而是用生命用鮮血用膏脂在寫作了。在洋洋幾千年文學史中，還很少

〔註 44〕劉歆著，《西京雜記校注》卷二，向新陽、劉克任校注，上海古籍出版社，1991 年版。

〔註 45〕班固，《西都賦序》，見費振剛、胡雙寶、宗明華輯校，《全漢賦》，北京出版社，1993 年版，頁 311。

〔註 46〕桓譚，《新論・祛蔽》，上海人民出版社，1976 年版，頁 30。

見到有這樣的記載。

漢代文人受時代風雲激蕩，把謳歌大漢帝國的聲威、國力看作是自己不容懈怠的社會責任，士人學子或是將文學用作達成其政治目的實現其政治理想的工具，或是把它作爲政治之外的個體人生的補償。正是對文學如此赤烈至誠的執著，竭才盡智地探索文字表達的藝術極致，才能使漢代的作家在他們熟悉的體裁——漢賦中，對物象的文學性描寫做到了極致的摹寫，甚至表現出了過度的刻畫。追求語言華麗，到了無以復加的地步，甚至表現出了唯美的傾向，受到後人的詬病。正是漢賦這種窮情極盡的表現，才成就了漢大賦在中國早期文學中代表性的文體，與中古的唐詩、宋詞並峙，它在中國古代文學發展史上的地位和作用是不可抹煞的，這一時期的文學成就對於後世中國文學審美走向上的影響，也是難以盡說、無法估量的。

五、產生了一批堪稱經典、對後世影響深遠的作品

最能體現漢代文學成就的不外是漢大賦。漢賦是漢代人在先秦文化的土壤裏培育起的一株文學奇葩。大一統的漢帝國是繼暴秦之後的第一個太平盛世，漢初是一個上升的時期。在之前的華夏民族，即使最強盛的王朝統治範圍也僅限於中原狹小的地帶，秦雖統一中國，但很快滅亡，只有大漢一改數千年積貧積弱之局面。在與匈奴對抗中，公元 89 年，漢軍分三路追擊北匈奴，各路軍出塞三千餘里。公元 91 年，漢軍出征 5000 餘里，大破匈奴於現俄國境內的金微山。國威大振，人心大振，疆土的擴大，軍事上的勝利，使整個社會彌漫著勝利民族佔領一切、坐擁天下的豪邁與激情。欣欣向榮、生機勃勃的社會環境呼喚與之相應合的審美文化。漢人需要有創作能提供給新社會這種精神風貌的審美觀照物。漢大賦是在這種社會環境中應運而生的，漢大賦中最重要的價值取向是渲染雄奇壯美的意境，因爲只有宏闊壯麗之大美才是符合大一統帝業的審美欲求。漢大賦以虛構的手法刻畫宮殿、狩獵、歡宴、物產、山河人文之勝，甚至於輕描淡寫的諫諷，都只是服務於表現博大的氣勢和雄奇的意境那樣一種宏大敘事的手法。漢代文人改造革新舊賦體，使賦這種體裁能夠很好地成爲抒發新崛起的集權統治集團銳意進取、佔領天下的豪情壯志的載體，能夠成爲充分宣泄佔領者無法抑制的擊垮對手、征服世界成就感的載體，能夠最大程度上表現出蕩漾在那個時代國民心中的奮發昂揚精神面貌的載體。漢代文人在「賦」這種文體上作出的努力是無愧於時代的。

漢朝初定時的社會氛圍從肇始起就注定了這種精神觀照物是以宏偉壯大爲審美基本格調的文化產品。以宋玉、荀子等人創作的賦所呈現的新的文學體式，肇啓了漢大賦這種以鋪排爲特徵的文體。在繼承了《詩經》的諷喻精神和句式，楚辭的詞藻華豔浪漫意境，諸子哲學散文的雄辯，縱橫家鋪排的說辭等等諸多先秦文化的因子，先秦士階層犯顏直諫憂國憂民的人格精神……，漢代人在這一切的激蕩氤氳中，將這一文體推陳出新邁向了一個新的高峰。在漢代文人殫精竭慮的努力下，漢代產生了一批獨步千古的作品。這些作家和作品有枚乘的《七發》，司馬相如的《上林賦》、《子虛賦》、《長門賦》、《美人賦》，王褒的《洞簫賦》，賈誼的《弔屈原賦》、《鵩鳥賦》，揚雄的《甘泉賦》、《解嘲》、《羽獵賦》、《逐貧賦》，張衡的《歸田賦》、《西京賦》、《思玄賦》，趙壹的《刺世嫉邪賦》，東方朔的《答客難》，王粲的《登樓賦》，班固的《幽通賦》，馮衍的《顯志賦》，馬融的《長笛賦》，彌衡的《鸚鵡賦》……等等。這些名家名篇各有特色，異彩紛呈，群芳鬥豔。這些作品共同的特徵是非常講究形式的美感，尤其在詞藻上窮極聲貌，有很高的藝術審美價值，可謂一代雄文，它可與後代的唐詩、宋詞、元曲、明清小說相比肩，是中國文學史上幾座並峙的高峰。

周均平就漢賦的文學史上的地位有個評價，他認爲：「在中國歷史上，究竟從什麼時候開始明確地單獨討論一種可以說是純粹意義上的文藝，充分重視文藝作品的美，直接地而非附帶地談論到藝術創作問題呢？有學者認爲這是從在眞正的意義上創造了漢賦的司馬相如關於作賦的言論開始的。因爲漢賦同『詩』、『樂』不同，它既不被看作是一種具有極爲嚴肅意義的古代政治歷史文獻，和祭祀典禮也沒有必然聯繫。較之於楚辭，它也和原始的巫術祭神歌舞分離了。作爲在楚辭基礎上創造出來的一種新的文藝形式，漢賦一開始就以供人以藝術美的欣賞爲其重要特色，所以也就極大地發展了在楚辭已經表現出來的那種對於詞藻描寫的美的追求。」〔註 47〕他的這段話描述了一個事實，歷史進入漢代，隨著生存環境的改變，文學在很大程度上脫離了其他社會活動的附屬地位，進入了以純文學文本欣賞爲終極目的的、訴諸於人們感官享受的創作時代。漢代文壇中有一股濃厚的唯美傾向，漢賦中的不少經典之作可以說就是在這一唯美思潮下的產物。在文學作品中追求文字美感

〔註 47〕周均平，《美的升値——漢代審美走向自覺的重要表徵》，齊魯學刊，2007 年第 6 期。

在當時已成爲一個普世價值了。

除此之外，漢樂府、《古詩十九首》、神仙志怪小說中亦有不少可圈可點的經典作品。漢代文學與後世文學相較，她的文學成就不遜於任何一個時代。尤其漢樂府對於中國文學的發育成長注入了多麼重要的營養成份，實在難以估量。

六、漢人有關於體裁和題材兩個方面審美開拓的自覺意識

從文獻可以看出，漢人從他們的文學前輩那裏已繼承了相當明確的文體意識。班固在《西都賦序》中說：「賦者，古詩之流也。」〔註48〕在班固看來賦體作品與《詩經》的雅頌實質上是相通的，賦與《詩經》是一脈相承的。這種觀念代表了那個時代人對賦體文體特徵認識的一個很樸素的表述。事實上，漢代賦體的源頭就是上接《詩經》、《楚辭》、荀子宋玉等人的賦作、諸子百家著作。宋玉首次將賦作爲特殊的文體而脫離先秦的詩，這個脫離意味著中國古代文學早期發展中由詩而楚辭，再到賦的演變過程中的重要環節，宋玉在內容上自抒情懷，文思尚美，使賦體的純文學化傾向得以弘揚、發展。我以爲這是中國早期文化中純文學萌發的軌迹，早期的士人在純文學範疇的寫作活動十分注重文學性表現手法的追求，《詩經》中大量寓情於景的描寫，屈原作品中浪漫意境的構畫，在香草美人的刻畫中寄寓了身世之歎。宋玉在宮廷賦中自抒情懷，文辭綺麗，寓莊於諧，將純文學的傾向得到了弘揚、發展。漢大賦的「苞括宇內，總攬人物」、「控引天地，錯綜古今」的宏大敘事風格以及「極聲貌以窮文」，「競爲侈麗閎衍之詞」的鋪寫風格，充分體現了作家在創作文本時殫精竭慮顯示才情的主體意識。

故此，我們可以說漢大賦是充分反映時代面貌、傳遞時代精神的「一代文學」的經典性的純文學文體。而且要把漢賦這一大類進行細分的話，從內容到形式上還可細分爲漢大賦、騷體賦及散體賦三小類，每一類都有各自不同的審美風格，漢人在這種文體中亦進行了不同趣味的審美探索，豐富了賦體文學的審美類型。賦的作者大都是宮廷文人，社會角色類似於御養俳優，朝廷養他們的目的不是用於文治武功，不是讓他們撰寫鴻篇巨製對朝廷的軍國大事發表宏論，而是要他們專就寫麗文這種邊緣性文體以娛樂。作者的這種身份和賦的創作目的，決定了其多是爲了頌揚當政業績，褒諛時政的清明，

〔註48〕班固，《西都賦序》，見費振剛、胡雙寶、宗明華輯校，《全漢賦》，北京出版社，1993年版，頁311。

或略刺時弊，以警當政者的目的。這種創作目的決定了它存世的第一要義是行文的美感，以文字的藝術美娛人耳目，創作者深諳於此，他們是自覺的，爲了文字上的審美追求，在繼承與創新之間，探索出賦這種文體以及它的特徵形式：前承戰國縱橫之談，經鋪張揚厲之體，撰侈麗宏衍之文。

除此之外，我們還能看到漢人在純文學範疇內對其他體裁開拓性努力。《詩經》是以四言爲主的詩體，但是這種文體傳到漢人手裏，就有了五言詩和七言詩，據史籍記載西漢流傳有一些五言一句的民謠，這些民謠藝術上極幼稚，但它爲文人創作五言詩提供了借鑒，一般認爲最早文人寫五言詩是班固的《詠史》。沒什麼文采，但他畢竟開了一個頭，之後，秦嘉、張衡、趙壹等人都相繼寫了一些五言詩。這個體裁是在漢代開的肇端。七言詩也是先在民間興起，在漢代樂府中就有一些，文人作的七言詩一般認爲最早的是東漢張衡的《四愁詩》。分四段，每段七句，皆以「我所思兮」開頭，形式十分工整，各句音節整齊，明顯表現出形式上刻意求工的痕迹。可見，漢代文人自覺學習民歌開拓體裁，以追求體裁審美上的突破。

漢代文人在藝術上的追求還表現題材上的開拓。他們利用詩抒寫愛情、宮怨、行樂、遊子、山水、田園、畋獵、宮苑、園林、思歸、閨怨、懷鄉、友情、懷才不遇的失落、壯志難酬的挫敗……王褒的《洞簫賦》是第一篇寫樂器與音樂的賦，這不僅開了賦的題材，也開了後世詠樂、詠舞、詠器物賦的先河。東漢中後期，在作品劇增的情況下，文學正展現越來越多的個體放恣和自娛色彩，其原因自然是由於此時政治的腐敗和社會的動蕩，人們必然要在政治之外有新的人生找尋。文學的這一發展在使之脫出政教拘束的同時，其實並不意味著文學與政治的全然脫離，而是文學的領域擴大、拓展了。文學審美上的變化能夠從一個側面上反映社會生活的變化。由此可見，漢代人一面強調文學教化人心的作用，一面也刻意去追求它藝術上的審美性，他們企圖將這兩方面統一起來的努力是很明顯的。

七、漢人對作家、作品進行自覺的研究

姜亮夫先生說：「屈原的作品是漢民族文藝的總根源之一，歐洲十字架上釘死了一個耶穌，成爲歐洲文化發展的因素，汨羅江中死了一個屈原，使中國文化多了一分精英。」〔註 49〕姜亮夫先生的這段話實際上是道出了

〔註 49〕姜亮夫，《屈原問題爭論史稿》，十月文藝出版社，1987 年版，頁序。

屈原對中國文化上的深刻影響，而屈原對中國文化的貢獻我認爲是分兩個方面的，一則是屈原比較集中地創作了系列文學作品，這批作品都是屈原獨特個體的情感抒發與性情的表現，具有鮮明的藝術個性，再次，這批作品明顯表現出刻意追求文辭麗美的傾向。從屈原始就標誌著中國文學開始了專業文人的創作，屈原的寫作方式，尤其是作品中文學語言的形式美感給後世留下了深遠的影響。二則是因爲屈原的人格追求表現了封建士大夫的人格理想，並且他的遭遇極富有悲劇的審美價值，他代表封建社會文人常態下的一種生活處境。這二者的結合使他的作品在漢代被推到了至高的地位，被人當作經典文本而深受人們喜愛，朝野都把吟誦楚辭當作一門專門的學問加以推廣。在這種文化環境中，必然有人會對屈原其人其作進行深入研究，從理論上做出理性評價自然是水到渠成的事情，司馬遷、班固、王逸分別在兩漢的前期、中期、後期對屈原的作品作了個性化解讀，他們都不約而同把目光聚焦在屈原的人格上，由人格的評論進而到作品的評價，當然要進行深入分析具體原因可能是個十分複雜的文化現象，但有一點可以肯定的，便是屈原是一個以文章傳世的文學之士，人們對他的興趣很大一部分是源自於對文學的熱情，人們研讀楚辭無非是爲了感受其作品的審美愉悅之享受，或是爲了吸取其創作的藝術養料，以提升自己創作的審美品味，淮南王劉安是這批人中有代表性的。劉安一生愛好文學，對屈原和楚辭頗有研究，著有《離騷傳》，還模仿過楚辭寫過不少習作，可惜都已逸散，但是從班固的《離騷序》記載了劉安評《離騷》的片言隻語：「淮南王安敘《離騷傳》，以國風好色而不淫，小雅怨誹而不亂，若《離騷》者，可謂兼之，蟬蛻污穢之中，浮游塵埃之外，皭然泥而不滓。推此志，雖與日月爭光可也。」〔註 50〕可見，當時人已開展對作家及作品的專門研究，重視詩人、作家的社會人格和道德、倫理觀念是在漢代形成的傳統，把文品視爲人品的單一表徵是有失公允客觀的，但是當時的人就是這麼去理解的，也是這麼去實踐的。

八、社會風尚對於作家與作品給予普遍的尊重

漢代人對文學的崇拜到了無可復加的地步，把文學當作有靈異的神秘之

〔註 50〕班固，《離騷序》，見班固、班昭《蘭臺集・班氏遺書》卷二，陝西文獻徵輯處校印。癸亥六月（1983 年）頁 35。

物加以崇拜，《漢書・王褒傳》載漢宣帝讓王褒誦讀奇文與自己的創作，爲太子來療病解痛，進行精神治療。〔註 51〕枚乘的《七發》也是爲了給太子療病。將文學的精神感染功效發揮到這一步，作此用途恐怕也只能是發生在漢代那樣的社會，「故夫能說一經者爲儒生；博覽古今者爲通人；採掇傳書以上書奏記者爲文人，能精思著文連結篇章者爲鴻儒，故儒生過俗人，通人勝儒生，文人逾通人，鴻儒超文人。故夫鴻儒，所謂超而又超者也。……故夫丘山以土石爲體，其有銅鐵，山之奇也。銅鐵既奇，或出金玉。然鴻儒，世之金玉也，奇而又奇矣。」〔註 52〕王充的這一段話，道出了漢代社會對文化和文化人的極度尊敬，視其爲芸芸眾生中少之又少的精英世傑，他們在人們心目中的地位是很崇高的。

揚雄曰：「雄以爲賦者，將以風之也，必推類而言，極麗靡之辭，閎侈巨衍，競於使人不能加也。」〔註 53〕揚雄的話是對漢大賦修辭特點的理論概括，後人批評漢賦這種現象爲文而造文，是一種唯美主義的表現。這種批評正是從反面證明漢代文學的藝術特徵，證明文士在文學審美上積極作爲的自覺意識。當然，華夏民族的早期文學中表現出過度刻畫，過度修飾顯出了其藝術上的不成熟，顯得控放有失得當，這些不足是存在的，但是沒有早期的幼稚藝術，就不可能有後世的成熟藝術。在我看來，文學的審美是多層次的，有形而上和形而下層面的區分，有語言音律和諧方面的，有語言修辭的刻畫、意象審美格調方面的，也有內容表述、結構布局方面的。在文明演進的不同階段，不同的社會文化背景下，人們會對它們的某些方面作特別的強調，這也是一種正常的文化現象。漢代人較多關注語音、詞藻、意象等比較直觀的層次，而對於後一層次已有所體認，但還不夠清晰明確，表現在創作實踐上較明顯，比如賈誼的《鵩鳥賦》，明顯就是託古諷今，寄託自己懷才不遇的身世之歎和對當權者的滿腔憤懣，發泄一腔的牢騷。還有東漢一些抒情小賦和紀行賦等，但是這種傾向均未被時人上升到理論層面進行總結，或者說當時沒有人明確清晰地認識到，而這種明確清晰的認識是到了魏晉時代，被曹丕等人更多強調語言文學與個體生命之間的內在聯繫，而這一點引起了魯迅等

〔註 51〕班固，《漢書》卷六十四下《王褒傳第三十四下》，中華書局，1962 年版，頁 2829。
〔註 52〕王充，《論衡校釋・超奇篇》黃暉撰，中華書局，1990 年版，頁 607。
〔註 53〕班固，《漢書》卷八十七下《揚雄傳第五十七下》，中華書局，1962 年版，頁 3575。

人的注意。在當時這種社會文化背景的影響下，司馬遷、班固等人在他們的鴻篇巨製中闢出專章謳歌賈誼、屈原等文士，這既有作者對這些人文學才情的由衷敬仰，也有對他們在民族文化事業上卓異貢獻的充分肯定，應該說，司馬遷等人的這種情感傾向在漢代是有相當深厚的社會基礎的。無論如何褒貶，有一個事實是不可否認的，以漢大賦爲代表的漢代文學成就對後世文壇產生了相當深遠的影響，歷代文人無不從賦中汲取藝術養料，並且之後形成一個傳統，以賦的創作作爲考量一個作家文字駕馭能力的標準。

九、餘緒

從以上的論述，我們可以深切感受到漢代文學是在漢代文人爲文自覺意識的支配下從事創作的，一方面他們極度重視文學的功利主義，對於文學有厚重的政治教化、弊政諫諷的期待，另一方面又對文字審美的感性特徵保持著濃厚的興趣。也就是說漢人在文學中過多地牽涉到了「技術思維」與「生活態度」，他們並沒有把這兩者對立起來看，而是統一的，文質彬彬才是文學的最高境界。劉向、韓嬰等人做法在漢代很有代表性，劉向小說集《新序》、《說苑》、《列女傳》，韓嬰的《韓詩外傳》等，是把歷史典籍中的一個個小故事重新編輯，編輯這些小故事的目的，無疑是作者要向民眾宣揚他的社會政治思想，道德價值觀。這些故事大致可以歸納爲宣傳作者的德治仁政思想、賢人治國思想、民本思想、倡導從善納諫思想等諸多方面，但是作這種重新編輯也絕不忽視故事藝術魅力的營造，目的是利用文字的生動感、閱讀快感來提高它們的社會傳播效果。不管怎麼說，漢代文學中所體現的是一個農耕社會文化體系中最有價值、最有生命力的審美觀念。在這種爲文觀念的支配下，中國文學在源頭上所表現的定勢是事理相稱，情事相宜，融合無間。他們的爲文觀念雖樸素，但並未與文學的本質相左。可也應看到在文學的發展中，形式美感表現的手法積纍多了，一些文人在這方面的追求走過了頭，抽空或淡化了文學內質性的要求，不在傳達文本的「事」和「情」方面下工夫，反而將筆墨投諸於遊戲文字，章句的精緻性表述，這就反而走到了文學的末流上，表現爲內在情感的僵化，或歌功頌德的空假，或綺靡俗豔的矯情，文學家成了文字的工匠。因爲文學中含有表現技巧的問題，既是藝文就有一個藝技問題，有人過於執著於藝技的追求亦屬正常之事。應該看到漢賦的創作在審美上的確是存在程序化，形式上的僵化和情感表達上虛僞化的傾向，但這是文學表現的分寸把握失當造成的，這和文學的自覺不自覺無關，完全是兩個概念的問題。漢代之後的一個時期，藝術經過了一段時間的發展，或許是「審美疲勞」規律的作用，人們又滋生出了一種貶低人爲刻意修飾，鄙視「人爲美」的傾向，將自然樸素的審美格調與過份雕琢的唯美傾向對立起來，萌發出了另一種崇尚自然清新之美的審美傾向。這不僅符合文藝發展的一般規律，也能從一個方面有力地說明在文學發展的初始階段就因爲有著一種爲文章藝術而藝術的唯美傾向，這恰恰說明了文學的自覺意識。正是這種傾向的發生，才給後世文學的發展劃規出了另一個走向，一種反撥意識使中國古典文學肇始進入了另一種輝煌。文學從本質上來說是屬意識形態的，它是通過承載社會觀念形態來反映社會生活的，因此，它是以社會文化、民族文化、政治文化等爲背景的社會亞文化系統，文學自覺本身就體現著社會文明整體進化的水平。它在文明發展的不同階段，人們對文學的認知水平不同，文學自身的發展水平也不同。因爲文學的社會功能是多元的，在文明演化的不同歷史階段上，受社會內部因素影響，文學的某些功能得到人爲的放大了，膨脹了，某些功能萎縮了。因此，文學的自覺可以是體現在不同的層次上的。人們對文學的認識不同，所賦予文學的社會使命也就不同，從這一點來說，它也承載著些許人類進化的信息，從一個側面反映了某個歷史階段文明發展的整體水平，不能簡單地一概而論。

第二章　漢人在理論上對先秦文學審美觀念的繼承

漢代人對於文學審美的認識反映在兩個方面：一是當時人寫的理論著作，二是漢代人創作的文學作品。文學創作中所呈現的審美格調我放在後面幾章來討論，在這一章裏我想專門就漢代人在理論著作中對先秦人審美觀念的繼承作一討論。在漢代人的理論著作中所體現的文學審美取向基本上是沿襲先秦儒家正統文學觀的，孔子對於文學審美取向的觀念在很大程度上表現爲漢代社會在文學價值觀的主流意識，將先秦儒家和兩漢作個比較，可以發現漢人並沒有比先秦儒家走得太遠，他們沒有太多的理論建樹，把先秦兩漢打通作一番梳理，我們可以看出作爲一個農耕民族，處在物質尚不發達，生存問題依然是困擾人最大的社會問題的狀態下，建立起來的文化體系最大特點就是實用理性。文學是一個社會性很強的學科，它不僅是社會生活的形象編碼，而且還帶有豐富的人類進化信息。中古時期的文學雖是以先秦五百年文化積纍爲基礎，但是從大體的形態上來看，亦算是華夏民族早期的文化，處於文化發軔時期的創作。經濟的發展水平是制約文化發展水平的終極因素。先秦兩漢時期的社會物質生產基本上處於同一個較低下的水平上，文學藝術生產也必然要帶上那個時代的烙印，先秦兩漢時期的人們在通過精神掌握客體世界的活動中，現世的功利色彩是那時文化的主要特徵，具體到文學領域，對於文學功能作多元實用的理解應該是最合乎歷史邏輯的。文學無論是在內容上還是在形式上，表現形而下層面的東西、具象性強、易於衝擊人感性的東西，是這一時期人最合理、最有社會基礎的文學表現理念。漢代人面對先秦多元的社會思想單單明確繼承的是儒家的文學觀念，這是有它的內在必然性的。儒家詩學的精神核心，就是注重實用理性，強調文化中的社會公益精神；儒家社會思想的精髓就是削弱個人意志以符合社會意志，抑制個人私己之欲以服從社會公益，這兩者的統一構成了這一時期文化系統的主要精神風貌。由此而形成的文化體系基本奠定了中華民族古代文學的基調，也奠定了漢代文學審美形態的基本面貌。這應該是我們考察漢代文學時最基本的認識。以這樣一個視角來看待發育於先秦時代的儒家政教詩學觀念就變得容易理解了，我們很快就可以把握住中國早期文學主體風格形成的內在因素。

第一節　先秦兩漢人對文學領域中「文」與「質」審美屬性的理解

首先來討論一下漢代人對文學領域「文」與「質」這一對審美範疇的理解上。

「文」與「質」是中華民族先祖在對大自然和人類社會活動進行一系列審美活動中最早概括出來的一對審美範疇。「文」與「質」是兩個相對獨立的概念，「文」表現的是事物的外在之美，「質」表現的是事物的內在之美。「文」和「質」這兩個概念在不同的事物中表現爲不同的內涵，在文章、文學領域，「質」表現爲文章的內容，也就是寫作主體精神訴求方面的內容，具體體現在要「說什麼」的問題上，而「文」則表現爲文章的表達形式，具體體現在「怎麼說」的問題上。這在先秦時期，無論是儒家、墨家還是道家都承認「文」與「質」均具有審美價值，只是這是兩個不同的審美範疇，在先秦不同的學派中有不同看法。以孔子爲代表的先秦儒家把「文」與「質」看作是可以統一起來的東西，提出「質勝文則野，文勝質則史，文質彬彬，然後君子。」〔註1〕（《論語・雍也》）的審美觀念。「文」與「質」統一是爲中和之美，而儒家提倡的就是這種「文」與「質」相稱宜的中和之美。而墨家堅持平民立場，在生活領域提倡節用反對奢侈，本著這種精神來看待文藝，這種思維的邏輯是排斥修飾性強、官能享受性強的東西，把質與文看作是對立的彼此可以割裂的東西。「故聖人爲衣服，適身體，和肌膚而足矣，非榮耳

〔註1〕楊伯峻，《論語譯注》，中華書局，1982年版，頁61。

目而觀愚民也。當是之時，堅車良馬不知貴也，刻鏤文采不知喜也。」〔註2〕（《墨子・卷一》）道家學派的審視視點則集中於「質」上，老子在理論上不認爲本質之外還有美，偏執於追求事物的內在之美，對於本質之美強調到了絕對化的程度，但是從老莊的寫作實踐上來看，《道德經》與《莊子》都是天下至文，言辭妙曼至極，雖然他們在論著中說「大美無形，大音希聲」「大巧若拙，大辯若訥」〔註3〕（《老子・第四十五章》），「既雕既琢，復歸於樸」（《莊子・山木》），可以看出他們對「文」與「質」這一對矛盾也是有所認識的，只不過這些論述是在講「文」與「質」這一對矛盾的處理原則，他們的審美理想是要求人工的僞巧不要壓過自然之美，人工美在他們看來應該從屬於自然美，事物天然的形態才是至上至美的。

到了兩漢，漢儒們面對先秦發育形成的多元文質觀念中，他們獨衷於先秦儒家的文質觀。董仲舒、揚雄、王充、劉向等人對於文質觀取向，基本上與儒家是一致的，他們出於世用理性的選擇，強調的是「文」與「質」的和諧統一，董仲舒在《春秋繁露・玉杯》中說：「志爲質，物爲文。文著於質，質不居文，文安施質。文質兩備，然後其禮成。」〔註4〕揚雄也有類似的話，他說：「無質先文，失貞也」，又說：「質有餘者」，亦須「受飾」（《太玄經》），主張文質兼備，或「辭事」「華實」副稱。王充在《論衡》中就這一對審美範疇關係論述得更透徹：「有根株於下，有榮葉於上，有實核於內，有皮殼於外。文墨辭說，士之榮葉、皮殼也。實誠在胸臆，文墨著竹帛，外內表裏，自相副稱，意奮而筆縱，故文見而實露也。人之有文也，猶禽之有毛也。毛有五色，皆生於體，苟有文無實，是則五色之禽毛妄生也。〔註5〕……天文人文文，豈徒調墨弄筆，爲美麗之觀哉？載人之行，傳人之名也。善人願載，思勉爲善；邪人惡載，力自禁裁；然則文人之筆，勸善懲惡也。」〔註6〕劉向在《說苑・修文》中論述音樂感人因素時也講到了文質關係：「雅頌之聲動人而正氣應之；和成容好之聲動人而和氣應之；粗厲猛賁之聲動人而怒氣應之，鄭衛之聲動人而淫氣應之。」〔註7〕這裏所謂的「聲」就是音樂曲調

〔註2〕《墨子》，北京國學時代文化傳播有限公司，2003年版。
〔註3〕任繼愈譯，《老子新譯》，上海古籍出版社，1985年版，頁157。
〔註4〕蘇輿，《春秋繁露義證》，中華書局，1992年版，頁27。
〔註5〕王充，《論衡校釋・超奇篇》，黃暉撰，中華書局，1990年版，頁609。
〔註6〕王充，《論衡校釋・佚文篇》，黃暉撰，中華書局，1990年版，頁869。
〔註7〕劉向，《説苑》趙善詒疏證，華東師範大學出版社，1985年版，頁593。

的高低抑揚徐急舒緩訴諸於人感官審美的東西，必須要有相應的內在審美內核爲依託才能有理想的效果。可見兩漢人在對「文」與「質」這一對審美範疇的認識上是一種兩全的心態，既注重審美對象的內在審美因素，也對審美對象的形式因素感興趣，「文」和「質」是他們都企圖要掌控的東西。表現在質——「說什麼」上，漢代人受儒家入世精神影響，崇尙有嚴肅社會意義的內容，或是與修齊治平有關係的，或是政教、事功之類的與社會公益息息相關的，或是仁義禮智信之類與個人修身相關的內容，才是符合儒家倫理道德觀念的眞和善之審美標準，才使文章在內質的審美上具有了充實、凝重、嚴肅的美學意韻。西漢的毛亨、東漢的鄭玄等人通過對《詩經》所作的訓釋，可以看出他們都對詩表達上的這些形象思維方法，作過一些理解性的發揮。鄭玄的話在漢代是一種有代表性的觀點，鄭玄將風雅頌的含義概括爲：「風，言賢聖治道之遺化」；「雅，正也，言今之正者以爲後世法；頌之言誦也，容也，誦今之德，廣以美之。」〔註 8〕都是儒家最正統的言論觀。在文——「怎麼說」的審美範疇上，《毛詩序》中提出一個原則是「主文而譎諫」，即主張用富有文彩的語言來表達，內容表達要講究技巧，要有藝術審美趣味，盡可能做到委婉曲折，含蓄有變化，忌諱平白直言。《毛詩序》中提到六藝：「一曰風，二曰賦，三曰比，四曰興，五曰雅，六曰頌。」〔註 9〕按照《詩經》的實際情況來說，其中的風、雅、頌是三種詩體，而賦、比、興，就是講的表現技巧了。鄭玄說：「賦之言鋪，直鋪陳今之政教善惡；比，見今之失，不敢斥言，取比類以言之；興，見今之美，嫌於媚諛，取善事以喻勸之。」〔註 10〕總之，一條表達原則，就是不能太直率，太直白，太平樸，要講究說話的藝術。從這些論述很明顯可以看出，漢代人已經在理論上明確認識到，無論是藝文的體式，還是語言修辭，這些訴諸於人感官的具象性東西都是可以具有審美追求空間的。

〔註 8〕阮元，《十三經注疏・毛詩正義》卷一之一，上海古籍出版社，1997 年版，頁 271。

〔註 9〕阮元，《十三經注疏・毛詩正義》卷一之一，上海古籍出版社，1997 年版，頁 271。

〔註 10〕阮元，《十三經注疏・毛詩正義》卷一之一，上海古籍出版社，1997 年版，頁 271。

第二節　先秦兩漢人對文學精神意義複雜性的理解

「文學作品的精神意義因其複雜而多層，所以成爲一個『召喚結構』而表現出最大的魅力。」〔註 11〕這是現代人對於文學精神意義複雜性的理性認識，而早在 2000 多年前的孔子憑著感性思維，也把握住了文學作品精神意義複雜多層次性這個特點。在中國古代詩學中，孔子對文學作品精神意義複雜多層次性的認識和表述，在漢代不僅是被社會主流意識所認可，而且影響很大，並且通過漢代人的發揮對中國的詩學產生了巨大的影響。把孔子對文學作品精神意義的多元表述以及漢代人對其的理解與發揮作一梳理，我們或許能看出從先秦到兩漢時期，人們對文學特質最基本的理解。

從先秦至兩漢，典型的美感文學便是詩、賦、騷，中國古代文論生發點是詩，文化先賢往往是把詩作爲藝文的一個「基礎文體」來展開討論的，而不是政論散文或歷史散文之類的應用文體，這是首先應該明確的。孔子對文學的地位和作用是非常重視的，在孔子的一些言論中，經常提到文或文學，這跟孔子對文學具有多重性精神意義的理解和期待有關係。

一、文學的「事人」功效

在孔子看來，文學具有教化世風民心的社會作用。對《詩經》三百篇內容的概括是「一言以蔽之，曰：思無邪。」在孔子看來《詩經》三百篇的思想內容都是符合孔子所主張的正統道德規範的，不邪佞的。這是孔子對詩內質美的規定。故而在他看來文學是具有教育功能的學科，他在《論語・述而》中說：「子以四教：文、行、忠、信。」他把文列爲四教之首。他還說：「不學詩，無以言。」漢儒們對孔子的這一觀點也是十分認可的，《毛詩序》中說：「《關雎》，后妃之德也，風之始也，所以風天下而正夫婦也。故用之鄉人焉，用之邦國焉。風，風也，教也；風以動之，教以化之。」〔註 12〕這裏強調的是文學的社會教化功能。董仲舒十分推崇「六藝」，就是接受的孔子詩書教化人心的觀點，他說：「君子知在位者之不能以惡服人也，是故簡六藝以贍養之。《詩》、《書》序其志，《禮》、《樂》純其美，《易》、《春秋》明其知。六學皆大，而各有所長。」〔註 13〕這就是說要實行德治，

〔註 11〕胡經之，《文藝美學》，北京大學出版社，1994 年版，頁 326。
〔註 12〕阮元，《十三經注疏・毛詩正義》卷一之一，上海古籍出版社，1990 年版，頁 269。
〔註 13〕蘇輿，《春秋繁露義證》，中華書局，1992 年版，頁 27。

不以惡服人，那麼「六藝」就是重要的治國工具，「六藝」各有所長，互相配合，綜合施教，才能對民實行教化。《淮南子》是一本以道家思想爲主的著作，雖然它有些排斥儒家的仁義禮樂，但同時也承認儒家「六藝」爲治亂之本，「聖人」治國必不可少，它認爲：「六藝異科而皆同道，溫惠柔良者，《詩》之風也；淳龐敦厚者，《書》之教也；清明條達者，《易》之義也；恭儉尊讓者，《禮》之爲也；寬裕簡易者，《樂》之化也；刺幾辯義者，《春秋》之靡也。故《易》之失鬼，《樂》之失淫，《詩》之失愚，《書》之失拘，《禮》之失忮，《春秋》之失訾。六者聖人兼用財制之，失本則亂，得本則治。」〔註 14〕由此可知，在先秦兩漢的文化體系中，用以改造世風民心的教科書中就有藝文。

孔子還說過一段對中國古代詩學有建設意義的話：「小子何莫學夫詩？詩可以興，可以觀，可以群，可以怨，邇之事父，遠之事君，多識於鳥獸草木之名。」〔註 15〕（《論語・陽貨》）這一段話既可以看作是孔子對文學多元社會功能的認識，也可以看作是從接受角度來談詩，就是對詩的內質之美多樣性的揭示。

漢代是個奮發蹈厲的時代，漢人必然首倡務實精神，處在那樣一個文化背景中，孔子的這種爲文的觀念特別容易引起共鳴，漢人對這段話的解讀應該格外地引起我們的重視，因爲這種解讀本身就投射出漢代人本身對文學的理解。「詩，可以興」，用孔安國的解釋就是詩可以令人「引譬連類」〔註 16〕，此爲比興也。所謂的「引譬連類」，是從接受者的角度來說的，讀者通過閱讀詩文，把握詩文刻畫的物象就可以引起無窮的遐想，就是說詩歌可以引起欣賞者精神的感動奮發，詩具有啓發人聯想的意義。「可以觀」，是說可以通過詩文體察瞭解民風，鄭玄的解釋是「觀風俗之盛衰」〔註 17〕。從接受學的角度來說，詩是社會生活的鏡子，它可以生動地反映民生民情。班固對此也發表過見解，他沒有系統的文藝著作，他的文學思想和主張主要見於《漢書》的人物列傳和文學家傳贊、《兩都賦序》和《離騷序》等文章中。班固也是主張詩文的教化作用的，在這種觀念支配下，他自然要肯定創作的現實主義精神，他在《漢書・藝文志》中說：「故古有採詩之官，王者所以觀風俗，知得

〔註 14〕《淮南子校釋》(全二冊)，張雙棣校釋，北京大學出版社，1997 年版，頁 2063。
〔註 15〕楊伯峻，《論語譯注》，中華書局，1982 年版，頁 185。
〔註 16〕《諸子集成・論語正義》，上海書店出版社，1986 年版，頁 375。
〔註 17〕《諸子集成・論語正義》，上海書店出版社，1986 年版，頁 375。

失，自考正也。」〔註18〕由此可知，他是深知早在遠古時代，行政管理人員就知道運用詩歌來體察下情，詩歌是王者對子民進行行政管理的輔佐工具。他還說：「自孝武立樂府而採歌謠，於是有代趙之謳，秦楚之風，皆感於哀樂，緣事而發，亦可以觀風俗，知薄厚云。」〔註19〕這些論述說明他是深切認識到現實主義的作品中有極嚴肅的一面，裏面包含有豐富的現實社會民生的信息。這些信息是統治者治國馭民最基本的政策依據，雖然是文藝，但它連通著國家的利益。正因爲這是一種嚴肅的創作，才應該以嚴肅的態度來對待它。「可以群」，孔安國以「群居相切磋」來解釋「群」，用現代漢語來解釋，就是說詩可以培養人的群體意識。這也是從接受者角度來談的，一個人通過學詩，可以提高文化素質和增強道德修養，以提升個體社會化的程度。孔子是十分看重個人品格修養的，「其身正，不令而行，其身不正，雖令不從」〔註20〕（《論語・子路》），「修己以安人」，「修己以安百姓」〔註21〕（《論語・憲問》），孔子認爲一個人要入世治國必須要具備良好的品德素養，能夠做到身體力行才能使政令通行，一個人通過詩文內涵的薰陶是進行文化道德修煉必要的途徑。「可以怨」，孔安國解釋「怨」爲「怨刺上政」。這個「怨」用現今人的話來說就是還可以用文學作品來批評政治，批評政府，揭露社會黑暗，發泄個人對於社會的不滿，是公民議政的一種工具。這在先秦和秦漢時代是對文學最重要的期待了。在那樣的社會環境中，是把個人參與政治的熱情上升到對民族責任意識的高度來理解的，是衡量個人的道德水平和文學作品是否合於善這一倫理標準的主要標尺。這個向善之文德主要是通過作品的諫諷來體現的，漢代人對文學最正統的觀念就是諫諷作用，「美刺」與「諷諫」成爲漢代人衡量作品價值的一條基本準則。用我們現在人的話來說就是「歌頌」與「暴露」。司馬遷在《屈原賈生列傳》中評論宋玉、唐勒等人的創作時說：「屈原既死之後，楚有宋玉、唐勒、景差之徒者，皆好辭而以賦見稱。然皆祖屈原之從容辭令，終莫敢直諫。」〔註22〕《漢書・藝文志》論辭賦的發展亦言：「大儒孫卿及楚臣屈原離讒憂國，皆作賦以風，咸有惻隱古詩之義。其後宋玉、唐勒；漢興，枚乘、司馬相如，下及揚子雲，競爲侈麗閎衍之詞，

〔註18〕班固，《漢書》卷三十《藝文志第十》，中華書局，1962年版，頁1708。
〔註19〕班固，《漢書》卷三十《藝文志第十》，中華書局，1962年版，頁1756。
〔註20〕楊伯峻，《論語譯注》中華書局，1982年版，頁136。
〔註21〕楊伯峻，《論語譯注》中華書局，1982年版，頁159。
〔註22〕司馬遷，《史記》卷八四《屈原賈生列傳第二十四》，中華書局，1959年版，頁2481。

沒其諷諭之義。」〔註 23〕無論是司馬遷還是班固，都對漢賦「侈麗閎衍之詞」的過度張揚，「直諫」「風喻」之義的喪失，表示出了不滿。司馬遷在《史記・司馬相如列傳》中說：「相如雖多虛辭濫說，然其要歸引之節儉，此與《詩》之諷諫何異。」〔註 24〕這句話的意思是司馬相如作品雖有虛辭濫說的毛病，但是因爲內中也有像《詩經》一樣具有諫諷之意，從這上來說還是有值得肯定的東西，進而肯定了其作品。班固也有類似的觀點：「賦者，古詩之流也……，或以抒下情而通風諭，或以宣上德而盡忠孝，雍容揄揚，著於後嗣，抑亦雅頌之亞也。」〔註 25〕《毛詩序》中也明確陳述這種觀點：「上以風化下，下以風刺上，主文而譎諫，言之者無罪，聞之者足以戒，故曰風。至於王道衰，禮義廢，政教失，國異政，家殊俗，而變風變雅作矣。國史明乎得失之迹，傷人倫之廢，哀刑政之苛，吟詠情性，以諷其上，達於事變而懷其舊俗者也。」〔註 26〕這些個經典性文本就可以看作是文學價值觀念的道白。從上引文獻可以看出，當時社會主流意識就是文學的價值在於爲世所用，對上進行歌功頌德，宣揚統治階級的文治武功，也適當允許對國政國策有一定的批評，以顯示當政者的開明，用我們今天的話來說文學要有「歌頌」和「暴露」兩者兼顧，而且還是上情下諭，下情上達，使之成爲政府諳悉世風民情的信息載體，讓統治者瞭解百姓的生活，瞭解他們的喜怒哀樂。漢代士人的用世之心很強，故而自然就形成了頗有時代特色的實用美學體系。從上述論述可以看出，漢代人對於文學最突出的就是政治傾向的期待了，不論是肯定還是否定，其出發點都是因爲詩賦的諫諷作用是有利於政事這一角度來論事的。

「邇之事父，遠之事君」，這句話歷來沒有太引起人們的注意，這實際上是孔子對於文學社會教育功能的一種期待，而且是更厚重的期待。學了詩，個體受到了文化的教育，有了一定的人文教化方面的修養，進而可以服務於政權，爲統治者效力，大濟蒼生，退而可以獨善其身，供奉父母，周濟家庭、家族。總之，因爲學了詩，就可以成爲一個效力於家、國、天下的有用之材，這是強調文學的個人教養修煉功能。「多識於鳥獸草木之名」漢宣帝也有類似

〔註 23〕班固，《漢書》卷三十《藝文志第十》，中華書局，1962 年版，頁 1756。

〔註 24〕司馬遷，《史記》卷一一七《司馬相如列傳第五十七》，中華書局，1959 年版，頁 3073。

〔註 25〕班固，《西都賦序》見費振剛、胡雙寶、宗明華輯校，《全漢賦》，北京出版社，1993 年版，頁 311。

〔註 26〕阮元，《十三經注疏・毛詩正義》卷一之一，上海古籍出版社，1997 年版，頁 272。

的話「鳥獸草木多聞觀之」(《漢書・王褒傳》)，這是說詩除了有上述的人文學意義外，還具有自然科學的認知作用，詩是通俗的自然教科書，通過解讀詩可以瞭解到一定的自然知識。孔子的這一小段話就將文學作品的社會作用概括得很全面了。

從這一段的比較分析，我們可以看到，儒家文學審美觀念是有相當功利實用型色彩的，而推動漢代審美思潮形成的主要文化精神又正是這種儒家的實用審美觀念，它的精髓就是把政治的、倫理的、道德的這些意識形態的東西統一起來，來控制漢代人的思想，而文學的召喚型結構對此表現出極大的適應性。現實社會對文學有如此多樣性的社會需要，而主觀性地將文學作較爲單一地僅僅從文學審美角度出發去要求它是缺乏社會基礎的，也是違背社會發展規律的。

二、文學的「事神」功效

如果把文學的上述作用概括爲是「事人」的話，那麼，文學在蒙昧時代或者文明早期還有一個重要的作用是「事神」。在一個生產力十分低下的社會，困擾人類生存最大問題便是周圍的世界中充滿了神秘異己的力量，對人類的生存所構成的種種威脅，人類在面對自身之外的充滿強力的物質世界所能想到的最直接的抵禦辦法就是運用語言。原始思維遺留在文化上的痕迹表現在社會一般人的意識中，便是對文字有一種崇拜的心理，他們相信人類的語言可以有抗拒突然降臨災難的神秘力量，這種從嘴裏發出的聲音，或是記錄自己語言的文字都帶有靈魂的信息，也同樣具有神秘的力量，可以溝通神靈，他們用詩歌來祭神、詛咒、祈禱、祝頌、占卜等，《淮南子・本經訓》中載：「昔者倉頡作書而天雨粟，鬼夜哭；伯益作井而龍登玄雲，神棲崑崙。」〔註 27〕「天雨粟，鬼夜哭」都是描述鬼神在文字面前驚恐萬狀的表現。高誘注說：「鬼恐書爲文所劾，故夜哭也。」《周易》就是專門記載先民占卜問卦的歷史文獻，它實際是記載人們用文字和符號與鬼神靈異溝通的經驗。它的問世與傳世本身就說明鬼神觀念在古代社會人們意識形態中的地位。其實，在中國古代很長一段時期的意識形態中都保留著鬼神觀念，與之相聯繫的是文學也必然要服務於事神事業。在遠古，人們感於自身力量的弱小，意欲借助於神靈的力量來保護眾生，到了後世人們已從自然的壓迫中獲得了解放，

〔註 27〕《淮南子校釋》(全二冊)，張雙棣校釋，北京大學出版社，1997 年版，頁 828。

可是仍然需要神靈，這就成了心靈慰藉的需要。在漢代生產力發展的背景下，人們已經在自然領域獲得了一定的自由，但在自然界的這一點點微小的勝利並不足以使漢代人在精神上完全獨立自由，宗教情結依然在他們的心靈中佔據很大位置。就連《春秋繁露》、《淮南子》這些比較正統的政論著作中都會有許多對自然和人事牽強附會的解釋，帶有很大的巫祝色彩，而民間風俗中就更多地保持著對鬼神世界的敬畏心理和祭祀習俗，整個社會意識形態中都較多地保留著從遠古流傳下來的巫祝文化色彩。在漢代藝術中也有不少是表現人們觀念中的這些意識，這一點，我們從漢代墓葬中出土的帛畫和漢代的磚刻藝術中能看到大量這方面題材的作品。從遠古留傳下來的種種神話故事，它們幾乎成了當時不可缺少的文藝題材。漢代人在現實世界中是偉大的，自豪的，驕傲的，但是在冥靈世界中，他們是渺小的，匍匐於地的。漢人只要對宗教有熱情，就自然會把文字看作是一種富有靈氣的具有神秘力量的靈物，對它抱著近乎於宗教般的崇拜心理。《毛詩序》中說：「故正得失，動天地，感鬼神，莫近於詩。」就是文學服務於事神活動的眞實寫照。總之，在這種環境中，人們不管是出於「事人」還是「事神」的目的，運用語言文字是出於世俗的利益，這是最早將文學有理性目的地納入了服務於人類福祉的系統，一開始中國的文學就具有了終極意義上的合目的性的特性。文學社會化、工具化、功能化、實用化了，這種中國早期文學發育的文化語境，從源頭上就奠定了它的性格，成了中國歷史長河中淵源流長的公共文化精神，漢代文化也是完完全全地秉承了這種文化的精髓。

第三節　對先秦兩漢理論形態文學審美觀念的幾點認識

通過上述種種闡發，我們可以大體瞭解了一下先秦兩漢人理論形態的文學審美觀念，概括起來對它們的認識有以下四點：

1. 從宏觀的角度來看，中國文學進入各個主題階段都沒能從根本上擺脫工具性這種基本格調

不同的歷史階段，受不同的社會思潮影響，不同的文學主題是社會主題的外化，一個時代的社會主題是文學主題的內在規定性。張應斌在他的著作《中國文學的起源》中對文學的類型作過一個分類，分爲自然文學、神士文學、政教文學三種，他說：「這種分法是相對的，首先，這三種文學有交叉疊

壓的現象，也有共生共存的一面。例如，在政教文學占主導的時期，民間的自然文學和神士文學依然存在。其次，官方扶植、提倡的主流文學也只是一個大致的文學導向，在政教文學占主導的時候也並非沒有其它文學的存在，而且在許多時候，官方提倡的政教文學不能佔據主導，政教文學中是對專制國家意識形態化的文學概括而言。」〔註 28〕按這種標準劃分文學類型的確既揭示出文學中所蘊含的人類學價值，也在一個很宏觀的角度勾勒出了中國文化史上文學主題受社會文化主流思潮制約而演變的大體脈絡。從宏觀概括的角度來看，中國文學進入各個主題階段都沒能從根本上擺脫工具性這種基本格調。從上述我對先秦兩漢文學審美觀念的爬梳，我們可以獲得一個鮮明的印象。它所表現出來的特徵，就是在人們爲文的觀念中或者創作文本中，所自覺或不自覺流露出來的文學具有工具性的表徵。從人類學角度來說，在物質水平低下的社會形態中，人類社會活動呈現實用和理性的特點是非常合乎歷史發展的內在邏輯的，在人類的活動主要圍繞爲生存而汲汲奔忙的時候，人類無暇在文學中表現太多形而上的東西也是很自然的事，人類的實踐活動首先是要合目的性。在這樣歷史條件下，人們在文學中重視功利性爲生存而服務是必然的，合理的，也是最合目的性的邏輯表現。因此，對當時的文化特徵，最合乎歷史邏輯的解釋就是把它看作是一個功能體系，從人類學的角度來看問題，古典文學發育的歷史環境特點就是充滿了生存的憂患，一切意識形態的東西都自覺服務於社會生存環境的改善是那個歷史場域下必然性的選擇。

2. 先秦兩漢文學的審美視角和先秦文化精神是一致的，人本立場是其根本的價值取向

一種文化、一種知識或一種思想總有一個支點。我一直認爲中國古代的社會思想成熟很早，對人生的思考、對個體與社會衝突中如何取得一個和諧點的思考，構成了中國文化發育的一個支點，這一支點也是很大程度上決定中國社會思想較早成熟的重要因素。先秦時期諸子百家間展開的思想爭論儘管各派觀點相異，交鋒激烈，但是討論問題的一個根本出發點和歸宿點都是人本主義的，先秦文化的宗旨都是圍繞如何改變民生這個社會化大課題各學派各學說展開頡頏的，先秦文化中諸子考慮問題的出發點和解決問題的思路，都對後世文明的發育產生了深遠的影響。

〔註 28〕張應斌，《中國文學的起源》，廣東人民出版社，2003 年版，頁 223。

文學是個社會化程度特別高的學科，說文學以形象的載體承載著人類文明進化的信息，就是說它總是伴隨著社會歷史進化的腳步，它是人類精神發展歷程的一面感性的鏡子。文明搖籃時期發育起來的某種文化價值觀，某種生活的態度，對一個民族來講是很重要的東西，是一個民族的文化基因，它會在中華文化發育的各個領域裏反映出來，也必然會在文學中打下深刻的烙印，成為中國文學基本的面貌特徵。從兩漢時期人們對文學審美取向來看，的確具有較明顯的現實功利性。先秦理性精神是體現在各個方面的：在天道自然方面，是以天、道、氣為主要概念，既順天又治天的農業理性；在社會政治方面，是以禮、法、孝、忠為主要價值觀念的整個家國的大一統理性；在仕階層人格塑造方面，是服務於家國又超越家國的儒道互補理性。那麼，可以說在意識形態方面是高揚人文精神、對人生的思考、對社會存在的哲學思考為終極目的的強調社會化、功能化、實用化的文化理性。這是時代精神使然。漢代大量的政論散文、歷史散文、「潤色宏業」的漢代大賦，以及反映廣闊社會生活的樂府民歌，都是作為對人生思考的產物而存世，同樣，在漢代文學審美理論中貫穿的也是人文主義精神。這種文化精神恐怕是社會無論發展到哪一步，都是社會文化中不可或缺的精神。即使在現代社會的生存環境下，社會對作家的道德要求也同樣是對公眾利益的，包括生存環境、生存意義、人類未來發展的走向等關係人類命運之類重大問題的嚴肅思考。「在彌漫著生存危機的境況之下，作家作為社會的良心，作為一種特殊的存在，責無旁貸地稟負著全人類的歷史使命。在世界陷於貧困的危難境地之際，惟有真正的偉大的作家和作品在思考著生存的本質，思考著生存的意義。他們以超乎常人的敏銳，以自己悲天憫人的情懷，以自己對於存在的智性感知，以自己的文字追尋蘊含著整個人類的終極關懷，把對終極目的的沉思與眷顧注入到每一個個體生命之中，去洞悉生存的意義和尺度，面對各種生存的困境，他們不計世俗的功利得失，超越社會的表象，去思索時間、思索死亡、思索存在，思索人類的出路。」〔註 29〕社會對於作家的要求和對文學的要求是有著內在聯繫的。把漢代與當今文學觀念作個比較，可以看出漢代人的文學觀念是有著深厚社會基礎的，至今依然散發著它奕奕的生命力。現代社會發展到後工業時代，社會對於文學的期待恐怕也未必是單向的審美要求，同樣也有一個社會使命的責任意識在裏頭。也正是這種強調內質所蘊含的凝重厚實

〔註 29〕張東明，《文學與生存》，中國社會出版社，2004 年版，頁序言。

的審美趣味的文學，才給了她一代代的子孫後裔們提供了那個時代人們生存狀態的許許多多的信息。亞里斯多德說：「詩比歷史還眞實」，這句話是指詩會十分眞誠地披露了詩人在具體的歷史環境、歷史事件中扮演的人物角色彼時彼地的心情。漢代文學就是漢代人在各種處境下的情緒記錄，記載了那個時代人情感發展的過程，從一個審美的角度記錄下了那個社會的生活畫卷。試想一下，如果沒有漢代的文學，我們對漢代社會的瞭解會缺失到一個什麼樣的地步？正是漢代人這種爲文的觀念，漢代文學才能夠成爲一份極其寶貴的歷史文化財富。

3. 漢代文學審美的理論不能很好地概括漢代人的創作實踐，漢代文論的發展滯後於創作

從漢代人大量的創作來看，可以說漢代文學既關乎國家之治亂，也關乎一己之私情。漢代無論是散文、詩歌、辭賦，還是其他文學形式，既表現出建功立業的追求，又對人生、事業、愛情、家庭、友情、生命、死亡等人倫情感有著極深邃、極細緻的思索。縱觀整個漢代文學，眞正表現個體生命欲望的至情至性的文字也有不少。認眞審視漢代的文學作品對人、對人生意義思考的深刻性，除了儒家思想的積極用世精神之外，道家思想的深邃性也是重要的因素。漢代的說理賦、抒情賦有相當的內容是用道家思想思考人生問題的，如賈誼《鵩鳥賦》、班固的《幽通賦》張衡的《思玄賦》、《歸田賦》司馬遷的《悲士不遇賦》等。表現作爲普通人平常心的作品是最能打動人心的。司馬相如的《長門賦》就頗爲細膩、傳神地表達了一個被愛情冷落心理失衡的後宮怨婦極度痛苦的心情。蔡琰在《胡笳十八拍》裏非常細膩眞實地描寫了一個母親被迫與親生兒女訣別時極度悲慟哀傷之情。《上邪》抒發了一個性情剛烈女子對愛情的堅貞不移的決心，等等。人有時還會有一些瞬間的感情，如孤獨愁悶、片刻的幸福感、小小的得意、一時的優越……這就是眞實的生命狀態，如果有人在詩中將這些瞬間的、不易捕捉的情感捕捉到了，並用適當的文字表達出來了，那就是偉大的詩人，偉大的作品。這種文字會讓不同時代的讀者產生共鳴，發出會心的微笑。人的情感在這裏得到了慰藉，找到了歸宿感。上舉的作品正是普通人在日常生活中觸發的自然情感。而這些創作和漢代文論精神是有一段距離的，漢代的文論並沒有對這些表現個人心靈私己情感的創作從理論上做出總結，應該說漢代文論的發展水平相比創作是滯後的。可能受主流話語強勢的影響，有些偏激，或者是社會文化發展的水乎體現在文學批評這種帶有學術性的活動開展上還沒有進入到一個自覺深入的時代。反正，受社會各方面條件的限制，人們還無法體認到文學的最高境界，他們沒有從理論上探索到文章中的表現形式具有獨立的資格，可以盡情施展，充分發揮。至少漢代的文學理論不能對漢代的創作做出全面的總結。總之，在儒、道思想的作用下，「文學是人學」作爲一般意義上的表述，強調的正是人在文學作品中的地位，以及文學應該以表現社會人生爲主要對象的積極態度。漢代文學高揚的人文精神，是作爲中國文學從洪荒遠古走來，面向後世的承接階段所形成的文學最基本、最核心的精神。

4. 漢代文論的入世精神跟所謂的文學自覺沒有關係

通過我們上述的論證分析，我們可以得到這樣一個突出的印象，漢代人受前人實用性、功利性文學觀念的影響，對文學的特性有清醒認識：文學與個人心志的關係，文學與時代的關係，文學之於人的感化作用，文學的語言修飾的審美作用，等等。但是，通過上述的比照，我們可以看出，在這一點上他們沒有比前人走得更遠，在漢人看來，華美的語言，動人的描述必須與相稱的思想內容彼此統一相融，才是有價值的。但是必須要強調的一點，這跟所謂的文學自覺沒有關係，文學自覺是指創作主體在進行文學創作時有明確的藝術審美方面的追求，而漢代文論在強調文學多元化社會功效時，不但不排斥文學作爲美感藝術文體審美追求上的合理性，並且把文學的這一特性作爲其主要的、合目的性特點而加以強調。漢代文論出現這種特點以我個人的看法有兩個主要的原因：一是受社會文明整體演化水平限制；另一個是中國的知識分子從一開始其生活方式就是要依附行政權力，這種生存方式決定了這個群體的智性活動具有主動迎合統治階級意願的主觀願望，是精英和經典的話語，在這種場合下並不是顯示人最眞實樸素一面的。

第三章　漢代文學審美思潮的流變

在前一章我們已經就漢代人文學審美理論作了專門的討論，我們可以把其看作是漢代主流意識就文學審美表達上的一個規範系統的確立，但是人們的精神需要相對於刻板的規範的系統是一個非常活躍的因素，儘管人們在文化創造活動中一邊受既有的、傳統的規範制約，但終究它跟人們的現實利害有著更直接的聯繫。在實踐中，它的超越性會大大超過穩定性，這是由人的自然天性所決定的。人類總是要在自己的歷史活動中向新的可能性作開拓性的努力，產生超出於前人的征服範圍，這種新欲望與舊的規範系統的衝突是必然的，一旦這種衝突發生，新的欲望或者新的價值觀念必然會寓含著一種新的價值序列。衝突解決就是意味著新的欲念得到了滿足，新的價值觀念或是價值序列被原先的規範所吸納，這種吸納是以調整原先的規範體系爲代價的。而漢代文學在創作實踐中面臨利害的選擇，新的需要與舊規範發生衝突時，必然是首先考慮作滿足新需求的開拓性努力，而沒有人會去作過時的規範系統的及時調整，這是可以留給後代人去做這方面的理論總結，進而對原有的系統和序列作出調整的。這種不同步的發展模式是文學發展的規律，漢代文學也是循著這種規律發展的。從魏晉起才開始有人對漢代人的開拓性努力進行理論總結，以調整原先的價值序列，原先的規範系列。

美是靠人去發現的，靠人去尋找的，比如春花爛漫之美，是以花之絢麗嬌豔征服人心，可殘荷敗柳枯槁腐朽之態依然可以直指人心，這種對立之美都可以撥動人的心靈之弦。人是一種神經系統高度發達的動物，是最靈動、最敏感的動物，萬物的精神、樣態都能觸動人的情感神經，產生美感體驗。比如人之形體美，是西方人先發現的，從羅馬的人體雕塑來看，他們很早就有了人體之美的崇尚了。生命超越現實是一種美，莊子感受到了，先秦時代巴蜀地方的先民發現了猙獰之美，創造了三星堆文明，還有人迷戀於畸形之美，故而有了婦女纏腳之弊。其實，每一代人都在做著拓寬新的審美領域的努力，儒家是把美依附在道德上的，美必須是在道德倫理的基礎之上才能成立，道家發現大美存在於自然，人工是扼煞美之兇手，推崇的是得天自然的天賴之態，這些都是先賢們探索觸及到的審美領域。探索是人的天性，求美是人的本能。因此說，文學活動本身就是激發人創新意識的一項智性活動，處於這一項活動中的人善以「越軌」的眼光來洞悉事物，感受事物間的新關係，尋求新的審美因素，新的審美序列。這種探求幾乎是人的精神欲望的出口，是一種本能性的東西。

按照對美探求欲望是人類精神本能性的活動理論，漢代人也必然是在做著這些方面的努力。他們在前代文學的燭照下也在進行著審美風格的開拓性努力。因此，漢代文學的發展自然也是呈一個流變的過程，在兩漢各個不同歷史時期、不同的社會政治文化背景下，我們還是可以感受到漢代人在文學中的創新追求的腳步。文學中的審美思潮隨著社會思潮的變化呈現不同的態勢。在西漢前期，占主導的是宮廷審美意識，這種社會審美思潮的發育形成跟西漢前期政治、經濟、軍事、文化上取得的巨大成就有很大的關係。漢代是中國古代社會創造的第一個昌榮盛世，它既在物質財富上空前的繁盛，也在社會文化發展上達到一個全新的高度。這一點我在第一章「漢代文學審美思想發育的人文環境」中已有論及，此不贅述。

秦始皇統一中國，建立了完全不同於夏商周宗主封國制的高度的中央集權性的專制政權，並設立郡縣制，這種政治體制具有把中央的政令貫徹到全國各個地方去的力量，這種政體使佔領者世俗權力達到了頂峰。漢代承接了這種政體，統治者在享有前代豐厚的政治文明成果的同時，更有雄心在社會各個領域中銳意進取。古代政治家的政治抱負和進取之心最集中體現在他們對於領土的野心上，衡量一個國家國力強弱最直觀的標尺就是疆域的大小。漢代帝王在領土擴張上的勇氣和能力，使得他們的佔有心理得到了極大的滿足。擁有軍事上和經濟上優越感的民族是最能體驗到軍事強大和經濟繁榮帶來的情緒上的振奮和心靈的張揚。漢代的政治文化成果給全社會帶來了巨大的公益，善政所帶來的社會各方面的良性機制不僅明顯改善人們的生活條件，並給人以巨大的精神鼓舞。激發起人們那種征服世界、佔有巨大財富自豪驕傲和誇耀的心態，尤其是這個時期的統治階級——一個平民出身的帝王，靠著自己的才智和勇敢，戎馬征戰，將一個不可一世的強大的秦帝國摧毀，又靠文治武功將天下治理得初有成效，更讓這些征服者享受到無與倫比的成功喜悅。臻以至治，功高蓋世，德惠天下，恩澤萬世，諸侯恭敬，萬方和樂，四方歸心。這種巨大的成就感、心理優越感難以抑止，他需要把這種情緒投射到文字中去，萬世傳頌。

另外，對於一個飽經戰亂的民族來說，社會安定，經濟進入上升通道，這也無疑是個足以引起他們全體爲之自豪和驕傲的蓋世豐功。華夏民族以大漢爲中心，睥睨群雄，傲視天下。在這樣一個勃興的時代，上至最高統治者，下至布衣百姓都會擁有一個很庸俗的念頭——「宣漢」、「誇富」，以這種方式宣泄巨大的精神上成就快感，這是他們所能想到的最好的方式。的確，那也是一個社會轉型的時代，戰爭時代結束了，整個社會安定下來了，執政者推行「無爲」之政，積纍了一定量的財富，國富民強，國家進入了歷史相對的最好時期。社會處於上升期，國民的凝聚力也強化了。由此，財富的積纍也在悄悄改變著一些社會思潮，從上到下都流行著一種很畸形的誇富心態，平民以乘騎母馬爲愧，作爲來自平民的帝王，更要向全天下詔示、誇耀自己在文治武功方面輝煌業績。

專制體制下，獨裁者操縱權力也就很大程度上操縱話語權，權力的力量還體現在統治者可以把自己的思想和意志變成本民族的意志。按照馬克思、恩格斯在《德意志意識形態對費爾巴哈、布・鮑威爾和施蒂納所代表的現代德國哲學以及各式各樣先知所代表的德國社會主義的批判》一文中說：「統治階級的思想在每一個時代都是占統治地位的思想。這就是說，一個階級是社會上占統治地位的物質力量，同時也是社會上占統治階級的精神力量。支配著物質生產資料的階級，同時也支配著精神生產的資料，因此，那些沒有精神生產資料的人的思想，一般地是受統治階級支配的。占統治地位的思想不過是占統治地位的物質關係在觀念上的表現，不過是表現爲思想的占統治地位的物質關係。」〔註1〕這一段話十分深刻，揭示出了專制國家中權力階級和意識形態之間的內在聯繫。具體到漢代，獨裁者也是操縱話語權的，這種操縱主要是通過文仕們的搖唇鼓舌來實現的，權力階層利用御用文人來「宣

〔註1〕馬克思、恩格斯，《德意志意識形態對費爾巴哈、布・鮑威爾和施蒂納所代表的現代德國哲學以及各式各樣先知所代表的德國社會主義的批判》，人民文學出版社，1983年，頁25。

漢」，將這種個人意志教化於他的子民。趙敏俐在《漢代藝術生產的基本特徵》一文中指出：「在中國古代歌詩生產中，大致存在著三種主要方式，即自娛式、寄食制和賣藝制。兩漢是中國歷史上第一個繁榮強盛的封建地主制社會，在以漢樂府爲代表的兩漢詩歌藝術生產中，不同程度上發展或完善了這三種古老的藝術生產方式，並形成了自己的時代特徵。」〔註 2〕事實上在大一統的封建集權制國家，的確是以這三種方式生產著藝術。特別是西漢早期，寄食制和賣藝制生產的藝術作品尤爲突出。文人在這種體制下很難有自己的獨立意識，寄食制和賣藝制生產的藝術不能不傳導權力階層的聲音。文士效力於王權，專業技能服務於政權，是惟一能夠改變文士社會地位和生活處境的出路。司馬相如的聰明不僅表現在他的文才上，也表現在政治的靈敏上，他對自己人生的定位在封建文人中是有代表性的。他是迎合王權的，竭盡忠誠地與當政者合作，對於權貴的態度是阿諛的，他在「封禪文」中力主漢武帝去泰山完成封禪大典，對於當政者功績的讚揚達到了無以復加的程度：「大漢之德，逢湧原泉，沕潏漫衍，旁魄四塞，雲專霧散，上暢九亥，下泝八埏」；「修禮地祇，竭款天神，勒功中嶽，以彰至尊，舒盛德，發號榮，受厚福，以浸黎民也。皇皇哉斯事！天下之壯觀，王者之丕業，不可貶也。願陛下全之。」〔註 3〕也正是這種政治體制，培養起漢代人的國家意識是完全抑制自我而迎合政府的，他們把統治階級意志當作了國家的意志，統治階級的利益就是包括自己在內的全民族的利益。他們有一個來自於傳統的古老而又堅定的信念，當朝政治集團的興衰是關係民族利益和前途的事業，對它關心的程度是衡量那個時代公民的道德底線。司馬談、司馬遷父子也天眞地把這種觀念當作自己精神的信仰，因此，對皇族的歌頌也表現出了同樣的熱情：司馬談臨終囑其子要著書反映「漢興海內一統」的朝代，不可泯滅了「明主賢君忠臣死義之士」的歷史功績。司馬遷亦是受這種歷史使命意識支配，個人承受著巨大痛苦仍要宣揚大漢帝國聲威：「漢興以來，至明天子，獲符瑞，封禪，改正朔，易服色，受命於穆清，澤流罔極，海外殊俗，重譯款塞，請來獻見者，不可勝道，臣下百官力誦聖德，猶不能宣儘其意。且士賢能而不用，有國者之恥；聖上明聖而德不布聞，有司之過也。且余嘗掌其官，廢明聖盛德

〔註 2〕趙敏俐，《漢代藝術生產的基本特徵》，《首都師範大學學報》，2004 年，第 4 期。

〔註 3〕司馬遷，《史記》卷一一七《司馬相如列傳第五十七》，中華書局，1959 年版，頁 3065。

不載，滅功臣世家賢大夫之業不述，墮先人之言，罪莫大焉。」〔註4〕漢初的文士意識中具有雙重的價值觀念：一重是個人的功利觀念，另一重是社會功利觀念，把兩者統一起來，實現了社會價值便是實現了個人價值，所以，士人意識與統治者在意識形態上是有很多一致性的東西，貴族與士人階層出於各自利益的考慮，在「宣漢」「重威」這一點精神需要上是共同的。在這種社會思潮的影響下，這種精神面貌反映在文化審美上，直接造成一種偏於感性的、直觀的、擴張型的、外向型的大美文化風格。所以漢初，在文藝領域佔據主導的審美思潮是宮廷美學，它所表達的是王公貴族對文藝的審美期待，但是在表現的形式上士人意志和宮廷意志的統一。處於社會上升期的漢代人豪邁空前的精神氣質，其外化的表現是文藝各個領域的創造都充滿了拙樸、天眞、厚重、炫耀般的誇飾、積極向上的陽剛之美，這一時期的文化創造旨歸就是要體現統一的大漢帝國的國勢天威。我們在讀這一時期的漢賦時往往能感受到有一股強大的、上升的、振奮的力量在心中湧動，這就是蘊涵在作品中大漢帝國精神氣質給人的感染。

社會風尚是一個流變的過程，自西漢末年起，人們逐漸開始有了疏離政治的傾向。的確，至東漢，漢廷政權旁落，政權頻繁迭更，弱主坐朝，外戚擅權，政權闇弱，經濟凋敝，戰爭頻仍，人們發現當朝天子的統治並沒有給他們生活帶來所希望的持續改善，而是隨著中央政府對全國政局控制力的減弱，社會各方面都出現了頹勢，文人們個人的前途在這樣的政局下也變得十分渺茫，經濟危機長時間得不到擺脫，生存變得越來越困難，人們內心開始對政治滋生不滿的情緒，對前途失望的沮喪也在不斷增長，漢初那種民族的自信和凝聚力在消解。經歷了武、昭、宣、元帝四朝的貢禹對時世的看法頗有代表性。時任諫大夫的貢禹看到日益頹廢的國勢，憂慮不堪，曾先後向元帝呈遞奏章達幾十次之多，這些諫言的內容主要是反對朝廷與大小官吏奢侈浪費，呼籲減輕人民的苛捐雜役的重負，提倡吏治中的廉正之風。他把漢朝之建立以來各代皇帝的消費規模和檔次一一進行了列舉。他說高祖和文、景之治時，宮女不過幾十人，御馬百餘匹。但是後來的幾代皇帝卻競相奢侈起來：後宮宮女多達幾千人，御馬達上萬匹；婚喪嫁娶，大講排場。這種奢侈的風氣已由皇帝傳染給了臣屬，由宮內傳到宮外，由此造成了害人的現象：宮內多的是年齡大而不得嫁的女子，民間卻有了許多老而不得娶的男子。這

〔註4〕《史記》，卷一三○《太史公自序第七十》，中華書局，1959年版，頁3299。

還不夠，因爲陪葬規模過大，已造成了虛地上而實地下的怪現象。這種浪費削弱了國力，擾亂了辰綱，已到了非治理不可的地步。「臣禹嘗從之東宮，見賜杯案，盡文畫金銀飾，非當所以賜食臣下也。東宮之費，亦不可勝計。天下之民，所爲大飢餓死者是也。今民大饑而死，死又不葬，爲犬豬所食，人至相食。而廄馬食粟，苦其大肥，氣盛怒至，乃日步作之。王者受命於天，爲民父母，固當如此乎？天不見邪？」〔註5〕可見當時社會經濟凋敝，社會負面情緒已經積纍到了相當的程度，漢初的那種社會凝聚力在消散。

社會環境在變，社會思潮也在改變，作爲社會信息編碼的文學審美傾向也會隨之發生改變。漢初那種有些矯情的亢奮激昂的熱情在新形勢下就顯得有些虛妄和蒼白了，漢初時興的以壯闊宏巨爲美的大美傾向和普通人的自然情感有一定的距離，張揚誇飾的巨麗之美讓人產生了審美的疲勞，在這樣的環境背景下，漢初在政治領域得到推崇的道家哲學，逐漸在文藝領域變成一種新的審美思潮日趨熾盛起來。道家的審美觀念是對儒家審美觀念的一種反撥。漢代人開放的、講求實惠的思維方式，對人生終極關懷的文化理念，使他們產生了在政治之外尋求人生新的精神支點的內在需求，這種精神需求在道家哲學中找到了適應性，兩漢之際和東漢初期，在文學領域出現了以儒家經世致用、崇經以教化的精神，與道家崇尚自然、淡泊自守的精神構成互爲衝突，互爲影響，互爲滲透的雙重審美態勢共存並榮的文化氣象，一批作家感風氣之先，他們敏銳地感受到新的社會思潮自然會滋生出審美文化心態發生變化的勢頭，一批作家，如揚雄、班固、張衡等生活在那個時代的文化精英感受到社會產生了新審美文化的需要，他們開始有了一種引領新風尚的嘗試，在儒家占主導的審美觀念中逐漸滲進了道家的審美意趣。這時期的賦作既有相沿成習的表現美刺傳統的《兩都賦》（班固），《二京賦》（張衡）之類的大賦，又有探究天人關係的《幽通賦》（班固）、《思玄賦》（張衡），而揚雄作《太玄賦》初始嘗試將道家哲學觀念融入文學創作，以求挖掘出全新的審美意境，「觀大易之損益兮，覽老氏之倚伏。省憂喜之共門兮，察吉凶之同域。」〔註6〕這種探索開拓了審美風尚之新域，更爲重要的是這種思想方法創造出來的審美意境淡化了人的政治情結，淡化了人生塵世的責任意識，而個人的主體意識得到了強化。這種思維取向所開闢出的審美趣味有它的社會適應性，

〔註 5〕班固，《漢書》卷七十二《貢禹傳第四十二》，中華書局，1962 年版，頁 3077。
〔註 6〕費振剛、胡雙寶、宗明華輯校，《全漢賦》，北京出版社，1993 年版，頁 209。

一種社會時尚的興起，隨之就會有人跟進。一時間東漢人競相賦玄，如劉駼駼的《玄根賦》、蔡邕的《玄表賦》、潘勖的《玄達賦》、桓譚《仙賦》、馮衍《顯志賦》、張衡《思玄賦》，他們相繼寫了一些意境相類的作品。可見其探「玄」的文化心理與空靈自然、美化自然、嚮往自然的思潮相聯繫，似一股潛流，逐漸在東漢的文壇蔓延，這種東漢文學的變革思潮開啓的依玄託思的創作傾向終在魏晉文人中形成風氣，逐成大端，玄學與文學交融之狀成爲文學審美之新崇尚。〔註 7〕

另外，東漢文學表現普通人的日常生活情感的創作更繁榮一些。那些遠離政治的貼近生活的樸素平實的審美潮流開始隨著人們對政治熱情的消退，漸漸進入人們的視野。《古詩十九首》是一批下層文人的創作，雖然表達的思想很複雜，但有一點比較一致，就是縈繞在他們心頭的是對人生易逝、節序如流的感傷，這種對韶光流逝的感傷是對生命流失的哀歎，這種情緒各個時代的人在某一瞬間都會產生，極爲普遍化和個體化，仔細品味還能體會到作者對個人處境的不滿，表達的是個人消極頹廢的負面情緒，隱含著對社會的抱怨。如果說他們的訴說還比較委婉含蓄，那麼蔡琰、趙壹等人作品就是一首首充滿激憤的呼喊，《悲憤詩二首》、《胡笳十八拍》就是通過抒寫個人的不幸遭遇，直接宣泄對政局混亂、百姓流離失所的悲憤，「漢季失權柄，董卓亂天常。志欲圖篡弒，先害諸賢良，逼迫遷舊邦，擁主以自疆。」〔註 8〕《刺世疾邪賦》作者在賦中直抒自己內心的絕望和悲憤，傾吐自己在困境中強烈的心理失衡之怨怒，表達了作者對社會強烈的批判情緒。班固《幽通賦》寫父親新逝之後，自己心情之灰暗，對現實之憂慮。漢宣帝以後，國勢日沈沉，文學中萌發起社會批判之風亦日漸興起，樂府中後期的一些作品、漢代民謠等體裁的作品對現實的批判也十分犀利，《焦仲卿妻》寫一個封建家庭的婚姻悲劇，《順帝末京都童謠》諷刺東漢外戚梁冀作威作福，《桓靈時童謠》揭露社會政治的黑暗，人事制度的腐敗，還有控訴官員貪污勒索的《刺巴郡守歌》，《小麥童謠》則是發泄對桓帝時代兵役制度和戰爭對社會生產破壞的怨怒情緒，這些作品對社會揭露的面很廣闊。總之，東漢文學受時風浸染，或是追隨道家審美思想，使作品顯得空靈玄遠，或是直切現實，鞭擗時弊，文風犀

〔註 7〕許結，《漢代文學思想史》，南京大學出版社，1990 年版，頁 221。

〔註 8〕蔡琰，《悲憤詩二首》，見丁福保編，《全漢三國晉南北朝詩》，中華書局，1959 年版，頁 51。

利、沉鬱、雄健，或是抒寫個人某種情感的律動，直達人心，眞誠感人。但是我在下面的論述中只能將兩漢打通，將其在文學中所表現出的主要的、比較凸顯的審美意趣籠統作一羅列性分析論證。

需要說明一下的是，一個作品蘊含有多種審美意趣是件十分正常的事，故而我在論述分析漢代文學作品中的審美意趣時，會將一個作品從不同角度進行多次分析，甚至同一段文字我從不同視角切入審視它所蘊含的不同意趣，這應該是不矛盾的。

第四章　漢代文學作品中蘊含的審美意趣（上）

一種體裁的經典性作品一經問世，隨之這一文體的敘述結構模式也就凝固在人們的頭腦中了，它的結構形式呈一種定勢。劉勰看到了漢賦創作中這種套式化的模式，他在《文心雕龍・詮賦》中這樣道：「既履端於唱序，亦歸餘於總亂。序以建言，首引情本，亂以理篇，迭致文契。」〔註 1〕他雖講的是漢賦，其實，這是中國文學創作業已成規的模式，這種模式不僅表現在漢賦的創作上，也表現在其他的文學體裁上，這是古代文人和現代文人在文學創作中求新求異求變的著力點不同的地方。這種區別源自於爲文觀念上的差別，最終是落實在審美追求方向上的根本區別。當代文人受外國文學和西方文論、西方哲學的影響，認爲在文學創作構建作品美的諸多因素中，最重要的審美取向是形式結構方面的，認爲形式結構可以產生說不盡道不完的審美蘊致，是最耐人把玩的至高無上的文學審美境界，所以，最困擾當代文人的是講故事的形式而不是故事本身，最體現作家才華的是他在「情」與「事」的敘述結構上，天才作家的貢獻是他在文學發展的歷程中，爲世人提供了更多更新的敘事方式，而不僅僅是一個個生動有趣的故事，或者一個個鮮明生動的形象。這種文學思潮是經過了幾千年的文化積澱，在後現代主義的文化思潮影響下，才生發出來的審美價值觀念。我們在考察古今文學觀念差別的時候，最先應該進入我們視野的是不同文學觀念所發生的文化背景。古典作家最感興趣的是人物的描寫、情節的細節、物態的形象，他們的藝術追求在

〔註 1〕范文瀾注，《文心雕龍注》，人民文學出版社，1958 年版，頁 135。

形象思維和直覺思維的指引下，竭力要表現那些造成讀者感性衝擊的東西，追求感性思維把握得住的具象性強的東西。這種審美上的追求水平受文化整體發展水平的制約，尤其最直接受哲學思想發展的影響。站在今人的角度脫離歷史環境批評古典作家這種審美追求，不是科學的態度。漢代作家正是在那樣的文化語境中從事創作。雖然從他們留下的文學遺產中我們也可以深切感受到多維度的審美突破，但正如我之前所說的，這種突破表現在題材上和體裁上明顯的不平衡，題材上的創新要大大多於體裁上的。從這一點我們就可以看出那個時代的文學家，在他們藝術思維的取向上最感興趣的是文學形而下的審美表達，在審美追求趨向上，他們筆下表現出了對人類命運的關注：以人爲本的古代人道主義，以善以仁爲美；宏大敘事，以鋪排誇飾爲能事的巨大宏麗的氣勢之美；傳遞出對現實生活切身感受的以眞爲美；反映對關係國計民生政府管理缺失的譏諷、對人生欲望不能滿足的沉重生命之歎的內質充實之美；自然平淡、超然出世閒適散淡的玄遠之美；追求聲律文彩、講求形式華麗的唯美之美等諸種審美特徵。它開啓了中國古典文學諸多種審美形態的肇端。兩漢文學審美趣尙隨政局社會思潮等環境因素的改變，呈一個流變的趨勢，但它在總體上可以歸納出來較有普遍意義的審美格調，將這些漢代文學中主要的審美格調作一個粗略的劃分，既有側重於表現形式、藝術手法上的，也有內容上的。當然，這種劃分未必十分科學，因爲在文學創作中有時內容和形式的界線本身就不分明，我強作這種劃分便是出於論述上的方便。

第一節　以刻畫意境壯闊宏巨爲美

漢帝國的統一以及所取得的輝煌成果對漢代知識分子心理產生的影響是極深入的，漢代文人從內心深處感受到漢帝國是強大而有力量的，新興帝國的威嚴與力量讓每個人從內心折服，他們要用文字來表達這種感受，可是這種強大和有力是抽象的，他們找到了表達這種抽象觀念的語言，那就是「宣漢」。用文字張揚漢帝國國威，聲勢，描寫財富。財富能夠從形象的角度折射出大漢帝國的國威。把物象寫得紛繁，寫得氣勢恢宏。他們表現出對於新政權的態度是積極主動的，這裏的動因很複雜，有出於個人前程的考慮，有對大漢帝國發自內心的敬服，這兩者的統一，訴諸於筆端的是竭力迎合統治階級對於審美藝術的需求，在「宣漢」心理的支配下，在漢人的藝術思維中最爲崇尚的是氣勢之美。在早期文明中人們一個樸實的觀念就是充滿陽剛之氣的壯美是最合理想的至善之美，那麼表現氣勢的形象自然是選擇最具視覺衝擊「闊大」、「繁滿」、「全備」的意象來刻畫。漢人認爲只有這種藝術樣態才是與漢帝國大一統社會氣象相契合的美學風格。《史記・高祖本紀》就有一段對這種文化取向很形象的說明：「蕭丞相營作未央宮，立東闕、北闕、前殿、武庫、太倉。高祖還，見宮闕壯，甚怒，謂蕭何曰『天下匈匈苦戰數歲，成敗未可知，是何治宮室過度也？』蕭何曰：『天下方未定，故可因遂就宮室。且夫天子以四海爲家，非壯麗無以重威，且令後世無以加也。』高祖乃說。」〔註 2〕宮殿建築宏偉壯麗的程度要「令後世無以加也」，可見漢室所希望體現在建築上的美學風格是高峨壯偉的，大大超出實際需要，意在以奢豪宏大之物態給人以一種精神上的威攝感，以建築的壯闊高聳之氣勢來象徵漢帝國的威儀，象徵權力和財富的集中。揚雄在《甘泉宮》描寫漢宮室是「是時未轃夫甘泉也，乃望通天之繹繹，下陰潛以慘廩兮，上洪紛而相錯，直嶢嶢以造天兮，厥高慶而不可虡疆度。平原唐其壇曼兮……於是大夏雲譎波詭，摧嗺而成觀，仰撟首以高視兮，目冥眴而亡見；正瀏濫以弘惝兮，指東西之漫漫，徒回望以惶惶兮……」〔註3〕這樣的建築是高大巍峨到了極限了。劉邦的反對只是出於經濟上和建築時宜上的考慮。從這也能體會出那個時代對文藝最高要求也就是形而下地表現人的世俗欲望。

漢人在藝術世界中所要表現漢帝國國運昌榮，國力強盛的信息，所運用的藝術語言是非常傳統的重組變形。這種藝術手法在中國早期文化中就有突出的表現運用，比如龍就是現實世界中多種動物的組合。李澤厚在他的《美的歷程》中說：「聞一多曾指出，作爲中國民族象徵的『龍』的形象，是蛇加上各種動物而形成的。它以蛇身爲主體，『接受了獸類的四腳，馬的毛，鬣的尾，鹿的腳，狗的爪，魚的鱗和鬚』。(《伏羲考》)」〔註 4〕龍的圖騰華夏形象是用多樣性的重組思路和藝術法則創造出來的，「這可能意味著以蛇圖騰爲主的遠古華夏氏族、部落不斷戰勝、融合其他氏族部落，即蛇圖騰不斷合併其他圖騰逐漸演變而爲『龍』。」〔註 5〕也就是說華夏遠古龍的圖騰造型用的是

〔註 2〕司馬遷，《史記》卷八《高祖本紀第八》，中華書局，1959 年版，頁 385。

〔註 3〕揚雄，《甘泉賦》，見費振剛、胡雙寶、宗明華，《全漢賦》，北京大學出版社，1993 年版，頁 170～171。

〔註 4〕李澤厚，《美的歷程》，中國社會科學出版社，1984 年版，頁 10。

〔註 5〕李澤厚，《美的歷程》，中國社會科學出版社，1984 年版，頁 10。

重組變形的形象思維來創造的。其實不但是龍，就是中國文化中的鳳、麒麟等也是重組變形的產物，神話故事中的天宮地獄、人、神、魔形象都是如此。這種重組變形是中國藝術思維的一種方式。中國古代文化中這種重組變形例証比比皆是，漢人在這方面的表現上趨同性的思維表現得十分明顯，這種創造法則，同樣也在漢賦中得到了體現，漢大賦中不少場景的刻畫就不是某地某處的具體環境的勾畫，而是多個場景的重組。這種藝術上重組變形的創造形式看似很虛幻，但實際上是出於一種十分理性思想的表現。先有一個寫作的意念，然後根據意念的需要再去組織意象。中國古代先民早期所運用的形象表現手段是很符合藝術創作規律的。這種通過重組變形創造的藝術形象是一種既具體又非現實存在的觀念象徵，世俗的權力要給人心理上造成一種震懾感、威壓感，就需要這種變形藝術的幫助，它介於現實和非現實之間，是一種理想狀態的寫照。通過廣博而宏大的意象營構形成一種暗示，給人以心理上的威懾感，這很體現中國文化的一種智慧。漢大賦中的不少經典之作也是用這種藝術思維方式創作出來的。它的文學精神是理性的，但手法不失爲浪漫，它將象徵財富的物象盡量綜合起來，表現出一種事功的理念。漢人就是運用重組變形在文學世界中刻畫出大氣磅礴、聲威並重的意象，爲大漢帝國「造勢」，傳達出大漢帝國在意識形態上的訴求。

漢代人以大爲美不僅有現實需要，也有文化傳承和哲學觀念等方面的文化因素的。張法在他的著作《中國美學史》提到一個觀點：「秦漢朝廷美學是以四種文化資料爲基礎的，（1）荀子的養別情等級享樂理論；（2）氣陰陽五行理論；（3）先秦形成的由神話歷史化而來的帝王系統；（4）前周（崑崙神話）、齊（蓬萊神話）、楚（巫覡神話）的神話形象。而把這四者融爲一體的，是秦漢特有的『容納萬有』的心靈。」〔註6〕這四種早期文化蘊育的文化審美心理亦是追求陳列包容天宇的富有爲尚，博大的氣象爲重。

英國著名學者C．P．諾斯在他風靡世界的著名演講《兩種文化》中曾經指出：當今社會存在著相互對立的兩種文化，一種是人文文化，一種是科學文化，兩種文化之間存在著互不理解的鴻溝。〔註7〕而中國古人的思維方式卻是一個例外，他們能把這兩種對立的文化奇妙地圓融統一起來，培育起了賦

〔註6〕張法，《中國美學史》，上海人民出版社，2000年版，頁96。
〔註7〕C．P．諾斯，《兩種文化》，紀樹立譯，生活、讀書、新知三聯書店，1994年版。

予中國特色的中國古代文化，而西方則將其對立起來視作是互不干涉的兩個領域，促進了西方科學技術的發展。把兩種對立的文化圓融統一起來起到重要作用的是漢代董仲舒，而早在《易傳》裏已經產生了由天而人的說法了，即通過宇宙、自然來論證人事的觀念，《呂氏春秋》則把這種觀念具體化、系統化，它開始設計一種成龍配套的從自然到社會的完整系統，把人事、政治具體地納入到這個總的宇宙圖式裏，即所謂「上揆之天，下驗之地，中審之人」。董仲舒則把這種思想又作了進一步的發揮，以論證當政劉氏統治的合理性，他把氣、陰陽、五行整合成了一個統一的宇宙天地人一體的圖式：「天地之氣，合而爲一，分爲陰陽，判爲四時，列爲五行。」〔註 8〕這實際上是以理論話語的形式反映了大一統的社會需求和歷史趨勢，呼應和表述了那個時代審美文化的主流精神。這種文化的心理結構是獨特的，而獨特的思維方式、文化價值觀念和心理結構，反映在文藝的審美取向上亦會有獨特的審美取向，大一統的政治背景，與文藝審美觀念上的以巨爲麗，以大爲美，以豐滿、厚重爲尚是有內在聯繫的。所謂的「大」體現了這麼幾個特點：一是宏大敘事，選擇的題材有重大的社會內容；二是場面開闊，大開大合，顯示一種奧博深宏的審美態勢；三是形式構架氣勢雄闊，篇幅宏富，容納複雜。漢代美學崇尚大是很主觀的，披露出創作主體在物質世界中極強的物質欲望和佔有物質後張揚狂放的心態，文本中透露的是一種具有濃厚審美意味的「大宇宙」胸次。

古代學科分類不嚴，歷史著作和政治、哲學、經濟、文學等沒有嚴格的分野，司馬遷的著書目的很顯然和前代的史家是不同的，並不是單純地只記錄歷史，而是想「通古今之變，成一家之言」，寫作的原則是盡量包羅「六經異傳」、「百家雜語」，以歷史爲經、以社會生活爲緯的百科全書般皇皇巨著，儘其所能收羅了自上古神話時代到他所處時代全部的文化現象，他的《史記》是一部「亦其涉獵者廣博，貫穿經傳，馳騁古今，上下數千載間」，「天下遺文古事無不靡集」的「一家言」〔註 9〕。而要做到「天下遺文古事無不靡集」的「一家言」，必須要有能夠包容宏富內容的構架。司馬遷撰寫歷史著作最見匠心的是他首先開創了傳記文學的體例，在「本紀」、「世家」、「列傳」中，他設計以人物爲中心來結構歷史著作，在歷史著作中加進了許多文學的元

〔註 8〕蘇輿，《春秋繁露義證》，中華書局，1992 年版，頁 362。

〔註 9〕班固，《漢書》卷六十二《司馬遷傳第三十二》，中華書局，1962 年版，頁 2737。

素。這種體例結構是宏大的，複雜的，它不僅要記述一個時期完整的歷史流變的過程，要完整記述這個流變過程中的一件件歷史事件，還要記述重要歷史人物主要的歷史活動，甚至還要照顧到歷史人物成長的經歷、性格發展的歷史。這種建構內容的框架是大文化觀念的外化。漢代人做學問的觀念中所崇尚的就是兼綜通融，要求站得高，視野開闊，旨意豐厚，能涵取眾家之長，成一家之言，司馬談的《論六家要指》、董仲舒的《春秋繁露》、司馬遷的《史記》、班固的《漢書》、劉安的《淮南子》皆是大文化觀念的產物。《白虎通》、《鹽鐵論》、《論衡》、《昌言》、《潛夫論》等都是體制龐大、內容厚實的皇皇巨著。《淮南子》中《俶眞訓》、《要略訓》、《原道訓》等篇目皆從道生萬物的觀念出發，指出物質世界的不可窮盡性和豐富多彩性，《地形訓》以方位順序歷數自然之美，並將雄渾博大作爲美的最高境界，反映了西漢時期人們包羅萬象、綜合天地的大美觀念。

兩漢時代的文學中最能代表那個時代朝廷主流審美意識的是漢初的大賦。漢代人爲這種情感的表達找到了最好的藝術形式就是將萌發於先秦的賦體這種兼於詩與散文之間短小的文學體裁作了極致的發揮，把它改造成了表現自己時代、抒發民族豪情、獨步千古的最能代表漢代文學成就的新體裁。「大」是最能對感官形成震懾引起興奮的一種美，「大」也能夠成爲張揚情緒的宣泄點。所以，漢代文人十分願意用誇張的文學語言來描寫地廣物博，品物繁多。其邏輯很簡單，博大就意味著豐富、強大和昌盛，最典型的是司馬相如的《子虛》、《上林》、枚乘的《七發》、班固的《兩都賦》、張衡的《二京賦》等等。漢大賦是御用文人創作的典雅富麗的宮廷文學，貴族文學。形式上它曲意迎合宮廷權貴、王公貴族這些社會上層有閒階層賞玩文字的審美興味，內容上也集中體現了那個時代的王公貴族階層的精神訴求。漢賦中最典型的題材是寫宮殿苑林、都城街衢、奇珍異寶、宴飲美女、山林狩獵、拓邊征戰、商業市場、草木鳥獸、湖光山色……。因爲在當時人看來，這些是最能集中顯示財富及國家綜合實力的題材。這些原本在現實生活都是十分分散的美，或根本就是人們意念中的物象，是這些文人運用藝術思維將這些重新組合集中了。有人認爲漢大賦中具有小說的因子，其實說的就是採用了不少文學虛構的手法，左思在《三都賦序》中說司馬相如、揚雄、班固的賦:「假稱珍怪，以爲潤色。若斯之類，匪啻於茲。考之果木，則生非其壤；校之神物，則出非其所。於辭則易爲藻飾，於義則虛而無徵，且夫玉卮無當，雖寶非用；侈言無驗，雖麗非經。」「自宋玉、景差、誇飾始盛，……故上林之館，奔星與宛虹入軒，從禽之盛。飛廉與鷦鷯俱獲。……莫不因誇以成狀，沿飾而得奇也。」〔註 10〕很客觀地道出這種賦的寫作思路就是搜腸刮肚，把他們所能知道的各種物產堆砌在一起。這種重構組合就形成一個宏大的、集中的、富麗的場面，就使得整個作品意象有了特別的意味，似乎形成一種心理暗示，給人以氣勢震懾之效應。這種寫作在漢代文學中就體現著一種精神，既依據現實，但又通變現實，這種文化的創造性是理性與浪漫的結合。首先，漢大賦在結構篇章上就體現這種意識。向來被視作賦這種文體開山之作的荀子的《賦篇》，賦中「禮」、「知」、「雲」、「蠶」、「箴」五部分是以四言韻句夾雜散體寫成的，用對話體的形式展開內容，這種對話體最顯著的特點是結構呈開放式的，易於擴展內容，漢大賦的結構篇章中採用對話式的也不少，辯論雙方彼此駁難，各陳述理由，廣爲鋪排，盡情施展辯駁之才情，各自呈顯語言之氣勢以爭上風，《子虛》、《上林》、《西都》、《七發》、《七激》、《非有先生論》等，作爲一種敘事上的策略，以提問一方作爲啓端，引發回應一方充分陳述，使其思想與情感委曲盡渲，淋漓盡致，浩浩蕩蕩，汪洋恣肆，一發不可收拾。這些賦篇都具有一種弘博奧雅的氣勢之美。

作者在「造勢」張顯漢家萬千氣象意識的支配下，漢賦在野外空間的處理上就很有特點，漢人在這些題材的表現中最著意要表現的是廣袤遼闊或深邃險峻的自然意境，在自然風光的描寫上用重組又不露痕迹的方式將空間處理得極爲開闊、浩渺、幽深，給人以地域空間開闊、意境渺遠的審美感受。例如枚乘的《七發》描寫龍門之桐：

> 龍門之桐，高百尺而無枝；中鬱結之輪菌，根扶疏以分離。上有千仞之峯，下臨百丈之溪；湍流溯波，又澹淡之。〔註 11〕

這是將縱深度的物理空間作了誇張的處理：「高百尺」、「千仞之峰」、「百丈之溪」，給人視覺以高聳或深幽的縱深玄渺之感。

> 將以八月之望，與諸侯遠方交遊兄弟，並往觀濤乎廣陵之曲江。至則未見濤之形也，徒觀水力之所到，則恤然足以駭矣。觀其所駕軼者，所擢拔者，所揚汩者，所溫汾者，所滌汔者……恍兮忽兮，聊

〔註 10〕瞿蛻園選注，《漢魏六朝賦選》，上海古籍出版社，1979 年版，頁 137。
〔註 11〕枚乘，《七發》，見費振剛，胡雙寶，宗明華，《全漢賦》，北京大學出版社，1993 年版，頁 17。

兮慄兮，混汩汩兮；忽兮慌兮，俶兮儻兮，浩瀇瀁兮，慌曠曠兮。

秉意乎南山。通望乎東海；虹洞兮蒼天，極慮乎崖涘。〔註 12〕

這是寫水的各種樣態，作者馳騁想像，竭盡語言之能，將水波、水流、水勢、水的種種流態作了最盡想像力的發揮，讓人充分感受到浩瀚江湖波瀾壯闊的意境。

既登景夷之臺，南望荊山，北望汝海，左江右湖，其樂無有。〔註 13〕

這在現實生活中是沒有人能做到有如此廣闊的視野，這分明是採取重新組合的手法從地理上拉大空間距離，給人以視野範圍極開闊極寬廣的感受，在上下左右空間表現上大著筆墨。又如司馬相如的《子虛賦》：

王車駕千乘，選徒萬騎，田於海濱。列卒滿澤，罘網彌山。〔註 14〕

這是狩獵場面的描寫，作者也在著意刻畫場面的宏大，給人以氣勢的震攝。筆勢很健，寥寥數語，便勾勒出了千軍萬馬在一個廣袤的原野上馳騁，揚起塵土遮天蔽日，勢不可擋，各種動物驚慌失措慌不擇路地奔命而去。千萬之眾在千山萬壑中呼嘯圍獵，其場面聲威十分雄壯。

掩菟轔鹿，射麋格麟，鶩於鹽浦，割鮮染輪。射中獲多，矜而自功。〔註 15〕

這一段也是寫了畋獵的場景和收穫。句子雖然沒有寫開闊的空間，但是卻著墨於渲染大規模捕獵動物的場景，羅列了一系列射殺動物的動詞，通過這些意象能給人以無限的遐想，讓人意會到那是一場人多勢眾、滿山遍野喊聲震天的大規模的圍獵。讓人能夠想像出遼闊的空間，那種回蕩在群山溝壑間驚天動地的鑼鼓聲吶喊聲。

顧謂僕曰：「楚亦有平原廣澤、遊獵之地，饒樂若此者乎？楚王之獵，孰與寡人？」仆下車對曰：「臣，楚國之鄙人也，幸得宿衛十有餘年，時從出遊，遊於後園，覽於有無，然猶未能遍也，又烏足以言其外澤乎？」

〔註 12〕枚乘，《七發》，見費振剛，胡雙寶，宗明華，《全漢賦》，北京大學出版社，1993 年版，頁 19。

〔註 13〕枚乘，《七發》，見費振剛，胡雙寶，宗明華，《全漢賦》，北京大學出版社，1993 年版，頁 18。

〔註 14〕司馬相如，《子虛賦》，見費振剛、胡雙寶、宗明華，《全漢賦》，北京大學出版社，1993 年版，頁 47。

〔註 15〕司馬相如，《子虛賦》，見費振剛、胡雙寶、宗明華，《全漢賦》，北京大學出版社，1993 年版，頁 47。

……

「臣聞楚有七澤，嘗見其一，未睹其餘也。臣之所見，蓋特其小小者耳，名曰雲夢……」。〔註16〕

通過人物對話，「僕」極言偏隅之廣袤，讓人推想其餘無限：我隨從打獵十餘年，竟未能遍覽後園之風光，更何況其餘湖澤山水之廣袤。

其中有山焉，其山則盤紆岪鬱，隆崇律崒，岑崟參差，日月蔽虧，交錯糾紛，上干青雲。罷池陂陁，下屬江河。〔註17〕

於是乎崇山矗矗，巃嵸崔巍，深林巨木，嶄巖參差，九峻巀嶭，南山峨峨……〔註18〕

這兩段是描寫山體之高之大，山頂高聳入雲，遮天蔽日，山腳連屬江河，山高水長的地勢山貌，讓人感到巍峨壯麗之美感。

班彪的《北征賦》通過寫作者的活動，將長都（長安）、瓠谷、雲門（雲陽）、郇分、邑鄉（豳鄉）、赤須、義渠、泥陽、彭陽等空間一一羅列，將歷史事件和現實人物聯繫起來，既給人地理環境的開闊感，又有歷史的縱深感。

余遭世之顛覆兮，罹塡塞之阨災。舊室滅以丘墟兮，曾不得乎少留。遂奮袂以北征兮，超絕迹而遠遊。朝發軔於長都兮，夕宿瓠谷之玄宮，歷雲門而反顧，望通天之崇崇。乘陵崗以登降，息郇、邠之邑鄉。慕公劉之遺德，及《行葦》之不傷。彼何生之優渥，我獨罹此百殃。故時會之變化兮，非天命之靡常，登赤須之長坂，入義渠之舊城。忿戎王之淫狡，穢宣后之失貞，嘉秦昭之討賊，赫斯怒以北征。紛吾去此舊都兮。騑遲遲以歷茲。遂舒節以遠逝兮，指安定以爲期。涉長路之緜緜兮，遠紆回以樛流。過泥陽而太息兮，悲祖廟之不脩。釋余馬於彭陽兮，且彌節而自思。〔註19〕

《淮南子・齊俗訓》：「往古今來謂之宙，四方上下謂之宇。」因此，所謂的

〔註16〕司馬相如，《子虛賦》，見費振剛、胡雙寶、宗明華《全漢賦》，北京大學出版社，1993年版，頁47。

〔註17〕司馬相如，《子虛賦》，見費振剛、胡雙寶、宗明華《全漢賦》，北京大學出版社，1993年版，頁47。

〔註18〕司馬相如，《上林賦》，見費振剛、胡雙寶、宗明華《全漢賦》，北京大學出版社，1993年版，頁63。

〔註19〕班彪，《北征賦》，見費振剛、胡雙寶、宗明華《全漢賦》，北京大學出版社，1993年版，頁255。

「苞括宇宙」，實質就是指在賦家筆下，時間是無始無終的，空間是無邊無際的。漢賦一個最突出的藝術特徵就是將物態盡量作誇張的描寫，以顯聲勢之壯。劉勰在《文心雕龍・通變》中總結漢賦的特點時說：「楚漢侈而豔」，這句話從實質上抓住了漢賦的特點。不僅道出了楚辭與漢賦的因承關係，而且也說出了它們在表現上的共同特點。「侈」就是誇大、誇張、張揚之意。誇張性地表現物態，以渲發心中的激情。漢代人自認爲漢民族是世界最強大、最先進、最偉大的民族，華夏是世界的中心，漢帝國具有主宰世界的力量，鼓蕩在他們心中的是一股強烈的民族自豪感。洋溢在他們筆下的是廣袤的天地自然、人間現實世界的萬種人事物態。宏巨闊大是他們宣泄滿足之感自豪之情最適應的話語形式。

第二節　以鋪排意象之多而滿爲美

漢代文學崇尚實用性審美趣味還很明顯地表現在藝術形象羅列得多、羅列得滿上面，以滿爲美，以密集爲美，豐滿和密集給人的感性認識就是充足、殷實、豐富、富庶、吉祥。

「審美思潮是藝術的審美習尚和趣味的群體反映，當一種思潮出現時，不可能只表現在一個方面，而是廣泛地滲透在藝術的眾多領域，形成藝術習尚的同步趨向，這是審美思潮作爲群體意識的一個重要特徵。」〔註 20〕秦漢的喪葬文化就典型地表現出這種審美風格：秦始皇陵的規模、秦軍各方面設置、各兵種的陳列都布列得十分的密集，秦兵俑、兵車、戰馬等器物、人物的細節刻畫之精細、之鮮明生動是空前絕後的。漢承秦制，這「承」就是漢與秦一樣地擁有、體會、賞玩著人間現實的巨大力量，這種佔有一切、玩賞一切的心靈，可以用司馬相如的一句話來表達：「賦家之心，包括宇宙。」這種包括宇宙的氣魄，如賈誼《過秦論》中的一段話所言：「席卷天下，包舉宇內，囊括四海，併吞八荒。」體現這種「包括宇宙」心靈的朝廷美學體系具體展開於宮殿規模、陵墓結構、畫像體系、大賦模式中。

從 1990 年西安挖掘的漢陽陵中，也可以看出漢代人的這種大文化的觀念。漢陽陵是漢景帝與王皇后同塋異穴之陵園，是迄今爲止發掘的最高規格的漢帝陵。在漢代皇帝的觀念中，生前爲自己修建陵墓是一件彰顯皇威的盛

〔註 20〕吳少功，《唐代美學史》，陝西師範大學出版社，1997 年版，頁 9。

事，其政治意味深遠。《晉書》載：「漢天子即位一年而為陵，天下賦三分之一，一供山廟，一供賓客，一供山陵。」也就是說天下賦稅有三分之一是用於帝王陵墓修建的。漢陽陵的建制很能說明問題，其陵域開闊，氣勢恢宏壯觀，陵園外城布局模仿當時的長安城，內城模仿未央宮，陵寢象徵宮殿，陪葬墓群是陪伴帝王左右的臣僚，陵邑雲集各色人等，儼然是當時長安城的繁榮氣象，陵園「神道」則是仿照漢長安皇宮前的御行大道。這些坑中有排列密集的武士群俑、車騎軍陣、宿衛軍陣、儀仗侍從，那陣勢也煞是威武雄壯。漢人以事死如生的觀念安排陪葬品，陵墓中還有舞樂百戲、侍女俑、舞蹈女俑、歌伎女俑、奏樂俑，有堆放糧食的倉庫，有牛、羊、豬、狗、雞等陶質動物，有各式各樣的漢代兵器、有成組的陶器、漆器，有鐵質銅質的生活用具，有金質玉質的飾品……林林總總，反映了西漢初期農耕、冶煉、建築、手工作坊、庭院經濟、宗教信仰等各個側面的生活。總之，就是全景式展示了西漢世俗社會的全貌。

像漢代大型陵墓馬王堆裏文物之豐富，隨葬器物之周詳，帛畫畫面現世生活和鬼神世界中人神共存，內容之駁雜荒唐，亦史所罕見。最能直觀表現漢人宇宙觀和美學思想的是漢人陵墓中的漢畫像，漢人宇宙觀中的三大系統都被直觀地鋪排在一個平面上，神仙靈異系統：伏羲、女媧、西王母、東王公、青龍、白虎、朱雀、玄武、山神、海靈、奇禽異獸；歷史人物系統：神農、黃帝、顓頊、帝嚳、堯、舜、禹、文武王、周公、老子、孔子、曾參、管仲、藺相如、程嬰、蘇武、老萊子、董永、梁節父、齊義母、京師節女、無鹽醜女、秋胡妻、魯義姑，還有歷史故事：專諸刺王僚、荊軻刺秦王、要離刺慶忌、豫讓刺趙襄、聶政刺韓王等；現實生活系統：大都是日常生活場景：車騎出行、田獵、農事勞動、舞樂百戲、庖廚宴飲。〔註 21〕天上人間，歷史現實無所不包，作津津玩味的精細描摹，表現出對日常生活的熱情，一種細細賞玩的愛戀之情，很直觀地呈現出漢代人精神世界中佔據地位的文化內容，漢畫像從畫面布局來說也很有早期藝術的特點，鋪得十分的滿，甚至有密不透風的感覺，任何一磚一石，只要是有繪畫創作，都要把它塞得滿滿的，不但整個畫面要滿，就連畫面中任一行格也要填滿，似乎在漢人看來，只有這種充實四溢的視覺形象才是美的，充實之感給人以豐滿、厚實、富足、安全的心理感受，能給人對現世物質欲望一種安慰。另一個原因是這種畫面

〔註 21〕常任俠，《漢代繪畫選集》，朝花美術出版社，1955 年版。

構圖上有點誇張式的豐滿、厚實的拙樸的藝術可能跟當時人對政治成就的期待、物質享受的欲望也有某種聯繫。

漢大賦是一種面和線結合式的結構，而且面比線更爲突出。平面型結構最易於迴環往復羅列物象，堆砌名物，而漢大賦的文學審美取向就是以博物陳列、精細刻畫來衝擊人的感官，以強調漢帝國的地廣物博，它們特別強調將事物作以鋪陳羅列，就拿枚乘的《七發》來說，他要講的道理其實很簡單，要言妙理能夠治病。但是這麼簡單的道理卻迂迴了一大圈，客與楚太子一問一答，這種形式的結構很能拉長篇幅。文章果然設想了衣食住行、音樂、飲食、車馬、田獵、宮苑、觀濤等方面，從多方面、多角度入手啓發太子，由啓發太子這一點生發開去，循序展開，一樣一樣娓娓道來。信手拈一例就可體會出這種寫作的風格上特點，枚乘在《七發》是這樣寫江濤的：

> 江水逆流，海水上潮；山出內雲，日夜不止。衍溢漂疾，波湧而濤起。其始起也，洪淋淋焉，若白鷺之下翔。其少進也，浩浩溰溰，如素車白馬帷蓋之張。其波湧而雲亂，擾擾焉如三軍之騰裝。其旁作而奔起也，飄飄焉如輕車之勒兵〔註22〕

這一段描寫將江濤奔騰流蕩各種樣態寫得十分細緻，波濤剛剛作起時之狀，波濤略往前推進時的洶洶來勢，波濤洶湧時的澎湃激蕩，波濤大作而向周邊湧動時白浪翻滾之狀，眞可謂在語言的表現上做到了窮形盡相，無以復加。再看一例枚乘對環境的描寫：

> 客曰：「既登景夷之臺，南望荊山，北望汝海，左江右湖，其樂無有。於是使博辯之士，原本山川，極命草木；比物屬事，離辭連類。浮遊覽觀，乃下置酒於虞懷之宮，連廊四注，臺城層構，紛紜玄綠，輦道邪交，黃池紆曲。溷章白鷺，孔鳥、鶤鵠，鵷雛鵁鶄，翠鬣紫纓。螭龍、德牧，邕邕群鳴。陽魚騰躍，奮翼振鱗。漃漻薵蓼，蔓草芳苓。女桑、河柳。素葉紫莖。苗松豫章，條上造天。梧桐、并閭，極望成林。眾芳芬鬱，亂於五風。從容猗靡，消息陽陰。列坐縱酒，蕩樂娛心。景春佐酒，杜連理音。滋味雜陳，肴糅錯該。練色娛目，流聲悅耳。於是乃發激楚之結風，揚鄭衛之皓樂。使先施、

〔註22〕枚乘，《七發》，見費振剛、胡雙寶、宗明華，《全漢賦》，北京大學出版社，1993年版，頁20。

> 徵舒、陽文、段干、吳娃、閭娵、傅予之徒，雜裾垂髾，目窕心與，揄流波，雜杜若，蒙清塵，被蘭澤，嬿服而御。此亦天下之靡麗皓侈廣博之樂也，太子能強起遊乎？」〔註 23〕

這一段十分體現漢大賦的意象結構特點。寫景先從方位上刻畫大環境，寫山寫水，寫江寫湖，寫盡地理環境之氣勢；再寫中景，寫宮室寫城池，寫廊柱，描寫建築之豪華氣象；近景寫景觀，寫植被，寫池水，寫飛禽，寫鱗魚，寫酒色，寫美女應有盡有，眞是寫盡了那個時代所能享受的最經典的東西。平面鋪陳，不向縱深發展，一個極簡單的道理竟用了七件物事，用了近三千字講述，極盡鋪排之能事，給人以空間開闊、物事繁複、迂迴曲折的審美感受。遣詞造句華麗典雅，層層疊疊描述，寫植物寫美女都成串堆疊。漢大賦的寫作還有一個特點就是堆砌名物，濃墨重彩地描寫山光水色、器物、人物，司馬相如的大賦也是典型這種特點，如《子虛賦》中一段：

> 其土則丹青赭堊，雌黃白坿，錫碧金銀；眾色炫耀，照爛龍鱗。其石則赤玉玫瑰，琳瑉昆吾；瑊玏玄厲，碝石武夫。其東則有蕙圃，衡蘭芷若，穹窮昌蒲；江蘺蘼蕪，諸柘巴苴。其南則有平原廣澤，登降阤靡，案衍壇曼，緣以大江，限以巫山。其高燥則生葴析苞荔，薜莎青薠。其埤濕則生藏莨蒹葭，東蘠雕胡，蓮藕觚盧，菴閭軒于；眾物居之，不可勝圖。其西則有湧泉清池，激水推移。外發夫容菱華，內隱鉅石白沙。其中則有神龜蛟鼉，毒冒鼈黿。其北則有陰林巨樹，楩柟豫章；桂椒木蘭，檗離朱楊；樝梨樗栗，橘柚芬芳。其上則有宛鶵孔鸞，騰遠射干。其下則有白虎玄豹，蟃蜒貙犴。〔註 24〕

從以上這一段文字可以看出作者的寫作心態，它的節奏非常舒緩，沉悶，其寫作追求並不是要敘事抒情，而是在顯示作者名物知識的豐富，炫耀文辭的華豔，其東……其南……其高……其埤……其西……其中……其北……其上……其下……，從容不迫，娓娓道來，以一種細細品味、慢慢把玩的心情在雕琢名物，以一種遊戲文字、賣弄學識的心態，將描寫的同類器物一一羅列，以羅列之多爲尙，可以說這種刻畫已超出了敘事的需要，是一種過度表

〔註 23〕枚乘，《七發》，見費振剛、胡雙寶、宗明華，《全漢賦》，北京大學出版社，1993 年版，頁 18。

〔註 24〕馬司相如，《子虛賦》，見費振剛、胡雙寶、宗明華，《全漢賦》，北京大學出版社，1993 年版，頁 47。

現，很大程度上是作者寫作表現欲的宣泄。

下面這一段文字是司馬相如寫楚王狩獵所用的車乘、隨從陣容、裝備等。

> 楚王乃駕馴駮之駟，乘雕玉之輿，靡魚須之橈旃，曳明月之珠旗，建干將之雄戟，左烏號之雕弓，右夏服之勁箭。陽子驂乘，孅阿爲御，案節未舒，即陵狡獸。〔註25〕

作者筆下鋪寫出的楚王出遊車乘是多麼的華麗，陣勢是多麼的威風壯觀。讀者的這種印象是作者調動了他敏感的感觸神經，用細膩的筆觸緩慢雕琢而成的：從巡遊駕的車，駕車用的猛獸，車身之裝飾，儀仗的派頭，旄旗上的裝飾物，列兵的陣勢，所用的劍戟的規格都是出自於名匠之手，就連放箭用的箭袋也不是等閒之物，是夏羿留傳下來的非凡品。陪乘人員也非比尋常，竟是伯樂，用以駕車的是天宮上月亮之神的御手。但凡作者所知道的世間精妙之物，甚至不論是哪個時代的東西都集中在他的筆下了。

漢賦的這種過度誇飾性的鋪陳，是創作主體受一種創作理念的支配而爲，而不是某種淤積於胸的情感自然發泄的產物，所以在賦中只有物象靜態的羅列，讀者不太能在這種文體裏感受得到作者主觀情感的律動，不太能觸摸到作者主觀的情感訴求，他們生命的溫度。換句話說作者的情感與他描寫之物不溝通，不交融的，所以器物再多，再全，也缺乏打動人心的力量，作品中情感搏動所產生的藝術張力較弱。客觀地說，這也的確是一種遠離一般人自然情感很矯飾虛誇情感的抒發，可問題是不這樣又能怎樣？主題確定性的寫作最大的特點就是寫作主體的心靈不自由，在說什麼的問題上和作者內心的訴求欲望是有懸隔的。

張衡的《南都賦》是以物品的類爲單位進行羅列的典型作品，地勢、山、水、川瀆、水蟲、陂澤、鳥、水、原野、香草、廚膳、酒等，作者的邏輯思維很簡單，拼命陳列器物就是顯示都市的繁華和富饒，都市的繁華和富足就意味著漢帝國的天威蓋世，漢民族八面威風。這種顯示猶如飯店的菜單一般單調，讓人看不出作者躍動的情愫。《蜀都賦》（揚雄）與《上林賦》、《子虛賦》（司馬相如）的表達是同一種思維，以東南西北的方位依次擺開，空間結構構畫好後，開始漸次地往裏鋪排物品。盡量表現事物之「全」之「多」，力求完備。「賦家之心，苞括宇宙，總覽人物，斯乃得之於內，不可得而傳。」

〔註25〕馬司相如，《子虛賦》，見費振剛、胡雙寶、宗明華，《全漢賦》，北京大學出版社，1993年版，頁48。

〔註 26〕說的就是這種創作現象。陸機在《文賦》中論賦：「收視反聽，耽思傍訊，精騖八極，心遊萬仞。」「觀古今於須臾，撫四海於一瞬」〔註 27〕這些話都說明，作者創作賦時要搜腸刮肚，竭盡心力，顯示自己才學的狀態。

這跟創作者的寫作心態有很大的關係，前漢時期寫漢大賦的大多是文學侍從，在「寄食制」或「賣藝制」生存狀態下的寫作，通常是一種觀念型的寫作，其寫作目的就是下意識要表現一個民族軍事上的勝利帶來財富佔有的心理滿足感，或者是那個社會主流意識的外化，是一種功利目的非常明確的寫作，而不是個體深切情感的寄託，因爲這種政治色彩濃厚的社會性的觀念和普通人的生活情感距離是很大的，有虛僞的成分，故而這種大和滿的審美意趣實際就是漢初意識形態上大民族主義在文學上的表現。

一個經典作品的形成，會很快形成一種既定的格式，尤其在漢代的文化氣氛中因循前人的創作是件榮耀的事。從以上列舉的是漢大賦，就是小賦也同樣表現出這樣的描寫特點。揚雄的《解嘲》也是用這樣的藝術思維來寫的，他先寫人生在世上的使命：

> 吾聞上世之士，人綱人紀，不生則已，生則上尊人君，下榮父母。析人之圭，儋人之爵，懷人之符，分人之祿，紆青拕紫，朱丹其轂。〔註 28〕

羅列了一大圈就是一個意思：作爲一個有出息的男人就應該能夠從國君那裏得到榮華富貴，地位尊嚴，以體現自己的人生價值，可是敘述的層次卻不少，將榮華富貴所能帶來的各個方面的效應都寫了進來。這篇賦還有一個突出的特點是用典，作者學識淵博，精通史籍，每談一個問題，總能引經據典羅列大量歷史典故，以證明自己的觀點，陳述十分細密。比如：

> 昔三仁去而殷墟，二老歸而周熾；子胥死而吳亡，種蠡存而粵伯；五羖入而秦喜，樂毅出而燕懼；范雎以折摺而危穰侯，蔡澤雖噤吟而笑唐舉。故當其有事也，非蕭、曹、子房、平、勃、樊、霍則不能安；當其亡事也，章句之徒，相與坐而守之，亦亡所患，故世亂則聖哲馳騖而不足，世治則庸夫高枕有餘。夫上世之士，或解縛而

〔註 26〕見《漢魏六朝筆記小說・西京雜記卷二・百日成賦》，上海古籍出版社，1999 年版，頁 89。

〔註 27〕陸機著，張少康集釋，《文賦集釋》，人民文學出版社出版，2002 年版，頁 36。

〔註 28〕揚雄，《解嘲》，見費振剛、胡雙寶、宗明華，《全漢賦》，北京大學出版社，1993 年版，頁 219。

相，或釋褐而傅；或倚夷門而笑，或橫江潭而漁；或七十說而不遇，或立談間而封侯；或枉千乘於陋巷，或擁帚彗而先驅。……（注：三仁，指商朝的微子、箕子、比干三位賢者；二老：指伯夷、姜尚。種蠡：指越國大臣文種、范蠡。五羖：指五羖大夫百里奚。蔡澤：戰國辯士。唐舉：戰國相士。蕭：指蕭何。參：子房，張良的字。平：陳平。勃：周勃。樊：樊噲。霍：霍光。）〔註 29〕

這一段簡直就是向讀者展示了一個從古到今的人才庫以及這批人的發迹史。但凡能想到的古今賢才，統統從作者筆下過了一遍。其實意思很簡單，就是說當今之世沒有仁人志士的用武之地，自己是懷才不遇，可是用典之多，敘述之繁冗，讓人歎爲觀止。

張衡的《四愁詩》也表現出這種迴環往復的表現傾向：

我所思兮在太山，欲往從之梁父艱。側身東望涕沾翰，美人贈我金錯刀，何以報之英瓊瑤。路遠莫致倚逍遙，何爲懷憂心煩勞？

我所思兮在桂林，欲往從之湘水深。側身南望涕沾襟。美人贈我琴琅玕，何以報之雙玉盤。路遠莫致倚惆悵，何爲懷憂心煩快？

我所思兮在漢陽，欲往從之隴阪長。側身西望涕沾裳。美人贈我貂襜褕，何以報之明月珠。路遠莫致倚踟躕，何爲懷憂心煩紆？

我所思兮在雁門，欲往從之雪紛紛。側身北望涕沾巾。美人贈我錦繡緞，何以報之青玉案。路遠莫致倚增歎，何爲懷憂心煩惋？〔註 30〕

這並不是一組愛情詩，而是一組憂國詩。東漢順帝時代，張衡由太史令遷侍中，是一個身在皇帝左右以備顧問應對的官，當時宦官在朝中勢力很大，他們互相串通設法將張衡排擠出朝廷，張衡終於不能留在順帝身邊了。永和初年，他出爲河間王國相。《四愁詩》是其在任河間王相時寫的。通過詠男女之愛，實際上是表達其對國事的深深憂慮，對國君處境的憂慮，對自己不能像過去一樣爲君分憂之憾恨。詩的立意就是反覆詠歎有所思，欲以厚報美人之貽，而路途阻隔不能到達。意思很簡單，表達卻很複雜。由此可見，漢代的文章中的確也存在行文縟麗、描摹細緻入微、窮儘其態的審美傾向。

〔註 29〕揚雄，《解嘲》，見費振剛，胡雙寶，宗明華，《全漢賦》，北京大學出版社，1993 年版，頁 220。

〔註 30〕張衡，《四愁詩》，見丁福保編，《全漢三國晉南北朝詩》，中華書局，1959 年版，頁 37。

丹納在《藝術哲學》中有一段文字對哥特式的建築這樣評論道：「他們既要求無窮大，也要求無窮小，同時以整體的大和細節的繁複震動人心，目的顯然是要造成一種異乎尋常的刺激，令人驚奇讚歎，目眩神迷。」〔註 31〕我覺得漢代的賦作和哥特式建築有異曲同工之妙，不僅在無窮大上做足了文章，也在無窮小上做足了文章，給人目眩神迷之震撼，震撼之餘不能不爲地大物博、人傑地靈的漢帝國繁榮昌盛驚異讚歎。可見中外藝術都是有這種審美思維的，尤其漢代人出於新時代文化上的需要，將文字上的繁複之美作了極致的發揮。

第三節　以物象傳情生動的細膩刻畫爲美

和這種以滿爲美相聯繫的是細膩描寫，這種文學上的表現似乎也應該看作是漢代特定文化氛圍下的產物，漢人的作品中有刻意要用文字傳達出事物具象美的傾向。要傳達出物象的具象性，漢人的思維理念就是極爲精細地刻畫人物事件的情態物象，以細節來傳達人和事的內在精神。當然，細節對於文學是個很重要的元素，某種意義上它意味著是作品的生命力，對物象的刻畫能深入到什麼程度完全取決於作家的個人才華和表現風格。但是縱觀漢人的作品，漢代人在這方面做得很刻意，盡量在營造一種觸手可及的眞實感。窮盡物象細節這種藝術思維模式既有縱向的歷史繼承，又有橫向的時代影響，它有很明顯的歷史演化軌迹，從荀子、宋玉那裏，在作品中刻畫物事情狀就已表現出了這種傾向。在人們對文學表現的理解中，寫作水平很大程度是體現在作家對物象描寫之精細上，細節演繹得越具體，越形象，越細緻，越鮮明，就會使文學表現的情事越具有生動可感的魅力，越具有審美的價值。這種邏輯幾乎是那個時代以雕章琢句爲能事的文人中的一種通識，沒有人去懷疑這種審美追求的合理性。一個文章之士的文學才華也是在很大程度上看他捕捉事物細節的能力和用筆墨加以渲染細節的能力。先秦的文學給了這種審美理念以母源性的影響，例如荀子的《賦篇》，就可以看到這種精細描寫的經典：

> 有物於此，居而周靜致下，動則綦高以鉅。圓者中規，方者中矩。大參天地，德厚堯禹。精微乎毫毛，而大盈乎大宇。忽兮其極之遠

〔註 31〕丹納著、傅雷譯，《藝術哲學》，人民文學出版社，1963 年版，頁 53。

也，劙兮其相逐而反也，卬卬兮天下之咸蹇也。德厚而不捐，五採備而成文。往來惛憊，通於大神，出入甚極，莫知其門。天下失之則滅，得之則存。弟子不敏，此之願陳，君子設辭，請測意之。

曰：此夫大而不塞者與？充盈大宇而不窕，入郤穴而不偪者與？行遠疾速而不可託訊者與？往來惛憊而不可爲固塞者與？暴至殺傷而不億忌者與？功被天下而不私置者與？託地而遊宇，友風而子雨。冬日作寒，夏日作暑。廣大精神，請歸之雲。——雲〔註32〕

在這一則賦作中，將雲的物態、物性用文學性語言作了最充分的描述，迴環往復地寫其充盈於天地之間，變化萬端，無處不至，於萬物作成有無窮之用，也就是這麼一個意象——雲，但是呈才使氣卻是到了極致，使後人無法再添一筆。更令人稱絕的是宋玉，在他的《風賦》中竟能異想天開地將鼓蕩於天地之間浩然長風分爲「大王之風」和「庶人之風」，並且還能十分細緻形象地寫出這兩種風的區別：

夫風，生於地，起於青蘋之末；侵淫溪谷，盛怒於土囊之口；緣泰山之阿，舞於松柏之下。飄忽淜滂，激揚熛怒，耾耾雷聲，回穴錯迕，蹶石伐木，梢殺林莽。至其將衰也，被麗披離，沖孔動楗。眴煥燦爛，離散轉移。故其清涼雄風，則飄舉升降，乘淩高城，入於深宮。邸華葉而振氣，徘徊於桂椒之間。翱翔於激水之上，將擊於芙蓉之精。獵蕙草，離秦衡。概新夷，被荑楊。回穴沖陵，蕭條眾芳。然後徜徉中庭，北上玉堂，躋於羅帷，經於洞房，乃得爲大王之風也。故其風中人，狀直憯淒惏慄，清涼增欷。清清泠泠，愈病析酲。發明耳目，寧體便人。此所謂大王之雄風也。〔註33〕

這可謂是一段奇文了，在這一段文章中最出彩的就要算是宋玉在表現這兩種風具體細節上差別的奇思妙想了。本來讓人感覺挺荒唐的一個分類法，可是讓作者這麼一描述，只有讓讀者自愧自己思維不縝密，讓人拔了頭籌。如此入微地細察事理，如此詳備的陳述，非天才作家莫能爲之，可以說是經典作家的經典之作。這樣的文學表現和審美風格就注定了漢代文學的審美特徵中必有這樣的成份，漢代文學就是循著這種傳統風格走下去的，這種羅列性的層層刻畫觸處可見。比如班倢伃的《自悼賦》中寫自己曾有一段美好的光陰，

〔註32〕荀子，《賦篇》，見《國學經典·賦》，北京出版社，2004年版，頁56。
〔註33〕宋玉，《風賦》，見《國學經典·賦》，北京出版社，2004年版，頁50。

深受皇上的寵愛，自己感到十分榮幸，並非自己有特殊的才德，而是靠的祖上陰德，常常自我反省有何過失，希望能永固皇恩。就這麼一層意思，她表現的筆觸就很細膩：

> 承祖考之遺德兮，何性命之淑靈。登薄軀於宮闕兮，充下陳於後庭。
> 蒙聖皇之渥惠兮，當日月之盛明。揚光烈之翕赫兮，奉隆寵於增成。
> 既過幸於非位兮，竊庶幾乎嘉時。每寤寐而絫息兮，申佩離以自思。
> 陳女圖以鏡監兮，顧女史而問詩。〔註34〕

詩是一種語言高度概括的文體，它的魅力就在於以少概多，可這首詩僅寫皇上的恩寵就大著筆墨用了四句，這在詩歌的表達裏就是很鋪張，很強調的了，這麼長一段文字都是在寫自己承蒙皇上深厚的恩惠，猶如日月的光輝照耀著自己，自己的榮耀與體面是那麼的赫然彰著，承主隆恩，使自己所居住的宮殿亦蒙上一層光耀。筆峰徘徊徐婉，進入作者視野的東西都異常的細瑣，筆觸十分的細膩。

司馬遷在《悲士不遇賦》中訴說自己內心不爲人理解的孤獨落寞之情，浩歎自己生不逢時的遭遇時，他用的手法也是類似的，他是通過描寫自己一層層悲涼的思緒來寫心境的：

> 悲夫！士生之不辰，愧顧影而獨存。恒克己而復禮，懼志行之無聞。
> 諒才韙而世戾，將逮死而長勤。雖有行而不彰，徒有能而不陳。何
> 窮達之易惑，信美惡之難分。時悠悠而蕩蕩，將遂屈而不伸。〔註35〕

他的思緒是這樣的一層層展開的：我覺得自己生不逢時，環顧四面只有影子與自己爲伴，沒有知音，我儘管持之以恒在盡力約束自己的行爲，加強自己的心志與操守的修養，但還是深深憂慮這種做法不爲俗世所容，估量著自己的才華和美德與塵世的常理相乖戾，但我即使爲世所不容也仍要堅持奮發而作，至死不變，我雖有很好的功績，但難以彰顯於當世，我枉然有曠世之才卻又難以向世人來展示，一個人或窘困或顯達是多麼容易使世人對他的德才產生迷惑與誤解啊！這實在是由於世人不辨美好與醜惡啊！時光悠悠，光陰荏苒，我長久以來心志受壓抑委屈而得不到抒發。

〔註34〕班倢伃《自悼賦》，見費振剛、胡雙寶、宗明華，《全漢賦》，北京大學出版社，1993年版，頁241。

〔註35〕司馬遷《悲士不遇賦》，見費振剛、胡雙寶、宗明華，《全漢賦》，北京大學出版社，1993年版，頁142。

這是一個人的內心獨白，是天才人物的精神孤獨，是偉大人物精神追求與世俗環境之間的衝突。當一個人身體遭受重創，在艱難的環境中還要堅守一份既崇高又很重大的事業，內心必然是時時感到惶惑、無助與孤獨，他前行的每一步黑暗都如影相隨的。讀了以後讓人感到沉重和壓抑，產生共鳴和同情，但如果不是作者以這種細緻筆法層層展開，細細述來，讀者就難以深入體會得到這個兩千年前偉大學者的思想脈動和情緒的色彩，難以深入體會到司馬遷情感世界中脆弱、灰暗的一面。

司馬遷在他的皇皇巨著《史記》中對歷史事件的處理也有這個特點，他在歷史事件大框架的實錄中，展開合理的想像，特別著意於對人和事的生活性細節進行具體的刻畫，以豐富的層次來刻畫渲染場面，以增強場景的可感性，增加文章的生動感。比如他在《項羽本紀》中將項羽兵敗過程就寫得很具體，通過細節渲染，寫出了一個末路英雄絕境中的悲壯之氣：

> 項王軍壁垓下，兵少食盡，漢軍及諸侯兵圍之數重。夜聞漢軍四面皆楚歌，項王乃大驚曰:「漢皆已得楚乎？是何楚人之多也！」項王則夜起，飲帳中。有美人名虞，常幸從；駿馬名騅，常騎之。於是項王乃悲歌忼慨，自爲詩曰「力拔山兮氣蓋世！時不利兮騅不逝！騅不逝兮可奈何！虞兮虞兮奈若何！」歌數闋，美人和之，項王泣數行下，左右皆泣，莫能仰視。〔註 36〕

項羽的命運的確是被劉邦戰敗了，但項羽最後的時刻是如何度過的，卻未必盡如書中所寫有那麼從容的場面，畢竟是風雲莫測的大型戰爭，尤其是最後腥風血雨的決戰時刻，也就是說書中所記這些細瑣之事：飲酒唱歌與自己心愛的女人訣別，與自己心愛的坐騎訣別，一灑悲憤之淚，還寫詩抒懷等等，這些未必是歷史的眞實，但它邏輯是眞實的，亂世英雄，鐵血爭雄，拼盡兵力，窮途末路時不免也銳氣殆盡，這時就是再剛烈之人亦難免流露脆弱的情懷，難抑沮喪悲憤之氣。非有這些情節的精細構設，歷史事件中心人物的性格難以凸顯，失去邏輯的眞實也是一種有缺陷的眞實。漢代人還是深諳生活眞實與藝術眞實之間辯證關係的，他們力圖通過對日常生活細節的演繹來凸顯事件的可感性和歷史人物的可感性。而《史記》和《漢書》中這一類的細節表現比比皆是，幾乎每個人物的傳記中，所有的歷史事件的敘寫中，都有這類合乎邏輯眞實的細節演繹，比如《史記・高祖本紀》中對劉邦的描寫就

〔註 36〕司馬遷，《史記》卷七《項羽本紀第七》，中華書局，1959 年版，頁 333。

很細膩傳神：

高祖爲人，隆準而龍顏，美須髯，左股有七十二黑子，仁而愛人，喜施，意豁如也，常有大度，不事家人生產作業。及壯，試爲吏，爲泗水亭長，廷中吏無所不狎侮。好酒及色，常從王媼、武負貰酒，醉臥，武負、王媼見其上常有龍，怪之。高祖每酤留飲，酒讎數倍。及見怪，歲竟，此兩家常折券弃責。〔註37〕

這一段是具體描寫高祖這個人物形象特徵。人物的相貌特徵，性格，生活習慣，身份，軼聞，他未顯達時在家鄉的人際關係，都一一加以刻畫，讓讀者如見其人，如聞其聲，如感受其氣息。再比如：

酈食其爲監門，曰：「諸將過此者多，吾視沛公大人長者。」乃求見說沛公。沛公方踞牀，使兩女子洗足。酈生不拜，長揖，曰：「足下必欲誅無道秦，不宜踞見長者。」於是沛公起，攝衣謝之，延上座。〔註38〕

這一小段刻畫劉邦這個鄉間無賴的行爲特點，缺乏德行修養，事業剛有一點起色，就一副小人得志的樣子，邊洗腳邊接待前來幫助他滅秦的有識之士。

信度何等已數言上，上不我用，即亡。何聞信亡，不及以聞，自追之。人有言上曰：「丞相何亡」。上大怒，如失左右手，居一二日，何來謁上，上且怒且喜，罵何曰：「若亡，何也？」何曰：「臣不敢亡，臣追亡者」。上曰：「若所追者誰何？」曰：「韓信也」。上復罵曰：「諸將亡者以十數，公無所追，追信，詐也。」〔註39〕

這一小段是對劉邦進行個性化語言的刻畫，高興也罵，生氣也罵，喜怒形於色，生生地寫出了一個粗魯不堪山野村夫的形象。《史記》就是通過對筆下人物言論、行動、面貌等非常具體的描寫，才將劉邦這個一直生活在社會下層的政治投機分子的精神世界表現得栩栩如生。

《漢書・李廣蘇建傳》中有一段描寫李陵勸蘇武投降的處理十分生動，也讓人有身臨其境的感覺，尤其李陵對蘇武勸降一段，將李陵投敵的理由一層一層寫得十分充分，頭頭是道，層層推進，由此可以看得出李陵是個十分

〔註37〕司馬遷，《史記》卷八《高祖本紀第八》，中華書局，1959年版，頁342。
〔註38〕司馬遷，《史記》，卷八《高祖本紀第八》，中華書局，1959年版，頁358。
〔註39〕司馬遷，《史記》，卷九二《淮陰侯列傳第三十二》，中華書局，1959年版，頁2611。

現實、理性、善於度時變通、爲人圓滑，又頗具雄辯之才的人。而蘇武在巨大的心理攻勢下，仍不爲其所動，心似枯井，以襯托蘇武堅貞不移的人格。相比李陵，蘇武嘴木納，不善言談，但內心單純，情感樸素。能讓人感覺到這個人物所採取行爲的內在性格依據：

> 初，武與李陵俱爲侍中，武使匈奴明年，陵降，不敢求武。久之，單于使陵至海上，爲武置酒設樂，因謂武曰：「單于聞陵與子卿素厚，故使陵來說足下，虛心欲相待。終不得歸漢，空自苦亡人之地，信義安所見乎？前長君爲奉車，從至雍棫陽宮，扶輦下除，觸柱折轅，劾大不敬，伏劍自刎，賜錢二百萬以葬。孺卿從祠河東后土，宦騎與黃門駙馬爭船，推墮駙馬河中溺死，宦騎亡，詔使孺卿逐捕不得，惶恐飲藥而死。來時，大夫人已不幸，陵送葬至陽陵。子卿婦年少，聞已更嫁矣。獨有女弟二人，兩女一男，今復十餘年，存亡不可知。人生如朝露，何久自苦如此！陵始降時，忽忽如狂，自痛負漢，加以老母繫保宮，子卿不欲降，何以過陵？且陛下春秋高，法令亡常，大臣亡罪夷滅者數十家，安危不可知，子卿尚復誰爲乎？願聽陵計，勿復有云。」武曰：「武父子亡功德，皆爲陛下所成就，位列將，爵通侯，兄弟親近，常願肝腦塗地。今得殺身自效，雖蒙斧鉞湯鑊，誠甘樂之。臣事君，猶子事父也。子爲父死亡所恨。願勿復再言。」陵與武飲數日，復曰：「子卿壹聽陵言。」武曰：「自分已死久矣！王必欲降武，請畢今日之驩，效死於前！」陵見其至誠，喟然歎曰：「嗟乎，義士！陵與衛律之罪上通於天。」因泣下霑衿，與武決去。〔註40〕

正是因爲有了這些傳神的細節，個性化的語言，才使這些史書中記載的人物血肉豐滿，呼之欲出。

又例如漢樂府《十五從軍行》，寫了一個在軍隊服兵役六十五年的老兵，八十多歲退役後回到自己的家鄉的遭遇。他的家裏沒有一個親人，庭院一片荒蕪，雜草叢生，其荒蕪淒涼的情景讓人唏嘘。但是作者不是用簡練概括的語言來陳述他家早已家破人亡這樣一個事實，而是採用了細節來再現場景的手法，通過老兵的視角描寫他回到故鄉的所見所聞：「兔從狗竇入，雉從梁上

〔註40〕班固，《漢書》卷五十四《李廣蘇建傳第二十四》，中華書局，1962年版，頁2464～2465。

飛，中庭生旅穀，井上升旅葵。」通過他家院子裏動物、植物鮮活的存活狀態，暗示讀者他的家已不復存在，他的親人早就生死不明，不知流落到何方了，只是他在外服役音訊不通，不知道家裏發生的一切而已。原本生活在荒野的野兔竟然在老兵的家裏築起了窩，從以前的狗洞裏自由進出，野雞棲息在房梁上，院子裏長滿了野生的旅穀，連井臺上也長出了野葵。作者的匠心就是通過細緻的筆觸刻畫院中場景，用這些鮮明的形象來告訴人們一個時間概念，這個院子裏動植物旺盛的生存狀態說明這裏已很久沒有人息了，老兵晚年所要面對的是生命不堪承受之痛。

《焦仲卿妻》中的女主人公劉蘭芝是作者由衷欣賞和同情的對象，他對這位悲劇主人公的喜愛和憐惜之情也是通過對這個人物的形貌精細刻畫來體現的，比如寫劉蘭芝被焦母驅逐休妻還家，劉氏臨別焦家時的裝束就寫得非常細緻具體，作者把人物的裝扮從頭寫到腳，甚至還寫到了她腰間的裝飾，耳輪的裝飾，唇色的修飾，等等：

> 雞鳴外欲曙，新婦起嚴妝。著我繡夾裙，事事四五通。足下躡絲履，頭上玳瑁光。腰若流紈素，耳著明月璫。指若削蔥根，口如含朱丹。纖纖作細步，精妙世無雙。〔註41〕

這一切都是在於揭示人物的內心世界。劉蘭芝是一個自視甚高的女人，她自言「『十三能織素，十四學裁衣，十五彈箜篌，十六誦詩書。』」以那個社會對婦女的要求來說，她是一個極出色的女性，從上引詩文的口氣也能看出，她自己也是這麼認爲的，並且她性格中還有十分爭強好勝的一面，她十分勤勉自律：「『君既爲府吏，守節情不移，雞鳴入機織，夜夜不得息。三日斷五匹，大人故嫌遲。』」她深愛自己的丈夫，因而對自己的要求十分苛嚴，在品行上要求自己恪守婦道，名譽要與夫君的地位相稱，在家務勞動中每日披星戴月織布，不想讓人輕視自己的德與能。她自認爲進了焦家自己所做的是無可挑剔的，但還是遭受焦母的責難，要兒子把她休了。可以想像這個結局對她而言是致命的，對她的尊嚴也是一種挑戰。她受到焦母的壓力要徹底離開這個給過她愛與恨的家庭時，她最後時分的心情是難以言說的，作者用細膩的筆觸刻畫她臨別時的細緻打扮的行爲，以襯托女主人公此時悲愴、怨恨、不甘、委屈、屈辱交織的複雜心情，的確是深有含意的。她要反擊，可以她

〔註41〕《焦仲卿妻》，見李春祥主編，《樂府詩鑒賞辭典》，中州古籍出版社，1990年版，頁85。

的處境和家庭地位唯一能採取的反擊方式就是不想讓一直與她敵對的婆婆看到她失意沮喪地離開這個家，她要用一種從容平靜的告別方式來回應別人對她的打擊。所以她對自己在焦家最後一天的形象十分在意。

《陌上桑》上也有一段對少女羅敷姣好形象的描寫。羅敷也是一個作者鍾愛的由裏到外都十分美麗的婦女，故而作者大著筆墨去寫她的外貌，除了正面寫她的衣著打扮，還從側面來寫，描寫旁人眼裏的羅敷，不厭其煩寫行者、少年、耕者、鋤者看到羅敷後的反應，以襯托羅敷非同一般的美態，爲下面情節的開展作鋪墊。正是這種精細的描寫，成了文章中最突出的部份，讓讀者對羅敷的美麗留下了深刻的印象。

> 頭上倭墮髻，耳中明月珠。湘綺爲下裙。紫綺爲上襦。行者見羅敷，下擔捋髭鬚。少年見羅敷，脱帽綃著頭。耕者忘其犁，鋤者忘其鋤。來歸相怒怨，但坐觀羅敷。〔註42〕

不管是行者、少年、耕者還是鋤者，作者都是選擇人物神態、表情，互相抱怨的態度等等有代表性的細節來寫他們看到羅敷後反應的。

《孤兒行》中也有一段細節處理很有特點。失怙的孤兒跟其兄嫂一起生活，兄嫂欺其勢孤力單，百般折磨他，要他從事各種家務勞動。作者在詩中著意展開來寫的是孤兒收瓜回家路上的一個生活場景，用了十句詩寫了孤兒從田裏收瓜到回家路上發生的一段小插曲：「六月收瓜。將是瓜車，來到還家。瓜車反覆，助我者少，啗瓜者多。『願還我蒂，兄與嫂嚴，獨且急歸，當與校計。』」一個年幼的孩子推著沉重的瓜車上路，瓜車傾覆，不少人上前鬨搶瓜，孤兒哀求無用，只好要求吃瓜人將瓜吃完後把瓜蒂留下給他，以證明他的無辜，讓他回去好向兄嫂交待。通過這一段的描寫，讀者能體會到發生了這場意外，孤兒內心的惴惴驚懼，想像到其兄嫂平日待他之刻薄寡恩，可以想見孤兒平素生活的艱難處境。

《古詩十九首》作爲詩體，一般來講語言要分外精當，著墨要以少概多，但是其中有些篇章的處理亦能看到在小處著墨的匠心：「愁多知夜長，仰觀眾星列。三五明月滿，四五蟾兔缺。」〔註43〕如沒有深切體會，難有如此深切的文字。一個閨中少婦，思念自己的丈夫，長夜難眠，仰頭看天，通過其對

〔註42〕《陌上桑》，見丁福保編，《全漢三國晉南北朝詩》，中華書局，1959年版，頁65。

〔註43〕《古詩十九首・孟冬寒氣至》，見丁福保編，《全漢三國晉南北朝詩》，中華書局，1959年版，頁57。

於月亮盈虧的熟悉程度可以得知該婦女熬過了多少不眠之夜。不是經過一番情感磨礪難有如此精彩的生活細節描寫，沒有這些力透紙背的細節描寫，那麼漢代文學的表現就會蒼白得多了。

漢代人這種表現手法運用極普遍，我在這只略舉幾處以供讀者體會。從上引作品我們不難感受到，漢代人在創作表現上普遍認同的是文字細膩刻畫物象的藝術審美價值，從小處著眼，細處著筆，紆徐鋪開，娓娓道來，這種表現手法所產生的具體、生動、形象、鮮活之類的藝術張力是他們審美期待中的東西，這種表現最大的一個審美意趣就是能把讀者帶入作者要構劃的意境。

第四節　以表現生活之眞實樸素爲美

《詩經》是自然文學的產物，原生態的文字其生存空間自然是民間，這種性質決定了《詩經》最本質的特點是現實主義的表達，作者是在沒有任何功利狀態下的記錄，它披露了當事人彼時彼地最自然、最眞切的心理過程，是一種心態充分自由下的寫作，作品的魅力來自於近距離的貼近普通人的生活情感，社會信息量大，世風民情的能見度高，容易激發起人們的共鳴，使人們在閱讀中再度感受到撲面而來的親切感、認同感。這類文學表現的價值就在於它能傳達出人們心中似有而又難以言狀的心緒，人們在閱讀作品時能讓隱積於心的情緒得到渲導從而產生愉悅。它能讓人在承受生命的痛苦時感受到一種人文關懷，使焦慮、躁動的情緒得到慰藉，這就是現實主義作品的魅力所在。《詩經》的魅力也在於讓人可以再度體驗到自己曾經的情感經歷。《詩經》的這種文化風格向人們昭示了一條藝術法則，生活本身就有大美，用藝術的視角去關照生活、再現生活的作品，會讓人體驗到情感共鳴的愜意和審美愉悅快感。這種美不依賴於形式，而是出自於作品本身內質的魅力，或者可以說現實主義的作品會讓人由於內容引起的情緒亢奮，而忽略其作品的形式存在了。故而先秦時代的文人在關注人類命運、揭示人類生存狀況爲根本使命這樣一種文化價值觀念支配下，必然是特別看重於寫實文學的審美價值。而漢代人更是有明確意識地去繼承這種藝術思維取向和文學審美取向，特別著意在自己的作品中去傳達和弘揚這種美。樂府詩便是他們在文學中最集中表現現實之美的典型作品了。有人說：「兩漢樂府詩是樂府詩之始，所體現的是『感於哀樂，緣事而發』的現實主義精神，是上承《詩經》傳統，下啓魏晉文人擬作樂府詩之源，在樂府詩歌史上佔有重要地位。」〔註 44〕學者們這麼說也是看到了《詩經》與漢樂府詩這兩個不同時代的作品之間所表現出的內在聯繫，它們所具有共同的審美特點，表現手法與藝術思維之間的因承關係。說到樂府詩，自然會聯繫到樂府。樂府是漢代的一個文化機構，主要職責是主管音樂和搜集整理民間歌謠俗曲，以創作新聲樂調。《漢書・藝文志》云：「自孝武立樂府而採歌謠，於是有代趙之謳，秦楚之風。皆感於哀樂，緣事而發，亦可以觀風俗，知薄厚云。」〔註 45〕又《禮樂志》亦云：「至武帝定郊祀之禮，……乃立樂府，採詩夜誦，有趙、代、秦、楚之謳……。」〔註 46〕這些記載說明兩個問題，一是樂府這個文化機構設於漢代，二是樂府承擔著在民間採集俗文學的使命。前者未必正確，因爲 1977 年在臨潼秦始皇陵附近出土了一件秦代的錯金甬鍾，上鐫有「樂府」二字，證據說明，早在秦代，享國僅十五年的一個新生政權，一方面做著文化的剷滅工作，另一方面又做著文化的建設工作，他要剷滅的是文化精英們理論化的思想，而要保留的卻是山野村夫即興表達的思想感情。這有力地說明以寫實爲特色的民間文學從封建政體建立起始，就被政府納入了封建國家的文化系統，它的地位也因此而得到了隆升。這本身也在很大程度上說明，在社會文明發展的早期，社會倫理觀念就將眞看作是美，這是實用性文化體系最顯著的特徵，這一點我在前面章節中已有論述。因此，寫實主義的審美表現一直在我國文學發展的長河中是主流，受到各朝各代主流文化的推崇，這是無疑的。秦代國運短祚，文化建設成就不大，除《呂氏春秋》與李斯的《諫逐客書》外，未能留下更多的傳世之作。但是在漢代這樣一個將一切文化都納入實用體系的社會背景下，文學中的現實主義精神就得到了弘揚。其實要理解這一點也並不難，文學本身也就是一個特殊的存在，從文化學的角度和美學的角度來看待文學，結論是完全不同的，從美學角度來看文學，文學便是一種社會奢侈，它屬於社會的審美消費，提供給人的是娛樂消遣的工具；但是從文化學的角度來看，文學又是實用性的東西，文學只是社會文化系統中的一個構成因子，是一種社會識別和文化識別的標誌物，是對民族歷史、社會生活等方面信息的一種特殊的保留和交流之方式。正是文學的這種多元特性，人類才會十分投入地在文學中更多更逼近現實地記錄人們曾經經歷過的情事。秦漢時期，

〔註 44〕李春祥主編，《樂府詩鑒賞辭典》，中州古籍出版社，1990 年版，頁序 4。
〔註 45〕班固，《漢書》卷三十《藝文志第十》，中華書局，1962 年版，頁 1756。
〔註 46〕班固，《漢書》卷二十二《禮樂志第二》，中華書局，1962 年版，頁 1045。

曾經繁榮過一時的秦雅樂日趨衰亡，隨之而流行起來的是從民間或從西域傳來的新興俗樂，而宮廷又有「立郊祀之禮」或「觀風俗以知民情」之類的消費需要和政治需要，於是便建立一個專門的機構——樂府，一是採集那些民間流行的俗樂，一是爲其配樂，以供演唱，應付朝廷皇室祭祀天地神祇的宗教活動，或是供皇宮貴族們宴用享受，或是軍樂壯威等場面的需要。當然，漢樂府中這部分創作一般而言離民眾的生活較遠（也有例外的，如《鐃歌》中的《有所思》、《上邪》、《戰城南》等採自民間），其餘大部份都能貼近民間的生活，這些作品把時代的眞實面貌和社會狀態浮雕在具有長青藝術生命的歌辭中，爲後世留下了漢代生活的形象畫卷。

現存兩漢樂府歌辭中最有價値的 50 多首民歌，大部分是東漢時期的作品，班固把樂府民歌的特點描述爲「感於哀樂，緣事而發」、「饑者歌其食，勞者歌其事」。樂府民歌的審美個性，不是虛擬之美，而是事實之眞，不是主觀想像，而是客觀描述，不是暢意寫意，而是實寫情事。通過這類作品，人們可以以一種審美的角度來觀照自己的生存狀態。比如《鄭白渠歌》記敘的就是漢代人經濟生活中發生的一件大事：

田於何處？池陽、谷口，鄭國在前，白渠起後，舉錘如雲，決渠爲雨。水流竈下，魚躍入釜，涇水一石，其泥數斗，且溉且糞，長我禾黍。衣食京師，億萬之口。〔註 47〕

這篇歌辭是讚揚鄭國、白公主持開鑿修建的鄭國渠和白渠，灌溉農田造福於民的巨大功績的民歌。據《史記・秦始皇本紀》中記載秦始皇元年（前 246 年）韓國出於政治和軍事的考慮，爲了緩解秦國步步緊逼的軍事壓力，派水工鄭國向秦國建議修築水渠，不明眞相的秦始皇採納了這一建議，派出了大量勞力去修建水渠，渠自中山西瓠口（今陝西禮泉縣東北惠民橋西）引涇水東流，流經今涇陽、三原、富平等地，至蒲城縣注入洛河，長三百餘里，工程十分浩大。秦漢時期受該渠灌溉的良田達四萬餘畝，使這一地區成了富甲天下的糧倉。另據《漢書・溝洫志》記載：漢武帝在太始二年（前 95 年）採用趙中大夫白公的建議，開鑿白渠，源自谷口，尾至櫟陽（今陝西臨潼縣北古城屯），水渠流經涇陽、三原、臨潼，至渭南縣北注入渭河之中，流程三百餘里，灌溉良田四千五百餘畝。民歌作者在這首民歌中的立意是熱情歌頌這

〔註 47〕《鄭白渠歌》，見丁福保編，《全漢三國晉南北朝詩》，中華書局，1959 年版，頁 88。

兩條渠的功績。它先是記述了這兩條渠修築順序鄭國渠在前，白渠在後，後寫在修這兩條渠時的聲勢：「舉鍤如雲，決渠爲雨」，當時開挖這兩條渠時千萬人參與工程，挖溝開渠的場面聲勢頗爲壯觀。再寫利民工程澤被世人的功績是「水流竈下，魚躍入釜」。詩人用了極誇張的語言表現作者的欣喜之情，這些工程讓民眾獲益匪淺，便利之極，流水入戶，遊魚能自己躍入鍋釜之內。涇水既可以灌溉農田，河底的淤泥又可肥田，工程設計構思可謂巧奪天工，造福於人，使這一帶的黎民百姓由此而富庶了起來。這裏生產的糧食主要是用於供應長安城，這一帶豐產了，京城的億萬人口也就有了衣食保障。《鄭白渠歌》用的是極樸素的語言報導了開鑿鄭國渠和白渠的事件以及這兩項工程給這一帶人經濟生活所帶來的影響。

有一首名爲《烏生》民歌也可謂是現實主義的經典之作：

> 烏生八九子，端坐秦氏桂樹間。唶！我秦氏家有遊遨蕩子，工用睢陽強、蘇合彈，左手持強彈，兩丸出入烏東西。唶！我一丸即發中烏身，烏死魂魄飛揚上天。阿母生烏子時，乃在南山岩石間。唶！我人民安知烏子處，蹊徑窈窕安從通？白鹿乃在上林西苑中，射工尚復得白鹿脯。唶！我黃鵠摩天極高飛，後宮尚復得烹煮之；鯉魚乃在洛水深淵中，釣鉤尚得鯉魚口。唶！我人民生各各有壽命，死生何許復道前後。〔註 48〕

這首民歌有五言，七言，九言，句式錯雜，節律自由活潑，類似於口語，但細節的描寫和心理刻畫十分寫實，細膩。詩的前八句寫悲劇發生的過程，一隻生育了八九之子的老烏，一天飛出烏窩棲息在桂樹枝上，並沒有招惹任何人，突然禍從天降，擅用彈弓射殺飛禽的游蕩子就向這隻烏國之母接二連三地射出彈丸，老烏儘管左躲右避，但還是未能幸免一死，最終被飛彈擊中身亡，無辜弱者最終是難以逃脫命運打擊的。這隻屈死的老烏死後靈魂依然在拷問自己，難道是我的錯嗎？不該停留在那棵秦氏門前的桂樹枝上嗎？母親生我在南山岩石間，如果我一直生活在那鄙遠的南山間，那裏山高林密，山道崎嶇，人類無從找到自己，或許就躲過了今天這一劫了。可它又轉念一想，白鹿生活在西林苑中，獵人們照樣宰殺了它們，黃鵠飛入雲天，也逃不過被後宮烹煮的命運，鯉魚深潛水底，也難逃爲釣鉤所捕、爲人所食的命運。因

〔註 48〕《烏生》，見丁福保編，《全漢三國晉南北朝詩》，中華書局，1959 年版，頁 65。

此作者歎息，生物的壽命受制於天，他們是根本無法來操縱自己命運的。這首詩中刻畫的烏鳥的形象或許未必是寫實的，但是它所表達的思想和觀念意識卻是眞實的。這個作品的現實意義就在於訴說生存環境給生活在社會下層小人物的心理感受。生活在封建專制政體下的人，無論所處的朝代政治多麼清明，當朝的皇帝多麼勤政愛民，但這種政體決定生活在下層的人們生命財產安全必然是得不到根本保障的，強權和暴力隨時可以毀滅小人物的一切，包括生命。尤其在東漢後期，政局混亂，吏治腐敗，整個社會處於一種無序的狀態，生活在那樣的環境中，必然是人人自危，隨時都可能會有生命之虞，所以詩中所表達的人生無常、生死有命消極的人生觀念是有它歷史必然性的，也就是說它是眞實地反映了那個社會人們的心態。藝術之眞絕不是只指刻畫表象之眞，而是指其內在本質之眞。這種眞與不眞是相對的，假的東西在表象上與某一事物很相似，然而因爲沒有內在本質的眞實，所以不能給人以美感。相反，眞的藝術品不一定在外表上酷似某一物象，但由於它把物象的內在本質揭示出來了，凸顯出來了，同樣能給人以眞切的感覺， 這就是古人所謂的「神似」、「傳神」。從這個意義上說，《烏生》所記錄的那個特定歷史階段中的社會現象和民眾情緒的信息是可靠的，再現了當時彌漫於社會上人們禍福難測卻又無可奈何的負面情緒。通過這個信息，完全可以把後世千百年來的讀者再度帶到那個特定的歷史時期去，或者在經歷命運打擊又無法擺脫厄運時引起人深深的情感共鳴。經過千百年的歲月滄桑，從歷史深處飛來的那隻形象鮮明的老烏，向後人訴說自己曾經的遭遇，曾經的亂世，給人的審美體驗依然是玩味不盡的。

再來看一首《平陵東》：

> 平陵東，松柏間，不知何人劫義公。劫義公，在高堂下，交錢百萬兩走馬。兩走馬，亦誠難，顧見追吏心中惻。心中惻，血出漉，歸告我家賣黃犢。〔註 49〕

這是一首敘事詩，講述一個名叫義公的男子，在平陵東部的樹林中遭遇被人打劫的厄運。詩中沒有明確地說明是誰打劫了義公，但在後面的敘述中，讀者不難意會到作惡施暴的罪人了。被劫者竟然被差役押到了官府的「高堂下」，問題就清楚了。但是已經被劫一空的義公到了官府的「高堂」上，他更

〔註 49〕《平陵東》，見李春祥，《樂府詩鑒賞辭典》，中州古籍出版社，1990 年版，頁 24。

深的悲劇才開始了，官府平白無故地要義公「交錢百萬兩走馬」，這實在是荒唐之極的事，然後它就偏偏發生了。一個無辜的良民路過一片樹木，傾刻間他就傾家蕩產了。贖金要「交錢百萬」，這對於一個一般平民來說這是足以讓一個家庭徹底破產的金額，義公環顧四周虎狠般的公差，那眞是透心徹骨的恐懼，求生不得，欲死不能。義公爲了交納這筆錢，想到的是讓家裏人去賣黃牛來替自己贖身，這頭牛也可能是義公家裏惟一値錢的東西了，身心遭受重擊的義公在精神恍惚中只覺得自己身上的血在向外淌，心在發痛。這首詩分明是在講一個令人義憤塡膺的故事，一夥強盜與官府勾結，對一個無辜良民進行巧取豪奪，頃刻之間就被霸佔了全部家產，還飽受了淩辱與恐嚇。它給人的心靈震撼是來自於取材的眞實、細節刻畫的眞實以及悲劇主人公心路歷程的眞實。讓讀者在爲義公的遭遇感到不平和同情的同時，也爲那個社會環境的民生維艱感到心酸。漢樂府中這類例子不勝枚舉。

漢賦中最多的也是現實題材的表現，信手拈來一例就能看到取材於現實的文學創作，就拿《長門賦》的創作背景來說也是取材於歷史上的眞人眞事，漢武帝的髮妻是其姑母之女阿嬌，他們幼時是一對青梅竹馬的表兄妹，成年後結爲夫婦，武帝登基後封阿嬌爲皇后，專寵十餘年，阿嬌後因武帝移情他人而心生妒嫉，最終被武帝廢黜，謫居長門宮。阿嬌爲使武帝迴心轉意，她不惜千金請司馬相如爲其作賦，以望喚回武帝心底對她昔日的情愛。這件事成爲文壇千古佳話。賦中通過描寫陳皇后遭遇貶黜後幽居生活的寂寞、孤苦、失落，怨懟，對於宮廷爭寵之爭中處於失利地位的婦女表示了深深的同情，並以陳皇后的語氣，十分眞實地表明了在這種處境下，她的心態。她對武帝的愛是始終不渝，從一而終的。最爲突出的是作品以傳神之筆極力鋪寫演繹被孤獨包圍的陳皇后憂怨、痛苦的心情。「心憑噫而不舒，邪氣壯而攻中。下蘭臺而周覽兮。步從容於深宮。」遭廢黜後的陳皇后心氣不暢，抑鬱難舒，邪氣鬱結攻入胸臆，夫人步履緩慢地徘徊於庭院中臺階前，空洞的目光茫然四顧，又躑躅彷徨地回到深宮。「日黃昏而望絕兮，悵獨託於空堂。懸明月以自照兮，徂清夜於洞房。」〔註 50〕通過這些描寫將一個渴望愛情又得不到愛情、幽居深宮、倍受感情煎熬婦女的痛苦心情表達得淋漓盡致：時光難挨，日子無聊，整日裏悵然無緒地看著日落日升、日升日落，長夜難消，清日難

〔註 50〕司馬相如，《長門賦》，見費振剛、胡雙寶、宗明華，《全漢賦》，北京大學出版社，1993 年版，頁 103。

度。失去愛情和失去名份地位交並之痛的失意人生躍然於紙上。

漢代的詠物賦也為後人所盛譽，其在文學史上的價值是創造性地開拓了題材，王褒的《洞簫賦》可以說也具有首創性，它是音樂描寫的開山之作。所詠吟的對象是當時人最常見的樂器洞簫。作品以舒緩鋪陳的寫作節奏，從從容容地敘寫製簫之竹的生長環境，樂器工匠的製作過程，演奏者吹簫的表演技巧，簫管發出的美妙聲音，簫管音調所表現的紛擾意象，以及給予人們的「感陰陽之和而化風俗之倫」的心靈感化作用。總之，但凡跟洞簫有關係的環節一一道來，構思這篇賦的藝術思維是立足於實物實情的描寫。〔註 51〕

一些作品還對生命表現了極大的悲憫情懷，這些文字給焦慮心靈以深深的慰藉，像《戰城南》、《焦仲卿妻》、《孤兒行》、《十五從軍征》、《東門行》等。這些情懷都是因現實生活中發生的悲劇事件所激發的。例如《戰城南》講的就是一場殘酷的戰爭：

> 戰城南，死郭北，野死不葬烏可食。為我謂烏：「且為客豪！野死諒不葬，腐肉安能去子逃！」水深激激，蒲葦冥冥，梟騎戰鬥死，駑馬徘徊鳴。梁築室，何以南，何以北，禾黍不獲君何食？願為忠臣安可得！思子良臣，良臣誠可思：朝行出攻，暮不夜歸！

作者看到大量的年輕士兵生前轉戰東西南北戰場，拼死殺敵，戰死之後又曝屍荒野，無人埋葬。腐屍成了野烏口中的美食。這些年輕的生命生前為國而戰，死後竟然連最簡單的葬禮都沒有，這是對生命何等的漠視啊，沒有絲毫的人道！沉重的現實生發出血淚相和的文字，同樣是令人窒息的。

《史記》的作者書寫歷史其奉行的原則是不隨時俗，順從當時的陰陽家和神學概念出發，而是從客觀事實出發，以其世家史官的優勢，根據文獻記載的史實和其本人的生活經驗，以及「網羅天下放失舊聞，考之行事，稽其成敗興壞之理」，故而，實錄是這門學科最基本的職業原則，但這又是一個在操作上可塑性很大的原則，作者在處理歷史事件時有很大的能動性。但必須看到，作者受各種因素限制，無論作多大的努力，都不可能對每一個歷史事件中親歷的人物和場景都做到耳聞目覩親身經歷，所以構成歷史大事件中的具體細節都是需要作者按照自己的生活閱歷和生活經驗，按照生活的邏輯來作能動的處理的，處理的原則必須是不失為生活的基本面貌，最大限度地還原歷史眞實才是這類文體最基本的審美格調。所以《史記》之美很大程度上

〔註 51〕費振剛、胡雙寶、宗明華，《全漢賦》，北京大學出版社，1993 年版，頁 143。

在於作者的匠心再現歷史眞實上，實錄歷史事件大框架，在細節上盡量去做還原眞實的處理。總之，以眞實的風格再現歷史是《史記》、《漢書》這類史傳體著作最凸顯的美學品格，只有處理好生活的眞實和藝術的眞實之間的關係，才會使作品具有史料價値和文學價値。這兩部歷史著作無論是在實錄歷史事件大框架，還是在局部細節的模擬現實上，的確都做得比較成功。就拿《史記》中的《項羽本紀》做個例子來看漢代歷史學家在重現歷史這個課題下是如何處理生活眞實和藝術眞實的：

> 項羽已殺卿子冠軍，威震楚國，名聞諸侯。乃遣當陽君、蒲將軍將卒二萬渡河，救鉅鹿。戰少利，陳餘復請兵。項羽乃悉引兵渡河，皆沉船，破釜甑，燒廬舍，持三日糧，以示士卒必死，無一還心。於是至則圍王離，與秦軍遇，九戰，絕其甬道，大破之，殺蘇角，虜王離。涉間不降楚，自燒殺。當是時，楚兵冠諸侯。諸侯軍救鉅鹿下者十餘壁，莫敢縱兵。及楚擊秦，諸將皆從壁上觀。楚戰士無不一以當十，楚兵呼聲動天，諸侯軍無不人人惴恐。於是已破秦軍，項羽召見諸侯將，入轅門，無不膝行而前，莫敢仰視。項羽由是始爲諸侯上將軍，諸侯皆屬焉。〔註52〕

這一段是描寫歷史上著名的鉅鹿之戰戰況的，文章將這場戰鬥楚軍這一方面軍的情況寫得十分具體：破釜沉舟、持糧三日以激勵士兵之勇，楚軍奮起，絕甬道，殺蘇角，虜王離，楚軍大勝，諸侯將軍入見項羽竟然都是以膝代腳跪行而前。在這裏我們可以看到無論是生活的眞實還是藝術的眞實，作者將它們都銜接得天衣無縫。

「鴻門宴」也是一個著名的歷史事件，作者將它處理得十分精彩，歷史事實和藝術演繹在這裏也得到了最完美的結合。

> 項莊拔劍起舞，項伯亦拔劍起舞，常以身翼蔽沛公，莊不得擊。於是張良至軍門，見樊噲。樊噲曰：「今日之事何如？」良曰：「甚急。今者項莊拔劍舞，其意常在沛公也。」噲曰：「此迫矣，臣請入，與之同命。」噲即帶劍擁盾入軍門。交戟之衛士欲止不內，樊噲側其盾以撞，衛士仆地，噲遂入，披帷西嚮立，瞋目視項王，頭髮上指，目眥盡裂。項王按劍而跽曰：「客何爲者？」張良曰：「沛公之參乘樊噲者也。」項王曰：「壯士，賜之卮酒。」則與斗卮酒。噲拜謝，

〔註52〕司馬遷，《史記》卷七《項羽本紀第七》，中華書局，1959年版，頁307。

> 起，立而飲之。項王曰：「賜之彘肩。」則與一生彘肩。樊噲覆其盾於地，加彘肩上，拔劍切而啖之。項王曰：「壯士，能復飲乎？」樊噲曰：「臣死且不避，卮酒安足辭！夫秦王有虎狼之心，殺人如不能舉，刑人如不恐勝，天下皆叛之。懷王與諸將約曰，『先破秦入咸陽者王之』。今沛公先破秦入咸陽，毫毛不敢有所近，封閉宮室，還軍霸上，以待大王來。故遣將守關者，備他盜出入與非常也。勞苦而功高如此，未有封侯之賞，而聽細說，欲誅有功之人。此亡秦之續耳，竊爲大王不取也。」項王未有以應，曰：「坐」。〔註 53〕

鴻門宴楚漢雙方劍拔弩張一觸即發的緊張氣氛寫得多麼逼真，多麼栩栩如生，重大歷史事件的場景氛圍就是通過大量人物言行細節惟妙惟肖地刻畫傳達出來的。這兩段史實的記錄都是在歷史事件的大框架下鋪設了大量的細節渲染而成的。如果不是作者根據生活經驗或是「網羅天下放失舊聞」來還原歷史事件，不可能使這些原本應該枯燥的史書具有如此的可讀性。

漢代的散文也是不容忽略的，漢代的散文大都是政論散文，都是爲政事而寫，它們的價值在於是針對現實社會問題展開討論的。賈誼在《新書》中主要是總結秦代滅亡的歷史教訓，這在漢初具有重大的現實意義。《新書》的核心思想是發展先秦的民本思想，來爲當代統治者提供歷史借鑒，其首篇《過秦論》中很體現其政論文風格，其立意主要是討論秦統治的過失。他在文中歷陳秦代從興起、發展到強大的過程，爲下文作了層層的鋪墊，轉而又寫陳涉起義和秦之滅亡，著意要表現的是陳涉雖爲地位低下的「氓隸之人而遷徙之徒，才能不及中人，非有仲尼、墨翟之賢，陶朱、猗頓之富」，力量應該是很單薄的，但有天下人響應，「率疲弊之卒，將數百之眾而轉攻秦，斬木爲兵，揭竿爲旗，天下雲集響應，贏糧而景從，山東豪俊遂並起而亡秦族矣。」賈誼行文闡述史實，渲染鋪張，發表議論，深刻透徹，發人深省，文筆放蕩，論證嚴密，語言優美，氣勢磅礡。

> 秦孝公據崤函之固，擁雍州之地，君臣固守以窺周室，有席卷天下，包舉宇内，囊括四海之意，并吞八荒之心。當是時也，商君佐之，内立法度，務耕織，修守戰之具；外連衡而鬥諸侯。於是秦人拱手而取西河之外。〔註 54〕

〔註 53〕司馬遷，《史記》卷七《項羽本紀第七》，中華書局，1959 年版，頁 313。
〔註 54〕賈誼，《新書・過秦上》，上海古籍出版社，1988 年版，頁 6。

秦滅周祀，并海內，兼諸侯，南面稱帝，以四海養天下之士，斐然嚮風，若是何也？曰：近古之無王者久矣。周室卑微，五霸既滅，令不行於天下。是以諸侯力政，強凌弱，眾暴寡，兵革不休，士民罷弊。今秦南面而王天下，是上有天子也。即元元之民，冀得安其性命，莫不虛心而仰上。當此之時，專威定功，安危之本，在於此矣！秦王懷貪鄙之心，行自奮之智，不信功臣，不親士民，廢王道而立私愛，焚文書而酷刑法，先詐力而後仁義，以暴虐爲天下始。夫并兼者高詐力，安危者貴順權，推此言之，取與攻守不同術也。秦雖離戰國而王天下，其道不易，其政不改，是以其所以取之也。孤獨而有之，故其亡可立而待也。借使秦王論上世之事，并殷、周之迹，以制御其政，後雖有淫驕之主，猶未有傾危之患也。故三王之建天下，名號顯美，功業長久。」〔註 55〕

晁錯也是漢代的政治家，討論問題也是從治理國家的大政方針上著眼，比如，他的《論貴粟疏》提出的政見是主張是重農抑商、勸農力本。他針對當時土地兼併問題嚴重，農民大批流亡，直接破壞了農業生產所採取的對策，分析了背後的社會原因，主要是因爲貧困，而造成人民貧困的原因是人爲的，官府的急徵暴賦和豪強的土地兼併，他爲朝廷想了種種辦法讓民眾去力田，所以力主強農貴粟，以農爲本。

民者，在上所以牧之。趨利如水走下，四方亡擇也。夫珠玉金銀，饑不可食，寒不可衣，然而眾貴之者，以上用之故也。其爲物，輕微易藏，在於把握，可以周海內而亡飢寒之患。此令臣輕背其主，而民易去其鄉，盜賊有所勸，亡逃者得輕資也。粟米布帛，生於地，長於時，聚於力，非可一日成也。數石之重，中人弗勝，不爲奸邪所利，一日弗得而飢寒至。是故，明君貴五穀而賤金玉。〔註 56〕

由此可見一斑，他對於問題的分析是非常深入透徹，切中肯綮的，而且層層推論，邏輯思維嚴密。發議論也氣勢如虹，排山倒海。晁錯在《守邊勸農疏》中提出的政見是主張募民備塞，以抵禦匈奴的進犯。晁錯爲朝廷考慮的對策是讓民眾遷徙到邊鄙去，大力開發邊疆，繁榮邊疆的經濟，加強邊疆的軍事經濟實力。他的這些政論散文都是針對當時社會時弊的，有很強的現實針對

〔註 55〕賈誼，《新書・過秦中》，上海古籍出版社，1988 年版，頁 8。
〔註 56〕韓兆琦，《先秦兩漢散文專題作品選》，高等教育出版社，2002 年版，頁 177。

性。文章的藝術張力來源於它們內容的份量，針對現實之弊而提出治理對策，正是這種現實與對策之間的邏輯關係，賦予了作品的內質的厚重感和力量美，它的美感是其他文體的作品無可替代的，這些作品除了文本自身的美感外，它還更有現實功用的力量，這自是不待說。由此也可以看出，漢代人在文章中追求的是貼近生活之眞，並把這作爲人類審美地創造歷史活動的組成部分加以倡揚，亦是有其現實之需要的。

第五章　漢代文學作品中蘊含的審美意趣（中）

第一節　以人倫道德慈愛仁厚之善爲美

藝術的本質是詩性化的表達，詩性的智慧本身就在各民族早期文化中最具隆顯的地位，中國早期文化智慧也集中體現在詩性文化上。漢代文學家不僅在思想表現的藝術形式上作多方向的嘗試性的開拓努力，同時也十分注重於開掘作品內容本身所蘊含的內在的藝術張力，將觀念形態的東西通過詩性文化的審美觀照形式傳遞出來，將倫理智慧和價值內化爲情感傾向。內省式的中國藝術，最重要的價值取向不是確立於對外部世界的體認，而是致力於成就一種偉大的人格，這種人格表現在作品中就是放大了的社會責任意識、憂患意識作家的眞誠和對生命的悲憫，正是這些顯示人格、文風方面的東西，賦予了作品一種濃重的倫理色彩，這種色彩便具有了審美的意蘊。

關懷民生，同情天下蒼生疾苦的悲憫情懷，對於作者個體的人倫道德和文學作品分量都有著普世價值觀的評判標準，善往往表現爲社會道德，社會正義，是人類對社會實踐合目的性的正面肯定，善的標準是有時代性的，因爲不同的社會發展階段，人類的實踐目的不同，故而善往往帶有特定的時代烙印。在文學的審美中，道德是起到一定的中介作用的，即首先要把人類活動先經由道德化而後才達到審美化，使原先在生活中不一定具有鑒賞價值的東西變成可供鑒賞的對象，從非審美形態到具備審美形態要經過一個轉化的過程，在這個轉化的過程中，道德的中介作用是明顯的。比如政治生活本身並不是審美對象，但是其中的倫理道德性、合目的性、符合人性要求的東西經過審美的中介轉換，就具有審美的意義了。尚在先秦時代，經過諸子各家文化的生成繁衍，在意識形態領域已建立起了一整套處理人倫關係的以民本主義爲核心價值觀的古代人道主義道德規範。並且這套規範經過上千年權力階層和知識階層的推廣，到了漢代早已植根於人頭腦中，形成了根深蒂固的不須證明的社會普世價值觀念，成爲在處理社會倫理關係中具有終極依據的行爲規範。作爲社會亞文化的文學，自然要對時下意識形態領域的倫理規範要表現出相當的尊重。在漢代依經立論的文化體系中，把文章中的諫諷看作是士人上對朝廷忠誠、下對天下蒼生人文關懷的基本道德和正義的體現。尤其值得一提的是在那樣一個極端專制時代還有一抹亮色，那就是在暴政的專制體制下，它還保留有一絲言論的通道，允許士人對政府、對時政保留一點個人看法，允許一點無傷大雅的對政治的批評，以標榜爲政者的明君風範。也就是說在漢代社會的普世觀念中是允許有一些來自民間、來自社會底層的批評聲音，而且把這種批評的聲音貼上了體現社會公德的標簽。漠視民生、漠視政治文化中的利弊得失的作家和作品會被社會視作人品文品的缺失，作品因此而抽空了它的社會份量。

司馬遷在《史記・屈原賈生列傳》中說：

> 屈原既死之後，楚有宋玉、唐勒、景差之徒者，皆好辭而以賦見稱，然皆祖屈原之從容辭令，終莫敢直諫。〔註 1〕

《漢書・枚乘傳》載：

> 皋不通經術，詼笑類俳倡，爲賦頌，好嫚戲。……皋賦辭中自言爲賦不如相如，又言爲賦乃俳，見視如倡；自悔類倡也。〔註 2〕

這些批評都是針對作家、作品因爲缺乏諫諷之意而流於輕嫚淺薄，缺失對社會公眾利益的熱情而受到指責。

《史記・司馬相如列傳》中有一段評論司馬相如的作品風格：

> 相如雖多虛辭濫說，然其要歸引之節儉，此與《詩》之諷諫何異？〔註 3〕

〔註 1〕司馬遷，《史記》卷八四《屈原賈生列傳第二十四》，中華書局，1959 年版，頁 2481。

〔註 2〕班固，《漢書》卷五一《枚乘傳第二十一》，中華書局，1962 年版，頁 2366～2367。

〔註 3〕司馬遷，《史記》卷一一七《司馬相如列傳第五十七》，中華書局，1959 年版，班固亦云：

　　賦者，古詩之流也，……或以抒下情而通諷諭，或以宣上德而盡忠孝，雍容揄揚，著於後嗣，抑亦雅頌之亞也。〔註 4〕

由上引文獻可見，在漢代人的意識中，要求文學具有諷諭精神是社會對作品普遍認同的標準。漢人對作家、作品的批評標準就是看其有沒有體現出文士的社會責任意識，這是社會對作者人格的期待，也是漢代社會對文化人和時代文化最基本的道德要求。在他們看來文學不是單純娛人娛己的社會奢侈，或是人之心性的抒發渲泄口，而首先應該是爲了生存的需要。那個時代文學的處境比我們時下的文學要好很多，它是處於文化的中心地位，社會對它的關注度很高，對文人的關注度很高，社會寄予了他們很高的期望，至少要求他們有政治信仰，有道德自律。如果文章光是文辭豔麗華美，如果寫作的效果只是起到娛心娛目作用，用王充的話說就是「佳於目」「快於耳」，只具有感觀上的享受，而缺失了對政治、對社會生活的評論，缺少思想的力量，就認爲是「虛辭濫說」，這類文人被人「皆視如俳倡」，文品和人品都會受到輕視，衡量的標準就是要求作品能擔負起「勸善懲惡」「匡濟薄俗」的教化使命。在那時的人看來，能通古屬文之輩，是社會英才，是有上智之人。對於人才的道德標準是「窮則獨善其身，達則兼濟天下」，無論身處廟堂之上，還在山野之中，都應胸懷天下，心繫蒼生，關心民瘼，這才是這些社會英才所應具備的基本思想境界，這些人只有具備了這樣的精神境界才配享受社會的尊重。揚雄在青年時代，雖跟隨潮流作了不少賦作，儘管他在賦作中與時風一樣做到了：「以爲靡麗之賦，勸百而風一，猶騁鄭衛之聲，曲終而奏雅，不已戲乎！」〔註 5〕但還是認爲這種文體的諷諫功效薄弱，到後期他對自己是有批判的：「童子雕蟲篆刻」，「壯夫不爲」。在揚雄看來這些文章從內質上來說，還是缺失眞正爲國爲民謀事謀利的力量，不符合那個時代對士子期望的同情民生、文爲世用、善濟天下的倫理審美，眞正的「壯夫」，應該承擔起更重要的歷史使命，他後來撰寫《法言》、《太玄》、《訓纂》等著作就是從這種認識開始的。從上引文獻不難看出，漢代士人的意識中，他們的倫理道德觀念都

頁 3073。

〔註 4〕班固，《西都賦》，見費振剛、胡雙寶、宗明華，《全漢賦》，北京大學出版社，1993 年版，頁 311。

〔註 5〕班固，《漢書》卷五十七下《司馬相如傳第二十七下》，中華書局，1962 年版，頁 2609。

與政治有很緊密的聯繫，個人的一切都是可以爲他們的政治信仰犧牲，並把此看作是個人道德的最高境界。所謂的立德、立功、立言，這既是社會對人才的期許，也是士階層自我認同的標準。作品和作家要在社會上得到較高的地位，那麼必須將文學也看作是他們立言的一條途徑，不管每個個體在具體的創作中表現如何，至少士人們在理論上，或者說在理智上是明確地排斥文字獨立審美性的，而更願意使文學成爲社會多元功能的文化載體，尤其是將政治文化納入它的視野。故而，文士在進行創作構思時，幾乎本能性地選擇迎合權力集團對於文學消遣的心理訴求，在追求審美消費性的同時，更要考慮滲進種種關乎家國政務之類權力集團感興趣的元素。治國的實質在於治民，社會群體意識賦於這些社會賢能英才要更多地承擔社會公益使命這有歷史條件的合理性。在這種文學觀念支配下的創作，必然是要以體現現實內容爲尚。當然，現實問題可以是多方面的，可以是評論政務的，可以是批判時弊的，可以是批評統治者的，亦可以是關係民俗教化的，等等，不一而足，比如《上林賦》構思上就是從當時比較敏感的社會問題天子與諸侯之間的關係切入的：

> 亡是公聽然而笑曰：楚則失矣，而齊亦未爲得也。夫使諸侯納貢者，非爲財幣，所以述職也；封疆畫界者，非爲守禦，所以禁淫也。今齊列爲東藩，而外私肅愼，捐國隃限，越海而田，其於義固未可也。且二君之論，不務明君臣之義，正諸侯之禮，徒事爭於遊戲之樂，苑囿之大，欲以奢侈相勝，荒淫相越：此不可以揚名發譽，而適足以㪅君自損也。〔註 6〕

從這段話可以看出司馬相如的君臣觀念是正統的，君臣各有份位，一國之君至高無上，諸侯必須臣服於君王，不得僭越。從整篇內容來看，他反覆描繪天子和諸侯之間的對比，褒貶毀譽呈現於字裏行間，從他不斷擡高天子的地位，褒譽天子的風光和威風，極寫天子盡占天下之勝的豪邁可以看出他的態度也是維護中央集權的。但在作品結尾處，他還是諫諷這種比排場講攀比「奢侈」「荒淫」之風，不體恤民生之艱，不可以此來「揚名發譽」，這樣做反而是「㪅君自損」。這是以站在社會公益的立場、社會正義的立場說的勸奢戒淫之類的熱門話，這種話在當時是很冠冕堂皇的，是漢代社會中任何一個社會

〔註 6〕司馬相如，《上林賦》，見費振剛、胡雙寶、宗明華，《全漢賦》，北京大學出版社，1993 年版，頁 62。

階層都能接受的「公理」，只有彰顯了這一公理的文章，才是符合了那個社會道德倫理審美標準的，才能得到社會上下的普遍認同。

班固寫的《兩都賦》是確立班固在漢代文壇地位的奠基之作，其中《西都賦》的構思是借西都賓之口大肆渲染昔日長安城的熱鬧、富庶，極力描寫皇家宮殿園林之氣派和天子行樂的驕奢侈靡，總之，是沿襲司馬相如《子虛》、《上林》兩賦的藝術思維，以誇張的鋪陳，虛實相間的手法刻畫長安城的未央宮、昭陽、神明臺、井幹樓、太液池等皇家建築，以盡渲染皇家的氣派。這一篇賦分明是表面寫昔日長安之隆盛，暗裏卻寄寓著對東漢王朝再度復興的期待。《東都賦》的立意是借東都主人之口，稱頌今朝之盛事，光武中興，東都興建，禮儀之推行，仁義威德廣被天下，以及皇家田獵、宴飲等法度禮儀，從而顯示東漢王朝的聲威，誇耀當朝政治的功績。

漢朝還有一種題材特別盛行，那就是仁人志士發泄身不逢時、懷才不遇的牢騷之作。像司馬遷《悲士不遇賦》、董仲舒的《士不遇賦》、東方朔的《答客難》、貢禹的《上書乞骸骨》、嚴忌的《哀時命》、揚雄的《解嘲》、班固的《答賓戲》、崔駰的《達旨》、張衡的《應間》、崔寔的《答譏》、蔡邕的《釋誨》、劉歆的《遂初賦》、班彪的《北徵賦》、馮衍的《顯志賦》等等，都是士人不滿於當政自歎懷才不遇的牢騷篇。這些人的牢騷篇一個共同的特點都是自詡自我人格高潔，剛正不阿，身懷異才，是濁世不見容而命運多舛。司馬遷在《悲士不遇賦》中自訴：「我之心矣，哲已能忖，我之言矣，哲已能選。沒世無聞，古人惟恥；朝聞夕死，孰云其否。」〔註 7〕他由於仕途上的挫折，肉體上又遭受腐刑，雙重的打擊，精神必有消沉的一面，他稱自己是「刑餘之人」，忍受著異常的痛苦，他對漢武帝集團的各種文治武功功績背後東西有很深刻的認識。他認爲當政者是昏庸的，他們美惡不分、公私不辨，披露統治集團內部互相傾軋、貪生怕死、好貴夷賤的種種醜行，自己是這種種醜陋的對立面，是代表著智慧和正義的。向世人展示自己高大的正面的人格形象，以善良、正直昭示於人是這一類題材抒情小賦的立意。

《答客難》是一篇散文賦，賦中有不少感歎，認爲時世變了，戰國時人主招攬賢才以興邦國的時代已一去不返了，而今四海一統，掌政者不再有思賢若渴的心理需求，故而人才的處境貴賤窮通，都在於某些官員的一念之間，

〔註 7〕司馬遷，《悲士不遇賦》，見費振剛、胡雙寶、宗明華，《全漢賦》，北京大學出版社，1993 年版，頁 142。

隨機性很大。意在抒發作者政治失意、懷才不遇的感歎與牢騷。據《漢書・東方朔傳》中載東方朔向武帝上書：「陳農戰彊國之計，因自訟獨不得大官，欲求試用。其言專商鞅、韓非之語也，指意放蕩，頗復詼諧，辭數萬言，終不見用。」〔註 8〕可見，作者的用世之心很強，該賦亦可看作是篇自述狀，想為統治集團貢獻自己的才智和年華。這種企圖在仕途發展的欲望亦是塵世之人皆有之心，這種欲望亦是能得到朝野欣賞的美好願望，附合「儒家達者兼濟天下」人生目標，這也正是該文特別想表達的東西。

樂府民歌中也有不少評論現政的，比如《廉范歌》：

廉叔度，何來暮，不火禁，民安作。平生無襦今五袴。〔註 9〕

《後漢書・廉范傳》記載：良將廉頗之後廉范，建初中為蜀郡太守。執政期間，成都頗為昌盛，人口眾多，物產豐富，但當時村邑、屋宇布局逼仄，有安全隱患。法令禁止居民夜晚耕作以防火災，百姓不從，夜耕者更加隱蔽，勢並不減弱，廉范根據具體情況廢除先日的禁火條令，但嚴格下令百姓多多儲水以防萬一，百姓得到了方便，一項善政造福一方，於是民眾乃作歌謠頌揚廉范此項維護民生的善舉。

前面所例的《戰城南》是一首抨擊君王窮兵黷武的民歌，批判的筆鋒十分犀利：歌辭一開始就展開了一幅屍橫荒野的淒慘場景，城南城北到處都是戰死戰士的屍體，得不到及時安葬，一任野鴉四處飛啄戰士屍體的腐肉。作者寫到這裏內心酸嘶不已，為這些戰死沙場又得不到安葬的冤魂深感悲哀，他發揮想像對來此啄食戰士屍體的野鴉說：你們在啄食這些屍體之前，且先嚎哭一番，算作是為這些客死在外的健兒招魂，以安撫這些青年亡靈吧！這首民歌表達了作者厭戰的思想和對戰死沙場青年健兒無限傷悼的心境。「水深激激，蒲葦冥冥，梟騎戰鬥死，駑馬徘徊鳴」，這是進一步描寫激戰過後，沙場的蕭瑟景象，後兩句疑是採用了互文的修辭手法，似應理解為「梟騎、駑馬戰鬥死，梟騎、駑馬徘徊鳴」，激戰之後一切都歸於沉寂，流水嗚嗚東去，河邊蒲葦深幽，周圍有戰死的馬，也有幸存的馬在空曠的荒野地徘徊悲鳴。這已是慘絕人寰了，但是還有比這更慘的生命。戰爭寫完，作者又另起筆寫後方的局勢也因戰爭而變得動蕩不寧。「梁築室，何以南，何以北，禾黍不獲

〔註 8〕班固，《漢書》卷六十五《東方朔傳第三十五》，中華書局，1962 年版，頁 2863～2864。

〔註 9〕《范廉歌》，見丁福保編，《全漢三國晉南北朝詩》，中華書局，1959 年版，頁 92。

君何食？願爲忠臣安可得」，爲了應戰，被徵召的民夫們爲修築城堡之事，不斷進行南征北調，疲於奔命，而這些勞工們默默無聞地長年辛勞，即使是死了也不能像戰死沙場的戰士一般獲個忠臣的美名。就因爲連年的戰爭，致使大片的田園荒蕪，禾黍不獲。詩人不禁發出質問：長期以往，君王你又將吃什麼啊？！這首民歌的作者是站在人道主義立場批評封建帝王窮兵黷武劣政的。詩人的情感是複雜的，既有對青年戰士命運的同情，對人民生活處境的哀歎，又有對好戰君主的抨擊，但是這一切都必須是從根本上維護統治的立場爲出發點的，這才是符合當時社會意識形態中仁義道德的標準。

《陌上桑》是一首著名的敘事詩，具有濃厚的喜劇色彩。美麗、勤勞的採桑女秦羅敷，喜歡養蠶，在一次採桑勞動中被好色狂徒司君看中了，欲娶其爲妻，結果遭到了忠於愛情的羅敷一頓痛斥，「使君一何愚，使君自有婦，羅敷自有夫。」這首詩既揭露了一個官府小吏的霸道無恥，又熱情歌頌了少女羅敷對愛情忠貞的高貴品質，不慕富貴，敢於反抗權貴，不屈淫威，忠於愛情，並且又機智勇敢。羅敷以一種誇張的手法表現她對自己丈夫的讚美和欣賞：

> 東方千餘騎，夫婿居上頭。何用識夫婿，白馬從驪駒，青絲繫馬尾。黃金絡馬頭；腰間鹿盧劍，可值千萬餘。十五府小吏，二十朝大夫，三十侍中郎，四十專城居，爲人潔白皙，鬑鬑頗有須。盈盈公府步，冉冉府中趨。坐中數千人，皆言夫婿殊。〔註 10〕

羅敷如此讚美其夫，既有對丈夫的熱愛，更有用智謀反抗司君無恥之行的意思，表現了女主人公對自己愛情無限忠誠的良好品行和她的機敏。她是美好的，她的美好在於她的人格魅力。這也是這首小詩作者刻意要渲染的東西。

《羽林郎》也是表現的同類題材，描寫的是一個賣酒姑娘反抗霍光家的寵奴馮子都的故事。霍光是昭帝、宣帝朝的名相，權傾朝野，貴極一時。其家奴亦狗仗人勢，到處作惡。馮子都就是霍光家一個小人得志、仗勢欺人的惡奴，依仗其主威，當街調戲賣酒少女胡姬。胡姬是一位十分愛美打扮出眾的西域遷來的賣酒女郎。作者以十分欣賞的語調褒贊她的美麗外形：「胡姬年十五，春日獨當壚。長裾連理帶，廣袖合歡襦。頭上藍田玉，耳後大秦珠。兩鬟何窈窕，一世良所無，一鬟五百萬，兩鬟千萬餘。」一身珠光寶氣的胡

〔註 10〕《陌上桑》，見丁福保編，《全漢三國晉南北朝詩》，中華書局，1959 年版，頁 65。

姬，在春光明媚的春天裏獨自當壚賣酒，自然搶眼，引起了馮子都的注意，他動了邪念來到酒肆前。這個惡奴先是大肆炫耀自己的闊綽：「銀鞍何煜爚，翠蓋空踟躕。就我求清酒，絲繩提玉壺，就我求珍肴，金盤膾鯉魚。貽我青銅鏡，結我紅羅裾。」〔註 11〕見胡姬不爲利誘所動，就換了面目，直接就在光天化日之下公然上手調戲胡姬，以至讓胡姬爲保清白不惜撕裂裙裾。詩的這一段是站在正義的立場揭露惡奴借勢作惡的卑劣行徑。詩的重點還在於讚揚這位胡姬姑娘對待威逼利誘的嚴正態度：「不惜紅羅裂，何論輕賤軀！男兒愛後婦，女子重前夫。」胡姬對這類男人本質有清醒的認識，她爲了維護自己的尊嚴拼命抗爭，態度堅決，立場堅定，不爲利所誘，不屈服暴力，富有個性。寫出了胡姬內在精神氣質的高貴，塑造了一位十分自愛自重，有思想有原則的婦女形象。作者將自己的情感都傾注在筆下這位代表著正義、善良、美好的小婦人身上了。

趙壹的《刺世嫉邪賦》是一篇批判現實的作品。東漢末年，朝綱混亂，政治腐敗，國家積弱，百弊叢生，像趙壹這樣生活在下層的知識分子對此有很深的體會，他以憂國憂民的情懷寫下了這篇不足六百字的小賦，以發泄心頭對當朝政治的不滿。他先陳述古今公認的三皇五帝爲治世之楷模，他們各按自己所處時代的特點，順應時勢制定出因地制宜的典章制度，治理好了國家。而今時事已發生了巨大的變革，他們那個時代樸實的世風早已成爲歷史，當今執政者要再效法三皇五帝的「德政」已是不合時宜。「德政不能救世溷亂，賞罰豈足懲時清濁？」至春秋到秦漢的政治，「乃更加其怨酷。寧計生民之命，唯利己而自足。」當政者本身就不爲民生考慮，只想爲己謀利，筆鋒犀利無比，直指政弊，斥責腐敗。隨著歲月的推移，當政不吸取前代教訓，反而更加變本加厲，使國家積弊日深，於是世風日下，一代不勝一代，國事日衰已是積重難返，在這種政治環境下，政治投機分子得勢，邪佞當道，出現了「舐痔結駟，正色徒行。嫗媽名勢，撫拍豪強」的腐敗現象，而方正不阿之士，卻處處遭殃，「偃蹇反俗，立致咎殃」。他進而分析造成這種局面的根本原因，「寔執政之匪賢」，昏君當政，「女謁掩其視聽兮」，國家政權掌握在不適當的人之手。的確在東漢後期，自和帝到靈帝，都是幼主登基，太后臨朝，朝政基本上由外戚掌控，國家的命運實際上是被一夥弄權小人操縱著，這夥群小都把心思放在爭權奪利之上，朝臣的興衰榮辱全在某些弄權者的個人好惡身上：

〔註 11〕李春祥，《樂府詩鑒賞辭典》，中州古籍出版社，1990 年版，頁 120。

「所好則鑽皮出其毛羽，所惡則洗垢求其瘢痕」，哪有人在爲天下蒼生著想，像自己這樣剛直的、有用世之心的賢德之士，「雖欲竭誠而盡忠，路絕嶮而靡緣。九重既不可啓，又群吠之狺狺。」他看到了國家潛在的深層危機，向當政者發出了警告：「燋危亡於旦夕，肆嗜欲於目前。奚異涉海之失柁，積薪而待燃？」〔註 12〕由這些章句可以認識到趙壹不僅是一個有社會良知的知識分子，而且還有著極強的政治嗅覺，其遠見卓識不同凡響，他看到了問題的實質。他對於當政的抨擊是出於對國家前途命運的考慮，是出於對黎民蒼生生計的擔憂。

《史記》中也有不少立場鮮明的歌頌與暴露文字，司馬遷本著「不虛美，不隱惡」秉筆直書的原則塑造了一系列那個時代的英雄譜系。這些時代英雄大多德才兼備，是站在時代前列的弄潮兒。比如商鞅就是一位銳意改革的政治家，他輔佐秦孝公推行變法，使秦國迅速崛起，國力大增，爲日後的統一大業奠定了基礎；吳起在楚國實行變法，亦卓有成效，雖被楚國貴族加害致死，但楚國的社會變革終是由他而起；燕昭王禮賢下士；程嬰、公孫杵臼忠於主人，不惜犧牲生命，義薄雲天；曹沫、荊軻皆屬忠勇之士；陳涉一介普通平民，因不堪忍受欺辱，率領九百戍卒起義，將秦國軍隊打得落花流水，一個強大的王朝在他點燃的戰爭烽火中覆滅了；屈原忠貞愛國，品行方正不阿，面對朝政混亂，他的政治生涯屢遭挫折，兩次遭到放逐，但仍不聽從漁夫勸告，折節隨俗，執著追求理想，自投汨羅江而不肯變節；廉頗、藺相如亦是兩個爲國家利益可以捐棄個人恩怨的大義之士。等等，不一而足。司馬遷筆下也有漫畫式刻畫的歷史舞臺的丑角，比如漢代的開國皇帝劉邦就是個市井無賴式的人物，司馬遷說他是「素慢無禮」，罵人是他的習慣，喜怒於形皆以罵人發泄之，是一個形迹放蕩不羈、不受禮法約束之徒。又如申生本是晉獻公的太子，因爲晉獻公寵愛驪姬，欲立其子奚齊爲太子，竟設下毒計，逼得申生走投無路，最終走上了自裁之路。西漢初年，呂后爲了肅清異己力量，操縱朝政，竟百般迫害戚夫人，將其斷手足，挖眼、煇耳、飲瘖藥，使居廁中，命曰人彘。此外，還有趙王如意被呂后鴆殺，趙王友被囚困而死，趙王恢被迫自殺。統治者爲了爭權奪利，不惜殘害生靈，手段殘酷到了令人髮指的地步，心理極其陰暗。作者在他的筆下都投入了他的情感傾向，或是

〔註 12〕趙壹，《刺世疾邪賦》，見費振剛、胡雙寶、宗明華，《全漢賦》，北京大學出版社，1993 年版，頁 555。

歌頌，或是暴露，或是譏諷，或是鞭撻。司馬遷撰寫歷史、評價歷史人物自有自己的是非標準、褒貶原則，這個原則都是以社會普世道德標準爲準繩的。讀者通過解讀作品，不難感受到作者胸中的浩然正氣。通過上述分析，我們不難體會到漢代人在文章中是十分坦誠表現自己對人、對人性、對社會事物道德評判傾向性的，尤其是對政治得失的剖析與思考，這就使得作品具有了善惡評判的力量，以文化反思與文化批判構建的作家，其作品、其人格都具有審美的文化內涵。

第二節　以抒寫平常人的自然樸素情懷爲美

漢代人同任何時代的人一樣，既有社會情感，政治情感，社會觀念，也有作爲普通人的自然人性人情，他們在文學中這兩方面的表現都有。漢文學有表現個體受社會風雲激蕩，強烈事功精神訴求的一面，也有表現正常人七情六欲私己情感的一面。如果說漢代的大賦、政體散文、歷史散文等主要表現的是漢代人事功的士人意識，內聖外王理想化的人格模式，那麼漢代的抒情賦、抒情詩、一部分漢樂府就更多擔當起了抒發作者一己私情的任務。我們只有把他們各種題材的文學作品放在一起品味欣賞，才能全面瞭解漢代人豐富的精神世界。縱觀漢代文學，我們可以有個突出的印象，那就是漢代文學在審美取向上有努力表達作者內心眞切感情的傾向。

不同的寫作個體有不同的生活背景，不同的寫作興趣。而在這裏最能打動人的恐怕要算那些直接披露普通人平常性情的文字。人對著美醜並存的自然、社會與人生，會產生種種的感受，有些是屬於審美的。人是需要共情的智性動物，特定的生活激發出某種心理感受，人會產生傾訴的需要。審美的表述也是一種情緒撫慰的需要，能使創作者通過寫作獲得一種心理的撫慰，人性在作品中得到極大的伸展，人能夠在這裏面找到心靈的安慰、同感和共鳴。文學之所以能夠存在，在本質上是具有撫慰人的情緒功能，作者希望通過文字的傾訴既渲泄自己心中的鬱結，又能夠引起他人的共鳴。而漢代文學中有相當一部份題材的作品就充分體現了人文關懷。漢代的抒情賦、抒情詩、一部分漢樂府，它們相比漢代的大賦、政體散文、歷史散文，無論是從題材內容到表現體式都要複雜得多，所表現的情感內容也要眞誠和豐富得多，反映的社會生活面也要更世俗化、樸素化得多。所以從某種意義上說，這部分作品對於我們瞭解漢代的社會生活、世風民情提供了更爲有價值的文獻資料。比如在兩性問題上，漢代社會就存在著兩種對立的傾向，在儒學獨尊、經學盛行的主流意識中，對於男女之間的情與欲基本都持批判的態度，立場是禁欲的，保守的，扭曲的、壓抑自然人性的，但是，在現實生活中，從有記載的貴族階層私生活來看又是開放的，甚至是淫亂放蕩的。而文學作品在表現人的情愛上，不少作品卻是以肯定的態度描述人內心的這種自然欲望，毫不克制壓抑，顯示出對人性的回歸。比如樂府民歌中的《上邪》，就是一首赤裸裸、熱辣辣的抒情詩。該女子的誓言感天動地，發誓要與心愛人一生相守，噴發而出的情緒是那麼的熾烈懇切，在天地之間發出錚錚誓言，只有到了「山無陵，江水爲竭，冬雷震震，夏雨雪，天地合」的地步，我才能放棄這份相守的決心。一個勇敢追求愛情幸福婦女忠貞剛烈的個性在詩中坦露無遺，在「發乎情，止乎禮儀」詩教原則下，「防情」、「節欲」才被看作是最符合經學精神、符合封建綱常禮法的，這首詩直露胸臆，坦誠人性中對異性的渴求，對男女之愛的嚮往，顯然是對這種詩教原則的一個反撥。

無名氏的《迢迢牽牛星》也是一首表現思婦對丈夫思念的詩：

> 迢迢牽牛星，皎皎河漢女，纖纖擢素手，札札弄機杼，終日不成章，泣涕零如雨，河漢清且淺，相去復幾許，盈盈一水間，脈脈不得語。〔註 13〕

這首詩的構思就是通過牽牛、織女二星間隔銀河、終年難見的神話故事，以抒發自己和愛人離別的哀愁，思念之苦。詩中全然不顧忌封建禮教對男女之間的愛戀表達的禁忌，而是率直傾訴。它是眞誠的，坦白的，自然是作爲一個普通人夫妻間人倫情感的眞實流露。

《有所思》亦是一篇言情民歌，描述一個女子在戀愛中對她所愛的負心人既愛又恨的矛盾心情：

> 有所思，乃在大海南。何用問遺君？雙珠玳瑁簪，用玉紹繚之。聞君有他心，拉雜摧燒之。摧燒之，當風揚其灰。從今以往，勿復相思，相思與君絕。雞鳴狗吠，兄嫂當知之。妃呼豨！秋風肅肅晨風颸，東方須臾高知之。〔註 14〕

〔註 13〕《古詩十九首·迢迢牽牛星》，見丁福保編，《全漢三國晉南北朝詩》，中華書局，1959 年版，頁 25。

〔註 14〕《有所思》，見李春祥，《樂府詩鑒賞辭典》，中州古籍出版社，1990 年版，頁 43。

這首詩的情緒一波三折，極爲複雜。詩開篇明意，先寫一個女子難以抑制對自己心愛之人強烈的思念之情，但是隔著大海，難以相見，想用送東西的方式來表達自己苦思心意，「雙珠玳瑁簪」，讓這珍貴的玳瑁簪還要再裝飾上玉佩送給情郎，讓情郎每天在梳頭時就能想起自己。由此，可以想見該女子用情之專，用心之深。接著突然筆峰一轉，情勢急轉直下，寫她由愛生恨的感情變化，她初一聽說心愛的人兒變了心，背叛了他們的感情，她不由立時怒火像火山一樣迸發出來了，當初愛有多深這會恨就有多切，她毅然作出抉擇，與這個薄情郎斷絕關係，爲了體現自己的決心，她要把這支寄託著她無限情思的簪子 「拉雜摧燒之」，就這還是不解心頭之恨，還要「當風揚其灰」，以示徹底與其決裂的決心，還反覆立誓：「勿復相思，相思與君絕。」她好像在害怕自己動搖反覆。然而事情雖是這麼做了，可情感卻是一個難以控制的東西，她很快又回想起了他們相愛時的種種美好，他們在一起時的甜蜜時光。當年幽會時惹得雞鳴狗叫，兄嫂想必也已經知道了她和他的私情，這讓她如何向家人交待啊！出現這個尷尬局面使她在家人面前也難以擡頭啊！讓她左右爲難，反覆思慮，難以入眠，直到日頭高照。這首小詩將一個戀愛中婦女遭受情感打擊的心理過程寫得十分真切，欲罷不甘，欲進不能，欲說難言，進退維谷，身心俱損，愛恨交織，難以自拔。

東漢學識淵博、在經學與文學中都有很深造詣的蔡邕就是一個敢於在文字中抒發真性情的性情中人，他遺作中有十四篇賦，其中就有三篇是寫男女情愛的賦，《檢逸賦》、《協初賦》、《青衣賦》。他在這些賦中不端道學家的架子，以一種平常人的心態，或以一個沉湎於性愛中的男性目光來欣賞品鑒女性之美，他用細膩的筆觸寫出了一位盛裝女子給他的審美愉悅，那種如癡如醉的心理感受，沒有一點虛僞，全是赤裸裸的表現，他在《協初賦》中描繪一位絕色女子，心思何等細膩，筆觸何等精細，從近到遠，從靜到動，從面貌到肌骨，層層刻畫：

> 其在近也，若神龍採鱗翼將舉。其既遠也，若披雲緣漢見織女。立若碧山亭亭豎，動若翡翠奮其羽。眾色燎照，眎之無主，面若明月，輝似朝日，色若蓮葩，肌若凝蜜。〔註 15〕

青衣女婢是社會下層婦女，但是她不但是作爲一個審美對象在蔡邕眼裏別有

〔註 15〕《協初賦》，見費振剛、胡雙寶、宗明華，《全漢賦》，北京大學出版社，1993 年版，頁 591。

一番情趣，更重要的是這位位高權重的士大夫把這位青衣婢女看作是有人格有尊嚴的人，他在《青衣賦》裏熱情謳歌這個女子血肉之軀給他帶來的視覺衝擊和精神愉悅：

盼倩淑麗，皓齒蛾眉。玄髮光潤，領如蝤蠐。縱橫接髮，葉如低葵。修長冉冉，碩人其頎。綺繡丹裳，躡蹈絲扉。盤跚蹴蹀，坐起低昂。和暢善笑，動揚朱脣。都冶嫵媚，卓躒多姿。精慧小心，趨事如飛。中饋裁割，莫能雙追。關雎之潔，不陷邪非。察其所履，世之鮮希。宜作夫人，爲眾女師。〔註16〕

他對她的傾慕之情毫無保留傾注筆端，他不僅仰慕她嬌好的體貌，更爲尊重她的才能和品德，似無輕薄之心。作品顯示了作者婦女觀中正面的一面，也是他自然人性中最真誠的一面，沒有一點端著道學家道貌岸然架子的虛僞迂腐之氣。

漢武帝時邊患嚴重，張騫建言以和親來聯合烏孫國一齊抗擊匈奴。爲了與烏孫國結盟，武帝決定將諸侯王女子以公主之名嫁於烏孫王。在這種政局下，江都王劉建之女劉細君的命運發生了變化，她承擔結好兩國之重任，由她遠嫁烏孫王昆莫獵驕靡，作其右夫人，稱烏孫公主。烏孫在今新疆伊利河上游一帶，在當時的漢人看來那一帶是地處荒涼偏僻，習俗粗鄙野蠻之地。劉細君自幼生活富豪之家，飽讀詩書，妙通音律。她渡越千山萬水來到烏孫下嫁獵驕靡不能不說是件極悲慘的事。尤其命運多舛的是劉細君嫁到烏孫不久，匈奴亦遣宗室女爲昆莫左夫人，企圖瓦解漢、烏聯盟。她的處境立刻變得複雜微妙起來，劉細君需要極爲機敏來應對複雜的環境，以贏得昆莫的信賴和臣民的尊敬。她不辱使命，小心應對，使匈奴的陰謀未能得逞。幾年以後，昆莫自覺年已老邁，出於對王位傳承的考慮和對漢朝的親善友好，他按照烏孫的風俗，意將細君下嫁其王位繼承人長孫岑陬。此事若以漢俗論，仍大悖人倫。細君意欲不從，便上書向武帝陳情，希望得到武帝的支持，武帝出於政治大局的考慮只有犧牲劉細君，報書曰:「從其國俗，欲與烏孫共滅胡。」(《漢書・西域傳下》) 細君只有謹遵皇諭。昆莫死後，與岑陬再次結爲夫婦，生下一女，可這件事對她來說實在是難堪之極，屈辱之至。劉細君存詩一首，她在詩中抒寫了遠嫁他鄉的悲涼心情。

〔註16〕《青衣賦》，見費振剛、胡雙寶、宗明華，《全漢賦》，北京大學出版社，1993年版，頁573。

吾家嫁我兮天一方，遠託異國兮烏孫王。穹廬爲室兮旃爲牆，以肉爲食兮酪爲漿。居常土思兮心內傷，願爲黃鵠兮歸故鄉。〔註 17〕

這首小詩雖寥寥數語，可是把一個血肉之軀遭遇的生命難以承受之痛寫得淋漓盡致。一個弱女子遠嫁天鄙一隅，至死不能再見家鄉和親人，而且生活條件是在內地生活的人無法想像的，沒有巍峨的宮室，代之以的是逼仄的穹廬爲室，毛氈爲牆，飲以膻酪，食以腥肉。更難以接受的是還要與一個垂垂老矣的老國王結爲夫婦。要適應這裏的生活，對於自幼養尊處優的貴族少婦來說要面臨的是巨大的挑戰。這裏的一切不可能不刺痛她的內心。她對家鄉和親人的思念時時刻刻像狂潮一樣席卷她的心，恨不能立刻像黃鵠一樣插翅飛回家鄉。可是現實是那麼的令人絕望，她這一生再也不可能離開這裏一步，甚至丈夫死後連守寡的權力也沒有，還要被其孫子再迎娶爲妻，這種風俗對於她來說是屈辱的。而她的祖國不能爲她贏得尊嚴，漢武帝的態度顯然是舍她保國，這不能不說歲月對於她來說每分鐘都是在受煎熬。異域的風光、異於中土的風俗對於她來說都是心靈的壓迫，她沒法用審美的心態來審視這裏的一切，訴諸筆端的只有鬱結於久的浩浩怨怒之氣。故讀者能在此讀到的是力透紙背的哀怨和憂憤。此詩傳到長安，立刻在文人中引起震動，漢武帝閱後也爲之動容，《漢書・西域傳》載：「天子聞而憐之，間歲遣使者持帷帳錦繡給遺焉。」足見此詩憾動人心的力量之大。據說我國琵琶的發明人也是她，這不能不說是與她人生悲劇有關吧！

班婕妤是漢成帝嬪妃。在趙飛燕入宮前，漢成帝一度對她最爲寵幸。班婕妤的文學造詣極高，尤其熟悉史事，常常能引經據典，開導漢成帝內心的積鬱。班婕妤又擅長音律，常使漢成帝在絲竹聲中進入忘我的境界，班婕妤當時在婦德、婦容、婦才方面的修養，對漢成帝產生很大的影響。可惜漢成帝自趙飛燕姐妹入宮後，漢室內宮的明爭暗鬥使班婕妤敗下陣來，甚至一度還有性命之憂。明智的她覺得在趙氏姐妹炙手可熱，聯手對付她的形勢下不如急流勇退，以求自保，因而自請前往長信宮侍奉皇太后，把自己置於皇太后的保護之下，以躲避趙飛燕姐妹的鋒芒。可是這一步走出之後，從此深宮寂寂，歲月悠悠，班婕妤的失落與痛苦似浩浩流水無絕期，她藉秋扇以自傷，作《怨歌行》：

新裂齊紈素，鮮潔如霜雪。裁作合歡扇，團團如明月。出入君懷袖，

〔註 17〕李春祥，《樂府詩鑒賞辭典》，中州古籍出版社，1990 年版，頁 113。

動搖微風發。常恐秋節至，涼飈奪炎熱。棄捐篋笥中，恩情中道絕。〔註 18〕

這裏詩人以扇子作喻，字字都是身世之歎，每一句都是流自詩人肺腑的切膚之痛。尤其前後身世對照，從繁華到蕭瑟，前仰後抑，眞讓人情何以堪。可是在宮廷爭鬥中敗下陣的女性，只能是這樣的悲劇。漢成帝崩逝後，皇太后讓班婕妤擔任守護陵園的職務，從此班婕妤天天陪著石人石馬，諦聽著松風天籟，眼看供桌上的香煙繚繞，冷冷清清地度過了她孤單落寞的晚年。死後，葬於成帝陵中。

東漢以降，賦壇上又出現了一個以抒情見長的賦家張衡。張衡生活在漢安帝、漢順帝時代，雖他青年時飽有政治熱情，創作題材頗以迎合朝廷，《後漢書・張衡傳》說：「衡乃擬班固《兩都》，作《二京賦》，因以諷諫。精思傅會，十年乃成。」但他後來深感東漢政壇的腐敗和黑暗，宮廷內外戚和宦官干涉朝政，張衡意欲回擊這股勢力，但身任侍中的張衡自知時不我利，在政治較量中自己處於劣勢，宦官們「遂共讒之」（《後漢書・張衡傳》），而張衡又是個性情恬淡之人，《後漢書・張衡傳》說張衡「雖才高於世，而無驕尙之情。常從容淡靜，不好交接俗人。」〔註 19〕顯然，張衡在這種生存處境中，是比較容易受道家出世思想影響的，他表現出政治上退守的態度，這種人生觀與政治態度反映到文學上便是在風格上追求一種閒適恬淡之美。張衡的二首抒情賦《歸田賦》、《定情賦》一反西漢初的漢大賦的板重風格，而轉向自娛的抒情，張衡處於權力腐敗的環境中，他對漢代政治不會再有亢奮激情，而有諸多的感慨，「俟河清乎未期」（古代傳說河道清澈之時即是政治清明之世）。對於仕途的失望，轉而多經營自我的人生：「諒天道之微昧，追漁夫以同嬉。超埃塵以遐逝，與世事乎長辭。」〔註 20〕他確信當世支配世界的權力是昏暗不明的，自己惟有不仿傚屈原而隨隱世漁夫與之同樂，方可獲得精神的快慰。張衡在政治上失意，使他對追逐世俗的權力價值觀念產生了懷疑，老莊超越現實人生的限制，超越感官感受，超越社會理性的哲學給了他以啓示。人是自然之子，但人所創造文明、禮樂文化等社會理性又把人從自然之中一步一步地分離出來了，老莊跳出文化來審視文化的思路，體現了對人的

〔註 18〕李春祥，《樂府詩鑒賞辭典》，中州古籍出版社，1990 年版，頁 116。
〔註 19〕《後漢書》卷五十九《張衡列傳第四十九》，中華書局，1965 年版，頁 1897。
〔註 20〕張衡，《歸田賦》，見費振剛、胡雙寶、宗明華，《全漢賦》，北京大學出版社，1993 年版，頁 468。

終極關懷的深刻，爲人尋找到了一個永恒的精神家園——大自然。張衡因其特殊的人生閱歷，他接受了老莊，他企圖超越現實進入精神休憩的境界，其實現的途徑就是回歸自然，即使人受某種處境限制無法返歸自然，至少可以在精神上實現超越，所以，在他性情中有對自然嚮往的一面。這種放達的生活態度、人生觀念觸發了他以審美品味的視角去審視朝煙夕嵐、湖光山色、花鳥魚蟲、山澗林泉，他對大美無言的自然界投入了熱情，獲得了一種怡然自得之趣。

> 於是仲春令月，時和氣清。原隰鬱茂，百草滋榮。王雎鼓翼，鶬鶊哀鳴。交頸頡頏，關關嚶嚶。於焉逍遙，聊以娛情。〔註 21〕

與政壇陰冷殘酷的氛圍相對立的平淡樸素的田園風光與他退守恬淡的性情相適，杯深酒醇、田圃花香是他心神嚮往之活法。田野仲春節令的氣候，草長鶯飛的自然景色，百鳥啾鳴的天籟之音，都有一種難以言狀的寧靜淡泊的審美情調，他在田園農舍這些最平樸、最原始的自然狀態中發現了美，這是他對審美趣味、審美範圍、審美文化的開拓創新。正是這種在政治之外尋找新的人生價值的閒情逸志、兒女私情之類的題材，開闢出了另一種別樣的審美趣味——任情率眞。

賈誼確係一位少年才俊，不僅善辭章，亦富政治才華。寫有《過秦論》、《陳政事疏》等一些頗有影響的政論文，參與過討論西漢初年的治國政策，二十多歲便受到文帝器重，被召爲博士，在朝廷供職，不逾一年超遷爲大中大夫，正當他躊躇滿志，意欲在西漢政壇上一展宏圖時，遭到老臣們的妒嫉和攻擊，被朝廷貶爲長沙王太傅。這次的貶謫對賈誼來說是極不公平的，他內心的痛苦和委屈自不待說，《弔屈原賦》就是他借追悼屈原平生而傾訴自己對眼下處境的自憐之情：「敬弔先生，遭世罔極兮」，賈誼爲屈原和自己悲歎，「逢時不祥，鸞鳳伏竄兮。」他借屈原當時的處境發泄對當時政壇的愚賢不分、黑白顛倒的牢騷：

> 鴟梟翱翔，闒茸尊顯兮，讒諛得志；聖賢逆曳兮，方正倒植。世謂隨、夷爲溷兮，謂跖、蹻爲廉；莫邪爲鈍兮，鉛刀爲銛。〔註 22〕

這些比喻句句都是發自壓抑已久的內心深處的哀鳴。作者還深悼自己不爲世

〔註 21〕張衡，《歸田賦》，見費振剛、胡雙寶、宗明華，《全漢賦》，北京大學出版社，1993 年版，頁 468。

〔註 22〕賈誼，《弔屈原賦》，見費振剛、胡雙寶、宗明華，《全漢賦》，北京大學出版社，1993 年版，頁 8。

人所理解的孤獨，「國其莫我知兮，獨壹鬱其誰語？」儘管如此，他亦不願與世俗同流，寧可守著這份孤獨，也要保持精神上的獨立和自尊。「鳳漂漂其高逝兮，固自引而遠去。襲九淵之神龍兮，沕深潛以自珍。偭蟂獺以隱處兮，夫豈從蝦與蛭螾？所貴聖人之神德兮，遠濁世而自藏。」〔註 23〕作者層層深入揭示在遭受命運打擊時的切膚之痛，寫得十分沉痛哀婉，如訴如泣，富有感染力。《鵩鳥賦》也是賈誼謫居長沙時的創作，該賦主要表現了作者在政治前途受到挫折時，十分沮喪低落的心緒。《史記・屈原賈生列傳》中說：「賈生既辭往行，聞長沙卑濕，自以壽不得長，又以適去，意不自得。」〔註 24〕在賈誼看來，被貶謫到氣候地理濕卑之處，環境苦劣，身陷孤獨，自料難以再生還故里，是以一種等死的心態來消極度日的，俗語道鳥之將死其鳴也哀，人之將死其言也善，我們在他的賦中觸處聽到的是其自悼之音，一個幽閉、孤獨、充滿失落痛苦靈魂的自白，沒有一點虛僞的矯飾。

其實在封建專制政體下，這種悲劇天天都在發生，趙壹的《窮鳥賦》《刺世疾邪賦》、東方朔的《答客難》、貢禹的《上書乞骸骨》、嚴忌的《哀時命》、揚雄的《解嘲》、班固的《答賓戲》、崔駰的《達旨》、張衡的《應間》、崔寔的《答譏》、蔡邕的《釋誨》、劉歆的《遂初賦》、班彪的《北征賦》、馮衍的《顯志賦》等等，都沒有爲文造情之虛假，寄託的都是刻骨銘心之痛。或是悲歎生不逢時，時運不濟之慨，或是想遊仙遠禍，以求自保，或是自哀自憐，有命無運，或是看到平庸之輩飛黃騰達，而自己身懷高遠之志、特異之才卻況爲下潦的憤憤不平。

《古詩十九首》是東漢末年一群無名詩人所創作的抒情短詩。東漢末年是個亂世，社會陷入無序失衡狀態，趙壹在賦中道：「寧飢寒於堯舜之荒歲，不飽暖於當今之豐年。」這一組詩所反映的是一群生活在下層知識分子對生活的種種不滿，它們表達的思想內容十分複雜，有寫遊子思歸的，有寫朋友之間世情淡薄的，有寫用世之心得不到滿足、心中失意的，也有寫政局不安，想方設法鑽營以求官祿的，有寫男女相思的，有寫物轉星移、人生短暫感慨的，有寫追求享樂的，有寫遊宦不成的……。雖然《古詩十九首》各自成篇，每篇各有主題，但合起來看，它們又是一個息息相關的整體，反映出了那個

〔註 23〕賈誼，《弔屈原賦》，見費振剛、胡雙寶、宗明華，《全漢賦》，北京大學出版社，1993 年版，頁 8。

〔註 24〕司馬遷，《史記》卷八十四《屈原賈生列傳第二十四》，中華書局，1959 年版，頁 2481。

時代的人一種共同的思想感情，表達了一個共同的心態，就是對人生易逝，節序如流的傷感：「人生寄一世，奄忽如飇塵。何不策高足，先據要路津。」〔註 25〕「人生天地間，忽如遠行客」〔註 26〕「所遇無故物，焉得不速老？盛衰各有時，立身苦不早。人生非金石，豈能長壽考？」〔註 27〕「生年不滿百，常懷千歲憂，晝短苦夜長，何不秉燭遊，爲樂當及時，何能待來茲。」〔註 28〕這些詩眞實道出了那個時期人內心要求和社會現實衝突的彷徨和矛盾，都是一些生活失意之士感受到社會深刻危機後面個人前途的暗淡，個人看不到生活希望而產生的精神頹唐之態，坦示的是一顆顆躁動不安的靈魂在現實窘困中掙扎的印迹。

文學活動可以促進人以審美的方式來審視自我的生存狀態，優化人的情感，並對自己的情感體驗進入深度關注和思考。文學創作爲人自省情感體驗提供了一個很有質量的機會，這裏的質量應該是確指自省情感體驗中審美愉悅快感的再度體驗。故而漢代人會十分自覺地把自己在生活中經歷的眞情實感作爲一個審美元素的編碼編入到作品中去，因爲只有在這種特定的場域中，人們才有可能去重複體驗多種優化後的情感。

第三節　以悲劇之哀婉悲壯爲美

有人說「悲劇文學在每一個時代都是人生和藝術最深的足迹，它所關照的是對象化了的人的本質，清晰地勾畫出了人類進步的每一個階梯。」〔註 29〕悲劇文學是人類求善欲念的表露，在正義與邪惡的較量中，人的本質力量暫時遭到壓制或毀滅。中國古代雖然沒有悲劇理論，沒有明確提出悲劇的創作原則，對於中國文化來說，悲劇理論 19 世紀末才從國外舶來，被國人接受，但是考察中國古典藝術創作，我們不難發現，中國悲劇意識的發生與發展幾乎是伴隨中國古代文化的發生發展同步的，早在先秦就已萌生了悲劇文學，

〔註 25〕《古詩十九首·今日良宴會》，見丁福保編，《全漢三國晉南北朝詩》，中華書局，1959 年版，頁 56。

〔註 26〕《古詩十九首·青青陵上柏》，見丁福保編，《全漢三國晉南北朝詩》，中華書局，1959 年版，頁 56。

〔註 27〕《古詩十九首·回車駕言邁》，見丁福保編，《全漢三國晉南北朝詩》，中華書局，1959 年版，頁 56。

〔註 28〕《古詩十九首·生年不滿百》，見丁福保編，《全漢三國晉南北朝詩》，中華書局，1959 年版，頁 56。

〔註 29〕時曉麗，《中西悲劇理論比較》，西北大學出版社，2001 年版，頁自序 2。

《詩經》中較著名的《氓》就是一篇悲劇作品，它描寫了一個通過自由戀愛與人結合的婦女，與丈夫一起生活一段時間以後，最終被薄情男子拋棄的悲慘命運。《七月》寫的也是在困頓的環境下一些人生活的種種不如意。這些創作者幾乎憑著一種本能就將生活中發生的最壓迫他們情感的事渲泄出去了。爲了滿足這種痛苦情感訴說欲望寫就的篇章自然就有一種特別的審美特性，作品中表現的衝突越激烈，情感磨礪越深沉，在欣賞者心靈中引發的震撼力也就越強烈。從這一點來說，悲劇是美的，它給人帶來的感動是深層的，人們可以通過藝術作品中代表正義的、代表善良人物的痛苦和毀滅來審視自己所處環境中的不合理因素，從而激發人們產生改變環境的動力。可以說漢代就是一個悲劇文學十分發達的時代，那個時代的文學記錄下了不少發生在各個社會階層各個生活層面的悲劇。有人說：「在繁華社會的邊緣，在人生的邊緣，在被人遺忘的角落，總是生活著一大群在夾縫中苦苦掙扎的無名大眾。其實，他們才是考察一個時代生存狀況的最好個案。」〔註 30〕而這些生存在夾縫中無名大眾的生活，往往是一個社會中最灰暗的人生，充滿了悲劇的審美意味。

《焦仲卿妻》是樂府民歌中一篇長篇敘事詩，它採用長篇敘事的手法（三百五十多句）完整敘述了一個下層小吏與他妻子之間發生的一個淒美的愛情悲劇。故事的線索頗爲單純，講述了一個叫劉蘭芝的美麗而又賢慧的民婦，她同廬江小吏焦仲卿結爲夫婦。兩人婚後伉儷情深，劉蘭芝爲了取悅於婆母，每天主動承擔了很重的家務。但對劉蘭芝抱有成見而又專橫的焦母卻不喜歡這位新過門的兒媳，對劉氏百般挑剔，離間這對恩愛夫婦，甚至要求焦仲卿將其逐出家門。焦仲卿是個奉行愚孝忠節觀的男子，不敢違抗母親意志，這就讓劉氏一人處於衝突的最尖銳處，焦仲卿迫於母命，只得將妻子休了送其回娘家以迴避矛盾，倆人依依惜別時立下誓言，永不分離，一定要爭取永結百年的結局。誰知天不遂人願，兩人分開後事情的發展完全超出了男女主人公的掌控。太守十分傾心於美麗的劉氏，而劉蘭芝的兄長趨炎附勢，逼劉改嫁太守，焦仲卿驚聞事變又趕回來會妻，兩個相愛的人自知以自己單薄的力量是無法抗拒來自雙方家長的強大壓力，在萬般無奈之下，兩人只有相約放棄生命「黃泉下相見」，到另一個世界去實現自己廝守一生的心願。在太守迎親的那天，劉蘭芝毅然「舉身赴清池」，焦仲卿聞訊後亦「自掛東南枝」，雙

〔註 30〕張東明，《文學與生存》，中國社會科學出版社，2004 年版，頁 4。

雙殉情而死，一對無辜青年男女的生命以及他們之間美好的愛情因不見容於家庭，又不受那個社會制度與法律的保護被無情地摧毀了。〔註 31〕按常理婚姻的基礎是愛情，以焦仲卿和劉蘭芝之間的情感基礎應該是非常牢固的，他們的結合是最合理的，最符合人性的，但是在封建禮教下婚姻的基礎是當事人家長的意志。這就是現實生活中存在的荒誕。在這個故事裏善的美的力量很微弱，符合自然人性的合情合理的東西，抗爭不過一個社會制度的勢力，美好的善良的東西最終遭到無情的摧毀。這種毀滅社會意義是深刻的，是對社會不合理的控訴，是允許一種荒誕的存在才會發生的。

《十五從軍征》是漢樂府中另一首悲劇詩。

> 十五從軍征，八十始得歸。道逢鄉里人，家中有阿誰？遙看是君家，松柏冢累累。兔從狗竇入，雉從梁上飛，中庭生旅谷穀，井上升旅葵，舂穀持作飯，採葵持作羹。羹飯一時熟，不知飴阿誰？出門東向看，淚落沾我衣。〔註 32〕

這也是以敘事的形式寫了一個老兵的遭遇，詩一開頭兩個數字就很有震撼人心的力量，十五歲尚未成年就從軍，竟然到了八十歲耄耋之年才退役，也就是說這個男人在軍中服役了長達六十五年的歲月，大半輩子都在爲國家服務。可以想像他一定經歷過無數次的出生入死的戰爭，僥倖存活下來，然而在他垂垂老矣的風蝕之年退役回到家鄉，家可能是他服役生涯中最溫馨的期待，可是等待他所謂的家早已人去室空，庭院一片荒蕪，狐兔作窩，雉鳥飛掠，井臺生草，滿目蕭索淒涼，再也不是他記憶中溫馨的家了，連年的戰爭使他成了一個無依無靠的老鰥夫。闊別多年的家不知發生過什麼樣的變故，家已一無所有。他只好權宜用院裏的野谷舂米作飯，採摘野葵作羹，這種隨意就能摘取到食物用以充饑的情形可想像到這個老兵一直是生活在一個什麼樣的環境中啊，他的生命是何等的卑微！可是等他把飯做熟了，卻無人與他一起共餐，好生淒涼的晚景。他心緒茫然地走出院門，向東眺望，茫茫塵海，哪裏可以呼喚到親人，老兵不由老淚縱橫，嘶酸不已。戰爭帶給這樣的一個地位低微小人物的是什麼？他的餘生又會是一個什麼樣的生活境遇？令人不忍往下想，這個無家可歸的老兵內心的悲傷和憂愁就像即將下垂的沉沉夜幕

〔註 31〕《焦仲卿妻》，見丁李春祥主編，《樂府詩鑒賞辭典》，中州古籍出版社，1990 年版，頁 85。

〔註 32〕《十五從軍行》，見丁福保編，《全漢三國晉南北朝詩》，中華書局，1959 年版，頁 59。

一樣，要把人吞沒了。這首詩反戰的立場是不言而喻的，但作者並不是以態度明確的語言表現的，而是通過刻畫一個八十歲老兵退役回家後遭遇的慘景來揭示戰爭給人民帶來的深重災難，從而傳遞出他的反戰立場。二千年來它帶給讀者心靈震動是巨大的。

樂府詩《孤兒行》是寫家庭衝突悲劇的，通過寫一個孤兒的不幸遭遇，控訴社會良知泯滅、人性的醜陋一面。同類中的弱小和善良，遭到了最粗暴的蹂躪。詩歌開頭就用對比的手法寫了孤兒生活變故給他帶來的生活改變：「父母在時，乘堅車，駕駟馬。父母已去，兄嫂令我行賈。南到九江，東到齊與魯。臘月來歸，不敢自言苦。頭多蟣虱，面目多塵。」這個孤兒不僅要長年在外奔波「行賈」，而且臘月裏回到家還要承擔許多繁重的家務：「大兄言辦飯，大嫂言視馬。上高堂，行取殿下堂。孤兒淚下如雨。使我朝行汲，暮得水來歸。手爲錯，足下無菲。愴愴履霜，中多蒺藜；拔斷蒺藜腸月中，愴欲悲。淚下渫渫，清涕累累。冬無復襦，夏無單衣。」從這一段來看，這個孤兒的苦楚是來自於家庭成員間欺侮，大量的日常瑣事壓在他的身上，他處於勢孤力單的境地，這種苦楚是無處訴說的，一個人長年默默忍受著心靈與肉體的痛苦。其實，他的遭遇還不僅於此，因他的弱勢，他還會受到家庭外部人的欺侮。這種淒苦的人生讓他小小年紀產生了厭世的情緒，他自己也總結此生「居生不樂」，寧可選擇死亡來擺脫這一切，「不如早去，下從地下黃泉。」一顆飽受人間風霜煎迫痛苦靈魂的這一聲悲歎包含有多少的無奈。這首詩對於每一個具有悲憫情感的讀者都會產生心靈的震撼，對這個孤苦無依的柔弱的生命產生由衷的同情。

1993年江蘇海縣伊灣村發掘一漢墓出土了一批木牘竹簡，一些簡上抄有一篇俗賦，這是一首漢代極少見的俗賦，據裘圭錫先生《〈神烏賦〉初探》的觀點：「《神烏賦》是一篇基本完整的創作於西漢時代（大約在西漢後期）的佚賦。」又據其考證，「傅」與「賦」是通假字，《神烏傅》即爲《神烏賦》〔註33〕。它敘寫了一出發生在鳥類世界的悲劇。鳥在先秦文藝的各個領域都是喜歡表現的題材，尤其在文學作品中出現的頻率就更高，從神話作品到民間傳說，從《詩經》、《楚辭》到先秦諸子散文，以鳥爲題材的文學作品在我國源遠流長，這說明在早期人類的生活中，鳥就進入了人們關注的目光，並在文藝中借用鳥的意象來反映人的思想感情。《神烏傅》刻畫的是一對雌、

〔註33〕裘圭錫，《〈神烏賦〉初探》，《文物》，1997年（1）。

雄烏鴉悲劇故事來折射陷入生活絕境中小人物的無奈與絕望。

《神烏傅》寫的是一對烏鴉夫婦於陽春二月外出，一隻烏不幸受傷只能暫棲高枝築巢療傷，不期然有一隻盜烏看上了他們的築窩材料，前去偷盜築材而與二烏發生衝突，二烏譴責盜烏，盜烏反唇攻訐，雙方發生激烈相鬥，雌烏負傷墮落，被人用網捕取，好不容易幸運逃脫，慌亂之中又被繩索纏住，最後終難脫身。雌烏自知這次難免一死，便與雄烏訣別，雄烏看著在絕境中掙扎的愛妻，悲痛欲絕，連呼蒼天，表示願與愛妻共赴黃泉，而臨死的雌烏卻表現出難得的理智與從容，她勸雄烏活下去，不要爲了我的死而傷及你的性命，再去另找一個妻子，把孩子撫養長大。她對他說：「我求不死。死生有期，各不同時。今雖隨我，將何益哉！見危授命，妾志所踐。以死傷生，聖人禁之。疾行去矣，更索賢婦。毋聽後母，愁苦孤子。」〔註 34〕這是何等的知性啊！雖然夫妻情深，也不能一方爲另一方去作無謂的犧牲，災難突降，把損失降低到最低才是明智的。她說完遺言奮力一搏自投污廁，以極其慘烈的方式儘快結束自己以催促雄烏快快飛離這危險之地，開始新的生活。肇事的盜烏目睹了他一手製造的這一齣悲劇之後竟然冷漠地扔下這對正遭受命運打擊的夫婦翩然飛走了，留下那隻雄烏獨自哀悼愛妻。

此賦讀後讓人感到心酸不已，最讓人感到唏噓的是雌烏在突遭厄運打擊，身受重創，即將面對死亡時，想到的不是自己，想的還是盡量設法保全丈夫和孩子，爲他們日後的生活作出安排後慷慨赴死，自知生還無望，就以極爲慘烈的方式儘快結束自己，好促使丈夫儘快離開。這分明是在寫在社會夾縫中求生存的下層小人物的命運，他們終日爲生計辛勤奔波，而一旦遭到命運毀滅性打擊時還想的是互相扶持幫困。他們自陷絕境想、面對死神時想的還都是他人，寧可捨棄自己也要救助他人，靈魂是那麼的崇高乾淨。在激起人們對這一對烏鴉夫婦深深同情的同時，也爲雌烏的自獻精神捧一掬敬仰之淚。

《神烏傅》從故事的構思來看有明顯的寓言色彩，它表現出與漢大賦完全不同的審美趣味，借一對烏鴉夫婦的遭遇來寫苟活在人世的小人物在社會底層中生活所遭受的種種磨難，甚至是毀滅性的打擊。俗賦的語言平樸，故事線索單純，只靠悲劇事件本身的魅力來震攝人心，讓人們看到美好的生靈被毀滅，美好的愛情被毀滅。這篇寓言作品中的鳥和傳統文學中的鳥形象有很大的區別，它既不像莊子《逍遙遊》中大鵬鳥的自負與高傲，也不像《精

〔註 34〕裘圭錫，《〈神烏賦〉初探》，《文物》，1997 年（1）。

衛塡海》中精衛鳥之類的神話故事中的鳥意象賦予某種堅毅剛強的精神品格，或是愛情幸福之類的吉祥象徵，這首《神烏傳》中的兩隻鳥是極其卑微的，也只有最卑微的生存要求，但最終也被社會強暴勢力所侵奪了，故而它的悲劇力量是深沉的。

人的欲望是多方面的，欲望得不到滿足，是社會與個體之間最普遍的衝突。漢代文人把自己的命運和服務國家聯繫在一起，通過對國家的貢獻來實現自己的價值，他們往往表現出強烈的建功立業的欲望。漢代有相當一部分書信體散文披露的是人生失意沮喪的心緒。這實際反映了一個現實問題，漢代士人們有一個從「士」到「吏」的發展過程。漢代選官實行察舉、試舉等不同的方式，如察舉有孝廉、茂才、賢良方正、賢良文學等名目，而試舉則由博士弟子經考試而進入仕途。這勢必使得年輕士人們關心政治，關心經學，注重個人思想道德修養。所以，漢朝的官吏，往往集政治家、思想家、經學家、史學家、文學家爲一體，儘管中國古代作家都有這個特點，但在漢代卻表現得特別突出。在士人的人生價值觀中，「立德」「立功」的想法比僅僅以文揚名的想法要強烈得多。因爲那個時代的士人人生出路極狹窄，社會對人才評價標準很單一。或許正是因爲這些特點，漢代的文人對政治表現出空前的熱情。從賈山、賈誼、晁錯的西漢鴻文，到鹽鐵會議、白虎觀會議；從董仲舒的「天人三策」，到王符的《潛夫論》、仲長統的《昌言》，都表現出對政治極濃厚的興趣。漢代的議論散文，西漢論政以建言爲主而同時有批判的內容，東漢政論以批判爲主而同時有建言的內容。作爲一介布衣文人，對當政者寄予這麼高的期望值並不一定是明智的，在那樣的政體下文士要得以被當政者賞識並重用的概率不可能很高，這也是許多文人謀士人生悲劇的根本原因所在，這也是文士牢騷文學繁盛的原因所在，抒寫自己命不交運、難以一展宏圖的悲歎之作比比皆是。前面我已舉例說董仲舒、司馬遷、趙壹，東方朔、貢禹、嚴忌、揚雄、班固、崔駰、張衡等人都寫有自歎時命不達、空懷抱負的賦作，這些賦的立意基本都是在抒發人生不得意的牢騷，感歎賢士未遇明主，不得進用、大展宏願的悲哀，都是自憐年華虛度、徒秉異才的悲劇人生。他們在這些作品中都是懷著極大的悲憤訴說自己的人生悲劇。董仲舒道：

> 生不丁三代之盛隆兮，而丁三季之末俗。以辯詐而期通兮，貞士耿介而自束。雖日三省於吾身兮，繇懷進退之惟谷。彼寔繁之有徒兮，

指其白以爲黑。〔註 35〕

司馬遷在《悲士不遇賦》道：

悲夫！士生之不辰，愧顧影而獨存。恒克己而復禮，懼志行之無聞。諒才韙而世戾，將逮死而長勤。雖有行而不彰，徒有能而不陳。阿窮達之易惑，信美惡之難分。時悠悠而蕩蕩，將遂屈而不伸。〔註 36〕

東方朔在賦作《答客難》中借「客」之口抱怨生不逢時的憾恨：

蘇秦、張儀一當萬乘之主，而都卿相之位，澤及後世。今子大夫修先王之術，慕聖人之義，諷誦《詩》、《書》、百家之言，不可勝數，著於竹帛，唇腐齒落，服膺而不釋，好學樂道之效，明白甚矣；自以智慧海內無雙，則可謂博聞辯智矣。然悉力盡忠以事聖帝，曠日持久，官不過侍郎，位不過執戟，意者尚有遺行耶？同胞之徒，無所容居，其何故也？〔註 37〕

「客」的這個觀點最有代表性，內心的不平衡也表達得最直白。想當年蘇秦、張儀憑三寸不爛之舌，攀上了萬乘之主，位至卿相，榮耀澤及後代，現如今的大夫研習先王之術，熟讀詩書，學富五車，著書立說，窮經皓首，唇腐齒落，才智海內無雙，又有忠心可昭日月，官不過侍郎，位不過執戟，眞不知道這是什麼道理？

這種個體需要與現實的衝突在哪個社會都有，背運兒對幸運兒的傾慕也是正常的心理反應，可是站在悲劇主人公角度來看，這種處境對心理壓迫却是沉重的，痛苦的，如果用文字記錄下來，個體生命陷入在人生困境之中所產生的憂憤情愫，從審美的視角表現出來就會產生悲劇的審美效果。漢代文學中這類對人生悲劇感歎之作不勝枚舉，這些作品往往和社會結合很緊，文學空間和社會空間是一致的，因而這種作品就帶有很大的社會批判意義，它在於敘寫了個體生命過程中的悲劇性。與此相聯繫的這一類人的時間意識上也會帶有悲劇色彩，這種強烈的建功立業的心理讓他們對仕進充滿了渴望，但是現實是殘酷的，被明主知遇的概率太低，人的仕途前景往往是模糊不清的，只有等待才意味著希望，可是人的年華是很有限的，能夠爲國效力的人

〔註 35〕董仲舒，《士不遇賦》，見費振剛、胡雙寶、宗明華校輯，《全漢賦》，北京大學出版社，1993 年版，頁 112。

〔註 36〕見費振剛、胡雙寶、宗明華校輯，《全漢賦》，北京大學出版社，1993 年版，頁 142。

〔註 37〕龔克昌，《全漢賦評注》，花山文藝出版社出版，2003 年版，頁 236。

生好年華猶如白駒過隙，頗爲短暫，由此又延伸出漢代人帶有濃厚悲劇色彩的生命意識，董仲舒在《士不遇賦》中說：「嗚呼嗟乎！遐哉邈矣。時來曷遲，去之速矣。屈意從人，非吾徒矣。正身俟時，將就木矣。」〔註 38〕《古詩十九首》中也有不少這類感歎：「人生寄一世，奄忽如飈塵。何不策高足，先據要路津？」（《今日良宴會》）「人生天地間。忽如遠行客」（《青青陵上柏》）「所遇無故物，焉得不速老」（《回車駕言邁》）「浩浩陰陽移，年命如朝露」（《驅車上東門》）感歎物轉星移，時光易逝，人生短暫，許多欲望得不到滿足，由此而生出頹廢之情，對酒當歌，及時行樂，尋求片刻的歡愉。「斗酒相娛樂，聊厚不爲薄。極宴娛心意，戚戚何所迫？」（《青青陵上柏》）「晝短苦夜長，何不秉燭遊？爲樂當及時，何能待來茲。」（《生年不滿百》）〔註 39〕

漢武帝可謂是個威赫赫的一代雄主，是上天之子，位高權重，主宰人世間的一切，即便是這樣，也有他掌控不了的東西，在他人生的巔峰期，心裏也有揮之不去的陰影。這位文學稟賦頗高的皇帝，在他寫的一首《秋風辭》中，也發出了生命易逝的悲歎，他不能永遠享受權力的頂峰。此賦作於元鼎四年，此時的武帝才四十三歲，春秋鼎盛，帝國宏業也正處於上升時期：

> 秋風起兮白雲飛，草木黃落兮雁南歸。蘭有秀兮菊有芳，懷佳人兮不能忘。泛樓船兮濟汾河，橫中流兮揚素波。簫鼓鳴兮發棹歌。歡樂極兮哀情多，少壯幾時兮奈老何。〔註 40〕

賦開頭以雄健的筆勢，描寫了北方秋天時令的風光，秋風蕩漾，白雲舒卷，草木雕零，大雁南飛，極目舒天，大有囊括天宇之氣勢。目光轉而定視在身旁蘭菊的賞玩上，從而又勾起他的一番兒女之情，豪邁英雄亦要有美人相伴才是最爲愜意之事，緊接「泛樓」三句是寫人間歡樂盛況感染了這位皇帝，這一切是極美好極享受的，最後他筆鋒一轉，寫出在這種人間之鼎盛繁榮，自己又能再佔據幾何，畢竟人的血肉之軀終難以躲過自然天數，目前這一切都會變成過眼煙雲，想到這些他心裏難免泛起一陣悲涼，老之將至，華年不再是任何人力都無法改變的自然規律。他也有悲劇色彩的生命意識。

司馬遷的《史記》作爲一部歷史書，這中間寫了許多先秦時代和當代的

〔註 38〕董仲舒，《士不遇賦》，見費振剛、胡雙寶、宗明華校輯，《全漢賦》，北京大學出版社，1993 年版，頁 112。

〔註 39〕丁福保編，《全漢三國晉南北朝詩》，中華書局，1959 年版，頁 56。

〔註 40〕劉徹，《秋風歌》，見丁福保編《全漢三國晉南北朝詩》，中華書局，1959 年版，頁 2。

人，這應該算是司馬遷按照自己的審美觀念創作出來的一組藝術形象群雕，筆下的大人物大都是站在時代前列，叱吒風雲，垂名千古的時代英雄，但也有一群卑微的小人物，諸如依附於貴族豪門的食客、俠士、文士，都是用同樣的方法塑造出來的。《史記》中有很多的小說因素，這一點曾受到後人的不少詬病。《史記》中的人物命運大都異常悲壯，異常慘烈，他的筆下塑造的悲劇人物如陳勝、吳廣、項羽、伍子胥、商鞅、吳起、屈原、韓信、廉頗、李廣、李陵等等，都是歷史舞臺上粉墨登場的悲劇主人公，他們大都身懷治國之才，但命運坎坷，結局悲慘。有的看起來事業幹得風生水起，志滿意得，權重天下，在歷史上發揮過重要的作用，是個時代的寵兒，但是其本人卻是悲劇性格，最後也擺脫不了悲慘的下場，像秦始皇、劉邦、劉徹等。秦始皇雖開創千古基業，但因過於重刑峻法，不恤民生，勞命傷財，享國僅十四年，一個赫赫的王朝就在農民起義的烈火中毀滅了。劉邦因疑心過重大殺功臣，使得眾叛親離，甚至連家室也發生內鬥，當他高歌「大風起兮雲飛揚，威加海內兮歸故鄉，安得猛士兮守四方……」不能不說內心也是一陣陣的悲涼。劉徹晚年重用邪佞之士，使得骨肉離間，宮廷中發生的「巫蠱之禍」，是漢室宮廷發生的一次嚴重的政治地震，致死者數以萬計，包括太子劉據在內不少皇家眷屬都死於這場風波。晚年的他時常沉浸在對自己的自責之中，頒佈輪臺詔，以示對自己犯下罪孽的懺悔。有人統計：「《史記》全書中的人物傳記共一百一十二篇，以被殺、自殺的人物標題的三十七篇，以其他形式的悲劇人物標題的約二十篇，作品中有主要人物被殺、自殺、或帶有其他悲劇色彩的總共將近七十篇。從這個意義上說，《史記》又不是一個普通的英雄人物的畫廊，而主要是悲劇英雄人物的畫廊。如同歐洲文學史上的某個歷史時期，作家們好寫悲劇一樣，司馬遷在中國文學史上也特別以寫悲劇而享盛名。」〔註 41〕

每一個時代的作家都是自覺表現著那一個時代人的狀況，人的處境，人的遭遇，人的命運以及人的精神面貌，文學作品中的形象除了體現人的基本文化存在狀態，反映人類自我認識歷史之外，還有一個突出的文化內涵，那就是它能夠完整地展示人性，揭示出人性的深度。悲劇就是解析人性深度的藝術，揭示出人性與環境的衝突，美好的東西被環境毀滅，以這種悲劇審美

〔註 41〕韓兆琦，《司馬遷的審美觀》，見《中國古代美學史研究》，復旦大學出版社，1983 年版，頁 217。

的方式來關照人類在某一時期的生存狀態。從漢代留下大量的悲劇作品可以看出，漢代人是清晰意識到深層揭示人性所具有的文化價值與美學價值，自覺地從悲劇角度去展示人性中深層次的東西，以此來透視人性中與環境不和諧的因素。

第四節　以意境詭譎奇幻浪漫爲美

漢代文學中還有一個特別突出的審美意蘊，那就是奇幻浪漫的氣息極濃。文人們喜歡在文字中營造詭譎奇幻浪漫的意境，這跟漢代的社會風氣有很大的關係。漢代社會的意識形態是駁雜的，其中神仙思想、仙道方術，讖緯迷信之風在朝野間也十分盛行。漢代大多數帝王都有迷耽於神仙方術的偏好，漢武帝尤其熱衷於此道。《漢武故事》中記載：

> 淮南王安好學多才藝，集天下遺書，招方術之士，皆爲神仙，能爲雲雨。百姓傳云：「淮南王，得天子，壽無極。」上心惡之，徵之。使覘淮南王，云王能致仙人，又能隱形升行，服氣不食。上聞而喜其事，欲受其道。王不肯傳，云無其事。上怒，將誅，淮南王知之，出令與群臣，因不知所之。〔註 42〕

由此可對當時皇室中好道崇仙的氛圍可見一斑。一生也酷愛方術的劉向在著作《列仙傳》中甚至宣揚修道成仙是不論身份高低的觀點，他認爲經過一定的修煉或有了某種機遇，人人都可脫胎換骨、超凡飛升的。爲了證明這一觀點他在著作中記載了民間傳聞的從赤松子（神農時雨師）至玄俗（西漢成帝時仙人）七十一位仙家的姓名、身世和事迹。書中出現的眾多神仙有各種不同的層次和身份。有中原部落聯盟首領黃帝、道教教主老子、太子王子喬、王公舍人琴高、掌製陶器的官員甯封子、大夫彭祖、採藥者安期生、賣藥者瑕丘仲、道士稷丘君、黃阮丘、昌容等等，由此可見漢代社會這種求仙問道風氣之盛行。正是這一社會風氣也促進了中國文學中的敘事元素的發育成長，小說這一文體就是在這一時期產生了，中國文學中敘事藝術中的諸多元素在兩千多年前便很發達了。

追溯起漢代文學中詭異浪漫之風的源頭也應歸屬到先秦文學中的浪漫先風。在楚辭中就有不少經典的浪漫主義創作，屈原的《天問》、《離騷》是浪

〔註 42〕上海古籍出版社編，《漢魏六朝筆記小說大觀》，上海古籍出版社，1999 年版，頁 167。

漫主義抒情巨作，宋玉的《高唐賦》寫人神之戀，《神女賦》尤其充滿奇思妙想。這些作品中的奇麗意境、美妙構思對漢人產生了深刻的影響，漢代人在作品中也追攀先秦文學中的餘緒，在自己的創作中進行了浪漫風格的開掘。正是在這些因素的影響下，漢人的文化色彩中明顯地帶有超越現實的浪漫氣息。像《蜀王本紀》、《西王母傳》、《漢武故事》、《漢武帝內傳》、《洞冥記》、《十洲記》、《列仙傳》等等這些神魔小說就是在這樣的社會風氣下應運而生的，這類書籍在當時是十分風靡的閱讀物。這些書的作者馳騁想像，天馬行空，不受眞人眞事的局限，構畫出一個個五光十色、光怪陸離、瑰麗奇幻的神仙妖魔世界，所列現的都是一個個不食人間煙火、超越時空、超越現實的神仙。比如黃帝死後葬於橋山，可是下葬後山崩棺空，屍首無存。姜子牙年壽長達二百歲，葬之無屍，唯有玉韜六篇在棺中。林林總總，不一而足，都是奇幻之事。漢代文人爲了引導世人信崇神仙方術之論，在這方面的題材創作還有一個特點，那就是在作品中神和人都予呈現，如黃帝、王子喬、赤松子等爲神話傳說中的人物，可是像漢武帝、東方朔、老子、范蠡等，皆爲眞實的歷史人物。在這些書中無論是神話傳說中的人，還是歷史眞實人物都有一連串的奇聞怪事。雖然事情本身荒誕不經，幼稚可笑，但是故事本身卻都被文人編得曲折離奇，引人入勝，可讀性很強。這幾乎可以成爲漢代文壇上的一大奇觀。漢代人在進行這種創作時，他們的文學空間和現實空間是不一致的，文學空間比現實空間要廣闊得多，作家可以完全不顧慮現實生活的限制，就拿民眾熟悉的公眾人物來進行胡編亂造，似乎把這些大家熟悉的公眾人物編造得越離奇就越有影響力，越有權威感。被歪曲塗抹之人對於這種沒有惡意的編造也能欣然接受，他們喜歡被人神化的感覺。讀者也樂意他們熟悉或者喜歡的人物跟神仙沾上關係，在漢代人的觀念裏是把跟靈域仙境沾上邊當作無比美好幸運之事來看待的，在這一點三者之間表現得很默契。站在文字審美的角度看，這些作品有背景介紹，有人物，有場景，有情節，故事首尾完整，事情來龍去脈交待清晰，所有記敘文體的元素都是具備的。例如漢武帝，是現實世界中一個活生生的人，他的文治武功之績影響到每一個人的生活，但是在《漢武故事》、《漢武帝內傳》中，不僅記載了漢武帝的一些軼事異聞，甚至託用眞人眞名虛構事迹的做法，把漢武帝刻畫成了一個已經得道成仙的神仙了。仙女下到凡界，告知他的誠意感動了西王母，王母約他某吉日昇天相會。經焚香沐浴一番隆重的準備後，他被仙鶴引領，駕祥雲升入仙境，與西王母相見，賜於美食，並以仙樂招待。武帝向王母懇求不死之藥，西王母以武帝凡欲太盛，淫欲過度，殺生過多，與仙家無緣爲由拒絕了武帝。〔註 43〕很明顯作者是通過這樣的一個故事在抨擊漢武帝的荒淫無道。這個故事完全是按這個觀念敷衍而成的。故事立意雖嚴肅，但是故事的展開，人物、情節的設計卻怪誕無比，人物活動的場景瑰麗浪漫，完全是超越現實的浪漫之作。

可能是受宋玉《高唐賦》、《神女賦》的影響，在劉向的《列女傳》中也有一篇《江妃二女傳》，寫了一個人神相戀的故事。「江妃二女者，不知何所人也。出遊於江漢之湄」，邂逅了一位名叫鄭交甫的青年男子。好色的鄭交甫並不知江妃二人爲神女，兩人雙目一交彙，鄭交甫便被神女的絕色美貌所吸引，不顧奴僕勸阻上前搭訕，欲與交好，牽強攀談了幾句不著邊際的話，鄭交甫便與神女心旌搖動，曖昧傳情，神女送鄭交甫神珠，鄭接珠後欣喜離去，可他走出幾步後卻發現懷中之珠不翼而飛。人神之間的一場邂逅竟會讓人情緒如此跌宕。

「簫史弄玉」是《列仙傳》中記載又一影響很大的故事。秦穆公之愛女叫弄玉，她酷愛吹簫。一晚，她夢見一位極善吹簫的英俊男子。穆公按女兒夢中所見，派人尋至華山明星崖下，果有一青年男子正在吹簫，此人名叫簫史。他不僅儀態出眾，更能以簫聲引來孔雀、白鶴之類的吉鳥。使者便將其引至宮中，與弄玉結爲夫婦。年深日久，簫史教弄玉作鳳鳴之聲，一夜兩人在月下吹簫，竟引來了紫鳳和赤龍。蕭史告訴弄玉，他原爲天界仙人，與弄玉有伉儷之緣，下界是與弄玉結百年之好，特以簫聲作引。今龍鳳來迎，可以去矣。於是蕭史乘龍，弄玉跨鳳，雙雙騰空而去。這是一個多麼浪漫溫馨的愛情故事啊！

《列仙傳》中都是像這樣以一個個小故事敘述神仙事迹，作品以神奇想像力構築了一個個怪誕離奇的世界，交織出一個個祥瑞潔明的奇幻神界。語言平實，敘事曲折，情節推動緊湊簡潔，故事首尾完整，讀後引人遐想。

《海內十洲記》託名漢武帝聽西王母說大海中有祖洲、瀛洲、玄洲、炎洲、長洲、元洲、流洲、生洲、鳳麟洲、聚窟洲等十洲，便召見東方朔問十洲所有的異物，按書所記每一洲都有許多聞所未聞的奇異怪物。比如祖洲的

〔註 43〕上海古籍出版社編，《漢魏六朝筆記小說大觀》，上海古籍出版社，1999 年版，頁 137～168。

異物他是這樣寫的：

> 祖洲近在東海之中，地方五百里，去西岸七萬里。上有不死之草，草形如菰苗，長三四尺，人已死三日者，以草覆之，皆當時活也，服之令人長生。昔秦始皇大苑中，多枉死者橫道，有鳥如烏狀，銜此草覆死人面，當時起坐而自活也。有司聞奏，始皇遣使者齎草以問北郭鬼谷先生。鬼谷先生云：「此草是東海祖洲上，有不死之草，生瓊田中，或名爲養神芝。其葉似菰苗，叢生，一株可活一人。」始皇於是慨然言曰：「可採得否？」乃使使者徐福發童男童女五百人，率攝樓船等入海尋祖洲，遂不返。福，道士也，字君房，後亦得道也。〔註 44〕

寫炎洲爲：

> 炎洲在南海中，地方二千里，去北岸九萬里，上有風生獸，似豹，青色，大如狸。張網取之，積薪數車以燒之，薪盡而獸不然，灰中而立，毛亦不焦。斫刺不入，打之如灰囊。以鐵錘鍛其頭，數十下乃死。而張口向風，須臾復活；以石上菖蒲塞其鼻，即死。取其腦和菊花服之，盡十斤，得壽五百年。又有火林山，山中有火光獸，大如鼠，毛長三四寸，或赤，或白，山可三百里許，晦夜即見此山林，乃是此獸光照，狀如火光相似。取其獸毛，以緝爲布，時人號爲火浣布，此是也。國人衣服垢污，以灰汁浣之，終無潔淨。唯火燒此衣服，兩盤飯間，振擺，其垢自落，潔白如雪。亦多仙家。〔註 45〕

寫長洲爲：

> 長洲一名青丘，在南海辰巳之地。地方各五千里，去岸二十五萬里。上饒山川及多大樹，樹乃有二千圍者。一洲之上，專是林木，故一名青丘。又有仙草靈藥，甘液玉英，靡所不有。又有風山，山恒震聲。有紫府宮，天眞仙女遊於此地。〔註 46〕

其餘七洲亦各有奇異怪物，各有特色，絕不雷同。其想像力之豐富、意象之

〔註 44〕上海古籍出版社編，《漢魏六朝筆記小說大觀》，上海古籍出版社，1999 年版，頁 64。

〔註 45〕上海古籍出版社編，《漢魏六朝筆記小說大觀》，上海古籍出版社，1999 年版，頁 65。

〔註 46〕上海古籍出版社編，《漢魏六朝筆記小說大觀》，上海古籍出版社，1999 年版，頁 66。

怪誕，令今人都瞠目結舌。

揚雄是西漢末年的哲學家，學者，寫有《法言》、《方言》、《太玄經》等語言學著作和哲學著作，應屬極理性板正之人，可事實是他也受時風影響，收集了大量民間傳說，寫就一本《蜀王本紀》的志怪小說，主要記述秦以前古蜀國歷代君王蠶叢、柏濩、魚鳧、望帝、開明帝等歷代君王奇聞軼事和神話傳說。在當時的蜀國由於交通不便，便形成了與中原迥然不同的民風民俗，大有神秘色彩。這本書最大的特點就是記述那個閉塞地區神秘的人文情事。揚雄把蜀地的傳說故事情節鋪寫得極爲離奇，浪漫情趣甚濃。蠶叢、柏濩、魚鳧均爲古蜀地的明君賢主，他們各執政幾百年，據說他們相繼退位後都能神化不死。蜀地百姓感念他們的威望與賢明，不少人願隨其同化永享安樂祥和。直到一天有個名叫杜宇的人從天降生，感念蜀地百姓對明君的殷殷盼望，就決定來接替君位，號稱「望帝」。「望帝」的妻子也天秉神異，出生於一眼古井。杜宇在治國之中更是奇事不斷。在傳說中杜鵑就是杜宇的化身。

「五丁力士」是揚雄寫的又一個著名的故事，說的是秦惠王時，秦國企圖侵吞蜀國，可是蜀國地勢險峻，交通阻隔，兵力達不到。秦王想出了一個奇謀，讓人刻了五頭石牛，在石牛屁股裏又塞了一些金塊，然後派人告訴蜀王，秦國要送五頭會拉金子的石牛給蜀王。蜀王派人前往考察，使者見到了眞會拉金子的石牛，便回去告知蜀王，蜀王大喜，便派了五個力士去拉石牛。天生神力的五個力士便前往秦國去運石牛，一路搬山移嶺，開出了一條通道，隨著石牛入蜀，秦國的大軍也沿著石牛入蜀之路打進了蜀國。多麼奇幻浪漫的想像！天眞可愛之極！

漢人的詩賦中也有這般的浪漫韻致。漢大賦就有不少虛構的成分，人物是虛構的，對話是虛構的，情節也是虛構的。就拿枚乘的《七發》來說，虛構了兩個人物，吳客和楚太子，採用主客問答的形式來推動情節的開展。用音樂之美妙、飲食之甘美、車馬之名貴、遊歷之歡娛、畋獵之隆盛、波濤之壯闊來醫治楚太子的病，這本就是一奇人想出來的治病奇方。而就拿治病方法之一的音樂這一味藥來說，就很絕，幾乎難以辦到。用來演奏音樂的樂器所用之良材在人世間絕難尋求，因爲用來做琴的材料須是在龍門一地生長的桐樹，樹身須高百尺而沒有分枝旁出，樹幹之中要有很多木材紋理，樹根要在泥土中向四處擴散。更離奇的是桐樹的生長環境有很特別的要求，上要有千仞的山峰，下要有深達百丈的深澗，深澗中要有湍湍流水，水流不停地衝擊樹之根部，而這棵樹的根鬚還必須是要半生半死才行。此樹的生長對於氣候也有特別的要求：冬天時它要經受飇風和霜雪的侵襲，夏天要經受雷霆霹靂的洗禮。每天清晨樹冠上要有黃鸝和鳱鴠這些鳥兒盤旋鳴叫，晚上還須得要有失去配偶和迷路的鳥兒棲宿，每天清晨要有孤獨的天鵝在樹上哀號徘徊，鵾雞哀叫著飛翔於樹旁。等樹長成材後，在秋盡冬來之時必須要由主管音樂的琴師親自把它伐下做成了琴身，再用野蠶之繭做琴弦，還要用死去父親的孤兒腰間所繫的帶鈎做琴上的裝飾，更絕的是還要用死去了九個孩子的寡婦的珥珠作琴徽。琴做好後請著名琴師來演奏《暢》曲，讓伯子牙來爲之歌唱，歌詞是這樣的：「當麥子結穗生芒時，雉雞飛過了田野，飛向荒蕪廢棄的城池，飛離枯死的老槐，飛向空谷，依傍著懸崖斷壁，又飛回湍急的溪流。」作者認爲這就是天下最哀傷的歌曲了，飛鳥聽到了如此的悲歌，都收斂起飛翅不能翱翔，野獸聽到此歌，垂下耳朵無法移動腳步，就連蚑蟜螻蟻聽此悲歌，都耷拉著嘴兒不忍離去。

這是何等離奇的想像力啊，竟能把樂曲淒美哀婉的音響效果寫得如此這般奇絕，恐怕已是天下無雙了，更有意思的是作者竟想像到樂曲的悲傷憂戚的音響效果的產生是出於樂器材料生長的環境和樂器生產製作的每個環節，完全不受生活邏輯的束縛，完全是主觀性很強的一種表述，這就不能不令人稱奇叫絕了，這種遐想簡直就是出神入化了，雖有些荒誕稚拙，但是卻荒誕稚拙得十分浪漫，十分優美，七體賦基本上都是這種虛構的產物。

司馬相如的代表作《上林賦》、《子虛賦》最早見於《史記》和《漢書》之《司馬相如傳》篇，在史書中這兩篇是爲一篇，名爲《天子遊獵賦》，故而可把這兩篇看作是一篇。在這篇賦裏作者也是在講他虛構的一個故事：諸侯王楚王派一個名叫子虛的人出使齊國。齊王徵調了全國所有的兵力，準備了大量的車乘，載上楚國的使者一齊去打獵。狩獵完畢之後，子虛去拜訪了一個叫烏有的人，在座的還有一位叫亡是公的先生。主客坐定之後，烏有先生問子虛先生：「今日的打獵你可快樂？」子虛說：「快樂！」「收穫大嗎？」「不大！」「那你剛才爲什麼還說快樂？」子虛說：「我覺著快樂是齊王想以他的車輛之多向我炫耀，而我卻以雲夢之事來回應他，把他說得無話可說了。」烏有先生當即表示願聞其詳。故事就是在這樣的背景下進而描述三個人之間的對話。故事寫得很有層次，先是子虛先生向烏有和亡是公娓娓道來他在楚國的見聞，他竭盡誇飾之能事講了楚國七處湖泊之一的一個叫雲夢的地方的花草樹木、地理風貌、湖泊風光、礦產物饒、飛禽走獸、楚王圍獵的場面、後宮美女，一一炫耀一遍，意在表現楚國的富饒和豪奢，物產均超過齊國。齊王在子虛這番誇耀下無言對答了，可是子虛的話卻引起了烏有先生的不滿，他認爲以齊王地理之廣，物產之饒均在楚國之上，接著，他在辯駁子虛的過程中又將諸侯王齊國的奢侈和富有炫耀一番。不料烏有先生的這番話又引起了亡是公的感慨，他在否定諸侯楚王、齊王的基礎上，又將天子所轄之地的礦產物饒大大吹噓了一通。這個故事的構思完全是超越現實的，意在張揚天朝聲威，彰顯漢天子的威風與財力物力，竭盡筆力鋪排天子出獵場面之隆盛。其中有一段寫天子行宮的萬千氣象很令人稱絕：那些離宮別館，滿山都是，宏偉的建築甚至跨過山谷天塹，華廊層層疊疊，亭臺樓閣逶迤環復，椽頭雕繪，瓦當嵌玉，連接宮殿的長廊四通八達，需坐輦車而行，那長廊之長啊，在長廊上周遊一圈須要駐留住宿才行。工匠們夷平了高聳入雲之山而築宮於其上，山岩嵯峨，宮室隱於其中，俯視深不見底，仰攀屋頂可觸摸到天宇。天上的流星時時穿越宮門而過，彩虹跨越宮室的窗軒。天宮的青龍逶迤地爬過東廂之屋，帝王坐的華車蜿蜒地來到了清靜的西廂房，眾仙女悠閒地相聚在館舍之中等候。一個叫偓佺的上古仙人悠閒地坐在南屋廊簷下曬太陽，甘甜的山泉從淨室中汩汩流出，彙聚成川流向中庭。巨石累累，山勢險峻似欲傾倒，玫瑰盛開，珊瑚叢生，似玉般的美石遍佈腳下，石塊紋理赫然。赤玉色彩斑駁，雜嵌於岩石之中，在垂綏、琬琰的美玉之中還發現了和氏之璧。

這種場面在現實生活之中根本是不可能呈現的，但是在漢賦裏像這樣的描寫非常普遍。張衡在《思玄賦》中也有這類的描寫：「欲巧笑以干媚兮，非余心之所嘗。」無奈之下，只好上天入地四面八方地周遊，蓬萊、瀛洲、扶桑、湯谷、崑崙、閬風、層城、弱水這些神仙地界都去一一遊歷了一遍，西王母、宓妃、巫咸、天皇等神仙人物都統統見到了。那份快活得意自不待說，他本人本來是完全可以得道成仙留在那裏的，最後是因爲自己放不下祖國，只好又回到人間，藉此以表明自己人品情懷的高潔。這種炒作手法就是我們今天的炒作高手也得遜他三分。

龔克昌先生也曾認爲漢賦在藝術上最大的貢獻是它的浪漫主義：「漢人所評論的『虛辭濫說』，實際上就是說漢賦的這種誇張、虛構的浪漫主義手法。例如漢賦描寫漢代的狩獵，往往並不局限於宮廷、苑囿，而是擴大到整個帝國，甚至整個宇宙；漢賦描寫物產，往往把東西南北春夏秋冬的事物都彙聚在一起，有力地渲染了大漢帝國的富庶強盛以及苞含宇宙、囊括萬物的氣度與胸襟。漢賦誇張、虛構的浪漫主義手法主要是針對人事間的事物，這比《楚辭》又前進了一大步。」〔註 47〕

就連司馬遷這樣嚴肅的歷史學家在他的《史記》中也有類似的神話色彩的東西。他在介紹先秦的人物事迹的時候也放進了許多當時流傳的民間傳說。比如說：「軒轅乃修德振兵，治五氣，蓺五種，撫萬民，度四方，教熊羆貔貅貙虎，以與炎帝戰於阪泉之野。」〔註 48〕「殷契，母曰簡狄，有娀氏之女，爲帝嚳次妃。三人行浴，見玄鳥墮其卵，簡狄取呑之，因孕生契。」〔註 49〕「周后稷，名弃。其母有邰氏女，曰姜原。姜原爲帝嚳元妃。姜原出野，見巨人跡，心忻然說，欲踐之，踐之而身動如孕者。居期而生子，以爲不祥，弃之隘巷，馬牛過者皆辟不踐；徙置之林中，適會山林多人，遷之；而弃渠中冰上，飛鳥以其翼覆薦之。姜原以爲神，遂收養長之。初欲弃之，因名曰弃。」〔註 50〕這些記載應該說完全是沒有科學根據的事情，都是沿襲民間傳說中神化先祖的手法來寫的。

像這樣的浪漫主義元素在漢樂府中也是隨處可見的。

前面例舉的《烏生》講了一隻烏鴉出外遭遇被一個游蕩子用彈弓射殺的過程，前半部用的是現實主義記實手法寫的，有意思的是這首詩到了這個悲劇故事敘述完畢，作者卻意猶未盡，後半首詩作者又用了大量的篇幅去寫這個烏鴉被人射殺之後的內心活動。作者別開生面，突發奇想，以這只烏鴉死後的亡魂角度來反思這場悲劇發生的原因，這個亡魂的思想豐富又深刻：我母親是把我生在南山的岩石間的，那裏山高林密，人迹杳杳，哪會有人知道我的窠窩呀，是不是應該怪我自己輕易離窠所引來的殺身之禍呀？可是又轉念一想這也不對呀，那白鹿遠在上林西苑中，也沒有跑到人類的廚房去，黃鵠飛翔在高聳的天際雲端間，也被人打了下來，鯉魚深潛在深深的潭淵裏，仍有釣鉤垂釣到魚口邊，也就是說並不在於你會不會藏匿，禍根在於人的種種欲望，想要滿足人類的口福之欲，對於我們這些動物來說殉死就是早晚的

〔註 47〕蹤凡，《學者論賦》，《發千古之覆開一代新風——龔克昌教授治賦五十週年紀念文集》濟南：齊魯書社，2010 年版，頁 197。
〔註 48〕司馬遷，《史記》，卷一《五帝本紀第一》，中華書局 1959 年版，頁 3。
〔註 49〕司馬遷，《史記》，卷三《殷本紀第三》，中華書局 1959 年版，頁 91。
〔註 50〕司馬遷，《史記》，卷四《周本紀第四》，中華書局 1959 年版，頁 111。

事了。這首詩後半段的這種處理確實出人意料，虛構了一隻烏鴉的亡魂來追索事理，並且還是層層深入，思維縝密，認識深刻，說理透徹，讓人掩卷之後仍浮想聯翩，餘味繚繞。這個突破常規的翻手一筆使作品產生了醇厚綿長的意蘊，讓人不禁要問，這個弱小的生命他有錯嗎？引導人們進入這種深層的哲學思考顯然是作者在這後半首詩裏的浪漫虛構產生的效果。通過這個亡烏之靈的描寫可以讓人聯想到《莊子》，這與莊子在《莊子・至樂》中講述他與一個骷髏的對話有異曲同工之妙。

作者在《焦仲卿妻》中結尾的處理也很具匠心，他這樣寫道：「兩家求合葬，合葬華山傍。東西植松柏，左右種梧桐，枝枝相覆蓋，葉葉相交通。中有雙飛鳥，自名為鴛鴦，仰頭相向鳴，夜夜達五更。行人駐足聽，寡婦起彷徨。」〔註 51〕這棵松柏的處理分明是帶有作者很大的主觀性，這裏寄託了作者美好的祝願，他希望這對在人間受盡迫害的苦命夫妻，他們死後能在一起。這些樹和鳥是他們生命的延續，是他們愛情的延續，是他們精神的象徵。他們肉體毀滅後卻又以另一種形式存在了，他們在向世人頑強地表現他們美好的愛情，他們要長相廝守在一起的決心再也沒有人可以阻撓了。他們精神是不朽的，只要有人類存在，他們的這種對待愛情的態度就會得到世人的歌頌和嚮往，從這個意義上說他們是永恒的。

《古豔歌》本是一首描寫社會上層的達官貴人們的一場豪華宴會的詩。

今日樂相樂，相從步雲衢。天公出美酒，河伯出鯉魚。青龍前鋪席，白虎持榼壺；南斗工鼓瑟，北斗吹笙竽。姮娥垂明璫，織女奉瑛琚。蒼霞揚東謳，清風流西歈。垂露成帷幄，奔星扶輪輿。〔註 52〕

這詩的開頭寫了現實生活中官運亨通達官貴人們志滿意得、意氣昂揚的精神面貌。「雲衢」在這是指那些極有社會背景的人暢通無阻的仕途，他們可以平步青雲登上社會上層。接著作者筆峰一轉，意在刻畫貴族宴會的豪奢，但是作者卻不以常人的思路來表現，而是著意描繪出了一幅華美奇譎的天宮歡娛圖。天公捧出美酒，河伯獻上鯉魚，四方的星宿之神演奏妙曼神曲助興，嫦娥、織女甩長袖當空翩躚起舞，帳幔是垂天的雲露，車輿護駕的是天上的星辰。整個場面寫得流光溢彩，雲譎波詭，想像力極為豐富，令人歎為觀止。

〔註 51〕《焦仲卿妻》，見李春祥，《樂府詩鑒賞辭典》，中州古籍出版社 1990 年版，頁 88。

〔註 52〕《古豔歌》，見李春祥，《樂府詩鑒賞辭典》，中州古籍出版社，1990 年版，頁 72。

這是漢代文學最詭譎、最瑰麗的一面，這裏文學表現的空間極爲廣闊，完全沒有現世的空間維度的局限，沒有現世邏輯的局限，只有主觀思緒的馳騁奔騰，因而它展現了漢代文人內心深處的一種突破現實的嚮往，他們希望有一個空間是沒有現世痛苦的，那裏的一切都是最美好的，人們對於生活所有理想的狀態都用這些美侖美奐的文字敘寫下來。故而這部份作品，或者是天馬行空般的純幻想之作，或者是現實主義作品中局部的浪漫處理，這些作品往往最能給以人炫麗奪目的感官感受，它的價值在於深層揭示了那個時代人思維中超出現實那部份幻想色彩。

第六章　漢代文學作品中蘊含的審美意趣（下）

第一節　以紆徐曲折的敘事爲美

故事情節的曲折對於文學性的敘述意味著的是審美核心元素的呈現，漢代文人在他們的創作中朝這方面所作的努力是突出的。漢代文學中的敘事性表現在兩種文體之中，一種是小說和史傳文學，另一種是詩賦體。他們在這兩種文體中都有追求行文曲折的努力傾向，下面讓我來分別加以論述。

中國的文字記事技術的發育是以十分知性、應用性很強的史記體文字肇始的，在《左傳》、《戰國策》、《尚書》等典籍中，我們已經可以看到大量的敘事性元素，從這些典籍中我們已經能夠看到中國最早的記敘文了。中國小說文體的發育深深得益於中國史學發展的深厚淵源，溯源中國史學的發展歷程，情事的記錄在先秦史籍中還僅僅是個萌芽，可是到了漢代，這種早期記事文體得到了空前的發展和光大，產生了小說。小說這種文體在漢代得以確立，跟情事的記敘技巧在早期的史學著作得到了培育不無關係。也就是說到了漢代，小說才具有了眞正意義上的獨立的文體審美價値。「到了漢代，小說的因素得到了全面的發展，小說興起的勢頭蔚爲壯觀，並發展成爲一種獨立的文化現象。」〔註1〕像《史記》、《漢書》等這些紀傳體史書在漢代誕生，在這些史傳體著作中對史料的處理和《左傳》、《戰國策》等書對史料的處理是

〔註1〕楊樹曾主編，《中國文學史話‧秦漢卷》，吉林人民出版社，1998年版，頁485。

大相徑庭的，《史記》、《漢書》裏除了像先秦史書那樣有大量的眞實歷史事件的記錄之外，更突出的一個特點就是在對歷史人物的刻畫中是以傳記的形式爲人物立傳的，無論是寫人還是寫事都有非常突出的文學性因素存在。寫情狀物極側重細節的渲染，情節曲折，刻畫人物十分在意性情言行，這就大大提高了作品的可讀性。像高祖、呂后、韓信、項羽、夫差、句踐、屈原等一個個歷史人物以個人立傳形式寫出他們在歷史舞臺上表演的一幕幕活劇，演繹他們的人生軌迹，重要的是這些史書是對這些歷史人物的刻畫並不平面，單調，人物面目模糊，讓人只見事不見人，而是情事發展多曲折，既出人意料又合乎情理，人物在不同的場景下按照各人的性格邏輯作出不同的選擇，作出不同的反應，從而從多個側面去展現人物的內心，這樣的處理就使得被時間塵封已久的歷史人物又鮮活起來了，似乎有讓人呼之欲出之感。這種敘寫歷史的方法與漢人熱衷於敘事手法的運用、對敘事技術的運用純熟是分不開的。試舉《史記》中《高祖本記》中一段爲例，先寫了劉季的家庭，他出生時的軼聞「其先劉媼嘗息大澤之陂，夢與神遇。是時雷電晦冥，太公往視，則見蛟龍於其上。已而有身，遂產高祖。」劉季的形象天生就有帝王相「隆準而龍顏，美鬚髯，左股有七十二黑子。」性格豪爽，樂善好施，好酒及色，常跟人家賒酒來喝，醉臥人們常能見到他身體上方有祥龍出現。因而沒有人敢跟他要酒錢。他被派咸陽服繇役，看到秦始皇出行，會發出喟然長歎「大丈夫當如此也！」岳父因相其長有好面相，將愛女許配與他，生了孝惠帝、魯元公主。高祖爲亭長時，常告歸之田。有日，「呂后與兩子居田中耨，有一老父過請飲，呂后因餔之，老父相呂后曰：『夫人天下貴人。』令相兩子，見孝惠曰：『夫人所以貴者，乃此男也。』相魯元，亦皆貴。老父已去，高祖適從旁舍來，呂后具言客有過，相我子母皆大貴。高祖問，曰『未遠。』乃追及，問老父。老父曰：『鄉者夫人嬰兒皆似君，』君相貴不可言，高祖乃謝曰：『誠如父言，不敢忘德。』」〔註 2〕寥寥幾百字，寫出多層軼事。傳記之筆將人物寫得搖曳生姿，都是通過曲筆寫事情而雕刻出了人物的立體性格。

另外，在漢代還有一個特別的文化現象，那就是這一時期的野史雜記、筆記體小說的作品大量問世。像《西京雜記》、《西王母傳》、《洞冥記》、《十洲記》、《列仙傳》，等等，這些同樣都是以敘事藝術見長的作品，這些作品又可分爲兩類，一類是比較據實的記錄，比如《西京雜記》，還有一類是典型的

〔註 2〕司馬遷，《史記》卷八《高祖本紀第八》，中華書局，1959 年版，頁 242。

以演繹遠國異方奇情怪事的神魔志怪小說。但是不管是哪一類，漢代文人都盡量會在敘事曲折上做足文章，「文似看山不喜平」，他們深諳營造文勢的曲折之態才能讓作品產生吸引人的魅力的道理，一切情節的設計既要合乎情理又要出人意料。

《西京雜記》的作者據史載是劉歆。他收集了大量材料，準備撰寫一部《漢書》，可是壯志未酬身先死，只留下這些片斷素材。《西京雜記》書有六卷，其內容十分駁雜。西漢的異人怪事、宮廷異聞、功臣軼事、風土人情、名人情事、神仙鬼怪、豔情異事等等，是正史的另類補充。他在這些片段性的小短文裏也處處可見到敘事的元素，他會把情節處理得起起落落，比如有這樣一段《相如死渴》記載司馬相如的軼聞：

> 司馬相如初與卓文君還成都，居貧愁懣，以所著鷫鸘裘就市人陽昌貰酒，與文君爲歡，既而，文君抱頸而泣曰：「我平生富足，今乃以衣裘貰酒！遂相與謀，於成都賣酒，相如親著犢鼻褌滌器，以恥王孫。王孫果以爲病，乃厚給文君，文君遂爲富人。文君姣好，眉色如望遠山，臉際常若芙蓉，肌膚柔滑如脂，十七而寡，爲人放誕風流，故悅長卿之才而越禮焉。長卿素有消渴疾，及還成都，悅文君之色，遂以發痼疾。乃作《美人賦》，欲以自刺，而終不能改，卒以此疾到死。文君爲誄，傳於世。」〔註3〕

這個故事雖寥寥數筆，但事跡發展並不平鋪直敘。先寫男女主人公私奔成婚後，夫妻雖爲恩愛，但是生活卻頗爲窘困，尤其出身富家的妻子不願固守貧窮，頗有怨言。又寫生性調皮詼諧又豁得出去放得下臉面的司馬相如，攜妻專門回到卓文君娘家所在地，更有甚者司馬相如竟然「親著犢鼻褌滌器」當街賣酒，以用幽默又無賴的辦法羞辱身爲貴族的老岳父，老泰山王孫難當此窘境只有就範。文章到此似乎可以結束了，可是文章就此又翻出一層，接著寫文君面容嬌好，秉性風流放涎。又寫相如患有消渴重疾（今稱糖尿病），患病後的相如依然沉湎於嬌妻的美色，雖多次作出努力欲戒女色，竟然還作賦以告誡自己，可見其決心之大，但最終還是做不到，最後落的個因疾致亡的下場。整個記敘一波三折，人物各依性情做事，事端層層迭起，人物命運發展轉折過程歷歷清晰，有事有人，文筆頗爲傳神。

〔註3〕《漢魏六朝筆記小說・西京雜記卷二・相如死渴》，上海古籍出版社，1999年版，頁88。

地理志怪小說文體在漢代也頗爲興盛，這主要是跟漢代的社會風氣中盛行迷信神仙方術和讖緯神秘學說有關。再者，漢代的不少帝王都是沉迷於神仙方術的狂熱迷信之徒，都希望把現世的權力和物質享受永遠延綿下去，長生不死成了他們最大的人生追求。上有好之，下必傚之。在這種社會風氣下，漢代的文壇便彌漫起了一股光怪陸離、虛無飄渺的求仙拜神之氣，巫幻仙境充斥著人的意識之中，不少文人騷客馳騁想像，編織出一個個瑰麗虛幻的神仙境界。《漢武故事》、《漢武帝內傳》〔註4〕、《西王母傳》、《洞冥記》、《十洲記》、《列仙傳》、《蜀王本紀》、《東漢觀記》等等都是在這種背景下出臺的志怪類小說，這些書又對當時社會的讖緯迷信之風起到了推波助瀾的作用。這些書中或爲神話傳說人物，如黃帝、王子喬、赤松子等，或爲眞實的歷史人物，如漢武帝、東方朔、老子、范蠡等人，或爲完全憑空杜撰的人物，像西王母、弄玉、簫史等。這些書中每個人物都有一連串的奇聞怪事，雖然將眞人杜撰成了志怪小說中的主人公，這種處理讓今人感到荒誕不經，但是在當時生產力低下，民眾受教育程度低，社會尚爲愚昧的社會環境中卻是件很有臉面的事，此風很盛行。這些書之所以會產生如此大的影響力，也與作者的敘事技藝水平有很大的關係。這些故事往往被漢代文人們編得十分曲折離奇，情節跌宕起伏，細節表現生動傳神，文采與情事相宜相稱。站在文學審美的角度看，這些小說是很容易讓人獲得閱讀快感的。就舉《漢武帝別國洞冥記》中開頭一段講到東方朔的身世一例來分析。書說東方朔的父親活到二百歲，顏面竟如孩童一般，娶妻爲田氏女。東方朔出生三天其母就亡故了，鄰居一婦人收養了他。東方朔三歲時常對著蒼天，口中默誦讖語。突然一日東方朔離家出走了，幾個月方回家來，養母生氣打了他。可是不久東方朔又離家不知了去向，幾年後的一天突然又回來，養母忽見養子回家，大吃一驚，嗔怪他說：「你出去一走就是幾年了，這讓我多著急啊!」不料東方朔的回答更讓養母吃驚：「我到了一個有著紫色泥海的地方去玩，不慎讓紫水弄污了我的衣服，我就是去洗了一下衣服，早上去了中午就回來了，怎麼能說我走了幾年了呢？」養母詫異地問他：「那你都去了哪些地方？」「我洗完衣服，暫時在都崇堂裏休息了一會，一個王公出來端給我一碗丹霞漿，我只因吃得太飽

〔註4〕有人認爲這兩本書是漢以後的假託班固的名義寫的，但是這種說法難有確證，據《中國文學史話．秦漢卷》觀點認爲這兩本書成書於東漢末年，吉林人民出版社，1998年版，頁489。

了，肚子脹，又喝了點玄天黃露，就睡了會兒，睡醒了我就往回走，路上遇到一隻老虎，它正在路邊歇息，我就騎上了虎背往回趕，一路上我趕虎的鞭子抽得過猛了，老虎咬傷了我的腳啊！」養母聽他這一通說辭知道東方朔是個異人，她心疼地歎了口氣，撕了一塊青布爲其裹傷。東方朔之後又一次離家，路見一棵枯樹，脫下一件衣服掛在樹上，那塊布轉眼化成了一條龍，那個地方因此而得名爲布龍澤。東方朔於元封年間遊於濛鴻之澤，突然見到王母在白海之濱採摘桑葉，一會兒又來了一位黃色眉毛的老翁指著採桑的王母告訴東方朔說：「她以前是我的老婆，託形爲太白，你啊其實就是太白星之精啊！我不食五穀靠吸納天地之氣而活，現已九千歲了。我眼中隱藏有瞳子，能看到別人看不到的東西。我三千年要重生一次骨骼，二千年要再長一次肌肉皮毛，我自出生以來，已經經歷了三次再生骨骼肌肉之事啦！」

區區三百字左右，在東方朔這個人物出場的交待上就紆徐曲折地敘寫出了發生了那麼多的事情，由他的家庭背景寫到出生，再寫到他童年在養母家的多次出走，寫到他幾次出走遇到的離奇事件，寫了他最後一次離家的遊歷奇遇，通過與九千歲黃眉老翁的交談又進一步瞭解到自己的前世今生，自己原是有仙籍的人。故事情節的離奇也就造成了故事結構的繁複多層。一層一層迭起，翻出新意。

又比如《漢武帝內傳》也是用此筆法，從漢武帝出生開始寫起，一直寫到他死後殯葬。這本書側重寫得是漢武帝求仙問道的事，尤其是西王母下降會見漢武帝的過程寫得極其詳盡，情節鋪寫得非常繁複，這自然是極盡紆徐曲折之能事。光是從武帝出生前至童年一段就十分的離奇古怪了，作者運筆起伏有致。先是寫武帝未出世前的某一天景帝突然夢見一隻紅色的小豬從雲端下來，直入到宮殿崇芳閣內，景帝驚醒而起坐，果然見有一條紅色的龍似霧宛遊在窗牖，閣內的嬪妃御侍們也皆望見殿閣上有赤霞氤氳，等霞散盡，果見一條赤龍盤旋於殿宇棟梁之間。景帝召見一占卜者姚翁，姚翁說：「大吉啊，在這座殿閣之內必是要降生一位承授天命之人啦，這將是一個能外攘夷狄而又獲得上天神意的嘉瑞之人，此人乃爲劉氏盛主啊，也是個異於常人的神妖之人啊！景帝聞言欣然命王夫人移居崇芳閣，以配合姚翁之意，還給崇芳閣更名爲猗蘭殿。旬餘，景帝又夢見一神女手捧著一輪紅日給了王夫人，王夫人口吞下這輪日頭，遂懷胎十四月而生下了武帝。景帝說：「我夢見紅霞化爲赤龍，占卜者說這是大吉，我就給這孩子命名爲吉吧！」到了孩子三歲。

景帝抱著兒子於膝上，撫摸著他，知道這孩子心中洞徹世事，試著問他道:「兒子啊，你願做天子嗎？」小兒道：「此事由天不由兒，我倒願意每天居於宮殿之內，承歡父親膝下，不敢貪圖自己豫悅，失卻了做兒子的本份！」景帝聞言大驚，內心敬畏於他而越發對此兒細加調教。一日，他又將兒抱於桌幾之上，試探著問到:「你在看什麼書啊？跟爸爸說說！」原來此小兒竟是在吟誦伏羲以來歷代聖人所傳錄下的陰陽記錄和他們畫的龍圖龜策之書，數萬言讓他背誦，卻無遺忘一字。那時的武帝才七歲。景帝因此將其改名為徹。

整部書的寫作風格也由此可見一斑。故事首尾完整，人物情事來龍去脈交待有條不紊，絲絲入扣，氣氛神秘而又趣味性很強，又不斷地有出人意料的高潮迭起，還特別注意細節的表現，亦眞亦幻，藝術感染力很強。而那時社會大眾文化程度普遍不高，缺乏科學思辨意識，思想上的宗教迷信色彩很濃，這種寫法眞會讓當時人眞僞難辨，至少讀者讀著這些故事有很大的精神愉悅感。對作者而言做到這一點也就夠了，故而這些故事會有很大的消費市場，受到朝野普遍的追捧。自然，這些作品也會在社會上產生很大的負面影響，漢代社會風氣中讖緯迷信之風興盛不能不說跟這部份小說的廣為傳播有很大的關係。

正因為漢代小說筆法的興盛，當時社會還流行著一種觀念型寫作的小說。那就是《韓詩外傳》、《新序》、《說苑》、《列女傳》等這些漢代的短篇小說集子。這些作品的寫作是有很強的社會功利目的的，漢代文人按照自己的政治觀念、倫理觀念，來重新詮釋古代文獻。比如《韓詩外傳》的構思就很有代表性，它錄下一些《詩經》中的詩句，但是側重點是放在古事的記錄和人物的刻畫上。作者著意把歷史典籍中的故事片斷按一定的標準重新輯錄，改編成一個個富有教義的、耐人尋味的、又富有藝術魅力的小故事。作者輯錄這些故事的目的是在於通過這些故事來宣教儒家的道義觀念，比如著名的「孟母三遷」就是最早通過這本書裏流傳於世的。劉向輯錄的《新序》、《說苑》、《列女傳》等這些故事集也是以這種方法來闡述自己政見的，以此來移風易俗、教化民眾。劉向把古代典籍中的故事進行編輯重寫，主要是立足於寄託作者對古今治亂興亡經驗的總結，對世人勸善戒惡的教喻。比如《新序》中就講述了舜這個傳說中的歷史人物。舜面對父親、母親、兄弟多次家庭衝突，甚至人身陷害，仍能克制自己的情緒，恪守孝悌之禮，藉以渲染舜的高尚人格，倡導寬容退讓孝悌友善等倫理道德觀。《列女傳》是劉向編輯的另一部故事書。出臺的背景是王鳳專權，王氏一門七兄弟倚仗皇太后的地位全部封爲列侯。面對漢室政權傾危的政局，劉向站在宗族的立場，有感於外戚專權對國家的危害，有針對地選取了《詩經》、《尚書》中描寫的正面形象和反面形象的婦女，寫了這本書，全書七卷，分爲母儀、賢明、仁智、貞順、節義、辯通、孽嬖七類，列述了古代女性故事的一百零四則。他的目的是再明白不過了，想通過這本書告誡成帝，皇帝身邊的女人弄不好是可以擾亂後宮的，不要過於寵幸后妃而導致外戚專權的悲劇再發生了！可謂用心良苦。

另外，《飛燕外傳》主要是講述趙飛燕姐妹從出身到進宮侍奉成帝，固寵媚王，爭寵於諸嬪妃、穢亂後宮，一直到她們的悲慘下場的故事。整個過程作者以小說筆法娓娓道來，線形結構，情節線索清晰，人物豐滿，性格鮮明，情節發展跌宕起伏，曲折生動，細節刻畫細膩，敘事條理分明，讓讀者不難體會作者寄寓在作品中的別有深意。

這種敘事性的表述除了上述的小說體之外，還有一個大宗的、最能體現敘事審美特徵的體裁，那便是詩賦體。漢代人不僅在小說文本中廣泛運用敘事手法來寫作，還在樂府詩中廣泛運用敘事元素。

《陌上桑》更是一首極富戲劇色彩的敘事詩，作者一開頭就以極誇耀極自得的口吻說：「日出東南隅，照我秦氏樓。」環境的描寫，日頭高照，初升的太陽照在我家的樓頂上。接著人物出場：「秦氏有好女，自名爲羅敷。」在這樣一個好天氣的大清早，妙齡少婦羅敷去城南某個地方採摘桑葉。然後作者以極爲欣賞的筆墨細細地寫來美麗少婦羅敷的採桑筐子和服飾：「青絲爲籠繫，桂枝爲籠鉤。頭上倭墮髻，耳中明月珠。緗綺爲下裙，紫綺爲上襦。」猶如攝像鏡頭，把羅敷從頭到腳穿的戴的，甚至耳朵上佩戴的飾物都一一寫到，筆觸細緻至極。接下來寫羅敷一路上的經歷，行人見了她，都駐足觀望，不少勞作之人都忘其所爲，側旁觀望，驚歎她的青春和美豔。把少女的美麗鋪墊足夠後，進入情節的高潮，羅敷款款前行，不期然迎面來了一個坐著五馬拉車的貴族男子，他和羅敷邂逅之後也立刻被她的美豔所驚。「五馬立踟躕」，迎面的男子立刻拉住馬繮繩，人物的對話由此展開：「問是誰家姝？」面對問話鏡頭又轉向羅敷的反應。羅敷面對權貴神態淡定自若，不卑不亢從容對答：「秦氏有好女，自名爲羅敷。」「羅敷年幾何？」「二十尚不足，十五頗有餘。」人物的對話處理得簡潔明瞭，體現人物性格，又符合人物身份。對話又推動了情節的發展，這時的「使君」內心蠢蠢欲動，起了邪念，邀其上車，意欲帶其走。「使君」完全暴露出了其好色的面目，事態急轉直下，衝突陡然激化了。羅敷開始對對方進行語言攻擊了：「使君一何愚？使君自有婦，羅敷自有夫。」主人公是個極有個性又機敏的女性，接著她用誇張的口吻描述了她夫家的社會地位、家勢背景以及人物的品貌：「東方千餘騎，夫婿居上頭。何用識夫婿，白馬從驪駒，青絲繫馬尾，黃金絡馬頭。腰中鹿盧劍，可直千萬餘。十五府小史，二十朝大夫。三十侍中郎，四十專城居。爲人潔白晳。鬑鬑頗有鬚，盈盈公府步。冉冉府中趨。坐中數千人，皆言夫婿殊。」〔註 5〕她的語言鏗鏘有力，擲地有聲，充滿個性，丈夫給了她優越感，能夠滿足她從精神到物質的所有欲望。詩作把人物的精神世界全揭示了出來。全詩描寫了這個在街衢突發事件的全過程，就像現在的電視現場報導一樣，記實感很強，讓人有身臨其境的感覺。少婦羅敷去採桑路上遭遇的全過程寫得清清楚楚，條理井然，過程敘寫得極爲自然。人物的性格特徵、人格品行態度、心理發展、處理事情分寸、機敏程度、雙方的語言機鋒等等，躍然紙上。一個活脫脫的秦氏好女的形象矗立在人面前。不是一層層鋪寫接踵而至的衝突，難以完成形象的塑造。

《孤兒行》也是一首典型的敘事詩。它是以一個孤兒的自述角度來講的，講述一個孤兒成長過程中的一段生活經歷，因爲敘事角度是第一人稱，故事把人的帶入感很強，可信度很高，再則選擇的題材是最低層小人物的煙火生活，和讀者的心理距離很貼近：父母在時駕高頭大馬，坐豪車。父母去世後，孤兒跟兄嫂生活，兄嫂讓其長年在外奔波行賈，南到九江，東到齊魯。長年的辛勞奔波，長期生活無人照顧，使他的頭髮上長出許多蟣虱，面目多征塵。如此辛苦一年，臘月年關孤兒回家過年，也得不到家裏人給他的一點溫暖。兄長讓他去吃飯，嫂子卻要叫他先去喂馬。他們家鄉吃水困難，還要讓他去遠處汲水，早上出門，至晚才得歸，冬天天寒地凍，孤兒的手全是皸裂的口子，腳下連草鞋也沒有，踩在寒冷的土地上，孤兒冬無夾襖，夏無單衣……等等。作者把孤兒生活處境，諸多方面的生活困苦一一道來，讓人聽到一個孤獨痛苦的靈魂在絮絮地傾訴，在向讀者發泄他內心不盡的牢騷和抱怨。人物命運的坎坷是通過他遭遇的曲折來體現的。

漢代最爲著名的是長篇敘事詩《焦仲卿妻》，全詩 1755 字，講述了一個

〔註 5〕《陌上桑》，見丁福保編，《全漢三國晉南北朝詩》，中華書局，1959 年版，頁 65。

淒婉悲絕的愛情悲劇。這首長篇敘事詩的出現可以說是個里程碑式的標誌，它標誌著中國古典文學中敘事詩的成熟。人物的命運故事被作者寫得極其曲折、坎坷。

故事從焦仲卿妻劉蘭芝的德才人品說起：劉氏還在娘家待字閨中時，就顯示了她出眾的聰慧和賢德：「十三能織素，十四學裁衣。十五彈箜篌，十六誦詩書」，她既會幹家務，又通音律飽讀詩書。「十七爲君婦」，出嫁後的劉蘭芝又是個忠實於自己愛情的賢妻，她非常恪守婦道，要求自己「守節情不移」。她嫁入焦家是以對家庭超常的體力付出方式來維護自己婚姻的，在這樣一個耕織之家，她想用自己拼命的勞作來討得新家庭所有成員對她的歡迎，每天「雞鳴入機織，夜夜不得息。三日斷五疋」，爲了維持家庭關係她天天得咬牙挺著。這種種因素疊加起來，她是完美的，誰都會覺得她應該有個幸福的婚姻生活，可是，事情根本就超出了人的想像，她遇到了她無力解決的問題，她的婆婆從她到家之日就對她採取敵對立場，無端找事。「大人故嫌遲。非爲織作遲，君家婦難爲」，故事到此進入了衝突，她的努力並沒有得封建家庭家長的認可，而那個社會習慣勢力也不會支持她這一方，美好的一方非常弱勢，故事的發展結局必是劉蘭芝被社會和家庭的惡勢力吞噬，她只有放棄。她對丈夫說：「便可白公姥，及時相遣歸。」女主人是清醒的，既然保不住自己的地位了她還想保住自己的尊嚴。可是事情的發展並不那麼簡單，她的丈夫卻不捨這份感情，故事至此又寫出了影響事情發展方向的另一層力量，而且長詩寫這個人物爲挽救自己愛情的付出很有層次感。丈夫焦仲卿看到事情要向極端化方向發展了，他企圖要爲保衛自己的婚姻作出努力，他向母親力陳自己在婚姻中的不利條件，列舉妻子對於焦家的種種恩德，自己對妻子的深厚感情和自己在這件事上明確的態度。作者將焦家發生的這出人間悲劇起因寫得一波三折，絲絲入扣。可是矛盾主要方面焦母的人格是偏執型的，她認準的事是不能改變的，她要在兒女面前維護一個封建家庭家長的權威，她決意要兒子休妻另娶東家女秦羅敷。故事由此轉入更深一層的悲劇了。夫婦雙雙在全力抗爭無效陷入絕境的情況下，不甘心的焦仲卿仍對母親抱有幻想，還想再做最後的爭取，他無比沉痛地對母親痛陳自己最後的心願，他以終身不再娶妻向母親作要挾：「府吏長跪告，伏惟啓阿母。今若遣此婦，終老不復取。」家庭矛盾至此急劇上升，專橫的母親竟以耍潑維護面子，大罵兒子。「阿母得聞之，槌牀便大怒：『小子無所畏，何敢助婦語！吾已失恩義，會不相從許！』」

作者把兩股力量一次又一次的交鋒寫得很充分，既出人意料又合乎情理。見母親蠻橫如此，不甘心放棄的焦仲卿只好轉而求妻子且先退一步：「我自不驅卿，逼迫有阿母，卿當暫還家，吾今且報府。不久當歸還，還必相迎取。」他並不死心就此放棄，還想再努力等待事情的轉機。可是被休回娘家的妻子亦有她的顧慮，她似乎比丈夫更清醒，更明白他們的困境，她勸他道：「晝夜勤作息，伶俜縈苦辛，謂言無罪過，供養卒大恩。仍更被驅遣，何言復來還。」她被休之日從容打扮，與家人一一道別，與小姑細細交待，特別還款款上前與婆母告別，上前作謙詞：「昔作女兒時，生小出野里，本自無教訓，兼愧貴家子。受母錢帛多，不堪母驅使。今日還家去，念母勞家裏。」筆鋒至此，又濃墨重彩地歌頌了這個十七歲的少婦，她的涵養眞是超出了她的年齡！面對婆婆自責自己是無教養才有此下場，然後灑淚而去。一路上，他們夫婦依依惜別，互訴衷腸，互相盟誓永不背棄對方。事情到此似乎可告一段落，可是作者並沒就此作罷，眞正悲劇才開始，前面還只是個鋪墊。焦妻回到娘家，又面臨新的矛盾衝突。這個無辜的小婦人又有更大的難堪在等她。娘家媽媽的委屈和怨恨要向她發泄，兄嫂的冷眼她也得承受。她面臨的是羞慚、委屈、悲憤與尷尬，故事進展到此似乎也可以進入尾聲了，可作者又掀起一輪高潮，事情峰回路轉又有了戲劇性的改變，劉蘭芝回娘家不多日，縣令和太守兩個地方上最有錢勢的大人物相繼遣媒來爲其兒求婚。人物的命運再一次發生了轉折，這對劉蘭芝的娘家人來說無疑是絕處逢生的機會，母親和蘭芝的兄長沒有理由再拒絕這樣的機會，沒有理由還會尊重這對夫妻之間的愛情盟約。這時的蘭芝雖然還想堅守她和焦仲卿之間的盟約，但是她已進退失據了，只有服從。在服從的同時她也暗下決心以死殉情，只有用死來維護自己的愛情了。此時，焦仲卿驚聞回娘家的妻子要改嫁的消息，匆匆趕來責問妻子何故不守密誓。被命運一再捉弄，一步步被情勢逼入絕境的妻子只有實話相告：「我有親父母，逼迫兼弟兄。以我應他人，君還何所望！」這個軟弱的男人，見事以至此，不但不體諒蘭芝的處境，還以他們之間的相守誓言相逼，發泄心中的怨恨：「賀卿得高遷，磐石方且厚，可以卒千年；蒲葦一時紉，便作旦夕間，卿當日勝貴，吾獨向黃泉。」〔註6〕丈夫的誤解是壓垮駱駝的最後一根稻草，心高氣傲的劉蘭芝被生生逼向了黃泉路。最後以這對青年夫婦雙雙殉情、

〔註 6〕《焦仲卿妻》，見李春祥，《樂府詩鑒賞辭典》，中州古籍出版社，1990年版，頁85～88。

以死抗爭作爲故事的結束。整個故事敘述得起起落落，錯落有致，故事的發展線索清晰，條理分明，情節推動非常自然。詩中的每個人物都有自己的心理邏輯，都以自己的身份立場考慮問題，參與事件，每一個家庭成員都對於悲劇的步步加深起到了推波助瀾的作用。讓人讀起來迴腸蕩氣，掩卷難以平息心中鬱結之氣。這首詩可以說是標誌性的，它的出現意味著中國長篇敘事詩藝術的成熟。

《神烏傅》是一首取材非常特別的賦作，它是典型的敘事賦，它是用賦體在講述一個關於烏的寓言故事。我在前面講到漢代人喜歡觀念型的寫作，《神烏傅》的作者認爲在所有的飛蟲鳥類中，「烏最可貴，其姓（性）好仁，反哺於親。仁義淑茂，頗得人道。」故而他就用了這樣一個生動的故事來印證自己的觀點。刻畫的是一對烏鴉夫婦於陽春二月外出，他們爲了構築自己的鳥巢作了分工，公烏去找樹枝，雌烏去啣枯草，然而不幸發生了，一隻盜鴉前來偷盜他們辛辛苦苦找來的築窩材料，他們不期相遇，面對這樣的事件，三隻鳥圍繞利益之爭展開博弈，在這場博弈中他們顯示出不同的性格。盜烏性格懶惰、投機、冷漠、狡猾、無恥、頑強、還善狡辯。雌烏勤勞本分、機敏、善良、勇敢，遇事反應快，性格積極，敢於與惡勢力抗爭，雄烏與它妻子不同的是性格頗爲內斂，沒有妻子反應敏捷，關鍵時刻的態度相比妻子的主動出擊顯得比較被動軟弱。衝突在這三隻烏鴉間展開了。開始盜烏偷了別人的築材還假惺惺上前搭話，故作友好想蒙混過去，不料卻被烏鴉夫婦識破，口齒伶俐的雌烏上前說理，據理指責盜烏：「這是我們辛辛苦苦飛高飛低在深草叢裏找來的築材，爲此腿腳皮膚皸裂，羽毛脫落，你卻想坐享其成，不親自去找，靠偷盜我們的築材來築巢，你這不是太偷懶了嗎？」她拼命在據理力爭，盜烏見對方撕下他的僞裝，不但不知恥而退，反而惱羞成怒，強詞奪理說：「我出身高貴，向來生活泰然稱意，是從不做築巢這類苦事的。」雌烏不能接受盜烏的這個強盜邏輯，她仍然與盜烏爭辯，她向他講起了做人的大道理：「我聽說作爲一個堂堂君子，不會貪圖別人的財物，這是起碼的天理道德，每人都各有自己的領地，如果你現在自己停止這種偷竊行爲，尚可爲賢良之士，迷途知返，離正道且不遠，悔過以往的過失，改行善事，還爲時不晚。」無恥的盜烏不聽勸導，不思改悔還反唇攻訐道：「分明是你們不夠仁厚寬容，我聽說作爲一個君子，就不應該隨便懷疑他人，不應該輕易指責他人。現在你們這樣對我，只會是自討其辱。」他最後還威脅他們。雌烏聞聽了盜烏此番強詞奪理，拂然大怒，怒目圓睜，伸長頸脖，一怒衝天，又俯身飛下大喊：「你還不快快飛走，還敢在這胡說八道！」事情到此雙方矛盾已發展到了頂點，難解難分，作者至此又引入了矛盾衝突的第三方——人類介入了，事情完全向另一方向轉去，人類是他們共同的敵人。雌烏和盜烏的爭吵相鬥聲驚動了人，他們張開的網繩將衝突雙方雌烏與盜烏都捉住了，只有雄烏幸免被縛。這個局面出乎所有人的意料。兩隻敵對的烏鴉這時要共同面對更強大的敵人，它們共同的選擇先放下他們之間的恩怨，共同用喙去解繩索，繩索終於開了，似乎事情又有了轉機，讓人看到了希望，可是更大的悲劇在等待著這對烏鴉夫婦。雌烏驚慌之中尚未等繩索完全解開就驚懼起飛，慌不擇路，慌亂中不幸又被縛在腳上的繩索纏繞在樹枝上了，這次她再也無力自救了，因爲這次的繩子自己根本無法解開了，只好束手就擒。雄烏眼睜睜看著妻子一次次陷入困境又驚又悲，可又十分無奈，他只有對著蒼天悲鳴，蒼天啊蒼天，你是十分地不仁慈啊，我的妻子正是生育子女育齡期間，你何以讓她蒙受此災啊！他又對妻子說：「這是命啊，這世上眞是吉凶變化莫測啊，我願陪你一起去死！」連遭厄運的雌烏此時卻顯得異常冷靜，她對丈夫說：「你不能這樣啊！」她邊流著涕淚邊勸丈夫：「我是多麼愛我們全家人啊，願意與你生活在一起，我也不想死呀，可是人各有命啊，本來你我的生死就不會是同期的，今天你就是跟隨我去死了，這又有什麼用呢？！遭遇了險境，要我付出生命，你又因爲我的死來傷害自己的性命，這是古代聖人也不允許發生的行爲呀！你還是快快離開這裏，趕緊爲孩子們再去尋找賢慧的繼母吧！可也別任由繼母專橫，聽信了別人的讒言，讓我的孤兒們受苦啊！」在那樣的處境下也沒法再竭盡所言，安排好丈夫和孩子的未來，她緊斂羽翅，奮力一博，肢體折傷，投地而死。見此慘狀的雄烏大慟，奮起而翔，在其上方躑躅飛行，不忍離去，「涕泣縱橫」，長聲歎息，飛了一會兒才呼號著悲傷離去，無處訴說他內心的悲痛與冤屈。直到這時這個悲劇故事才結束，那個肇事的盜烏經歷了這場變故卻逍遙地遠飛他鄉。整個故事是寫得多麼的紆回曲折啊！一個短暫的生命片斷竟接二連三地遭受命運的打擊。

此賦把一個悲劇故事寫得跌宕起伏，情節推動節奏很快，角色性格也很分明，尤其是那個雌烏，是作者著墨最多性格最鮮明的角色。盜烏也不是簡單的臉譜化處理，他有自己的一套強盜邏輯，反誣雌烏對它不夠寬厚仁愛，不是君子所爲，他的無恥讓人驚訝。最令人感到沉痛的是雌烏在突遭厄運打擊，自受重創，即將面對死亡時，想到的不是自己，還是在想盡量設法保全丈夫和孩子，爲他們安排日後的生活：「何戀亘家？□欲□。曰□君□，我求不死。死生有期，各不同時。今雖隨我，將何益哉！見危授命，妾志所踐。以死傷生，聖人禁之。疾行去矣，更索賢婦。毋聽後母，愁苦孤子。」角色的精神境界是高潔的，完美的，讀後讓人感到心酸不已。這分明是生活在社會下層小人物爲求生存在困境中掙扎時發出的悲鳴。的確生活中有些人處於困境之中，往往越奮鬥越掙扎就越是困頓，難以自拔。這首賦除了激起人們對這一對烏鴉夫婦深深同情之外，也爲雌鳥的自獻精神境界捧一掬敬仰之淚。的確很好地詮釋了在賦開頭所坦示的對烏鴉這種義鳥精神世界的讚美。

其實漢大賦也是在講故事，他們的極盡所能的鋪排誇飾也是在一個故事的框架中進行的。

第二節　以自矜式的矯飾誇耀爲美

任何一個社會都是有等級的，以擁有財富的多寡來作爲劃分社會等級的標準是自然而然的，這種觀念一直沿襲到今天。對於一個處於思想較爲閉塞、經濟落後，生存尚有困難階段的農耕民族來說，其價值觀上崇尚財富是件很自然的事，可是像漢代人那樣以非常張揚的態度向別人炫耀自己擁有財富優裕感的做法卻不是太多的。在漢代人看來，財富不僅是美的，它是身份地位的象徵，是世俗權力的象徵，它還能給人帶來精神上的自足感和優越感，帶來驕傲與自信。所以擁有財富是件值得炫耀的事，這種心態不論是平民還是貴族都有，因此，在文化價值觀上以自矜的態度來炫耀他們財富，顯露出他們精神上優越感是件很正常的事。漢代的統治者戰勝了所有的敵人，掌握政權，坐擁天下，他們需要有人用審美的形式把他們在文治武功方面的蓋世之功向世人大肆炫耀。在這種心態下寫作，作品中具有自矜式的矯情誇耀風格便是自然而然的事了。這些作品在敘述到自己感覺占利的事和物的時候，以一種十足的誇耀感來陳列，說話口氣很大，語言充滿了霸氣，看不到絲毫的含蓄和委婉。

例如司馬相如的《上林》、《子虛》可以看作是把這種誇飾藝術用到了無以復加的代表之作。作者的創作用意很明顯，是用「宣漢」「潤飾宏業」來取悅當政者，他虛構三個人坐下聊天，這三人具有共同的價值觀念，共同的思維邏輯，都喜歡以誇耀財富以顯自重。作者的敘事策略是先借託子虛和烏有之抗詰辯論來盡量展示楚王和齊王兩個諸侯王生活的奢靡程度以及他們領地的物產之豐饒，想以財富之量震攝世人，讓人感到這裏已擁有了足夠的排場和威風，但這一切從敘事策略來說還僅僅是一個鋪墊，還不是主角的登場，作者要在後面濃墨重彩渲染的是天子的威風和派頭。誇耀天子是由亡是公出言先菲薄楚王和齊王，「且夫齊楚之事又焉足道邪！君未睹夫巨麗也，獨不聞天子之上林乎？」然後再竭力盛譽天子所佔據的天下之利、財富之雄。用虛構事實、竭盡所能的誇張、虛飾的筆法將漢家天子奪取政權坐擁天下的那份自得張狂、逞志縱欲的心態作了淋漓盡致的宣泄。寫上林苑佔地之廣：「於是乎周覽泛觀，瞋盼軋沕，芒芒恍惚，視之無端，察之無崖，日出東沼，入於西陂。其南則隆冬生長，踴水躍波……其北則盛夏含冬裂地……於是乎離宮別館，彌山跨谷……」這是一個多麼大的園林啊，物產之盛，放眼望去令人目眩，無法辨別事物，看起來茫茫然，眼花瞭亂。太陽早上從上林苑東邊升起，晚上又從苑地之西下沉，苑地的南端沒有冬日，植物照樣生長，湖泊照樣波光粼粼。各種珍奇怪獸奔跑於其間。其行宮別墅布滿群山，華廊竟然修築在叢山峻嶺之中，懸空跨建於山谷之中，交通溝壑，山澗清冽的山泉出入於宮室。人在宮殿裏伸手可觸摸到天上的星辰。作者通過寫一個皇家園林佔地之廣闊，來盡寫帝王家生活的極欲盡奢的豪華，讓後人無以再加一筆。司馬相如的這篇賦作很迎合當時帝王的心態，據說司馬相如在梁王死後，離開梁國，回到家鄉蜀都，沒有官銜，沒有地位，沒有金錢，人生處於灰暗之境。直到有一天在長安的漢武帝看到了流傳於世的《子虛賦》，誤以爲自己和此人不是同時代而深感遺憾，對身邊侍從狗監楊得意說：「朕獨不得與此人同時哉！」楊得意是司馬相如的同鄉，他告訴武帝，此賦是他的同鄉司馬相如所作，相如才因此得以被武帝徵召。他的人生境遇由此才發生了根本變化。據《後漢書》所載司馬相如病危，武帝聞訊還派人到他家裏收集他的遺作。不料使者到人已死，他妻卓文君拿出他沒有寫完的遺作《封禪事》，沒想到這篇文章更能吹。

枚乘的《七發》是寫吳客爲楚太子診病，所用的方法就是用要言妙道來開導楚太子，實際就是現代人的心理治療，他從音樂、美食、車馬、美景、宮苑、畋獵、觀潮等七個方面來開導楚太子。吳客爲了激發起楚太子的情緒，通過誇耀吸引他興趣的事來調動起他的積極情緒以強化治療效果，所以他也是極盡之能事來強調這些事物的美好，官能享受的縱欲之快，因而他在描寫這些事物時的態度也是很誇張、很炫耀、很自足的，就舉他對美食的描寫來說：

> 客曰：「犓牛之腴，菜以筍蒲。肥狗之和，冒以山膚。楚苗之食，安胡之飯，摶之不解，一啜而散。於是使伊尹煎熬，易牙調和，熊蹯之臑，勺藥之醬，薄耆之炙，鮮鯉之鱠，秋黃之蘇，白露之茹；蘭英之酒，酌以滌口。山梁之餐，豢豹之胎。小飯大歠，如湯沃雪。此亦天下之至美也，太子能強起嘗之乎？」〔註 7〕

作者在這裏不光是寫吃什麼，怎麼吃，而主要是在自炫，我這一頓飯竟要用世上多少的美味珍饈：用小牛犢腹下的嫩肉，輔之以鮮筍、香蒲，肥狗之肉熬成的羹湯，配以石耳、地衣之類的山珍，用楚國出產的稻子、菰米之類精良的米實來做主食，這種米做成的主食一捏成團，一吸而散，燉熊掌，醬勺藥，片脊肉，剁鮮魚，煮野雞，烹豹胎，用秋天葉黃後的蘇紫，白露之後的蔬菜……。更絕的是還要倒轉時空，我要請來商湯時代極善烹飪的賢相伊尹和春秋時代最識美食的易牙來治饌。不僅如此，在吃法上我還有講究，食客在吃飯前還必須要用蘭花泡製的酒來漱口。這分明是以難以自恃的得意和自豪在炫耀：這是什麼樣的排場，什麼樣精緻的生活，什麼樣的講究，這種種是何等的難得。再舉一例，枚乘寫吳客爲楚太子所準備的車馬之行是何等的壯觀：

> 客曰：「將爲太子馴騏驥之馬，駕飛軨之輿，乘牡駿之乘。右夏服之勁箭，左烏號之雕弓。遊涉乎雲林，周馳乎蘭澤，弭節乎江潯。掩青蘋，遊清風。陶陽氣，蕩春心。逐狡獸，集輕禽。於是極犬馬之才，困野獸之足，窮相御之智巧，恐虎豹，慴鷙鳥。逐馬鳴鑣，魚跨麋角。履遊麕兔，蹈踐麖鹿，汗流沫墜，冤伏陵窘。無創而死者，固足充後乘矣。此校獵之至壯也，太子能強起遊乎？」〔註 8〕

聚眾呼嘯於山林間，奔馳驅獵於林泉之畔亦爲人間一大得意之事。吳客向太子描述盡他所能想到車馬之類最好的東西以供太子享受：爲太子馴服的是騏驥之馬，讓它駕上輕車，參加狩獵的坐騎都是雄性的駿馬，太子右手持歷史

〔註 7〕枚乘《七發》，見龔克昌，《全漢賦評注》，花山文藝出版社，2003 年版，頁 33。

〔註 8〕枚乘《七發》，見龔克昌，《全漢賦評注》，花山文藝出版社，2003 年版，頁 34。

上著名的夏后氏的箭袋，左手搭控黃帝所用過的飾有雕紋的彎弓。挽著馬的韁繩，沐浴著浩蕩清風，遊獵於廣大無垠的一大片山川湖泊之間，盡情驅逐獵物，飛箭如急雨般交射於禽獸，飛禽走獸聞風喪膽，驚懼失態，紛紛逃竄，所到之處獵物盡罹難於馬蹄與弓箭之下。作者在此把人間所能享受到的犬馬聲色之欲作了無以復加的渲染。來強調如此的快意人生幾人能得？這裏作者盡量的誇耀性地在顯擺他所能向楚太子提供的逞情縱欲的條件，不也可以看作是在虛擬的事實之中，發泄心態上的一種優越感嗎？

枚乘事奉過梁孝王，曾爲梁王門下賓客。梁孝王爲孝文帝次子，景帝的兄弟。梁孝王在「吳楚齊趙七國反」時立場站在景帝一邊，《史記》說：「梁孝王城守睢陽，而使韓安國、張羽等爲大將軍，以距吳楚。吳楚以梁爲限，不敢過而西，與大尉亞夫等相距三月。」〔註9〕，梁孝王在平叛中立下赫赫功勞。「其後梁最親，有功，又爲大國，居天下膏腴地。地北界泰山，西至高陽，四十餘城，皆多大縣。」當時的梁孝王位高權重，權傾朝野，氣息貫虹，宮室踰制，出入警蹕，富甲天下。因深得竇太后的寵愛，故「賞賜不可勝道。於是孝王築東苑（即菟園，又稱梁園），方三百餘里。廣睢陽城七十里。大治宮室，爲複道，自宮連屬於平臺（臺名，在城東北），三十餘里。得賜天子旌旗，出從千乘萬騎。東西馳獵，擬於天子。出言趕，入言警。招延四方豪桀，自山以東游說之士莫不畢至。齊人羊勝、公孫詭、鄒陽之屬……梁多作兵器弩弓矛數十萬，而府庫金錢且百巨萬，珠玉寶器多於京師。」〔註10〕梁孝王得天獨厚的背景，使他一個諸侯王貴於朝廷，占盡天下風光，這在漢代也不多見。枚乘作爲文學侍從要表現梁孝王的財勢以襯托他的過人的權勢、威風，自然選擇最集中體現梁孝王的地理上優勝處的菟園來描寫。《梁王菟園賦》中那種誇耀之態淋漓盡顯。文中他寫了梁王菟園佔地之廣，山水美景優勝地之眾，動植物種類之繁多，嬌娥美女之香豔，垂釣狩獵之快樂。總之，完全是以一個富家子門客的口吻，在盡情展示菟園主人遠遠優於他人的驕奢淫侈的享樂人生。取其一段來欣賞一下：「修竹檀欒，夾池水，旋菟園，並馳道。」菟園有秀麗的自然風光，西山秋日裏的秀美景色：「遊風踊焉，秋風揚焉，滿庶庶焉，紛紛紜紜，騰踊雲亂。枝葉翚散，摩來幡幡焉。溪谷沙石，涸波沸

〔註9〕司馬遷，《史記》卷五十八《梁孝王世家第二十八》，中華書局，1959年版。頁2082。

〔註10〕司馬遷，《史記》卷五十八《梁孝王世家第二十八》，中華書局，1959年版。頁2083。

日。」菟園裏的熱鬧不僅是人物，而更有各種動物來湊趣：「昆雞蝭蛙，倉庚密切。別鳥相離，哀鳴其中。」「西望西山，山鵲野鳩，白鷺鶻桐，鸇鶚鴒雕，翡翠鴝鵒。守狗戴勝，巢枝穴藏。被塘臨谷，聲音相聞。啄尾離屬，翱翔群熙。交頸接翼，闟而未至。」〔註 11〕可見菟園不僅有人工園藝之美，還是個飽含自然之趣之所在。這裏「晚春早夏」的宜人季節，還常有貴族少年郎與翩翩美婦人出入，「邯鄲襄國易陽之容麗人，及其燕飾子，相與雜遝而往款焉，車馬接軫相屬，方輪錯轂。」車馬喧嘩，「羽蓋繇起，被以紅沫」。人聲囂囂，「高冠扁焉，長劍閒焉，左挾彈焉，右執鞭焉。」「顧賜從者，於是從容安步，鬥雞走兔，俯仰釣射，烹熬炮炙，極歡到莫。」這裏不僅是物質享受，更是一種精神上的滿足，人在這種尊貴的生活裏找到了尊嚴，要擴大和延伸這種精神享受，便是訴諸於文字，在字裏行間有意識顯露這份尊榮的優越感也是非常自然的事。專門養士來作這種「幫閒」文章本身就是一種身份的炫耀，文人又寫文章以張揚主人的這種身份地位及財富的種種優越，更是這種心態的流露。

文人創作有這種誇耀自炫式的審美元素，民間創作也同樣有這樣的元素。樂府詩《相逢行》中描寫兩個素不相識的貴族少年駕馭著大馬豪車，在狹路上邂逅，也許是雙方都被對方的氣勢和派頭所震懾，也許是出於同類惺惺相惜之情和好奇心，兩個人駐足互相問起對方的家世門弟，探問對方的家庭財富狀況：

> 相逢狹路間，道隘不容車。不知何年少，夾轂問君家。君家誠易知，易知復難忘。黃金爲君門，白玉爲君堂。堂上置樽酒，作使邯鄲倡。中門生桂樹，華燈何煌煌。兄弟兩三人，中子爲侍郎。五日一來歸，道上自生光。黃金絡馬頭，觀者盈道傍。入門時左顧，但見雙鴛鴦。鴛鴦七十二，羅列自成行。聲音何雍雍，鶴鳴東西廂。大婦織綺羅，中婦織流黃。少婦無所爲，挾瑟上高堂。丈人且安坐，調絲方未央。
>
> 〔註 12〕

雙方各從對方的車馬服飾排場中猜到彼此的身份，同一年齡段、同一階層的人很快找到了共同語言，共同的價值觀，共同的心態，共同的思維邏輯。他

〔註 11〕枚乘《梁王菟園賦》，見費振剛、胡雙寶、宗明華《全漢賦》，北京大學出版社，1993 年版，頁 29。

〔註 12〕《相逢行》，見李春祥，《樂府詩鑒賞辭典》，中州古籍出版社，1990 年版，頁 33。

們都具有財富帶來的優越感和自豪感，希望先聲奪人，在暫短的邂逅中讓自己的虛榮心再次得到滿足。因此他們自然也會對自己家庭的財富作誇張性的炫耀。其中一少年不及問對方名姓，不問家住何方。就迫不及待地顯擺自己的家勢背景、財富之饒，他說：我的家連門都是用黃金鑄成的，堂屋都是用白色的玉石來裝飾的。這還不夠，明堂上時時都擺放著用華美的酒樽盛著的美酒，自古邯鄲出美女，連我家裏使喚的傭人都是選自邯鄲的美女，家中庭院栽種的樹木都是稀貴的樹種，家屋的裏裏外外都是華燈高照。就連我家在縣城爲侍郎官的老二每五日回家休閒一天，也不能等閒視之。老二走過的整條道路都有蓬蓽生輝的感覺，高頭健馬身上佩飾都是用黃金做的，路的兩邊都是圍觀的人。這是一種什麼樣的氣派和威風。這麼連誇張帶吹牛地炫了一把目之所及的東西還嫌不夠，這個少年還要特別強調說一下自己家中庭院顯貴的東西，自己家有若大的一片園林，庭院池水中蓄養著鴛鴦有七十二隻之多。家養鴛鴦在當時是很有錢人家的作爲，它象徵財富，七十二隻足以說明其富有程度是能讓一般人感到震驚的了。單憑這一點就可以和當時權傾朝野的霍光家相媲美了。據《謝氏詩源》的記載：「霍光園中鑿大池，植五色睡蓮，養鴛鴦三十六對。」而這家人家飼養珍禽的數量和霍光家是一樣的。這是何等的排場和富有啊！只有在相互的攀比中獲勝才能獲得滿足感。這完全就是身份焦慮的症候，是一種浮躁心態的披露，這種張揚跋扈的行爲讓今人也難以想像，可是當時社會主流價值觀就是這樣的。一切如行雲流水般的自然而然就發生了。在財富的堆疊中找到了尊貴感，所以誇耀式的炫富是需要的。

最值得玩味的是樂府詩《焦仲卿妻》，這是一個寫悲劇的故事。焦仲卿夫妻雖然恩愛，妻子能幹又賢惠，卻無端受婆母的排擠，一封修書將其逐出家門，妻子的委屈之情難以言說，但是她臨走前一天收拾行李，還要硬撐著以一種誇耀的口氣向丈夫一一描述自己隨身行裝裏她認爲好的東西，從她的口氣裏看不到一點氣餒：

> 妾有繡腰襦，葳蕤自生光。紅羅復鬥帳，四角垂香囊。箱簾六七十，綠碧青絲繩。〔註 13〕

這是一個飽受淩辱之人發出的微弱反抗的聲音，雖然微弱卻是一種頑強的反抗精神，劉蘭芝的用意很明白，要在精神上超越悲慘的處境，她竭力克制自

〔註 13〕《焦仲卿妻》，見李春祥主編，《樂府詩鑒賞辭典》，中州古籍出版社，1990年版，頁 85。

己的負面情緒，用細細展示自己服飾的方式，誇耀它們的精緻與美麗來顯示自己的剛毅和不屈，她內心實在不願看到與自己處處爲敵的人太得意太有成就感了，她要用這種方式爲自己討回一點尊嚴。最後她還以自嘲的口吻對丈夫說：「人賤物亦鄙，不足迎後人。」意思是這些好的東西我要帶走了。第二天要上路了，焦妻天不明起身梳洗打扮，作者在這一段以旁觀者的視角來細細品味焦妻這一天的裝束，「雞鳴外欲曙，新婦起嚴妝。著我繡夾裙，事事四五通。足下躡絲履，頭上玳瑁光。腰若流紈素，耳著明月璫。指如削蔥根，口如含朱丹。纖纖作細步，精妙世無雙。」依然是用極欣賞極誇讚的口吻羅列女主人臨行前衣飾的華美，耳環等飾物的精緻，以襯托女主人公倔強的性格和美好的品行。似乎用這種精細的筆觸和略帶誇耀性的鋪排才能表達作者內心對秀外慧中的美好女性毀滅的哀傷、惋惜之情。

在寫太守迎娶蘭芝的情節時，作者有一段太守迎親陣勢的刻畫也很有意思：

> 交語速裝束，絡繹如浮雲。青雀白鵠舫，四角龍子幡，婀娜隨風轉。金車玉作輪，躑躅青驄馬，流蘇金鏤鞍。齎錢三百萬，皆用青絲穿。雜綵三百匹。廣交市鮭珍。從人四五百，鬱鬱登君門。〔註 14〕

作者用細膩的、誇張炫耀的筆觸把太守娶親的排場場面作了強調性的渲染，非常豪華，非常氣派。刻意渲染這樣一個婚禮的場面自有作者的匠心所在。它對於深化作品主題起到了有力的作用。自然，站在世俗的角度來看，太守要迎娶被休妻回家的劉蘭芝，這對劉氏來說無疑是擺脫目前困境的最好一次機會，抓住了這次機會，憑藉太守的地位劉蘭芝是可以雪洗焦家帶給她的恥辱的，而且從彩禮的規格也能看出太守對蘭芝的欣賞是發自內心的，他對她是尊重的。作者更深一層意思還想藉此刻畫女主人公富貴不能移的美好的精神境界，表現女主人公對自己愛情的堅貞之心。在這場婚禮中男女主角心理投向是不對稱的，已經經歷過一段婚姻的劉氏無法放下對前夫的感情，她是忠於自己愛情的，所以這次風光排場的迎嫁對於劉氏看來不是喜劇而是眞正悲劇的開始，豪奢婚禮把她最後的退路斷了，生生逼上了絕路。

所謂「詩比歷史還眞實」主要是指詩能夠披露的是正史無法涉獵的瑣碎龐雜的普通人日常生活面，當事人眞實的心路歷程，情緒狀態，詩可以披露一個社會的秘史，詩可以更貼近一個社會原生態的生存環境。從漢代人的文

〔註 14〕《焦仲卿妻》，見李春祥，《樂府詩鑒賞辭典》，中州古籍出版社，1990 年版，頁 87。

學作品中我們就不難看出那個時期的公眾的普遍價值觀念中存在對財富的焦慮，對身份的焦慮。在漢人們看來財富是世俗社會中最有力量的東西，優裕、富足是讓人羨慕的，擁有財富是件值得豪邁的，誇耀的事。漢代文學在很大程度上眞實地記錄了漢代人的這種精神投向。

第三節　以因襲前賢經典範文爲美

漢人在文學創作方面明顯地呈現對立的雙重性，他們對於傳統幾乎有出於本能上的推崇和尊重，表現出對於傳統經典強烈的依戀情結，同時又努力致力於探尋文字審美上的新突破。審美新域的探尋也同樣是人類與生俱來的一種本能。這兩種傾向交織在一起，就使得漢代文學呈現出既囿於傳統，又尋求突破的雙重審美取向。這種囿於經典的表達，體現在創作中是刻意的模仿，他們既可模仿他人的經典之作的意境，結構，內容，又可以文辭略作增減謄抄自己的舊作。文獻記載賈誼作《惜誓》，有一種觀點質疑這篇賦作不是賈誼所作。但《弔屈原賦》卻確鑿爲賈誼所作，中有辭句云：「所貴聖人之神德兮，遠濁世而自藏。使麒麟可得繫而羈兮，豈云異夫犬羊！」〔註 15〕而在《惜誓》中又有「彼聖人之神德兮，遠濁世而自藏。使麒麟可得羈而繫兮，又何以異乎犬羊？」〔註 16〕這幾句賦不但是意思、意境相似，連句子都很相像。明代王夫之站在鑒別賈誼著作眞僞的角度說過這樣一番話：「今按賈誼渡湘水，爲文弔屈原（指《弔屈原賦》），其詞旨略與此（指《惜誓》）同，誼書若《陳政事疏》、《新書》出入互見，而辭有詳略。蓋誼所著作，不嫌復出類如此，則其（指《惜誓》）爲誼所作審矣！」〔註 17〕我在本文中對《惜誓》是否爲賈誼所作，不作討論，我們在這探討的是這樣一種文學創作中的審美現象，漢代人在創作中不論是抄前人的還是抄自己的舊作，都是很讓人接受的一種現象，王夫之就是根據這一現象來斷定這兩部作品係同一作者所作，不論王的觀點是否正確，這篇賦到底係誰所作，但是這段話卻是從另一角度證明了這種寫作現象在漢代是存在的。

〔註 15〕《弔屈原賦》，見費振剛、胡雙寶、宗明華，《全漢賦》，北京大學出版社，1993 年版，頁 8。

〔註 16〕龔克昌，《全漢賦評注》，花山文藝出版社，2003 年版，頁 23。

〔註 17〕王夫之，《楚辭通釋》，卷十一，上海人民出版社，1975 年版，頁 272。

漢代人以因循經典舊作爲美，爲榮耀這一點很明顯，我們可以在他們多個題材的寫作上看到對經典文本作這類因循式的寫作。比如：遊仙、女色、音樂、畋獵、都城、懷才不遇等等，最典型的是「七體」賦，這種現象在我們今人看來是不可思議的。

王逸在《楚辭章句序》中說：「屈原之辭，誠博遠矣。自終沒以來，名儒博達之士，著造辭賦，莫不擬則其儀表，祖式其模範，取其要妙，竊其華藻，所謂金相玉質，百世無匹，名垂罔極，永不刊滅者矣。」〔註 18〕王逸在這段話裏描述的就是這種文化現象，這種因循之風雖並不肇始於漢代，但在漢代的表現頗盛，尤其是在漢賦的創作中，這種文化現象對後世的影響極大。後世的劉勰在總結漢賦淵流時說：「於是荀況《禮》、《智》，宋玉《風》、《釣》，爰錫名號，與《詩》畫境，六義附庸，蔚成大國。遂述客主以首引，極聲貌以窮文，斯蓋別詩之原始，命賦之厥初也。秦世不文，頗有雜賦。漢初詞人，順流而作。陸賈扣其端，賈誼振其緒，枚、馬同其風，王、揚騁其勢，皐、朔已下，品物畢圖。繁積於宣時，校閱於成世，進御之賦千餘首，討其源流，信興楚而盛漢矣。」〔註 19〕這段話不但大致構勒出了漢賦由屈原、宋玉等人的騷賦變革而成一種新文體的大致輪廓，也闡述了作爲賦體的一般形式特點：它正統的形式是被視作詞藻板正華麗，常規結構是問答對話式的，也就是說賦的創作在一般人的意識裏是被公認爲有一定的程序可循的，在人們的爲文觀念中，它並不像小說、詩歌、散文那樣要求有追求的作者在形式上千方百計地尋求突破，而是對世傳的經典文本體裁形式有著一種盲目的膜拜心理，要在自己的新作中明顯有著傳世經典文本的元素，它猶如舊瓶裝新酒，戴著鐐銬的舞蹈，是一種受套路限制的創作。晉朝傅玄也曾對漢人這種因循形式尋求題材突破的創作現象有過一段描述，他在《七模序》中云：「昔枚乘作《七發》，而屬文之士若傅毅、劉廣世、崔駰、李尤、桓麟、崔琦、劉梁之徒，承其流而作之者紛焉。《七激》、《七興》、《七依》、《七說》、《七蠲》、《七舉》之篇。通儒大才馬季長（馬融字）、張平子（張衡字），亦引起源而廣之，馬作《七厲》，張造《七辯》……垂於後世者，凡十有餘篇。自大魏英賢迭起，有陳王（曹植）《七啓》、王氏（王粲）《七釋》……」〔註 20〕由此我們可以看

〔註 18〕王逸，《楚辭章句序》，《楚辭補注》，中華書局，1983 年版，頁 49。
〔註 19〕劉勰，《文心雕龍注・詮賦第八》，范文瀾注，人民文學出版社，1958 年版，頁 15。
〔註 20〕龔克昌，《全漢賦評注》，花山文藝出版社，2003 年版，頁 693。

到擬作之多，可謂洋洋大觀，以至他們自備一體，世稱『七體』、『七林』或『七』，對後世的影響也很大。傅玄看到「七體」是一種特定的賦體體式，它往往以一件事作開端，採用反覆的問答體，鋪陳辭藻，詠物說理，洋洋灑灑，內容不湊足七個方面，不得罷休，七體文形成一種特殊的文體模式。漢賦中的七體帶有很明顯的模仿現象，枚乘的《七發》是楚太子有病，吳客見往問候，情節是通過吳客和楚太子的問答對話來展開的。虛擬音樂、美食、車馬、狩獵、美女、山水景物、觀濤七個方面的極致之美來調整太子的心情。傅毅的《七激》明顯也是模仿《七發》之作，徒華公子託病，玄通子前往遊說：「將爲公子論天下之至妙，列耳目之通好，原情心之性理，綜道德之彌奧，豈欲聞之乎？公子曰：『僕雖不敏，固願聞之。』」於是玄通子從妙言、音樂、美食、駿騎、休閒垂釣、至理要道七個方面來勸慰徒華公子。這從藝術構思和作品結構來看是何其相似。張衡的《七辯》也是虛擬出無爲先生、虛然子、安存子、依衛子等人物，通過他們的對話，描述了居室、飲食、音樂、女色、服飾、神仙、善政七個方面的最高成就。劉梁的《七舉》雖只有殘篇，卻能從殘篇中看出他的構思是從宮殿、容飾、聲色、美食來寫的。其實，漢人創作中因循傳統經典的表現思路也遠不止是「七體」一種，我們還可以從其他的題材中也感受到他們這種文學寫作的審美取向。

比如，漢代人寫音樂我們就可以很明顯地感受到這一套程序化的東西。我們把枚乘的《七發》中描寫音樂的段落和王褒《洞簫賦》、傅毅《七激》中的關於音樂的描寫作一個對比。枚乘的《七發》對音樂的描寫如下：

> 客曰：「龍門之桐，高百尺而無枝；中鬱結之輪菌，根扶疏以分離。上有千仞之峰，下臨百丈之溪；湍流遡波，又澹淡之。其根半死半生。冬則烈風漂霰，飛雪之所激也，夏則雷霆、霹靂之所感也。朝則鸝黃鳱鴠鳴焉；暮則羈雌、迷鳥宿焉。獨鵠晨號乎其上，鵾雞哀鳴，翔乎其下。於是背秋涉冬，使琴摯斫斬以爲琴，野繭之絲以爲弦，孤子之鉤以爲隱，九寡之珥以爲約。使師堂操《暢》，伯子牙爲之歌。歌曰：麥秀蔪兮雉朝飛，向虛壑兮背槁槐，依絕區兮臨迴溪。飛鳥聞之，翕翼而不能去；野獸聞之，垂耳而不能行；蚑蟜螻蟻聞之，拄喙而不能前。此亦天下至悲也。」〔註21〕

〔註21〕枚乘，《七發》，見費振剛、胡雙寶、宗明華，《全漢賦》，北京大學出版社，1993年版，頁17。

枚乘的構思是從彈奏音樂的樂器說起，先寫做琴的材質生長的地理環境、氣候環境如何的特殊性寫起，它的生長要集中了那麼多的稀有因素於一身才能形成，然後寫取材如何難得神秘，接著是寫工匠製作時做工如何的精良，做出來的琴演奏起來如何動聽，最後寫音響效果是如何的驚天地泣鬼神。

王褒的《洞簫賦》基本也是循著這一思路來寫的，賦從做簫的原材料產地的地理環境，四季氣候環境寫起：

原夫簫幹之所生兮，於江南之丘墟。洞條暢而罕節兮，標敷紛以扶疏。徒觀其旁山側兮，則嶇嶔巋崎，倚巇迤𡽱，誠可悲乎，其不安也。彌望儻莽，聯延曠曠，又足樂乎，其敞閑也。託身軀於后土兮，經萬載而不遷。吸至精之滋熙兮，稟蒼色之潤堅。感陰陽之變化兮，附性命乎皇天。翔風蕭蕭而徑其末兮，回江流川而溉其山。……〔註 22〕

接著寫由著名的工匠來製作、校音準、裝飾簫體的工藝過程：

於是般匠施巧，夔妃準法，帶以象牙，掍其會合；鎪鏤離灑，絳唇錯雜，鄰菌繚糾，羅鱗捷獵，膠致理比，挹抐擫擶。〔註 23〕

然後再寫延請精神比常人專注的盲人名樂師前來演奏：

於是乃使夫性昧之宕冥，生不覩天地之體勢，闇於白黑之貌形，憤伊鬱而酷䎸，愍眸子之喪精，寡所舒其思慮兮，專發憤乎音聲。故吻吮值夫宮商兮，龢紛離其匹溢。形旖旎以順吹兮，瞋㖞𠯗以紆鬱。〔註 24〕

這些輪番寫了一遍之後，作者開始竭力渲染其簫吹出來的音響效果，它是非凡之物，自然演奏效果也不會是一般的，連蟋蟀、尺蠖，蜥蜴、小鳥、魚兒等這些低等生物都受到音樂的感應，更何況像人這樣的高級動物：

故知音者，樂而悲之，不知音者，怪而偉之。故聞其悲聲，則莫不愴然累欷，擎涕抆淚；其奏歡娛，則莫不憚漫衍凱。阿那腲腇者已。是以蟋蟀蚸蠖，蚑行喘息。螻蟻蝘蜓，蠅蠅翊翊，遷延徙

〔註 22〕王褒，《洞簫賦》，見費振剛、胡雙寶、宗明華，《全漢賦》，北京大學出版社，1993 年版，頁 143。
〔註 23〕同上，見費振剛、胡雙寶、宗明華，《全漢賦》，北京大學出版社，1993 年版，頁 143。
〔註 24〕同上，見費振剛、胡雙寶、宗明華，《全漢賦》，北京大學出版社，1993 年版，頁 143。

迤，魚瞰雞睨。垂喙蛩轉，瞪瞢忘食。況感陰陽之龢，而化風俗之倫哉！〔註 25〕

由此可以看出王褒和枚乘描寫音樂的思路基本是一樣的，如出一轍。再看一例傅毅在《七激》中對音樂的描寫：

玄通子曰：「洪梧幽生，生於遐荒。陽春後榮，涉秋先雕。晨飈飛礫，孫禽相求。積雪涐涐，中夏不流。於是乃使夫遊宦失勢，窮擯之士，泳溺水，越炎火，窮林薄，歷隱深。三秋乃獲，斷之高岑，梓匠摹度，擬以斧斤。然後背洞壑，臨絕谿，聽迅波，望曾崖。大師奏操，榮期清歌。歌曰：陟景山兮採芳苓，哀不慘傷，樂不流聲。彈羽躍水，叩角奮榮。沈微玄穆，感物悟靈。此亦天下之妙音也，子能強起而聽之乎？」〔註 26〕

起筆也是先從製作樂器材料的生長地理環境、四季節候描寫入手，然後寫「大師奏操，榮期清歌」，再寫他的歌唱內容，最後寫出神入化的音響效果。完全是已經程序化的結構。從上引三段描寫音樂的賦作也不難看出，漢人描寫音樂雖然之間有意象的多寡，言辭高下方面的差別，但是表現的思路幾乎都是一致的，沒有根本性的差別。這就造成了表現主體風格的雷同。

我們再來看看他們對於女性描寫所選取的刻畫點。漢人寫人間享樂之事必涉及女色，他們是把女性作爲男性的消費對象來加以欣賞的，《七發》中勸說太子人間有七件賞心悅目之事，其中有一段描寫女性的文字：

練色娛目，流聲悅耳。於是乃發激楚之結風，揚鄭衛之皓樂。使先施、徵舒、陽文、段干、吳娃、閭娵、傅予之徒，雜裾垂髾，目窕心與；揄流波，雜杜若，蒙清塵，被蘭澤，嬿服而御。此亦天下之靡麗皓侈廣博之樂也。〔註 27〕

作者寫女色之美，羅列著名的美女，寫她們的神態，刻意渲染她們的服飾，以女性服飾的精美讓人聯想著此盛裝的女性的肌膚胴體之美。《子虛賦》中也有一段寫美女的文字，作者是這樣寫的：

〔註 25〕同上，見費振剛、胡雙寶、宗明華《全漢賦》北京大學出版社，1993 年版，頁 144。

〔註 26〕傅毅，《七激》見，費振剛、胡雙寶、宗明華，《全漢賦》，北京大學出版社，1993 年版，頁 292。

〔註 27〕枚乘，《七發》，見費振剛、胡雙寶、宗明華《全漢賦》北京大學出版社，1993 年版，頁 18。

> 於是鄭女曼姬，被阿錫，揄紵縞，雜纖羅，垂霧縠，襞積褰縐，紆鬱橈谿谷，衯衯裶裶，揚袘戍削，蜚襳垂髾。扶輿猗靡，翕呷萃蔡，下摩蘭蕙，上拂羽蓋，錯翡翠之葳蕤，繆繞玉綏，眇眇忽忽，若神之彷彿。〔註 28〕

作者的思路也是重點從美女的衣物服飾來引發讀者對於女性美色的想像，似乎女性的服飾最能衝擊人的視覺感官。再舉一例，張衡的《西京賦》中也有一段寫女色：

> 妖蠱豔夫夏姬，美聲暢於虞氏。始徐進而羸形，似不任乎羅綺。……振朱屣於盤樽，奮長袖之颯纚，要紹修態，麗服颺菁。〔註 29〕

還是刻意在強調女性服裝上的美豔絕倫，他們好像找到描寫女性容貌姣好最有表現力的文學語言就是盛讚女性服飾。蔡邕的《青衣賦》也是同樣：

> 玄髮光潤，領如蠐螬。縱橫接發，葉如低葵。脩長冉冉，碩人其頎。綺袖丹裳，躡蹈絲扉。盤跚蹴蹀，坐起低昂。〔註 30〕

第一個人這麼寫了，流傳開了，就具有了權威的力量，前人的作品已經打通了作品與讀者的理解和接受渠道，跟著走是最省勁的，也是最有把握讓社會接受的。

還有一個很能說明漢代人這種因循式審美取向的例子，那就是他們特別熱衷於對於都城的描寫，翻開《全漢賦》，你能看到對於都城進行刻畫描寫的作家、作品特別多，這也是文學史上的一個奇觀。揚雄有《蜀都賦》，傅毅有《洛都賦》《反都賦》，崔駰有《反都賦》《大將軍臨洛觀賦》《武都賦》，班固有《兩都賦》《西都賦》《東都賦》，李尤有《東觀賦》，張衡有《南都賦》《西京賦》《東京賦》，杜篤有《論都賦》，等等。作品布局構思，彼此模仿的痕迹都很明顯。這類題材的創作也明顯陷入到一個套路中去了，它們在表現上很有共性，不外都是大力鋪張都城的山川形貌，華木貴樹，香草豔花，蔬菜瓜果，能工巧匠，宮殿華屋，精美建築，追溯歷史，掌故墳典，人文勝迹，財用饒贍，人物秀出，百伎爭巧，珍稀礦產，名貴禽獸，園林修美，綾羅綢緞

〔註 28〕司馬相如，《子虛賦》，見費振剛、胡雙寶、宗明華，《全漢賦》，北京大學出版社，1993 年版，頁 48。

〔註 29〕張衡，《西京賦》，見費振剛、胡雙寶、宗明華，《全漢賦》，北京大學出版社，1993 年版，頁 420。

〔註 30〕蔡邕，《青衣賦》，見費振剛、胡雙寶、宗明華，《全漢賦》，北京大學出版社，1993 年版，頁 573。

爭輕鬥薄，南北交通暢達無阻，江流舟船競發，陸地方輪錯轂爭道，貨物周流往來，商賈雲散聚合，畋獵聲威之壯，……林林總總，不一而足。凡是都市裏可以拿出來作爲炫耀的東西都盡量寫進去，以奢侈爲美談，語言整飭華美，刻畫細膩，羅列周詳。人們普遍認爲要表現這類題材最合理的價值取向是羅列各種器物，其作品的高下之分往往就是看寫家羅列的品物多寡而定。文人們把都城賦寫作當作是呈才顯學的題材。一篇都城賦往往耗時幾年，張衡的一篇《二京賦》竟費時寫了十年，班固的《兩都賦》也是用力多年，據《西京雜記》載，與都城題材類似性以羅列山川形勝爲主的司馬相如的《子虛》《上林》也是「幾百日而後成」。就因爲這種投入，在漢人手裏就把都城賦作爲傳統大題材看待，不似「草區禽族，庶品雜類」，容易駕馭，非大手筆不敢問津。所以後來的陸機聽說左思要寫《三都賦》時，即「撫掌而笑，與雲書曰：『此間有傖夫，欲作《三都賦》，須其成，當以覆甕耳。』」陸機這番話，必然是根據漢代都城賦的鋪排物品的特點，或許是受漢人的影響而形成了一個固有的認識而發的感慨。不難看出，在那個時代，文人中形成一個通識，就是但凡這類題材的作品，必是要涉及有關都市的方方面面，內容逾龐雜繁複逾爲上品，故而非爲文章之士中有經天緯地之才難於駕馭。這也可以從一個側面透露，都市題材表現的套路在人們心目中是定格的，不能簡便從事，也不另僻蹊徑從其他角度來切入。當然，也許有人會說，漢代人都市題材的創作繁盛還有一個原因，那就是漢代文人要在這類題材中發表政見。光武帝劉秀光復漢室之後，圍繞是在洛陽建都還是返回舊都長安建都問題展開討論，但是論辯雙方論證的依據都是差不多的，思維模式也是一樣的，那就是極寫都市的物產之勝，人文歷史之勝，江山地理之勝。這種思維的定勢是被經典作品框死的，表達的套路很明顯，故有人認爲：「都市賦藝術水平較低，但史料價值卻很高，我們從中可窺見當時的歷史面貌，可以洞察當時文人的內心秘密，值得注意。」〔註 31〕也就是說這種程序化的套路式的表現，雖然費時費力不少，一些人爲了一篇賦甚至可以嘔心瀝血十餘年，耗費的心血絕非一般可比，但是如此靡麗之文，如此的宏篇巨製，從文學審美角度考察，其藝術觀賞性卻並不強，這類創作最具有價值的是這裏所透露出來的漢代都市物質水平方面的信息，具有類書性質，相比文學意義它們更具有史料的價值。這對於以文字審美追求爲王道的文學創作來說不能不是一個諷刺。

〔註 31〕龔克昌，《全漢賦評注》（後漢部分下），花山文藝出版社，2003 年版，頁 168。

漢人對於天界神仙的嚮往是最表現漢人想像力的地方，也是最體現他們文學浪漫色彩的一面，從他們對於天庭境界的描寫我們可以感受到漢人想像中的仙境冥界是什麼樣子的。

賈誼在《惜誓》中對於天界的描寫是這樣的：

> 攀北極而一息兮，吸沆瀣以充虛。飛朱鳥使先驅兮，駕太一之象輿兮，蒼龍蚴虯於左驂兮，白虎騁而爲右騑，建日月以爲蓋兮，載玉女於後車。馳騖於杳冥之中兮，休息乎崑崙之墟。樂窮極而不厭兮，願從容乎神明。〔註 32〕

從這些文字的描繪中可以瞭解漢人想像中神仙世界的景象，天界有朱鳥爲神仙出行爲先驅，神仙駕馭的左驂爲雕有大象的華貴車輛，右驂有蒼龍和白虎爲天神馭車，日月天體爲車蓋，還有容貌明媚的仙女坐在車上。和人間君王的出行形式差不多，司馬相如筆下的天界，也有這些意象，他在《上林賦》中寫道：

> 頫杳眇而無見，仰攀橑而捫天；奔星更於閨闥，宛虹拖於楯軒。青龍蚴蟉於東箱，象輿婉僤於西清，靈圄燕於閒館，偓佺之倫暴於南榮。〔註 33〕

他是寫宮殿的巍峨高大，上可接天宇，與生活在蒼穹的列仙交通往來。天上仙人們也可下凡來到皇帝的殿宇宮室來歇息休閒，列仙們來時駕馭代步的有飛騰的青龍爲車輿，有的以雕有大象的豪車爲代步車輦。眾仙們逶迤而至皇家的宮殿館舍，讓皇家的凡世生活有了超凡入神的色彩。司馬相如在《大人賦》中寫道：

> 邪絕少陽而登太陰兮，與眞人乎相求。互折窈窕以右轉兮，橫厲飛泉以正東。悉徵靈圉而選之兮，部署眾神於搖光。使五帝先導兮，反大壹而從陵陽。左玄冥而右黔雷兮，前長離而後矞皇。廝徵伯僑而役羨門兮，詔岐伯使尚方。祝融警而蹕御兮，清氣氛而後行。屯余車其萬乘兮，綷雲蓋而樹華旗。使句芒其將行兮，吾欲往乎南娭。〔註 34〕

〔註 32〕賈誼，《惜誓》，見龔克昌，《全漢賦評注》，花山文藝出版社，2003 年版，頁 23。

〔註 33〕司馬相如，《上林賦》，見費振剛、胡雙寶、宗明華，《全漢賦》，北京大學出版社，1993 年版，頁 64。

〔註 34〕司馬相如，《大人賦》，見費振剛、胡雙寶、宗明華，《全漢賦》，北京大學出版社，1993 年版，頁 91。

這一段是寫大人（指皇上）遊歷天庭， 他由東極斜度北極，結交眞人，向他求教成仙之道。大人在天宇將眾神聚集於搖光之星處，對他們進行部署，青帝、赤帝、黃帝、白帝、黑帝等五帝爲其先導，天帝指派仙人做大人的侍從，前後左右皆有列仙簇擁，神仙爲其清道警蹕，大人萬騎車馬馳道，五彩祥云爲車蓋。

《漢武帝內傳》載：

> 至二唱之後，忽天西南如白雲起，鬱然直來，徑趨宮庭間。須臾轉近，聞雲中有簫鼓之聲，人馬之響。復半食頃，王母至也。縣投殿前，有似鳥集。或駕龍虎，或乘獅子，或御白虎，或騎白麐，或控白鶴，或乘軒車，或乘天馬，群仙數萬，光耀庭宇。既至，從官不復知所在。唯見王母乘紫雲之輦，駕九色斑龍，別有五十天仙，側近鸞輿，皆身長一丈。同執彩毛之節，佩金剛靈璽，戴天眞之冠，咸住殿前。〔註35〕

這是寫傳說中眾神之首西王母出行的派場，神仙們也都是有車輦代步的，不過這次是多種猛獸爲之馭車，西王母駕的是紫雲之輦，有九色斑龍爲之馭車，還有天仙爲之列儀仗。《漢武故事》載：

> 七月七日，上（指武帝）於承華殿齋，日正中，忽見有青鳥從西方來集殿前。上問東方朔，朔對曰：「西王母暮必降尊像上，宜灑掃以待之。」上乃施帷帳，燒兜末香，……是夜漏七刻，空中無雲，隱如雷聲，竟天紫色。有頃，王母至：乘紫車，玉女夾奴，載七勝履玄瓊鳳文之舃，青氣如雲，有二青鳥如烏，夾侍母旁。〔註36〕

這裏的西王母出行的儀仗略微簡單一點了，僅爲乘紫軒，有仙女、青鳥簇擁而行。但是基本是大同小異的。從這些例子可以看出，在漢人眼裏天宇仙界的生活和人間貴族們的生活是很相似的，都有車馬代步，都有人在前面導行，有眾人簇擁、旌旗團圍以顯威儀，頂有華蓋以顯其高貴。雖然物象多寡有些差別，但是對於場景氣象的渲染之思是一樣的。

還有漢人寫水寫潭必寫其深幽，寫其水激清冽，寫山必寫其峻險奇嶢高聳，寫宮殿必寫高聳巍峨，揚雄《甘泉賦》劉歆《甘泉宮賦》都是這種風格。

〔註35〕《漢武帝內傳》，見上海古籍出版社編，《漢魏六朝筆記小說大觀》，上海古籍出版社，1999年版，頁141。

〔註36〕《漢武故事》，見上海古籍出版社編，《漢魏六朝筆記小說大觀》，上海古籍出版社，1999年版，頁173。

王褒的《甘泉宮頌》雖僅存殘篇，但從僅存的文字來看，也是描寫宮室的高大之美，鋪陳皇家建築之富麗。寫狩獵必寫其軍陣的威嚴，狩獵場面的磅礡氣勢，處處能體現這種套式化的意味。

《後漢書·張衡列傳》中明明白白說到文人間這種模仿的現象：「永元中，舉孝廉不行，連辟公府不就，時天下承平日久，自王侯以下，莫不逾侈，衡乃擬班固《兩都》，作《二京賦》，因以諷諫，精思傅會，十年乃成。」張衡寫作《二京賦》乃是模擬班固的《兩都賦》。龔克昌在他的著作《全漢賦評注》中也談到過這個問題：「……關於抄襲問題，我們同漢人的看法肯定不同。揚雄在當時也算是一個風流人物，但他寫賦公開模仿相如賦：『先是時，蜀有司馬相如，作賦甚弘麗溫雅，雄心壯之，每作賦，常擬之以爲式。』以後的班固、張衡也都是學界一流人物，但他們作賦，也都是不忌諱公開抄襲他人之作。可以這樣說，一部《楚辭章句》，就是一部抄襲文章，除屈原等少數人的作品外，其他人的文章都是公開地抄襲屈原的文章。只是抄襲的手法、程度不同罷了。」〔註37〕這是確論，漢代人在對待前人作品的觀念上肯定和我們今人有很大的不同，他們不覺得這種因循是有損顏面之事，反而認爲這是件體面的事。漢代人在因循舊例、模仿經典中尋找美感，他們樂此不疲，好像跟前人的作品扯上關係，就會使自己的創作也得到理想的傳播效果，所以我們在閱讀漢代文學時明顯能感覺到漢代文學作品中的歷史傳承脈絡。

分析這種現象，不外是這樣兩種原因：一，是有一種心理定勢。漢代人在與前人思想對接和學習的過程中，歷史上流傳下來的經典文本，會在他們的情感世界中沉澱下來濃重的情結，他們對前輩同道之人懷有深深的敬畏之情，在他們看來這些出自於少數天才級人物創造的經典作品本身就具有不可超越的優秀，它們在讀者心目中的地位是不可憾動的，出於對歷史的尊重，對前輩的尊重，對經典的尊重，漢人非常願意把自己的創作帶上天才級前輩留下的審美元素，在前輩經典文本的樣式中翻陳出新，似乎這樣做了也能給自己的作品增加權威的份量。另一方面，這種創作方式在當時的社會認可度也比較高，也許在他們的觀念裏這就是對經典作品表達崇敬之情最好的方式。第二個原因就是前人的經典創作把人的思想框住了，它的結構，內容，語言等各種元素堪稱完美，讓後人高山仰止，無法超越，無需改進，這也無形中固定了一種格式，讓人在思維上難以擺脫這種影響，只要一觸碰到這類

〔註37〕龔克昌，《全漢賦評注》，花山文藝出版社，2003年版，頁186。

的題材，就會想到前人的作品，這種影響既是一根質量準繩，讓人敬畏，又是一根無形的繩索，束縛住了人的思維，讓人難有勇氣跨躍過去，或者是在權威面前會讓人的靈魂萎縮，無法伸展，讓人不由生出一種惰性，匍匐在大師作品面前不再甘願去作上下求索以尋找突破口。這種思維現象在我們日常生活中也是比比皆是，並不陌生。或者是這兩者因素皆而有之。

漢代人的這種爲文的觀念在我們今天的人看起來很難讓人理解，藝術創作的王道是給讀者提供獨特的審美體驗，最忌諱是雷同。像漢人這種因循式的寫作，文人的個性才情很受束縛，靈魂的自由度是受限的，但是它就那麼眞實地出現在我們面前，通過前面例舉的種種例子中，我們可以感受到無論是作品的內容還是大結構上，都是陳陳相應，亦步亦趨，很刻意去遵循前人的思維模式來構畫新作品，只是在言辭上或者意象選擇上作些微小的調整，整體上缺少創造性，或者是有意識讓讀者明顯感受到前人作品的身影。這種現象經過漢代文人光大之後也就普及開了，成了古代文人處理繼承傳統與創新的一種模式，成了理所當然的習慣性做法。比如東方朔的《答客難》是由東方朔創作的一種嶄新文體，他在賦中寫了戰國縱橫之士與封建專制體制下文人處境的差異，揭露了封建專制制度下的文士不得不聽從皇帝任意擺佈的悲哀命運。它設爲主客問答體，明代的張溥在《東方大中集題辭》中說：「始設客難」，「學者爭傚慕之，假主客遣抑鬱者篇章迭見。」東方朔的《答客難》之後，又有揚雄《解嘲》、班固《答賓戲》、崔駰《達旨》、張衡《應間》、蔡邕《釋海》、郭璞的《客傲》、夏侯湛《抵疑》、韓愈《進學解》皆爲仿傚之作。這種文體往往爲後代失意文人所沿用，成爲失意文人發泄懷才不遇牢騷、抨擊封建統治者摧殘人才的武器，自我慰藉的工具。這方面的例子很多，但不是本文要探討的重點了。

第四節　以修辭之深澀古奧、平實素樸爲美

漢代文學雖有多個畛域，但是最有代表性的是漢賦。我在這一節裏想從漢賦來探討漢代文學的形式美問題。

有學者說漢賦的文化淵源有《詩》三百，《楚辭》，先秦諸子百家〔註38〕，我以爲這是中的之論，是持之有據的。除此之外，我認爲還有縱橫家的言

〔註38〕劉慧晏，《漢賦淵源論》，《東方論壇》，1998年，第1期。

談論辯，關於此我已在前面作了專門的論述。漢代文學在形式審美上存在著兩種截然對立之美，一種是以漢大賦爲代表的廟堂文學，其創作目的主要是歌頌帝王文治武功，屬貴族文學，故而在審美取向上盡可能迎合王公貴族們的審美格調，這部分作品承接《楚辭》、荀賦、宋賦辭采華豔、音節諧和對稱的典雅風格，語言風格板正古奧，華美豔麗；另一部分創作像《古詩十九首》、樂府民歌、俗賦或民謠等這些來自民間的創作，這些作品或是出於即興創作，或是出於自娛自樂。具有草根文化的格調，語言風格平樸自然，生活化傾向明顯，作品形式上呈現出率直、樸素、自然、活潑、清新的平民化審美格調。這兩種審美傾向相互對峙並立，構成漢代文學審美多元化的面貌特徵。爲了體現出文字中的審美意蘊，漢代人最爲傾力的是在語言修辭上做文章，就拿漢賦來說，我們最能明顯感受到這種文體在語言文字上的雕琢，刻意追求語言的華美。因爲形式層面的審美比較直觀，最容易引起讀者官能的興奮，也是最淺表溝通作者和讀者的層面。而漢人對於韻文的理解，使得他們最大限度地在這一層面釋放能量。他們對於作品語言的審美風格要求是多元的，在漢代文人看來，追摹古人詩詞風格，採用古典韻味的句式，使作品具有歷史沉澱感，它具有古博奧雅之美；用詞生僻，晦澀難懂，刻意與讀者保持距離，在這樣的表達能使作者的才學得到充分地展示，用艱深晦澀的修辭之牆把作品砌在一個狹小的空間，只有很少的人能走進去，這樣的作品是美的，美在古奧，美在艱深；刻意裝飾語言，雕琢語言，讓作品具有瑰麗華豔之美，也是一種美，美在高雅，美在精緻；貼近生活，貼近草根，帶有市井或田陌之俗趣的作品亦是別樣的美，美在純樸，美在天然，美在渾厚。因此，漢代的作品在遣詞造句上呈現多方面的審美格調。下面我們來分別討論。

其一，追摹古人詩詞風格，句式富有古典韻味

《詩經》這部我國最早的詩集，在漢代取得了經學的地位，她在漢代人心目中享有崇高的地位。可是到了漢代，文學已經經歷了由詩到楚辭，再到賦的發展歷程，考察楚辭和先秦賦，如果站在文學史的角度來細想，屈原、宋玉等人的傳世之作比《詩經》給人審美感受豐富，我們可以有這樣印象，一、它相比《詩經》這一北方文學的代表句式變化豐富了，結構加長了，句子也加長了，由四言變爲六言再加上「兮」字。二、語言華麗了。三、言辭的抒情性意味增強了。四、形象刻畫意識加強了。五、《楚辭》比《詩經》集

中廣泛地運用修辭手段，《詩經》多以一物興起一詩的短製，而楚辭則是多種比興手法交融使用，文學性的表現更加充分，通過騷和賦，先秦人在辭章表達上的文學化手法積澱更多了，以及對文學內質的體悟更深刻了。六、表現的內容明顯複雜化了。文學是在自己的發展歷程中，一步一步逐漸明晰自己畛域的，但是，華夏民族對歷史和傳統歷來就有濃厚的情結，歷史上流傳下來的東西就帶有不證自明的權威力量，漢代不少文人經歷了這樣一個發展階段之後，還是有人喜歡在作品中放棄時興的散體賦的句式而追攀古風，用四言來寫作。比如《古文苑》中錄有一首《屏風賦》，就是一首仿《詩經》的四言詩，據載作者是劉安，這是一篇託物言誌之作，作者借寫屏風寄託了自己強烈的身世之歎：

> 唯茲屏風，出自幽谷。根深葉茂，號爲喬木。孤生陋弱，畏金強族。
> 移根易土，委伏溝瀆。飄飄殆危，靡安措足。思在蓬蒿，林有樸樕。
> 然常無緣，悲愁酸毒。天啓我心，遭遇徵祿。中郎善理，收拾捐樸。
> 大匠攻之，刻雕削斲。表雖剝裂，心實貞愨。等化器類，庇蔭尊屋。
> 列在左右，近君頭足。賴蒙成濟，其恩弘篤。何惠施遇，分好沾渥。
> 不逢仁人，永爲枯木。〔註 39〕

這首詠物賦表面看是詠屏風，講了屏風的來歷，由深山幽谷中的一根喬木，到被棄溝瀆，暗無天日，後逢仁人，延聘大匠將其刻雕，方見天日，「等化器類，庇蔭尊屋。列在左右，近君頭足。」於恩人的感激之情盡溢於言表，「不逢仁人，永爲枯木」。聯繫作者生平經歷，其父劉長以謀反罪被放逐，當時劉安兄弟四人因年幼，幸蒙中郎將袁盎說情，才被封侯。其曲折人生經歷，人生感受，感情深沉激越，盡在賦中。

漢元帝時代，漢廷爲了緩和與匈奴的關係，採用和親的外交政策。王昭君成了這場政治交易的一個籌碼，以公主的身份嫁於呼邪單于。她一個弱女子離開了漢宮，到了塞外，異域的風光引起了她複雜的思緒，情不自禁，寫下了一首詩抒發內心的感慨。

> 秋木萋萋，其葉萎黃。有鳥爰止，集於苞桑。養育毛羽，形容生光。
> 既得升雲，獲幸帷房。離宮絕曠，身體摧藏。志念抑沉，不得頡頏。
> 雖得喂食，心有徊徨。我獨伊何，改往變常。翩翩之燕，遠集西羌。

〔註 39〕劉安，《屏風賦》，見楊樹曾主編，《中國文學史話・秦漢卷》，吉林人民出版社，1998 年版，頁 157。

高山峨峨，河水泱泱。父兮母兮，道里悠長。嗚呼哀哉，憂心惻傷。〔註 40〕

王褒寫了篇《洞簫賦》，寫得文采斐然，結尾部分是總結全文，側重描寫的是簫聲吹奏的聲響效果。作者在賦作中採用的是騷體句式和四言句式，但他在結尾處用的全是四言句式：

亂曰：狀若捷武，超騰逾曳，迅漂巧兮：又似流波，泡溲泛汎涟，趨巇道兮：哮呷呟喚，躋躓連絕，淈殄沌兮。攪搜㶅捎，逍遙踴躍，若壞頹兮；優遊流離，躊躇稽詣，亦足耽兮。頹唐遂往，長辭遠逝，漂不還兮。賴蒙聖化，從容中道，樂不淫兮。條暢洞達，中節操兮；終詩卒曲，尚餘音兮。吟氣遺響。聯綿漂撇，生微風兮：連延駱驛，變無窮兮。〔註 41〕

像這樣的四言句式在漢賦中比比皆是，賦的語言與《詩經》語言的風格頗爲相近，四言句式節律整齊，古雅。

還有些人受楚辭的影響，喜歡在賦作中用騷體，還是以王褒的《洞簫賦》爲例，開頭部分是用的騷體句式。賦的起始部份是介紹做簫的材料出產地的特點：

原夫簫幹之所生兮，於江南之丘墟。洞條暢而罕節兮，標敷紛以扶踈。徒觀其旁山側兮，則嶇嶔巋崎，……託身軀於后土兮，經萬載而不遷。吸至精之滋熙兮，稟蒼色之潤堅。感陰陽之變化兮，附性命乎皇天。翔風蕭蕭而逕其末兮，迴江流川而溉其山。〔註 42〕

句式長短不拘，「兮」字句夾雜其中，但是賦中用語呈才使氣刻意雕琢也由此可見一斑。王褒的這篇《洞簫賦》，一經傳播，廣受歡迎，據說尤其受到宣帝太子的追捧，太子竟號令後宮才子嬪妃以及左右隨侍，人人都要吟詠誦讀這篇賦作。

司馬相如的《大人賦》也表現出同樣的語言風格：

世有大人兮，在乎中州。宅彌萬里兮，曾不足以少留。悲世俗之迫

〔註 40〕見楊樹曾主編，《中國文學史話・秦漢卷》，吉林人民出版社，1998 年版，頁 305。

〔註 41〕王褒，《洞簫賦》，見費振剛，胡雙寶，宗明華，《全漢賦》，北京大學出版社，1993 年版，頁 144。

〔註 42〕王褒，《洞簫賦》，見費振剛，胡雙寶，宗明華，《全漢賦》，北京大學出版社，1993 年版，頁 143。

> 隘兮，朅輕舉而遠遊。乘絳幡之素蜺兮，載雲氣而上浮。建格澤之修竿兮，總光耀之採旄。垂旬始以爲幓兮，曳彗星而爲髾，掉指橋以偃蹇兮，又猗抳以招搖。攬攙搶以爲旌兮，靡屈虹而爲綢……。〔註 43〕

劉歆的《甘泉宮賦》也是一篇很講究韻律的賦：

> 軼陵陰之地室，過陽谷之秋城。迴天門而鳳舉，躡黃帝之明庭。冠高山而爲居，乘崑崙而爲宮。按軒轅之舊處，居北辰之閎中。背共工之幽都，向炎帝之祝融。封巒爲之東序，緣石闕之天梯。桂木雜而成行，芳盻嚮之依依。翡翠孔雀，飛而翱翔，鳳皇止而集栖。甘醴湧於中庭兮，激清流之瀰瀰，黃龍遊而蜿蟺兮，神龜沈於玉泥。離宮特觀，樓比相連。雲起波駭，星布彌山。高巒峻阻，臨眺曠衍。深林蒲葦，湧水清泉。芙蓉菡萏，菱荇蘋蘩。豫章雜木，楩松柞棫。女貞烏勃，桃李棗檍。〔註 44〕

此賦爲駢體賦。全賦都是六言或是四言，句式整齊，音韻鏗鏘和諧，語言典麗，用辭深奧。

其二，用詞古奧典雅，喜歡用典

尤其在漢賦中，用典繁多成了一大特點，隨便拈一篇漢賦我們都可以看到他們用典故來抒發情感的地方，比如賈誼的《弔屈原賦》中這樣有一段話：「賢聖逆曳兮，方正倒植。世謂隨、夷爲溷兮，謂跖蹻爲廉；莫邪爲鈍兮，鉛刀爲銛。」這段話的意思是譏諷世人愚賢不分，是非顛倒。作者一連用了三個典故。「隨、夷」，是指卞隨和伯夷。卞隨，相傳是商湯時代的人，商湯曾經想把王位傳授給卞隨，可是卞隨認爲這是對他的污辱，把自己當成了一個貪婪無德之人，投水而死。「伯夷」、「叔齊」是商末孤竹君的兩個兒子，相傳其父遺命要立次子叔齊爲繼承人。孤竹君死後，叔齊讓位給伯夷，伯夷不受，叔齊也不願登位，先後都逃到周國。「跖」是春秋時奴隸起義的領袖，在歷代古書中都被誣爲「盜賊」，是品行卑劣之人的代稱。「莫邪」，是古代名劍名，此用作優良寶劍的代稱。漢．趙曄《吳越春秋．吳王闔閭內傳》記載：春

〔註 43〕司馬相如，《大人賦》，見費振剛，胡雙寶，宗明華，《全漢賦》，北京大學出版社，1993 年版，頁 91。

〔註 44〕劉歆，《甘泉宮賦》，見費振剛，胡雙寶，宗明華，《全漢賦》，北京大學出版社，1993 年版，頁 237。

秋時，吳國有夫妻倆都是鑄劍的高手，丈夫叫干將，妻子叫莫邪。他們採集了天下最好的精鐵和金英融合在一起，令童男童女三百人鼓風裝炭，終於煉成了一陰一陽兩口鋒利無比的劍。

枚乘的《七發》有一段描寫音樂文字：

> 於是背秋涉冬，使琴摯斫斬以爲琴，野繭之絲以爲弦，孤子之鉤以爲隱，九寡之珥以爲約，使師堂操《暢》，伯子牙爲之歌。

這一小段文字中一連用了四個典故，「琴摯」是春秋時魯國主管音樂的官吏，以善於彈琴而著名。「九寡」也是指春秋時魯國人，史載她是失去過九個孩子的寡婦，以命運之悲慘而著名。「師堂」春秋時魯國的樂官，孔子曾向他學琴。《暢》是古曲名。「伯子牙」就是伯牙，春秋時善鼓琴者，與鍾子期互爲知音，後鍾子期死，他痛失知音，誓不再鼓琴。枚乘用這些歷史上的名人，意在說明這段音樂的悲劇效果是多麼的強烈。司馬相如也是用典的高手，他的《子虛賦》有這樣一段描寫天子圍獵時的場面：

> 於是乎乃使專諸之倫，手格此獸。楚王乃駕馴駮之駟，乘雕玉之輿，靡魚須之橈旃，曳明月之珠旗，建干將之雄戟，左烏號之雕弓，右夏服之勁箭。陽子驂乘，孅阿爲御，案節未舒，即陵狡獸。〔註45〕

這段也集中用了不少的典，這裏的「剸諸」是春秋時的一個勇士，曾爲吳公子光刺殺吳王僚。在這代指勇猛之士。「干將」是古代著名的鑄劍人。「烏號」是相傳黃帝的弓名。「夏服」是夏后氏的盛箭器，後指質量上乘的箭袋。這三者在本文中都是用以表達天子狩獵所用武器的精良。「陽子」：即伯樂。春秋時著名的相馬御馬之人。「孅阿」也是相傳古代善於駕車御馬之人。本文中是用來比喻天子狩獵時乘坐的車馬都是極高規格的，駕車人的技術也是極精良的。像這種用典故來傳情達意的表達在漢賦裏比比皆是。像在前面列舉過的揚雄《解嘲》中一段也很典型，短短一段文字，一連用了十多個典：

> 昔三仁去而殷虛，二老歸而周熾；子胥死而吳亡，種、蠡存而粤伯；五羖入而秦喜，樂毅出而燕懼；范雎以折摺而危穰侯，蔡澤雖噤吟而笑唐舉。故當其有事也，非蕭、曹、子房、平、勃、樊、霍則不能安；當其亡事也，章句之徒，相與坐而守之，亦亡所患，故世亂則聖哲馳騖而不足，世治則庸夫高枕有餘。

〔註45〕司馬相如，《子虛賦》，見費振剛、胡雙寶、宗明華，《全漢賦》，北京大學出版社，1993年版，頁48。

> 夫上世之士，或解縛而相，或釋褐而傅；或倚夷門而笑，或橫江潭而漁；或七十說而不遇，或立談間而封侯；或枉千乘於陋巷，或擁帚彗而先驅。〔註 46〕

這裏的三仁是指殷朝時的比干、箕子和微子三人。傳說殷紂淫亂，比干犯顏強諫觸怒紂王，被剖心而死。箕子也是因諫殷紂不從，乃披髮裝瘋。微子也是因諫觸犯殷王，逐離國流亡。二老：是指姜太公和伯夷。他們是道德高尚的代表。子胥：即伍子胥，春秋時楚國人。父兄被害而投奔吳王夫差。輔佐吳王闔閭伐楚，爲其父兄報仇。後夫差敗越，越王請和，子胥諫夫差拒和，夫差不從，被迫自殺。種：越大夫。蠡：范蠡。輔佐勾踐勵精圖治，最終滅吳。五羖：是指春秋時秦穆公的賢相。原爲虞國大夫，晉獻公滅虞，俘虜了百里奚，以爲他是秦繆公夫人陪嫁之臣，百里奚深以爲恥，逃至宛，爲楚人所獲，秦穆公欲以重金贖回，恐楚不允，乃用五張羊皮贖回其身。秦繆公與之相談甚恰，委以國政。稱五羖大夫。樂毅：燕昭王的上將，統領五國之兵伐齊，攻下七十餘城。范雎：戰國魏人。事魏中大夫須賈，須賈疑其通齊，魏相魏齊笞擊之，置於廁中，後被救出入秦，最終代穰侯魏冉爲秦相。穰侯：即魏冉，秦昭王母宣太后異父兄弟。范雎入秦，說昭王親政，昭王遂以范雎爲相而罷免了穰侯。蔡澤：戰國時的燕人，曾遊說列國。因范雎而見昭王，爲客卿。范辭退後澤爲相。唐舉：戰國梁人，善於相面。蕭：蕭何。曹：曹參。子房：張良。平：陳平。勃：周勃。樊：樊噲。霍：霍光。這些都是漢代著名的政治人物。解縛而相：用的是管仲的典故。管仲最初事奉齊襄公的長子糾。鮑叔牙事奉的是公子小白。後來公子小白即位爲齊桓公，公子糾被殺，管仲被囚，鮑叔牙知管仲爲治世奇才，薦與齊桓公，管仲遂爲桓公相。釋褐而傅。這裏是指傅說的典故。傅說原是「被褐帶索」從事版築的奴隸，後被武丁薦爲三公。倚夷門而笑：此處用的是無忌與侯嬴的典故。秦圍趙國邯鄲，趙求救於魏，無忌率百餘人往救趙，向侯嬴告別，侯嬴無送別之語，無忌不悅而返，侯嬴倚門而笑，最終向其道出了救趙的良策。或橫江潭而漁：用的是屈原被楚襄王放逐，在江邊遇到漁夫的典故。或七十說：是說當年孔子周遊列國，遊說了七十餘君王，無遇一知音。或立談而封侯：指戰國時的虞卿，《史記．虞卿列傳》中載：虞卿說趙孝王，一見賜黃金百鎰，白璧一雙，

〔註 46〕揚雄，《解嘲》，見費振剛、胡雙寶、宗明華，《全漢賦》，北京大學出版社，1993 年版，頁 220。

再見封其爲卿。「或枉千乘於陋巷」是指《呂氏春秋》載的一故事：齊桓公見小臣稷，一日三至，不得見，隨從說：萬乘之王見布衣之士，一日三至而不得見，很是可以了，齊桓公卻堅持還要再來拜見小臣稷。此處是泛指君王禮賢下士。「或擁帚彗而先驅」指燕昭王爲鄒衍執掃帚清掃道路，這裏的意思是指賢明的君王應該爲賢士做大事掃除障礙。

意思很簡單，表述太複雜了，接二連三的用典，沒有相當的文史功底的人根本就讀不懂。

其三、詞藻豔麗華美，用語生奧，晦澀

另外，漢代人對於詞彩、音節、修辭層面的審美追求顯示出了極大的興趣，信手拈來幾例，都可以讓人感受到一股撲面而來的修辭華豔，用語淫靡瞻麗之風。如枚乘《七發》：

> 客曰：既登景夷之臺，南望荊山，北望汝海，左江右湖，其樂無有。於是使博辯之士，原本山川，極命草木；比物屬事，離辭連類，浮遊覽觀，乃下置酒於虞懷之宮，連廊四注；臺城層構，紛紜玄綠。輦道邪交，黃池紆曲。溷章白鷺，孔鳥、鶤鵠，鵷鶵鵁鶄，翠鬣紫纓，螭龍、德牧，邕邕群鳴。〔註 47〕

司馬相如的《子虛賦》：

> 於是鄭女曼姬，被阿錫，揄紵縞，雜纖羅，垂霧縠，襞積褰縐，鬱橈谿谷，衯衯裶裶，揚袘戌削，蜚襳垂髾，扶輿猗靡，翕呷萃蔡，下靡蘭蕙，上拂羽蓋，錯翡翠之葳蕤，繆繞玉綏，眇眇忽忽，若神之髣髴。〔註 48〕

司馬相如的《長門賦》：

> 夫何一佳人兮，步逍遙以自虞。魂踰佚而不反兮，形枯槁而獨居，言我朝往而暮來兮，飲食樂而忘人。心慊移而不省故兮，交得意而相親。伊予誌之慢愚兮，懷貞慤之懽心。願賜問而自進兮，得尚君之玉音。〔註 49〕

〔註 47〕枚乘，《七發》，見費振剛、胡雙寶、宗明華，《全漢賦》，北京大學出版社，1993 年版，頁 18。

〔註 48〕司馬相如，《子虛賦》，見費振剛、胡雙寶、宗明華，《全漢賦》，北京大學出版社，1993 年版，頁 48。

〔註 49〕司馬相如，《長門賦》，見費振剛、胡雙寶、宗明華，《全漢賦》，北京大學出版社，1993 年版，頁 100。

揚雄《甘泉賦》

惟漢十世，將郊上玄，定泰畤。雍神休，尊明號，同符三皇，錄功五帝，恤胤錫羡，拓迹開統。於是乃命群僚，歷吉日，協靈辰，星陳而天行。詔招搖與泰陰兮，伏鈎陳使當兵，屬堪輿以壁壘兮，梢夔魖而抶獝狂。〔註 50〕

董仲舒的《士不遇賦》

嗚呼嗟乎！遐哉邈矣。時來曷遲，去之速矣，屈意從人，非吾徒兮。正身俟時，將就木矣，悠悠偕時，豈能覺矣。心之憂歟，不期祿矣，皇皇匪寧，秖增辱矣，努力觸藩，徒摧角矣，不出户庭，庶無過矣。〔註 51〕

從上述例子我們不難體會到漢人在這裏所表達的思想情感實在是算不上太複雜的，然而表達得卻十分繁褥，綺靡，生僻的古字堆砌，語言的裝飾性非常強，令人望而生畏。沒有注釋的確是令人難以卒讀。這樣的文章就是放在漢代也不是與同時代人完全沒有隔閡的，文人們是故意喜歡把文章寫得很晦澀難懂，這是當時一種通病。可以說一個簡單的思想被一層層華麗的語言盔甲包裹起來，艱澀深晦，溝通困難，並且，在漢代這種文風佔據的是主導地位。這恐怕與寫作者的寫作觀念有關，這些人都是以文自重的腐儒，以文求貴者，或許是擔心太過平樸直白了，就失去了文章之士的神秘感，被人看輕了，他們需要用文字來證明自己具有不平凡的天資，不同於平常人的身份。謝榛在《四溟詩話》中也說：「漢人作賦，必讀萬卷書，以胸養次。《離騷》爲主，《山海經》、《輿地志》、《爾雅》諸書爲輔。又必精於六書，識所從來，自能作用。」〔註 52〕我深信漢人的治學，在很大程度上是特別修煉自己修辭方面造詣的。

至於音律，我以爲漢代雖沒有關於詩賦韻律方面的理論著作，但是從《詩經》、《楚辭》到荀、宋之賦，一脈下來，從他們的創作實績來看，他們至少已具備有節奏方面的意識，不論是四言、五言、六言帶「兮」字，我們都可以明顯感覺到行文中有分明的節奏感，讀起來都有音節鏗鏘的感覺，至於他

〔註 50〕揚雄，《甘泉賦》，見費振剛、胡雙寶、宗明華，《全漢賦》，北京大學出版社，1993 年版，頁 170。

〔註 51〕董仲舒，《士不遇賦》，見費振剛、胡雙寶、宗明華，《全漢賦》，北京大學出版社，1993 年版，頁 112。

〔註 52〕謝榛，《四溟詩話　薑齋詩話》，人民文學出版社，1961 年版，頁 62。

們是否具有文字音韻方面知識，雖無證據說明這一點，但是如前所說漢人的確是十分致力於文字研究的，他們把這看作是文學創作的基礎，不少漢賦家都曾撰寫過文字訓詁方面的著作，據劉慧晏研究：「漢賦作家有許多人曾經撰寫文字訓詁著述：司馬相如有《凡將篇》，揚雄有《訓纂篇》、《蒼頡訓纂篇》和《方言》，班固爲《蒼頡訓纂篇》作過續篇，馬融有《三傳異同說》，又有《孝經》、《論語》、《詩》、《三禮》等書的訓詁注釋，張衡有《周官訓詁》……。因此，阮元說：『綜兩漢文賦之家，莫不洞察經史，鑽研六書。』（《四六叢話・序》）由此可見，《說文解字》產生於漢代，絕非偶然。明乎如上歷史事實，再看司馬相如所謂：『合綦組以成文，列錦繡以爲質，一經一緯，一宮一商，此作賦之心迹也。』（《全漢文》卷二十二）我們對其中『一宮一商』之說會有更爲充實的認識，也就難以說漢賦所具有的音韻協合之美是賦家們「匪由思至」的『暗與理合』的結果。所以，講求音韻協合之美應是漢賦藝術美的特點之一。」〔註 53〕

文學有個悖論，如果某種文體太過於完美，與文學的本質就相去甚遠了，與生命的體驗相去甚遠了，模仿形式，太過於修飾，反而會殺傷了詩味。漢大賦就是這樣的，在文人刻意地追求表達形式感中殺了詩味。句子太過裝飾，形式大於內容，將本來很平凡的東西刻畫得過於華美豔麗，人爲地賦予了它神秘化、壯嚴化的意味。神是人類力量的異化，這樣一處理就充滿了祭祀般的壯嚴感，與現實拉開了距離，讓文字充滿了儀式感、神秘感，給人就有了一種壓迫感、畏懼感。也許這種文字給人的壓迫感、畏懼感正是漢代文人所追求的效果也未可知。

其四，語言風格清新、自然、平樸

最讓人感到耳目一新的是 1993 年江蘇東海縣尹灣出土的《神烏傅》，語言不囿於俗規，通俗平樸，意境清麗可愛。裘錫圭在他的論文《〈神烏賦〉初探》中說：「《神烏賦》是一篇基本完整的創作於西漢時代（大約在西漢後期）的佚賦。」「尤其值得注意的是，它具有獨特的風格，在現存的賦裏連一篇同類的作品也找不出來。」「此賦講述一個完整的鳥的故事，在目前所能看到的以講述故事爲特色的所謂俗賦中是時代最早的一篇。」〔註 54〕這是《全漢賦》中絕少的一篇俗賦，全文輯錄如下：

〔註 53〕劉慧晏，《漢賦藝術美探析》，齊魯學刊，1998 第 1 期。
〔註 54〕裘圭錫，《〈神烏賦〉初探》，《文物》，1997 年（1）。

惟此三月，春氣始陽，眾鳥皆昌，執蟲坊皇，蠉蜚之類，烏最可貴。其姓好仁，反哺於親。仁義淑茂，頗得人道。

今歲不翔，一烏被央。何命不壽，狗麗此菑。欲勳南山，畏懼猴猨，去色就安，自詑府官。高樹綸棍，支格相連。府君之德，洋溢不測。仁恩孔隆，澤及昆蟲。莫敢摳去，因巢而處。爲狸狌得，圍樹以棘。遂作宮持，䲹行求材，雌往索菆，材見盜取。未得遠去，道與相遇。見我不利，忽然如故。□□發忿，追而呼之：「咄！盜還來！吾自取材，於頗深萊。已行胱臘，毛羽隨落。子不作身，但行盜人，唯就宮持，豈不怠哉？」盜鳥不服，反怒作色：「□□汩涌，泉姓自它。今子相意，甚泰不事。」亡鳥曰：「吾聞君子，不行貪鄙。天地剛紀，各有分理。今子自己，尚可爲士。夫惑知反，失路不遠。晦過遷臧，至今不晚。」盜鳥賁然怒曰：「甚哉，子之不仁！吾聞君子，不忘不信 。今子□□□，毋□得辱？」亡鳥沸然而大怒，張目陽麋，挾翼申頸，襄而大……乃詳車薄。女不亟走，尚敢鼓口。遂相拂傷，亡鳥被創。

隨起□耳，聞不能起。賊皆捕取，□之於□。□得免厺，坐其故處。絕繫有餘，紈樹欋棟，自解不能，卒上伏之。不肯他措，縛之愈固。其雄悌而驚，扶翼申頸，比天而鳴：「倉=天=，親頗不仁！」方生產之時，何與其□？顧謂其雌曰：「命也夫！吉凶浮泭，願與女具！雌曰：「佐=子=！」涕泣侯下：「何戀亘家？□欲□。曰□君□，我求不死。死生有期，各不同時。今雖隨我，將何益哉！見危授命，妾志所踐。以死傷生，聖人禁之。疾行去矣，更索賢婦。毋聽後母，愁苦孤子。」《詩》曰：『青蠅止于杅。』『幾自君子，毋聽讒言。』懼惶向論，不得極言。遂縛兩翼，投其汙則，支體折傷，卒以死亡。其雄大哀，躑躅非回。尚羊其旁，涕泣縱橫。長炊泰息，逕逸嘑呼，毋所告愬。盜反得完，亡鳥被患。遂棄故處，高翔而去。

傷曰：「眾鳥麗於羅網，鳳凰孤而高羊，魚鼈得於笓笱，交龍執而深藏，良馬僕於衡下，勒靳爲之餘行，鳥獸且相憂，何兄人呼！哀哉窮痛！其菑誠寫愚，以意傳之。曾子曰：『鳥之將死其唯哀。』此之謂也。」〔註55〕

〔註55〕《神烏傳》，見龔克昌，《全漢賦評注》，花山文藝出版社，2003年版，頁461。

裘錫圭說它是唯一的一篇倒未必是客觀的，據載還有王褒寫的《僮約》也是一篇俗賦。還有人推測這種風格的俗賦在漢代不會太少，「依常理而言，如此成熟的敘事作品（指《神烏傳》），在當時不應該絕無僅有。」〔註 56〕但這都是推測，雖然這種推測不無道理，可我們目前沒有顯證能證明這一觀點，只能說這類風格的賦作是漢賦中的另類，這樣的例子極少，因此也就顯得彌足珍貴。它的風格比經典的漢大賦平實、樸素、自然，生活化的語言給人以全新的審美趣味。它在語言上很像《詩經》，大多是四言句式，少用典，沒有傳統漢賦的語言那樣典雅滯重，豔麗華美。它的敘述也比較質樸、真誠，所表達的思想情感也是體貼慰藉的，讀者通過這些文字可以體驗到共通的生命感受。來自民間的俗賦給文壇帶來了一股來自山野的清風，但是這種樸素的表達在漢樂府中就比較多了。比如《江南》：

江南可採蓮，蓮葉何田田，魚戲蓮葉間，魚戲蓮葉東，魚戲蓮葉西，魚戲蓮葉南，魚戲蓮葉北。〔註 57〕

又如《桓靈時童謠》：

舉秀才，不識字，舉孝廉，父別居，寒素清白濁如泥，高地良將怯如黽。〔註 58〕

《薤露歌》：

薤上露，何易晞，露晞明朝更復落，人死一去何時歸。〔註 59〕

《上邪》：

上邪！我欲與君相知，長命無絕衰。山無陵，江水爲竭，冬雷震震。夏雨雪，天地合，乃敢與君絕！〔註 60〕

《有所思》：

有所思，乃在大海南。何用問遺君？雙珠玳瑁簪，用玉紹繚之。聞

〔註 56〕伏俊璉，《俗賦的發現及其文學史意義》，復旦學報（社會科學版），2009 年第 6 期。

〔註 57〕《江南》，見丁福保編，《全漢三國晉南北朝詩》，中華書局，1959 年版，頁 63。

〔註 58〕《桓靈時童謠》，見丁福保編，《全漢三國晉南北朝詩》，中華書局，1959 年版，頁 102。

〔註 59〕《薤露歌》，見丁福保編，《全漢三國晉南北朝詩》，中華書局，1959 年版，頁 64。

〔註 60〕《上邪》，見李春祥，《樂府詩鑒賞辭典》，中州古籍出版社，1990 年版，頁 13。

君有他心，拉雜摧燒之。摧燒之，當風揚其灰。從今以往，勿復相思，相思與君絕。雞鳴狗吠，兄嫂當知之。妃呼豨！秋風肅肅晨風颸，東方須臾高知之。〔註61〕

《豔歌何嘗行》:

飛來雙白鵠，乃從西北來。十十五五，羅列成行。妻卒被病，行不能相隨。五里一反顧，六里一徘徊。吾欲銜汝去，口禁不能開；吾欲負汝去，毛羽何摧頹。樂哉新相知，憂來生別離，躊躇顧群侶，淚下不自知。念與君離別，氣結不能言，各各重自愛，遠道歸還難。妾當守空房，閉門下重關。若生當相見，亡者會黃泉。今日樂相樂，延年萬歲期。〔註62〕

《東門行》:

出東門，不顧歸。來入門，悵欲悲。盎中無鬥儲，還視架上無懸衣。拔劍東門去，舍中兒母牽衣啼：「他家願富貴，賤妾與君共餔糜。上用倉浪天故，下當用此黃口兒。今非。」「咄！行！吾去爲遲，白髮時下難久居。」〔註63〕

在漢代的民間創作中是以這種文風佔據主導的，有的幾乎是口語直接入詩，像這樣的表達幾乎觸處可見，舉不勝舉。這種來自平民的樸實平直的文風在漢代也蔚爲大觀，對後世同樣產生了重大的影響，幾乎有成就的古代作家沒有不重視樂府詩的，沒有不從樂府中汲取藝術養分的。

綜上所述，文體的形式審美是漢代人在創作中十分重視、刻意要把守的層面，也是他們相對容易掌握的形式感層面的東西。

〔註61〕《有所思》，見李春祥，《樂府詩鑒賞辭典》，中州古籍出版社，1990年版，頁43。

〔註62〕《豔歌何嘗行》，見李春祥，《樂府詩鑒賞辭典》，中州古籍出版社，1990年版，頁52。

〔註63〕《東門行》，見李春祥，《樂府詩鑒賞辭典》，中州古籍出版社，1990年版，頁64。

第七章　漢代文學審美開掘成果對後世文學的影響

人是自然界最高貴的動物，說他高貴是因爲這種動物除了有生理需要外，還有精神的需要，人類自誕生之日起，就沒有停止過主動地探索他所面對的世界，向周圍的環境索取自己的需要，他對世界掌握的方式分爲科學的和精神的兩種。馬克思曾經說過：「對世界的科學（理論的）掌握方式，是不同於對世界的、藝術的、宗教的、實踐——精神的掌握的。」具體到精神的掌握，文學藝術就是其中掌握方式之一，可以說人類中的上智人士從來就沒有停止過用這種方式對外部世界進行探索。社會的存在是豐富的，從自然本性上來說人對審美文化的需要也是多元的，它沒有止境。儒家詩教說作爲一種正統的文學觀的確對漢人文學產生過巨大的影響，在談到這種影響時，目今的學術界多將注意力集中在寫在經典文體裏的正統文學觀念對於漢代文學創作的影響，這實際上是不公允、不客觀的。其實漢代文學一方面注重其對社會公共事物的責任使命，一方面也對文學性表現語言保持著濃厚的興趣，在這個問題上我認爲不應該光看他們是怎麼說的，而更應該看他們是怎麼做的？他們實際上是怎麼想的？許結在《漢代文學思想史》中有一段話對這個問題的看法就很切中實質：「正是從樂府詩歌之『緣事』到漢末古詩之『緣情』的連續演進，使我們感受到漢詩創作與《詩》學理論的某種懸隔，但正因爲這種懸隔的存在，又使我們於兩種表象不同的文學現象產生於同一文化機制這一事實，去反思體悟一代詩學思想之整體的通貫性和意蘊。」〔註1〕的確是

〔註1〕許結，《漢代文學思想史》，南京大學出版社，1990年版，頁9。

存在這種現象，同一文化機制中文學理論和文學實踐之間有很大的懸隔，它們是不和諧的，從漢人們的創作實績中我們可以感受到，他們喜歡形式感很強的東西，他們在實際的創作活動中目的十分地明確，是想將「說什麼」和「怎麼說」這兩個審美範疇的東西統一起來，而不像後世文人那樣拼命強調文學形而上的功用，而忽視了其形而下的一面，使文學在變得純粹精緻的同時，也變得輕薄了，走過了頭，這種傾向與文學的使命、存世的本質相左了。事實上它們也是可以統一的，在「說什麼」的問題上，只要是在符合儒家詩教原則的大前提下，可說的又具有審美意義的題材內容是極廣泛的，尤其在文學發軔的階段，開掘空間十分廣闊，在「怎麼說」的形式美感的開拓上也存在同樣的問題，這是符合文學發展規律的。錢穆在《論語新解》中說「學者於詩，對天地間鳥獸草木之名能多熟識，此小言之也，若大言之則俯仰之間，萬物一體，鳶飛魚躍，道無不在，可以漸躋於化境，而豈止多識其名而已哉。孔子教人多識於鳥獸草木之名者，乃所以廣大其心，導達其仁，詩教本於性情，不徒務於多識也。」〔註 2〕錢穆說的正是文學審美發展的內在機制，它是有人類心理依據的。「審美心態在歷史發展中由於受到新的環境和其他外在因素及自身發展邏輯的影響，突破了固有的心理模式，從而形成了體現時代精神和充滿活力的嶄新形態。這種突破的功能，便是審美形態在發展過程中的超越。這種超越既與日新月異的社會生活相關，又得益於多民族的文化整合，乃至外來文化的刺激。個體在社會環境中所顯示出來的獨特的審美創造力，更是推動審美心態發展的直接契機。」〔註 3〕這裏說的是人類審美心態的發生發展規律，它在很大程度上受自然人性的控制，而不受制於理論話語的權勢。每一種哲學思潮的興起，都是有其深刻的社會原因，每一種新的審美思潮的產生都有其適合的土壤。正是由於漢代人這兩方面的自覺努力，它的探索成果對於中國古典文學的整體面貌起到了奠基的作用。

秦漢時代是處在一個社會轉型時期，社會形態由諸侯割據到封建統一，意識形態隨之發生變化，也就是說政治文化提供給社會安定的良好環境，這是推動文化發展基本的條件，所以，這些方面深刻的變革投射到生活在當時人的身上，必是產生和發展人們以實現自己人生價值爲目標的欲望，人們的

〔註 2〕錢穆，《論語新解》，巴蜀書社，1985 年版，頁 15。

〔註 3〕張晶主編，李勝利、陳友軍副主編，《審美前沿》，第二卷，北京廣播學院出版社，2003 年版，頁 148。

這種新的精神需求是以表現出對文化的探索和創新興趣來體現的。漢代的文學就是在這樣的文化生態環境中發展起來的。可以說有漢四百餘年，文學的發展也是呈一個流變的過程，引發漢代文學新審美格調的機制是十分複雜的，一個時期有一個時期的審美主調，正是這種發展的累積，才能在整體上反映出漢代文壇多姿多彩的局面，漢代文學是中國文學發展史上一個承前啓後的重要發展階段，她蘊含了中國多種文學體式的萌芽，中國文學的各種文體在漢代都已開肇端。雖然漢代文學被納入了實用功利的體系，但就整個社會爲文觀念中並不缺乏文學美追求的自覺意識，這是一個問題可以互相併存互不排斥的兩個方面，漢代文學的創作實績本身也說明漢代是個富於創造的時代，漢代文人致力於文學題材、體裁方面的開拓、建樹是顯著的，漢代文學在整個中國文學發展史上具有不可取代的地位，她是中國文學脈流中一個極重要的環節，先秦文學經過五百多年的發展，經過其中歷代作家的探索，文學作爲一個學科，一個藝術的分支，其基本內質、主要特徵、學科的畛域，對於這些基本的方面，那個時代的作家還是把握得很好的，隨著學科的發展，漢代作家比前人站在了一個更新的高度上，又不斷地加以學科的內純化和畛域拓展化，漢代文人完成了時代賦予他們的歷史使命，多元化的審美探索在整體上來說也是成功的。只是那個時代的作家們受制於物質文化和精神文化的發展水平，以及專制政體下政府對文學的控制和利用，加上學科本身發展積澱的不足，所以它所能提供給人的審美意趣相對於後世文學是處在一個相對較低的水平線上，這是必然的，符合文化發展的內在邏輯，但它的文化精神影響力是深遠的，韓愈在《答李翊書》中說「非三代兩漢之書不敢觀也」，陳之昂在《與東方左?竹篇序》裏提出「興寄」一詞，其本義是批評齊梁間的文風「採麗競繁，而興寄都絕」，其所謂「興寄說」就是源於漢人詩說的美刺比興觀念。明代前後七子就一再提倡「文必秦漢」，主張以漢代的文學精神來抵制彌漫於明代文壇上詞氣安閒、內容貧乏的臺閣體。漢之後的歷朝歷代都有人提出漢魏風骨以抵制文壇上唯美主義傾向，這是個說不盡道不完的話題，選題之大，可另作專題討論，本論文受選題限制，僅能對此作個淺表的印象性論述。但是有一點可以看出古人不受話語權的影響，他們比今人要重視漢代文學，比今人對漢代文學的整體評價要高，更接近於客觀事實。漢代文學對後世的影響有正面的，也有負面的，相較之下，瑕不掩瑜，它對於我國獨具特色的民族文學的藝術風格、文化精神的形成是起到奠基作用的，我想在此僅對其在題材、體裁上對中國文學審美新領域的開拓作個粗淺的大輪廓的描述。

首先，是漢代文學在題材審美上的開拓貢獻。

宮怨主題

《詩經》《楚辭》中有不少表現愛情的詩，但是沒有表現宮怨的，自漢代首開了宮怨題材，司馬相如的《長門賦》、班倢伃的《怨歌行》等都是描寫在朝廷後宮婦女爭寵鬥爭中處於失利地位婦女寂寞生活和內心痛苦的。宮廷裏侍奉君王的婦女是個特殊的群體，她們是深居內宮的貴族婦女，她們的生活和普通人的生活有很大的距離，一方面她們過著錦衣玉食的優裕生活，另一方面感情生活又遠比一般婦女要單調和枯寂，尤其是在爭寵鬥爭中處於失利境地的一批人，其內心的煎熬非平常人所能體會一二的，但是由於漢代文人中的一些人有著直接服務於皇家的特殊經歷，後宮婦女這一小部分特殊人群的悲劇生存狀態和內心世界進入了他們關注目光，並從審美的視角對此進行了刻畫，在漢代文人的探索下，宮廷貴族婦女的生活和精神以悲劇審美的方式進入了人們的視野，向世人提供了一個新的審美視域，後世各代的文學沿著漢代人開拓的審美題材走了下去，成爲一個傳統題材，使這類題材的創作代不乏人，歷代都有這方面的上乘之作，而這些生活在深宮、在現實生活中已被邊緣化了的女性，在文學作品中卻成了悲劇主人公作爲審美對象而受到世人的特別關注。

都邑主題

漢代人爲了表現大漢帝國的聲威，喜歡描寫可以象徵國力財富都市景象：街市的熱鬧繁華，宮殿建築的繁複豪奢，皇家遊獵場面的聲勢威風，形成了貴族文學的典麗豪華、氣勢壯闊的審美格調。揚雄有《蜀都賦》，傅毅有《洛都賦》《反都賦》，崔駰有《反都賦》《大將軍臨洛觀賦》《武都賦》，班固有《兩都賦》《西都賦》《東都賦》，李尤有《東觀賦》，張衡有《南都賦》《西京賦》《東京賦》，杜篤有《論都賦》等等，開了後代詠都邑賦的先河，受這一題材的影響，左思的《三都賦》、何晏的《景福殿賦》、杜牧的《阿房宮賦》等等都是這類作品的仿作。而且漢大賦的辭采華麗、氣勢宏渾闊大的陽剛之美對後世文學也產生了巨大的影響，這種雄渾闊大的意境在後世文學中也能找到，如王維的《終南山》:「太乙近天都，連山到海隅。白雲回望合，青靄入看無，分野中峰變，陰晴眾壑殊，欲投入宿處，隔水問樵夫。」全詩天、地、雲、靄、山川、峰壑，處處顯示出詩人開闊的胸襟。李白的《蜀道難》亦是奇情壯採之作了，對於自然景色的虛構、誇張之筆的運用，吞吐宇宙的氣勢，從中可以感受到漢賦鋪排張揚、淋漓酣暢之雄闊氣勢。李白的三篇大賦《大鵬賦》、《明堂賦》、《大獵賦》無論是從題材構思到描寫手法，都可以明顯看到漢代大賦的影子，藝術表現的思路都是極盡語言之能事，表現作者意象中的一個代表輝煌或者宏大的符號。因爲每一個讀者都能夠意會到，人們的生活經驗或潛在意識中沒有與作品描寫相符合的事實，但是人們寧願相信它的存在，因爲它們挾帶著作者的情感，包含有太多的審美元素在其中，人們通過作者刻畫的意象同樣也產生了心靈的感動和悅愉，這是最重要的。詩中形象的間接性和意向性，具有審美上的張力，能夠給讀者提供想像和再創造的偌大空間，產生了讓人把玩不盡的藝術魅力。漢代人政治色彩的減弱和文化色彩的增加，不啻是社會生活地位的改變，迫使他們在人生價值觀念上也要隨之發生改變。

詠史主題

儘管在先秦的《詩經》中已出現歷史人物、歷史事件的作品，《詩經・秦風・黃鳥》寫車氏三兄弟爲秦穆公殉葬一事。但是有明確意識以歌詠歷史爲題材，並且以「詠史」爲標題的是始於東漢的班固，寫的是漢文帝時代少女緹縈上書救父的事情。建安詩人王粲、阮瑀、曹植、西晉文人左思等相繼步其後塵，遂開了文人詠史詩，後人所指的詠史詩一般就是指由班固首開的這一類題材的詩。中國文人往往有很強的歷史觀念，他們看重歷史，其原因是很可能重視傳統的觀念，他們把過去、現在和未來聯繫起來，這種聯繫是靠傳承來連接的。還有一個原因就是在觀念上認爲歷史是對自己民族的記憶，是一種文化的表現，任何一個民族的文化都會體現在歷史和傳統之中。據《太平御覽》記載班固當時創作的以《詠史》爲題的還不止於詠緹縈這一首，還有詠吳季札、霍去病等人的，這說明漢人已明確意識到詠史詩中的傳統文化內涵與現實政治巧妙的聯繫，受儒家功用主義觀念的影響，故而這類的題材有人刻意去寫。而後人在這類題材上的創作都是順著這種邏輯思維和藝術思維去構思新作的。

敘事主題

雖說秦已有樂府的實物證據，但是至今尚未見其創作存世，因此這種詩體只能暫從漢代算起。漢代樂府詩中的大部分詩都是植根於民間沃土之中的，是「感於哀樂、緣事而發」的產物，故而其不少作品最爲突出的藝術風格是現實性、敘事性，漢代平民創造出了以詩敘事這一種文學形式，明代徐禎卿在《談藝錄》中云：「樂府往往敘事。故與《詩》殊。」〔註 4〕道出了樂府與《詩經》本質上的不同，樂府可以說是漢代詩賦藝術中最爲成熟的一種體裁，是華夏民族中詩體發展繼《詩經》、《楚辭》之後第三個里程碑，她爲後世文學樹立一個光輝的典範。樂府中的《焦仲卿妻》、《孤兒行》、《病婦行》、《陌上桑》、《烏生》、《戰城南》、《十五從軍行》等等，都是經典詩作。這批敘事詩有一個共同的特點就是它們的藝術魅力來自於內容上富於敘事的情節性、戲劇性，結構完全按照故事的發展線索來開展的，猶如行雲流水般的自然、樸實。裁剪精當，該著墨處大肆潑墨，該省略處惜墨如金，對敘述的事件並不追求首尾齊全，而只突出要點，形象刻畫能力很強，抓住最能反映人物精神面貌的語言、行動加以渲染，使故事中的人物性格鮮明，形象生動，情節表現眞實自然，維妙維肖，整個作品骨架勻稱，血肉豐滿。之後模仿這類作品的創作代不乏人，但在藝術上超過它們的還不多見。

詠物主題

漢代的詠物賦雖不是原創性的，在它之前已有荀況的《雲賦》、屈原的《桔頌》、宋玉的《風賦》等一批經典型的作品問世，但是先秦的詠物賦與漢代的詠物賦有很大的區別，先秦的詠物創作，作者的文章立意是帶有很強的社會意識的，屈原的《桔頌》通過寫桔頌揚的是屈原高潔的人格，《風賦》有明顯的曲意阿諛權貴的意思，當然其中也有當時下層平民生活狀態的描述，對民生維艱的同情，讀後前者讓人情感得到昇華和淨化，後者讓人爲文字的精美和作者豐富想像驚歎的同時，也感到有一絲的沉重，它有很多的寓意在其中。漢代的一部分詠物賦卻是提供了另一種新的審美，似乎漢代的文人有著一種極爲閒適平和的心態和呈現辭章才能的欲望來細細地把玩物態，欣賞品味風月景色，把它當作審美觀照物來加以表現，以娛樂的心態在平常習見的器物當中去發掘出一種和儒家文學精神似乎不太和諧的審美趣味，作爲在政治生活之外的人生消遣。漢代的小賦中詠物之作不少，著名的有王褒的《洞簫賦》、枚乘的《柳賦》、公孫乘的《月賦》、傅毅的《舞賦》、馬融的《長笛賦》等，極大地豐富詠物創作的題材，因爲有著這麼一批閒適文人的賦物小品的創作，將詠物題材的創作發展成爲一類別具一格的審美題材。後代文學中像類

〔註 4〕轉引自清代何文煥，《歷代詩話》下冊，中華書局，1981 年版，頁 769。

似於這樣的詠物小品不絕於世，雖未發展成一個洋洋大觀重大題材，但始終是點綴文壇的一枝清麗小花，受到世人的喜愛。儘管後人的創作不一定是賦體，而是詩、詞什麼的，但題材上是一脈相承的，內容很相近，故而還應看作是對這類題材創作的繼承和發展。

我以爲這類題材的創作在文學史上的意義恐怕還不僅於此，這種於儒家入世文學反撥方向的審美開掘，對於文學藝術的發展所產生的深遠意義可能會延伸出更多更新的審美因素，這一點直到目前爲止尚無人注意這個問題，但是文學每一步的發展，都是多重因素合力的作用，這是無疑的。

山水主題

自然景物在《詩經》中就有不少的描寫，但是那大都是作爲比興的手法運用中的一個喻體，比如《詩經》中《氓》中的一段描寫「桑之未落，其葉沃若，吁嗟鳩兮，無食桑葚，吁嗟女兮，無與士耽。」這實際是一個被愛情遺棄的女性在述說自己不幸的感情遭遇，「桑之未落，其葉沃若」是說回顧自己未嫁時的景情多美好，少女時的自己就像桑葉未脫落時，葉兒色澤光亮奪目。後面四句才是正題，以自己的經歷勸告其他姐妹別像斑鳩吃易醉的桑葚，好姑娘啊別與男人們有太多的接觸啊！還有一種是作爲人物活動的背景來描寫的，比如《北風》「北風其涼，雨雪其雱，惠而好我，攜手同行」。但是在漢賦中對於自然景色的描寫顯然沒有那麼明顯的陪襯作用，而已獨立地作爲一個審美對象進入了人們的視野，比如班固的《終南山賦》、枚乘的《七發》、司馬相如的《子虛賦》、《上林賦》張衡的《二京賦》都有對山光物態的描寫。兩漢在對山水的描寫中的確是形成了一定的規模，有規模的表現其意義在於：一是昭示了在漢代人的文化心理中，大自然不再是壓迫人類的敵對力量，人類不需要匍匐在自然面前附首稱臣；二是在一個安定的環境中，人們可以以一種平和的心態去欣賞周圍環境的美感，並已感受到山水風月有著人力難以企及的巨大的審美價値。故而產生了這種有規模的刻意去表現山水景觀的作品，其在審美文化上的意義是重大的，其深厚的積澱必對後世文學產生重大的影響。到了晉宋之際，經由孫卓、謝靈運等人將這一審美題材引入到詩中，並得到了光大，產生了眞正意義上的山水文學，由此之後，山水文學在中國古典文學中是一大表現熱點，洋洋大觀，歷代都有上乘之作彪炳於史冊。

田園主題

張衡在漢賦的發展中是個轉折性的人物，由於他個人獨特的經歷，從內心對政治產生了厭倦情緒，出於一種逆反心理，他將審美的目光投注到與上層榮華富貴相對立的下層民間生活中去。一個很有文化的人，即便是最庸常平凡的生活、最苦澀的人生，他也能從中找出點具有審美品味的物事來表現。也正是張衡人生觀的轉變，給他帶來審美關注的轉變，培育出了中國文學中田園文學這一枝奇葩，當然這其中也有道家哲學對文學的投射。老莊學說在西漢初年很有市場，很快成爲官家的治國政策原則，所以它有相當的社會基礎，漢代人學會用老莊的人生觀來處理人際關係，崇尚退守。用老莊的審美觀念來解決人工美和自然美這對矛盾，崇尚自然拙樸中的天趣。《歸田賦》是張衡受這種思潮影響，在田野村落中這些最貼近天地自然的樸素生活、解放人性環境中，在別樣的逍遙自任、盡顯自然個性的釋放中，尋求到一種不同於時俗的審美愉悅，尋求到皈依天然人性、擺脫羈絆、率性自由的愜意。這是一個審美世界的革命，文學關注的目標開始由外面世界轉向內心世界，追求的是自然和諧之美，這在東漢時期是一種「邊緣化」的審美創作，之後經由陶淵明的《歸去來兮辭》、《歸園田居》、《飲酒》等系列的創作，將這種平和沖淡、悠閒自足的審美意韻得以光大了。這種審美風格對中國文學藝術發展的影響是不可估量的。從這一點來說，張衡對於文化的貢獻是巨大的，由他開發的這種審美思維帶著巨大的歷史慣性支配著後世文人的文化創造，後世文人有專門追求這種詩風的，唐朝山水文學成了大觀，產生了一批有成就的詩人，王維、孟浩然、儲光羲、韋應物、柳宗元、裴迪、劉長卿等人。宋朝的楊萬里也是個熱衷於追攀這種詩風的人，他一部分創作就是刻意追求自然平淡眞趣的產物，他的藝術趣向表現在選材上和張衡是一脈相承的，描寫的是田園村落樸素平淡的農家生活，他的《桑茶坑道中》就是這種詩風的代表作：「晴明風日雨干時。草滿花堤水滿溪。童子柳陰眠正著，一牛吃過柳陰西。」深化和光大了張衡《歸田賦》所發端這種平和沖淡之審美趣尙的傾向很明顯。直至今天的人們依然把這當作民族文化的瑰寶加以深掘發揚。

當然，漢代人的文學題材審美開拓上的貢獻還遠不止於此，比如《文心雕龍・哀弔》云：「自賈誼浮湘，發憤《弔屈》，體同而事核，辭清而理哀，蓋首出之作也。」〔註5〕認爲賈誼是弔文體例的開創性之作，對後世的弔文產生了深遠的影響。在東漢後期出現了一些抒發個人感情，抒發對現實不滿情

〔註 5〕范文瀾注，《文心雕龍注》，人民文學出版社，1958 年版，頁 241。

緒，抨擊當時政治腐敗，社會黑暗的小賦，這些直抒胸臆的作品，無論在思想上還是在藝術上都有一定的價值，更重要的是它突破了相沿成習漢大賦的頌諷傳統，是六朝抒情賦的先聲。

漢代文學對於中國文學題材上的貢獻要一一列舉幾乎是不可能的，在本選題中也沒有必要，只能是撮其大要列舉一二，而且漢代對中國文學的影響還有文學精神方面的、思維形式方面的等等，兩漢文人不僅在題材上致力於多元化的開掘，還有體裁方面的，有音韻方面的，有行文結構方面的，等等，可以說是全方位的。但是在這些諸多形式審美方面的探索上，他們最突出的貢獻還是在於體裁上。漢代人在體裁創新上企圖超越前人的努力是很突出的。

賦雖是萌發於先秦的一種賦體，但卻是漢代人賦予了它全新的藝術生命，賦到了漢代人手裏把它改造成了漢代的代表性文體，與後代的唐詩、宋詞並峙成爲中國古典文學三大高峰。游國恩等人編寫的《中國文學史》中這樣評價道：「《七發》是標誌著新賦體——漢賦正式形成的第一篇作品，在賦的發展史上有重要地位。新賦體由騷體的楚辭演化而來。屈宋等作家的楚辭富於地方特色，是一種形式自由、句法散文化，以批判現實、抒發個人憤懣感情爲主的詩歌體裁。新體賦首先在內容上改變爲對帝王的歌功頌德，勸百而諷一；形式上則改變楚辭句中多用虛詞、句末多用語氣詞的句式，進一步散體化，成爲一種專事鋪敘的用韻散文。新賦體的根本，就是以鋪張爲能事，以適應統一帝國的需要。」〔註6〕《七發》貢獻還不僅在於它是新賦體的開山之作，而且它的體式也多爲後代作者模仿，在賦體中形成一種定型的主客問答，這我在前面已有論述，不再贅言。

傳記文學是漢代又一文學樣式，其代表作便是人們熟悉的《史記》，它的創造性之一就是體例。他爲了突出表現歷史人物在歷史事件中的作用，創造出了一種以人繫事的記載歷史的新方法，把全書分爲本紀、表、書、世家、列傳五種類型，其中本紀、世家、列傳全是人物傳紀，這種全新的記事理念和敘事策略是出於文學性表現人物的需要。這本巨著對於中國文化的貢獻實是難以估量。

在我國早期的詩歌中，沒有形成有定制的詩體，以四言居多，但也有一些是雜言體，到了漢代出現了有五言詩、七言詩這些有定制的詩體。五言先是在西漢時期就出現在民間，《漢書》中有一些記載，當時的民間五言俗諺：

〔註6〕游國恩、王起等人編寫，《中國文學史》，人民文學出版社，1980年版，頁120。

「何以孝弟（悌）爲，財多而光榮，何以禮儀爲，史書而仕宦。何以謹愼爲，男猛而臨官。」〔註 7〕「邪徑敗良田，讒口亂善人。桂樹華不實，黃爵巢其顚，故爲人所羨，今爲人所憐。」〔註 8〕這些創作語言平樸無華，藝術上亦顯幼稚，但它的存在給文人寫五言詩提供了借鑒，從這一層意義上說民間在新詩體的形成上首開其端。廣爲流行後，這一形式被文人採納，最早的文人五言詩是東漢班固的《詠史》，最初的嘗試並不算太成功，鍾嶸在《詩品》中評其爲「質木無文」，但是經由這些著名文人之手，將這一詩體作了推廣，「班固之後，文人創作五言日漸增加，如張衡的《同聲歌》、秦嘉的《贈婦詩》、蔡邕的《飲馬長城窟行》、繁欽的《定情詩》、辛延年的《羽林郎》等，都是完整的五言詩。到了《古詩十九首》一類詩歌的出現時，五言詩就達到了成熟階段。」〔註 9〕之後到了建安時代五言創作，更是出現了高潮，「彬彬之盛，大備於時」（《詩品》序），出現了曹氏父子和「建安七子」爲代表的一批文人創作，尤其五言到了曹植之手，成了他言情最爲乘手的工具。他命運坎坷，曹操死後，他備受曹丕排擠，「十一年中而三徙都」，《吁嗟篇》形象地描寫了他這一時期的生活境遇和痛苦的心情。《野田黃雀行》則表現了他對迫害的憤怒和反抗之心，詩風頗深沉哀怛，亦多有感人的篇什。

之後五言詩的創作卓成大觀，到了南北朝時期，南朝的「永明體」就是在「五言詩」的基礎上進一步的發展，是沈約、謝朓等人嘗試利用漢字的四聲，將四聲音調不同的字按一定的規則組織排列起來，使詩文產生抑揚頓挫的聲韻美。永明體是由漢魏古詩發展到唐代近體詩的一種過渡，是唐代近體詩的前奏。唐代盛行的五律、五絕是這一詩體的發展。

七言詩的興起與發展經歷了與五言詩大致相同的情況，它幾乎與五言詩同一時期在民間興起，樂府民歌中就有不少七言的詩句，比如《上郡歌》：

> 大馮君、小馮君，兄弟繼踵相應循，聰明賢知惠吏民，政如魯衛德化鈞，周公康叔猶二君。〔註 10〕

〔註 7〕班固，《漢書》卷七十二《貢禹傳第四十二》，中華書局，1962 年版，頁 3077。

〔註 8〕班固，《漢書》卷二十七中之上《五行志第七中之上》，中華書局，1962 年版，頁 1396。

〔註 9〕黃岳洲、茅宗祥主編，《中國古代文學名篇鑒賞辭典・先秦秦漢文學卷》，漢語大辭典出版社，2002 年版，頁 408。

〔註 10〕《上郡歌》，見丁福保編，《全漢三國晉南北朝詩》，中華書局，1959 年版，頁 90。

但是一般人都認爲文人作七言詩是從東漢張衡的《四愁詩》開始的，從句式來看已很整齊，但每一段的開頭句中間都加「兮」字，「我所思兮在太行」、「我所思兮在桂林」、「我所思兮在漢陽」、「我所思兮在雁門」，這種句式在秦漢時使用很普遍，劉邦的《大風歌》、項羽的《垓下歌》都有這樣的句式，因此，張衡的《四愁詩》既有因循秦漢時舊句式的傳統，又有新的發展，每段七句，每句七言。開了七言之先聲，宣告文人七言詩的成立，至東漢末年曹丕的兩首《燕歌行》將這一詩體確定了下來，但這時文人的七言創作寥若晨星，之後消歇了兩個世紀，它眞正的普及與成熟是在南宋鮑照以後的事，鮑照創作是比較成熟的以七言句爲主的雜言體詩。故而七言詩的普及要比五言詩晚，其原因是五言詩普遍受到人的尊重，將其採入樂府，被之管絃，廣爲傳唱有關，但七言的律詩、絕句就是在這些創作的基礎上形成的。

漢代文學給後世文學也帶來了不少的負面影響，齊梁間流行的宮體詩亦可謂是貴族文學。其內容綺麗浮豔、頹靡放蕩固然有其特殊的時代因素，但不會跟漢大賦中過分鋪排，過分講究詞藻修飾無關。漢大賦的那種窮形盡相的藝術思維、審美價值觀對後代藝術產生了極複雜的影響，難以一言爲盡。

第八章　對漢代文學審美意趣的幾點管見

一、漢朝是一個詩歌相對萎縮的時代

中國歷來是個詩歌藝術很發達的國家，三千年文學史最多的是詩歌，最發達的是詩歌藝術。可是從先秦《詩經》到《楚辭》，再到東漢末年的建安時期，中間卻出現了斷檔，有漢四百餘年，只有寥寥樂府民歌幾十首，《古詩十九首》等不多的一些詩作，文人鮮有詩歌創作，鍾榮在他的《詩品・總論》裏有一段話描述了當時文壇的這種創作現象：「自王（褒）、揚（雄）、枚（乘）馬（司馬相如）之徒，詞賦競爽，而吟詠靡聞。從李都尉迄班倢伃，將百年間，有婦人焉，一人而已；詩人之風，頓已缺喪。東京二百載中，唯有班固詠史，質木無文。」〔註 1〕其實，東漢的情況基本也是這樣。的確，漢代是個文學上發展非常特殊的一個時代，從先秦肇始的賦經過幾百年涓涓細流傳到了漢代，成為洋洋大觀之巨流，這個時代是以賦作為承上啓下媒介的，詩和賦都屬有韻之文，在漢人看來都屬同科，是專門抒發情感類的藝文。前者為抒情之短章，後者以鋪敘為主的長製。唐詩、宋詞、元曲、明清小說，文學一代有一代之所勝。漢帝國不僅是一統了天下，而且大大開闢了疆域。漢代的政績極大地激發起了漢代文人內心的激情，一個全新的時代來臨了。時代呼喚新文體，新文體反映新時代，他們不再滿足於短製抒情，而是偏愛賦體的長篇鋪排。漢賦經他們之手發展成了一代文學的代表，漢賦生動傳達出了

〔註 1〕鍾榮，《詩品》，人民文學出版社，1980 年版，頁 1。

大漢帝國的精神面貌，它適應了漢帝國的時代需要。賦這種文學體裁在漢人心目中享有極高的地位，整個社會的創作風氣都集中在賦體寫作上，兩漢的文壇爲漢賦所壟斷，其他文體極少，詩歌創作也不盛行，尤其在文人圈裏，相對文人圈子的創作風氣，民間對於詩歌的熱情要高一些。班固論述過這種現象：「春秋之後，歌詠不行」，「學《詩》之士逸在布衣，而賢人失誌之賦作矣！」〔註2〕他還在《兩都賦・序》裏說到當時文人寫賦之盛況，文人的寫作熱情：「或曰：『賦者，古詩之流也。』昔成、康沒而頌聲寢，王澤竭而詩不作。大漢初定，日不暇給。至於武、宣之世，乃崇禮官，考文章，內設金馬、石渠之署，外興樂府、協律之事，以興廢繼絕，潤色宏業。……故言語侍從之臣，若司馬相如、虞丘壽王、東方朔、枚皐、王褒、劉向之屬，朝夕論思，日月獻納；而公卿大臣：御史大夫倪寬、太常孔藏、太中大夫董仲舒、宗正劉德、太子太傅蕭望之等，時時間作。或以抒下情而通諷諭，或以宣上德而盡忠孝。雍容揄揚，著於後嗣，抑亦雅頌之亞也。故孝成之世，論而錄之，蓋奏御者千有餘篇，而後大漢之文章，炳焉與三代同風。」〔註3〕這是客觀地描述了當時的文壇風氣。漢代文人在這樣的社會文化氛圍下創造了一世雄文，他們無論是在數量上還是在質量上，都作出了無愧於時代的努力和貢獻。

二、漢賦雖有遭人詬病的多種因素但不影響她爲一代宏文的歷史地位

漢代文學業已取得了如此輝煌的成就，可謂炳彪千秋，功垂萬代，可是在兩千年的歷史中屢屢遭人詬病，少有人客觀評價它在文學發展史上的地位和貢獻，它們被世人尊重的程度遠不如唐詩、宋詞、元曲，深究這裏的原因比較複雜，但我認爲主要的應該是以下幾點：一，跟漢賦多用生冷字、怪僻字、典故不無關係。漢賦裏大量用典，大量運用生僻字、生僻詞，這都讓人感到生澀感、隔閡感，這就人爲設置了一個很高的鑒賞門檻，要求讀者具備非常高的文字修養，否則連閱讀都很困難，更別說是欣賞了。根據《文心雕龍・鍊字篇》裏說，漢賦尚在魏晉時代就已成了「阻奧」，更別說再往後的時代了。既然它和讀者之間隔著語言的屏障，顯得十分艱深，這就讓人難以觸摸到它了，這很自然。二，其修辭侈靡過實。《菜根譚》裏

〔註2〕班固，《漢書・藝文志》，中華書局，1962年版，第6冊，頁1756。
〔註3〕費振剛、胡雙寶、宗明華，《全漢賦》，北京大學出版社，1993年版，頁311。

有一句話說得很樸實，但很中肯綮：「文章做到好處，無有他奇，只是恰好。」但是漢賦在這一點上做得不那麼恰到好處，在表達上太過繁褥，一個簡單的意思往往迴環往復，反覆描述，節奏過緩，有時甚至有硬往上湊意象的感覺，讓人感到生澀的，僵硬的，彆扭的，以致於有些語句過於修飾反而淹沒了思想內容。章句修飾過於華豔淫麗，會讓人產生為修飾而修飾之感，名物堆砌繁多，讓人感覺行文板重，拖踏，笨拙。這種文體操作都會阻隔讀者。三，我在前面已經論述過的，漢賦不管是在形式上，還是在內容上都有很多因循摹擬的因素，重複性的創作較多，不管在漢朝人看來這是件多麼榮耀的事，傳達他們對前輩精典之作多麼濃厚的膜拜之心，但是這畢竟不是一種迎合讀者審美需求的做法，容易讓人產生審美疲勞感。四，還有一個重要的因素就是漢賦大都是御用文人出於入仕的目的而寫的，那個時代對文人來說畢竟入仕才是正途。為帝王，為權貴提供消遣娛樂，討好權貴是文人們不二之選，為其歌功頌德之文，大都屬廟堂文學，有不少阿諛之氣，就是名家的經典之作，華麗的文字下也缺少情感的溫度，有為文造情之嫌。就拿司馬相如的《子虛》《上林》來說，在《史記》中就合併為一篇《天子遊獵賦》，洋洋灑灑五千言，全都是在寫天子坐擁天下盡享各種名物之勝，美景之勝，最後只在結尾處才留下一點點裝腔作勢的諫諷之意，以彰示作者的人格高潔，說到底也是幫閒文化。《漢書・王褒傳》中有段話就把這批作家與作品的性質說得很透徹：「上（指漢宣帝）令褒與張子僑等並待詔，數從褒等放獵，所幸宮館，輒為歌頌，第其高下，以差賜帛。議者多以為淫靡不急，上曰：『不有博弈者乎？為之猶賢乎已！辭賦，大者與古詩同義，小者辯麗可喜。闢如女工有綺縠，音樂有鄭衛，今世俗猶皆以此虞耳目；辭賦比之，尚有仁義風諭，鳥獸草木多聞之觀，賢於倡優博弈遠矣。』」〔註 4〕社會需要它是出於娛樂的目的，真是為藝術而藝術傾向的開始，後代文人無不從中汲取到藝術的養分，唐詩、宋詞、元曲等中國文學發展史上幾座並峙的高峰不能說與她的成就無關。

三、漢代文學的發展深受當時哲學思潮的影響

雖然漢初的政壇上一度盛行黃老之學，統治階層在各種場合標榜自己奉行的是黃老哲學，但是細加辨析可以發現，漢初雖然在政治上、經濟發展觀

〔註 4〕班固，《漢書》卷六十四下《王褒傳三十四下》，中華書局，1962 年版，頁 2829。

念上是採取以退爲進的策略，但在文學領域黃老哲學並非佔據主導地位，雖然也有像賈誼這樣的個別人在他人生失意情緒低落時的作品中偶爾流露有道家思想傾向，比如他的賦中有這樣的句子：「禍兮福所依兮，福兮禍所伏，憂喜聚門兮，吉凶同域。」〔註5〕但是黃老哲學並沒有在文學創作領域形成主流。分析這裏的原因也很簡單，到了漢代，中國文人已有上千年參與政治的傳統，尤其到了孔子手裏，又把這種觀念理論化，儒家入世精神乏化成了一種普世的價值觀念，經過上千年的積澱，中國文人的人格氣質，文化心理已經定型，這種文化心理不自覺地在文學創作領域對漢初流行的黃老思想起到了消解和抵製作用。再者，漢初幾十年之後，整個意識形態也發生了根本性的變化，由獨尊黃老變成獨尊儒術，兩漢經學昌盛，名儒輩出，《禮》《書》《易》《春秋》《詩經》經學地位極高，被看作是金科玉律，是當時人一切行動的出發點和歸宿點。像寫文作賦這樣在漢人看來名垂千古的大事更是自覺靠近儒家哲學了。揚雄說：「書不經，非書也，言不經，非言也；言書不經，多多贅矣！」（《法言・問神》）這在當時是有代表性的觀點，人們的思想修養，言談舉止，著書立說，一切都應該是要符合儒教精神的。一切違反儒教思想的都被看作是離經叛道。故而，從漢代文學的內容風格上來看占主導是儒家思想。尤其是漢代的文論，與先秦儒家爲文觀念是一脈相承的。漢代文學所表現的哲學思潮應該歸屬於儒家哲學。但是這和我在前面所說的漢賦作爲一種純文學並不矛盾。其實，縱觀當代外國文學的各種表現流派，在意識形態上其背後都是有一定的哲學思潮作爲背景的，但是這和作家在作品中追求藝術水準並不衝突是同樣的道理。

四、漢人對於文學虛構與現實間差異的認識是模糊的

在整個文學發展史上歷來就有一種傾向，批評漢賦創作的「虛詞濫說」之弊，司馬遷就說：「相如雖多虛詞濫說，然其要歸引之於節儉，此與《詩》之風諫何異？揚雄以爲靡麗之賦，勸百風一，猶馳騁鄭、衛之聲，曲終而奏雅，不已戲乎？」〔註6〕《漢書・揚雄傳》中也說到揚雄對漢賦負面看法：「雄以爲賦者，將以風之也，必推類而言，極麗靡之辭，閎侈巨衍，竟於使人不

〔註5〕賈誼，《鵩鳥賦》，見費振剛、胡雙寶、宗明華，《全漢賦》，北京大學出版社，1993年版，頁2。

〔註6〕司馬遷，《史記》卷一一七《司馬相如列傳第五十七》，中華書局，1959年版，頁3073。

能加也，既乃歸之於正，然覽者已過矣。」〔註 7〕這些批評一個核心思想都是批評漢賦的語言風格浮誇虛無荒誕，王符說得最透徹：「今賦頌之徒，……競陳誣罔無然之事，以索見怪於世，遇夫、戇士，從而奇之，此悖孩童之思而長不誠之言也。」多麼偏激的言論，還貼上了道德的標簽！認爲這種浮誇文風會給青年一代造成說話不誠實的影響。東漢王充在他的《論衡》裏有一則批評關於日浴湯谷神話的文字，他辨析這個神話說：「日，火也；湯谷，水也。水火相賊，則十日浴於湯谷當滅敗焉。火燃木。扶桑，木也，十日處其上，宜燋枯焉。今浴湯谷而光不滅，登扶桑而枝不燋不枯，……故知十日非眞也。」〔註 8〕這實在是太迂腐了。在我看來這裏有一個文學的觀念問題，那個時代文化的發展還遠沒有達到深入研究創作理論的程度，漢代人的寫作完全是在他們對文學本質、畛域認識非常模糊狀態下的一種實踐，他們尚沒有能力從理論上爲浪漫主義文學正名，爲浪漫主義創作提供理論支持，對於文學的本質特徵也缺少從理論的層面作清晰的探討，把生活的眞實與藝術的眞實混淆了，把應用文體與娛樂文體之間的邊界也劃分不清。對於文學的虛構性是完全沒有認識的，這些批評都是從一種比較狹隘的眞實觀爲出發點的，用生活的眞實來拘囿藝術的眞實，這種批評是有失偏頗的。其實，文學作品中運用虛構、誇張、比興之類的手法是文學的特質所決定的，是文采的表現，文學作品追求文采是天經地義的最合目的性的事，是文學的立身之本。但是，我們探討歷史問題必須要考慮具體的歷史背景，在當時的歷史條件下文化尚處於草創階段，在那樣的物質、文化發展階段是不可能有人太花費精力來從事這方面的文化建設的，不可能有人對生活眞實與藝術眞實關係這樣深奧的理論問題來進行深入細緻的探討，因此大部分人對於文學創作中運用浪漫主義手法缺乏理解也屬常情，用現實生活來刻板比照文學意境，作品中出現沒有現實依據的描寫就認爲是虛辭濫說，這種現象發生也是那樣一個社會發展階段的正常事，就連劉勰這樣很有造詣的文學理論家也都是持這樣的成見，他批評屈原《離騷》《天問》是「詭異之辭」，「譎怪之談」。正是這樣狹隘的爲文觀念流行流傳，到了西晉的左思，他寫了《三都賦》後會自詡他筆下的山川物勝都是實有其物的，經得起現實檢驗的，他說：「其山川城邑，則稽之地圖；鳥獸草木，則驗之廣志；風謠歌舞，各附其俗。」在他的觀念中好像文

〔註 7〕班固，《漢書》八十七下《揚雄傳五十七下》，中華書局，1962 年版，頁 3575。
〔註 8〕王充，《論衡校釋．說日篇》，黃暉撰，中華書局，1990 年版，頁 511。

學創作跟學術考據是同理，並以此鄙薄漢人。只有到了曹丕，他在《典論・論文》才第一次從理論上明確各種文體的主體風格，明確了詩和賦這種有韻之文語言必須要講究文采，他說：「夫文本同而末異，蓋奏議宜雅，書論宜理，銘誄尙實，詩賦欲麗。」當然，他也是自己理論忠實的實踐者。漢代人不過是在理論研究上有些缺陷，沒有對創作進行很好的理論總結，讓實踐走到了理論前頭了，但這跟文學自覺不自覺的問題無關，漢代文人注重文采甚至也走過了頭。這些批評的基礎和批評的立場是否科學是我們今人要檢討的，否則我們就可能也陷入盲目之中，難於對一代雄文作出客觀公證的評價。

五、漢代文學是文學史上重要一環，漢代文學研究不足就無法客觀評價中國文學

漢代文學如我前說的雖然有些板重、呆滯、甚至笨拙，然而它氣象宏大，氣勢沉雄，大氣磅礴，飛躍上騰，強勁有力的，他們筆下的世界是世俗的，活潑的，鮮明的，生動的。我們讀他們的作品，充盈於人胸臆的是一股衝天的豪情，一份激蕩於心的氣概，一絲浪漫於懷的情愫，這跟漢代文學宏博的氣勢有關，跟作品中廣闊的、詭譎的意境有關，跟豔麗的文辭有關。她很好地刻畫出了一個時代，傳遞出了那個時代的精神氣質，尤其窮盡那個時代所呈現的物質發展水平。從這一點來說，她是偉大的，她是成功的。不論是數量上還是質量上，她的功績都是無愧於她的時代，尤其她在修辭上的努力，以焚膏繼晷的勁頭來雕章琢句，注重文章的欣賞性，給了後世文人樹立了一塊高高聳立的文學修辭的標竿，讓人敬畏。不管後人用什麼心態來看待她，評價她，有一點是公認的，她是典雅的，華麗的，唯美的。詩賦致力文采追求是王道，這種寫作態度對後世文人的影響極爲深遠，而且她在這方面的成就也爲後世文人提供了營養，做出了榜樣。賦作這一文體經過漢人之手成了定制，成了最能檢驗文人才情的文體。從這些方面來說漢賦是功大於過的，她是中國文學史上產生重大影響的極重要的一環，對於後世的影響說不完，在文學史上應該確立她的崇高地位，肯定她對中國文學的貢獻。我們現在對漢賦的研究還遠遠不夠，尤其在前二十年，這塊領域少有人研究，被人忽略的時間太久了。可以說忽略了漢賦，就是忽略了漢代文學，忽略了漢代文學的研究，在中國文學的研究上就是有殘缺的，不完整的研究就無法得出客觀的結論。

六、漢代文學中的諫諷之意是出於漢人對於文學特徵認識不清

文學的最高境界就在於無有他用，純粹是爲遊戲，爲娛樂，娛己娛人，撫慰人的靈魂，這應該是純文學的使命。漢賦的遊戲說娛樂說都是說明當時人已考慮把文學當作娛心的工具，揚雄晚年反思自己年輕時在寫賦上的投入是後悔的，他說：「或問：吾子少而好賦？曰：然。童子雕蟲篆刻。俄而曰：壯夫不爲也。」（《法言・吾子》）　《漢書・揚雄傳》也有一段文字：「雄以爲賦者……又頗似俳優淳于髡、優孟之徒，非法度所存，……於是綴不復爲。」他是到了晚年意識到這種文體遊戲性、娛樂性成份太大，不願再寫，這裏不外是兩個原因，一是他自視甚高，不滿意自己這種類似於倡優的身份，二是他認爲文學作品的社會作用太輕，讓他不滿意。他對自己的人生有更高的期待。人各有志，作爲一個社會的個體，他完全可以有這樣的選擇，在人不同的年齡段有不同的價值觀念，這也屬於非常正常的現象。可是揚雄的這段話也恰恰是從另一個側面說明了當時人對文學的看法，認爲當時文學作品的社會功能比較純粹，比較單一，遺憾沒有讓她承擔起更多的、有份量的社會使命。用揚雄的觀點來說「非法度所存」，使他感到失望。站在我們現代人的觀點來看，這不恰恰是文學最寶貴的東西嗎？這也正好從反面說明漢代文學的藝術成就是巨大的。我們和漢人的看法不同是我們所持的標準不同，爲文的觀念不同。許多漢賦中有一點份量輕重不同的諫諷內容，這只能說明作爲兩千多年前的賦家，在他們的藝術思維中，出於呈才使氣對字句進行雕琢追求文采的意識是清晰的，而眞正對於文學特徵的理解是欠缺的，對於文學不同於哲學、政治、經濟等領域的認識是模糊的，對於文學與非文學之間的分野是含混的，這種狀態下的寫作，他們是不可能自覺地能把文學表現與政治諫諷加以割裂開來的。

七、漢賦中的諫諷起不到實際的社會效果，只是文人的一個姿態

漢賦中有一個比較普遍的現象就是喜歡在賦的結尾部份加上一個諫諷的內容。《七發》有譏刺楚太子生活過於奢靡以至於傷害到身體之意。《上林》《子虛》有委婉諫天子出遊過於講排場，休閒園林過於廣闊的意思。揚雄對這個問題態度最爲激烈，他的《甘泉賦》《長揚賦》《羽獵賦》等都站在民本立場上倡導節儉。元延二年十二月，他跟隨漢成帝外出狩獵，目睹成帝的奢侈程度內心頗多感慨，寫賦勸誡，有一段話很能代表漢代賦家面對帝王豪奢生活

內心的失衡和感歎：「其十二月羽獵，雄從。以爲昔在二帝，三王，宮館臺榭，沼池苑囿，林麓藪澤，財足以奉郊廟，御賓客、充庖廚而已，不奪百姓膏腴穀土，桑柘之地，女有餘布，男有餘粟。國家殷富，上下交足。」〔註 9〕在他們看來帝王的花費太奢靡，太浪費社會資源，應該像堯舜禹湯文王這些明君一樣做到開闢園林，進行漁獵，只要滿足了朝廷基本開銷就行了。《史記．司馬相如列傳》中有一段評論司馬相如作品風格的話：「相如雖多虛辭濫說，然其要歸引之節儉，此與《詩》之諷諫何異？」〔註 10〕閱讀《全漢賦》大部份賦作的諷諫之意都是集中在節儉上，只有東漢一些都城賦把諫諷內容集中到建都長安還是洛陽的選擇上了。可以看出在漢朝那個時代生產力發展水平，社會財富的分配問題，民生問題是最敏感的話題。它是人品文品的體現，它涉及社會公益，在古代文人文化心理上關注民生是衡量一個仕人最基本的底線。雖然文人賦作中的諫諷只是個點綴，從布局上只占一點點，她的社會效果也實在不怎麼樣，甚至有時還起到相反的作用，《漢書．揚雄傳》中說：「往時武帝好神仙，相如上《大人賦》欲以諷，帝反縹縹有淩雲之志。」漢武帝看了賦反而更得意，更助長了他的求仙問道的興趣，揚雄明明知道一篇賦不可能起到任何作用，但是這個姿態還是要擺的。晚年的揚雄也總結自己青年時的這些賦作的社會效益說「童子雕蟲篆刻」，「壯夫不爲」，也是看到了這種不痛不癢的諫諷對於國家、對於政治這些關係家國命運的大事，起不到什麼實際的作用。但是現實情況還是有不少文人是在做著這樣一件看不到希望的事，希望帝王勤儉持國，所以這就成了當時文人放不下的一個熱門話題，它反覆出現在漢大賦中。

八、關於曹丕是有理論勇氣和理論貢獻的

在我看來曹丕在經學占統治地位的時代風氣下，「勸百諷一」、「勸而不止」、「沒其諷諫之義」、「以爲賦者，將以諷之」，這樣的聲音不絕於耳，在當時文壇形成了一種風氣，作品形成了一個套路，但凡想認眞寫個賦，要想使作品有點份量，讓讀者認可，就會在後面加上一點諷諫的尾巴。而且諫諷的內容不外是勸帝王和上層貴族戒奢，民生維艱，多多體恤民生，或者是建言

〔註 9〕揚雄，《羽獵賦》，見費振剛、胡雙寶、宗明華，《全漢賦》，北京大學出版社，1993 年版，頁 186。

〔註 10〕司馬遷，《史記》卷一一七《司馬相如列傳第五十七》，中華書局，1959 年版，頁 3073。

在長安還是洛陽建都的問題。這樣的作品多了，老生常談，也會令人望而生厭。對文學的社會期待，在有很多呼籲民眾訴求的情況下，人們就會達成一種共識，在詩賦中有諷諫內容就是王道。在這樣的社會風氣下，曹丕首先提出了：「詩賦欲麗」和詩賦不必寓諷諫的文學主張，第一個顛覆了傳統，在理論上提出像詩賦這一類的藝術文體不必一定要有諫諷的內容，實際他也是企圖在創作上擺脫這樣一種套路，希望形成一種新的文風。他是有膽識的，提出這樣的文學主張說明他不但是個非常有遠見卓識的人，還是個非常有理論勇氣的人。事實也證明他是自己文學主張的身體力行者。不過也應該看到，沒有漢代四百餘年大量的創作實踐方面的積纍，他也是不可能有這樣的理論建樹，理論是建立在大量的實踐基礎之上的。

九、漢代帝王和文人對於賦作的期待是不一致的

這是一個很有意思的社會現象，帝王作爲文學藝術的消費方和文人——文學藝術的生產方，對待文學的期待是很不對稱的。我在前面已論述漢代文人是非常重視在賦作中加一點諫諷之意，龔克昌在他的《全漢賦評注》中也說到這個現象：「也就是人們所痛斥的『勸百諷一』『 勸而不止』『 沒有諷諫之義』的問題。這個問題是存在的。所以最遲從西漢宣帝（疑爲景帝）起——也就是漢大賦剛問世不久——它就因諷諫淡薄而受到批評。隨後的揚雄就對此更加不滿了，……揚雄因賦篇諷諫氣氛不強，起不到諷諫作用而表示決心不再寫賦。《漢書・藝文志》也有類似的記載：『漢興，枚乘、司馬相如，下及揚子雲，競爲侈麗閎衍之詞，沒其諷諭之義，是以揚子悔之。』」〔註 11〕漢賦作者中揚雄對於諫諷問題的態度是最激烈的，他對於諫諷的期待在漢代文人中是很有代表性的。這批人對於自己的社會地位和作品的社會期望值是很高的，激流勇進，拒絕平庸，不甘於流於下層。而統治者對他們作品的態度僅是遊戲性的玩賞要求，把作者的地位擺放在「俳優」之列，蓄之是爲了讓他們提供遊戲文字，賞玩文字的作品。對於這樣一些文學消費的高層人士來說，漢宣帝的態度頗有代表性，：「上（指漢宣帝）令褒與張子僑等並待詔，數從褒等放獵，所幸宮館，輒爲歌頌，第其高下，以差賜帛。議者多以爲淫靡不急，上曰：『不有博弈者乎？爲之猶賢乎已！辭賦，大者與古詩同義，小者辯麗可喜。闢如女工有綺穀，音

〔註 11〕龔克昌，《全漢賦評注》，花山文藝出版社，2003 年版，頁序 23。

樂有鄭衛，今世俗猶皆以此虞耳目；辭賦比之，尙有仁義風諭，鳥獸草木多聞之觀，賢於倡優博弈遠矣。』」〔註 12〕各代皇帝把這些優秀的文人從民間招來蓄養起來，就是讓他們來從事文學創作的，「以此虞耳目」，用魯迅的話來說是「以俳優蓄之」「在弄臣之列」，讓他們來寫些「幫閒」文章。即使文人們在文章中對他們劣政略有些許無關痛癢的諫諷，也不影響他們對於文章主體的賞玩，大可一笑置之不加理會，甚至反其意而行之。班固在《漢書・揚雄傳》說了一件事：「雄以爲賦者，將以諷也，必推類而言，極麗靡之辭，閎侈巨衍，競於使人不能加也，既乃歸之於正，然覽者已過矣。往時武帝好神仙，相如上《大人賦》欲以風，帝反縹縹有陵雲之志。由是言之，賦勸而不止，明矣。」〔註 13〕眞是件很諷刺很尷尬的事，司馬遷在《報任安書》裏說了一句很憤激的話：「文史星曆，近乎卜祝之間，固主上所戲弄，倡優蓄之，流俗之所輕也。」對自己文字侍臣的地位表示了極大的憤懣。這種現象和他們各自所處的立場不同有關。

十、漢代文學是在技術思維相對保守和生活態度相對積極中發展起來的

考察中國文學發展的軌迹，我們可以發現，中國有文獻記載的最早的文學作品是《詩經》、《楚辭》、《山海經》、《戰國策》等等，這批作品在藝術形式上有諸多先民們早期創作，藝術不成熟的地方，但有一點是不需論證、不言自明的，那就是在文體特徵的把握上是到位的。或許文體特徵在文學創作諸多表現因素中是屬於最淺表、最直觀的層次，運用感性思維就可以做到很到位的理解。這些從歷史深處流傳下來被人視作經典性的作品，無論是內容還是體裁格式，以及描寫手法上，都承載著歷史所賦予它的凝重感、權威感和合理性的力量，在後人心目中佔有極崇高的地位。在漢代文學的創作中，操業者們的思維模式也多少有一些被這些歷史典籍框住的局限，他們既要尊重傳統又要有時代創新，他們在處理這對矛盾時，在思維模式上就自覺地做出一種劃分，把經典文本的結構、文體特徵、描寫方法等形式因素這一部份看作是份量厚重的傳統予以尊重，要同歷史接軌，而將題材內容、審美格調、語言風格等容易體現個性化色彩的部分，又殫精竭慮去作突破性的努力，這

〔註 12〕班固，《漢書》六十四下《王褒傳三十四下》，中華書局，1962 年版，頁 2829。
〔註 13〕班固，《漢書》八十七下《揚雄傳五十七下》，中華書局，1962 年版，頁 3575。

個層面是容易形成一種開放的形態，面向未來。中國古典文學就是在技術思維的相對保守和生活態度相對積極中發展起來的，漢代文學也是因循著這種思維模式創作的。

結 語

漢代文學在歷史發展的時間順序上是處於歷史轉折的特殊時期，是「第一次得到高度統一的奴隸帝國的繁榮時期」(李澤厚語)，社會的政治、經濟、文化等諸方面都表現出進步的趨勢，文學也是在這樣相對繁榮和安定的背景中發展起來的，當時的社會思想及各方面社會生活都在這個時期的文學中留下了印迹。漢朝四百餘年，無論是文學創作的量還是質，都較前代有長足的發展，漢人的典範之作達到一個全新的藝術高度，甚至有些成就令後人難以超越，但是從一個更爲宏觀的角度來把握這個時期的創作，就應該從文學審美趣尙來考察它的發展水平及所包含的人類學依據，從整體上對這一時期中國文學的特點有一個較客觀的認識評價，這是重要的，具有學科理論建設的意義。

文學是一個社會性很強的學科，它不僅是社會生活的形象編碼，而且還帶有豐富的人類進化信息。中古時期的文學雖是以先秦五百年文化積纍爲基礎，但是從大體的形態上來看，亦算是華夏民族早期的文化，處於文化發軔時期的創作。那個歷史時期的社會物質生產整體尙處於一個低下的發展水平，困擾人類最大的問題是生存問題，這樣一個文明發展階段的文學也必然要帶上那個時代的烙印。文學無論是在內容上還是在形式上，表現形而下層面的東西是這一時期文學最合乎邏輯的表現形態，也是我們考察漢代文學時最基本的理性認識。

先秦時期和秦漢時期在物質文化發展的整體水平上，基本可以看作是在同一等高線上的，這對文學的發展是根本的制約性因素。站在這樣一個觀念來看待發育於先秦時代的儒家政教詩學觀念就變得容易理解了，我們很快就可以把握住中國早期文學主體風格形成的內在因素。漢代人面對先秦多元的哲學思想，偏偏選擇繼承的是儒家的文學觀念，這有它的內在必然性的。儒家詩學的精神核心，就是注重實用理性，強調文化中的社會公益精神；儒家社會思想的精髓就是抑制個人意志以符合社會意志。這兩者的統一構成了這一時期文化系統的主要精神風貌。由此而形成的文化體系基本奠定了中華民族古代文學的基調，也奠定了漢代文學審美形態的基本面貌，從兩漢時期的文學理論上看，漢代人對文學的理解從整體上來說並沒有超越先秦儒家的文學觀點，它所確立起來的一套規範沒有對實際的創作形成太多的限制，人在各種社會環境中利用創作來表達生活感受，這實在是一個很活躍的因素，這種現實需要和理論之間的衝突，往往在現實中表現爲人們一邊受到既有規範的制約，一邊又會去作超越性的努力。況且，先秦儒家所建立起來的文化體系，無論在文學反映的內容上想如何取消個體色彩以符合社會意志，但是其對文學審美的功利意義亦是採取十分倡導的態度。再者，從文學活動本身來說，這是一種十分培養人創新意識的智性活動，每個個體在進入創作狀態時都會十分自覺去作審美突破的努力，而在文化發軔時期任何一個領域創新的空間都相對廣闊，文學領域也情同此理。

長期以來學術界對漢代文學的研究上都存在一個不協調的現象，一方面認爲漢代是一個文學不自覺的時代，是一個政教文學占統治地位的時代，文學好看是經由曹丕努力的結果，而另一方面又對漢代人所呈現的創作實績津津樂道，對《古詩十九首》、漢樂府詩、漢大賦等漢代人所建立起來的文學豐碑驚歎不已。其實仔細考察漢代人的寫作意識，我們不難發現，漢代人在繼承先秦的文化遺產中已確立了對文學特質基本的認識，「詩者，誌之所之也，在心爲志，發言爲聲。」(《毛詩序》) 只是這個志在先秦儒家手裏是「思無邪」，是關乎社會意志的「情志」，而到了漢人手裏卻把它變通爲既關係國家之治亂，又懷一己之窮通的「情志」。因此，可以說，漢代文人是在對文學性質有基本認識的基礎上，是在一種十分清醒的意識下去作文學審美上多元努力的探索，寫作心態是積極的，探索的努力也是明顯的，而這種努力亦是卓有成效的，兩漢四百餘年，在一代代文學家不懈的努力下，整個漢代文學審美格調呈現百花繁盛的局面。他們在文學領域的文（怎麼說）與質（說什麼）這一對審美範疇的耕耘上都產生了無愧於偉大時代的建樹，並對後世文學產生了深遠的影響。劉師培「文章各體至東漢而大備，漢魏各家承其體式」的評論道出了漢代文學的歷史地位，漢代人不僅在文學體裁形式上有所開拓，而且在題材內容上也有新的拓展，漢代人在儒家所構建早期文學形態中，在追求「道」與「藝」合璧的中和之美境界上努力。從這一角度出發，漢代的做法是一邊從傳統中去汲取有益的養分，另一邊又做新的探索性嘗試，先秦的思想以及文化文學方面的成果，諸如楚辭、諸子散文、《詩經》、先秦歷史散文等在漢代文學中都可以體會到它們的存在，而在文學的體裁、文學的題材、創作的立意上又明顯具有新嘗試的意向。漢代文學在文學領域的「文」與「質」兩個方面審美範疇都致力於開掘的努力是明確的，所以我認爲漢代已進入了一個文學自覺的時代，正因爲有了這種自覺，才有漢朝文壇上的百花齊放、豔麗多姿的繁榮局面。它體現在許多方面，本文旨意就是重點在其創作中所表現出來的、主要的文學審美傾向作一個探掘，並企圖從理論上就此作一個自成體系的詮釋。以使我們對漢代文學乃至整個中國古代文學有更深入的理解。

漢代人在文學審美開拓大致可以從兩個方面來考察：表達形式和內容訴求。我在論文中也是按照這樣的大體劃分來作考察的。

在西漢初國力強盛的背景下，社會各階層之間的利益衝突並不激化，社會思潮的趨向是認同統治集團的政治、經濟、文化、軍事等方面價值取向，具體體現在文學上是以皇家、貴族階層所偏好的審美趣尚被士階層普遍接受，通過文字來傳遞出一種氣勢和胸襟，以宣揚大漢帝國的國威，宣泄當時彌漫在整個國民心理中的一種昂揚的激情和奮發向上的意志。藝術邏輯就是要通過形象的語言來表現大漢帝國的聲威。出於表達這種社會觀念的需要，漢人選擇爲最好的表現氣勢的文學語言，便是最具視覺衝擊的「闊大」「繁滿」「全備」的藝術形象，這種觀念性的寫作表現在文學創作的審美上是以壯闊、宏巨爲美，以鋪排意向之多而滿爲美，最典型的體裁是漢大賦，漢大賦是御用文人創作的典雅富麗的宮廷文學、貴族文學。形式上它曲意迎合宮廷權貴、王公貴族這些社會上層有閒階層賞玩文字審美興味，內容上也集中體現出那個時代的王公貴族階層的精神訴求。漢賦中最典型的題材是寫宮殿苑林、都城街衢、奇珍異寶、宴飲美女、山林狩獵、拓邊征戰、商業市場、草木鳥獸、湖光山色……。因爲這是最能集中顯示財富及國家綜合實力的題材。在漢人看來只有這種藝術樣態才是與漢帝國大一統的政局相契合的美學形式。他們的表現手法是非常傳統的重組變形，其思想方法和漢時流行的把天文和人文融合起來思路相契合，那些原本在現實生活都是十分分散的美，由文人們運用藝術思維將這些又重新組合集中了，形成一個宏大的、集中的、富麗的場面，就使得整個作品中意象有了特別的意味，似乎形成一種心理暗示，給人以氣勢震懾之效應。在漢代文學中就體現著一種精神，既依據現實，但又變通現實，這種文化的創造性是理性與浪漫的結合。還可論及的是漢代人在文學創作中表現出來的一種通識，在創作中是以形象的生動可感性爲尚，在漢代人的爲文觀念中生動傳神刻畫形象，具象感的表達程度是衡量文人專業素質的尺度，細膩勾畫物象物態是漢代文學著意追求的意向，認爲這是文字應該達到的最基本的審美境界。文體的審美形式也是漢代人在創作中刻意要把守的東西，表現出對體裁形式創新的濃厚興趣和以形式豐富工麗爲美等諸多的形式領域的探索傾向。

在文學內容的表現上，漢代人普遍認同的是要傳遞那個時代帶有普遍性的社會倫理觀念，以現實之眞實樸素爲美、以人倫道德慈愛仁厚之善爲美、以悲劇之哀婉悲壯爲美等，這些既體現社會的普遍價值觀的理性色彩，也傳遞出一個民族的社會倫理崇尚，反應到創作中便形成一種凝重、嚴肅的整體審美格調。到了兩漢交替之際以及之後很長的一個歷史階段，隨著漢代政治體系中危機的滋生，社會前途及士階層的個人出路都顯得昏暗不明，失望的情緒在滋長，隨之帶來的是文學審美傾向的轉變，人們開始有意識在政治之外尋找新的人生補償，發育於先秦的老莊思想在新的歷史時期有了它的社會適應性，這種思潮體現在文學上表現爲漢初那種矯情的宮廷審美傾向逐漸消退，抒發距離普通人生活最貼近的一己之窮通的情感搏動這樣一種比較平實樸素的審美傾向逐漸佔據上風。漢代社會在意識形態領域也早已建立起了一整套處理人倫關係的以仁愛爲主導的古代人道主義道德規範，並且這套規範經過先秦兩漢幾百年權力階層和知識階層的推廣，到漢代早已植根於人頭腦中形成了根深蒂固的不需證明的公眾意識，作爲社會亞文化的文學對當時意識形態領域的倫理規範亦表現出自覺或不自覺的尊重，在創作中加以表現。悲劇理論雖是 19 世紀才從國外舶來，但是古老的中國並不缺乏悲劇意識，環境與人性的衝突，生活困苦對人生的磨礪，痛苦的情感訴諸於文字都的一種特別的審美意蘊，通過這些痛苦文字來觀照人們的生存狀態，帶給人的審美感動也是深刻的。漢代人熱衷於人神混雜的世界中，讓人體驗到漢代人不僅對世俗生活有著空前的熱情，同時，源於對生命的執著，對神仙世界也表現出特別高漲的興致，對仙界的嚮往其終極目的是爲了留戀現世，正因爲如此，漢代文學表現出其天眞浪漫的一面，他們營構的長生不死的仙界有著明顯的凡俗的氣息，等等。

這些在早期文學中形成的藝術思維取向形成了一種定勢，對後世文學的發展起到了奠基作用，對中國文學的審美性格起到了規定性的作用。漢代的諸多文體，比如漢樂府、歷史散文、漢賦、漢詩、漢代的政論文都顯示出了這一些具有共性的審美追求。

漢代文學在審美開掘方面所取得的成果對後世文學的深遠影響是難以估量的，有題材方面的，也有體裁方面的。表現在題材上的有：宮怨、都邑、詠史、敘事、詠物、山水、田園、狩獵等等。在體裁方面漢代人也多有建樹：五言、七言、樂府、漢賦、紀傳體性的歷史散文，這些在文學審美上的多元開掘在漢代都已開了肇端，只是漢代人的文學表現經驗積纍不如後世豐厚，他們處在一個較低的水平線上，這是歷史發展的必然邏輯，但是文學「好看起來了」應該是從漢代人手裏開始的。

主要參考文獻

1. 司馬遷，《史記》，中華書局，1959 年版。
2. 班固，《漢書》，中華書局，1962 年版。
3. 范曄，《後漢書》，中華書局，1975 年版。
4. 陳壽，《三國志》，裴松之注，中華書局，1975 年版。
5. 楊任之譯注，《詩經今譯今注》，天津古籍出版社，1886 年版。
6. 張雙棣校注，《淮南子校注》（全二冊），北京大學出版社，1997 年版。
7. 司馬光，《資治通鑑》，中華書局，1956 年版。
8. 任繼愈譯，《老子新譯》，上海古籍出版社，1985 年版。
9. 龔克昌，《漢賦研究》，山東文藝出版社，1990 年版。
10. 阮元，《十三經注疏·毛詩正義》，上海古籍出版社，1990 年版。
11. 楊伯峻，《論語譯注》，中華書局，1982 年版。
12. 《春秋左傳》，見許嘉璐，《文白對照十三經》，廣東教育出版社、陝西人民出版社、廣西教育出版社，1998 年版。
13. 《墨子》，北京國學時代文化傳播有限公司，2003 年版。
14. 范文瀾注，《文心雕龍注》，人民文學出版社，1958 年版。
15. 班固、班昭，《班氏遺書》卷二，癸亥六月陝西文獻徵輯處校印。
16. 萬光治，《漢賦通義》，巴蜀書社，1989 年版。
17. 王充，《論衡校釋》，中華書局，1990 年版。
18. 楊樹曾主編，《中國文學史話·秦漢卷》，吉林人民出版社，1998 年版。
19. 劉熙載，《藝概》，上海古籍出版社，1978 年版。
20. 蘇輿，《春秋繁露義證》，中華書局，1992 年版。
21. 黃岳洲、茅宗祥主編，《中國古代文學名篇鑒賞辭典·先秦秦漢文學卷》，漢語大辭典出版社，2002 年。

22. 姜書閣，《漢賦通義》，齊魯書社出版社，1989 年版。
23. 李福保編，《全漢三國晉南北朝詩歌》，中華書局，1963 年版。
24. 趙敏俐，《漢代社會歌舞娛樂盛況及從藝人員構成情況的文獻考察》、《中國詩歌研究》第一輯，中華書局，2002 年版。
25. 朱熹，《楚辭集注》，上海古籍出版社，安徽教育出版社，2001 年版。
26. 錢穆，《秦漢史》，生活・讀書・新知三聯書店，2004 年版。
27. 張雙棣，《淮南子校注》，北京大學出版社，1997 年版。
28. 張豈之主編，《中國思想史》，西北大學出版社，1989 年版。
29. 金春峰，《漢代思想史》，中國社會科學出版社，1997 年版。
30. 張豈之主編，《中國歷史・秦漢魏晉南北朝卷》，高等教育出版社，2001 年版。
31. 上海古籍出版社編，《古典文學三百題》，上海古籍出版社，1986 年版。
32. 徐復觀，《中國藝術精神》，春風文藝出版社，1987 年版。
33. 張法，《中國美學史》，上海人民出版社，2000 年版。
34. 葉朗，《中國美學史大綱》，上海人民出版社，1999 年版。
35. 儀平策，《中國審美文化史》，山東畫報出版社，2000 年版。
36. 李澤厚，《美的歷程》，中國社會出版社，1984 年版。
37. 施昌東，《漢代美學思想評述》，中華書局，1981 年版。
38. 趙敏俐主編，《中國詩歌研究》第 1 輯，中華書局，2002 年版。
39. 錢穆，《論語新解》，巴蜀書社，1985 年版。
40. 李春祥，《樂府詩鑒賞辭典》，中州古籍出版社，1990 年版。
41. 費振剛、胡雙寶、宗明華輯校，《全漢賦》，北京大學出版社，1993 年版。
42. 張應斌，《中國文學的起源》，廣東人民出版社，2003 年版。
43. 李澤厚，《中國思想史論》，安徽文藝出版社，1999 年版。
44. 徐志嘯，《古典與比較》，上海古籍出版社，2003 年版。
45.〔法〕列維・布留爾，《原始思維》，商務印書館，1981 年版。
46. 郭預衡，《中華名賦集成》，中國工人出版社，1999 年版。
47. 馬克思、恩格斯等，《論文藝》，人民文學出版社，1980 年版。
48. 魯迅，《魯迅全集・漢文學史綱》第九冊，人民文學出版社，1981 年版。
49. 魯迅，《魯迅全集・魏晉風度及文章與藥及酒之關係》第三冊，人民文學出版社，1981 年版。
50. 劉師培，《中國中古文學史》，人民文學出版社，1957 年版。
51. 張光直，《中國青銅時代 2 集》，三聯書店，1990 年版。

52. 游國恩、王起等人，《中國文學史》，人民文學出版社，1963 年版。
53. 張晶主編，李勝利、陳友軍副主編，《審美前沿》，北京廣播學院出版社，2003 年版。
54. 姜亮夫，《屈原問題爭論史稿》，十月文藝出版社，1987 年版。
55. 陳運良，《文與質 藝與道》，中國人民大學出版社，1972 年版。
56.《孝經》，北京國學時代文化傳播有限公司出版，2003 年版。
57. 張東明，《文學與生存》，中國社會科學出版社，2004 年版。
58. 吳少功，《唐代美學史》，陝西師範大學出版社，1999 年版。
59. 程水金，《中國早期文化意識的嬗變》，武漢大學出版社，2003 年版。
60. 簡宗吾，《漢賦源流與價值之商榷》，文史哲出版社，中華民國六十九年版。
61. 郭紹虞，《中國文學批評史》，上海感知出版社，1979 年版。
62.〔英〕C．P．諾斯，《兩種文化》，生活．讀書．新知三聯書店，1994 年版。
63.〔法〕丹納，《藝術哲學》，傅雷譯，人民文學出版社，1963 年版。
64. 時曉麗，《中西悲劇理論比較》，西北大學出版社，2001 年版。
65. 于民，《春秋前審美觀念的發展》，中華書局，1984 年版。
66. 胡經之，《文藝美學》，北京大學出版社，1994 年版。
67. 翦伯贊、鄭天挺，《中國通史參考資料》，第二冊古代部分，中華書局，1962 年版。
68. 常任俠，《漢代繪畫選集》，朝花美術出版社，1955 年版。
70. 丹納，《藝術哲學》，人民文學出版社，1963 年版。
71.《復旦學報》編輯部編，《中國古代美學史研究》，復旦大學出版社，1983 年版。
72. 李澤厚，《中國美學史》，安徽文藝出版社，1999 年版。
73. 王逸，《楚辭章句序》，中華書局，1983 年版。
74. 李剛，《漢代道教哲學》，巴蜀書社，1995 年版。
75. 許結，《漢代文學思想史》，南京大學出版社，1990 年版。
76. 燕國材，《漢魏六朝心理思想研究》，湖南人民出版社，1983 年版。
77. 孫筱，《兩漢經學與社會》，中國社會科學出版社，2002 年版。
78. 胡學常，《文學話語與權力話語——漢賦與兩漢政治》，浙江人民出版社 2000 年版。
79. 呂思勉，《先秦學術概論》，東方出版中心，1985 年版。

80. 呂錫琛，《道家道教與中國古代政治》，湖南人民出版社，2002 年版。
81. 熊鐵基，《秦漢新道家》，上海人民出版社，2001 年版。
82. 牟鍾鑒，《〈呂氏春秋〉與〈淮南子〉思想研究》，齊魯書社，1987 年版。
83. 馮友蘭，《中國哲學史新編》，人民出版社，1998 年版。
84. 余英時，《士與中國文化》，上海人民出版社，1987 年版。
85. 祝瑞開，《兩漢思想史》，上海古籍出版社，1989 年版。
86. 呂思勉，《秦漢史》，上海古籍出版社，1983 年版。
87. 趙敏俐，《周漢詩歌綜論》，學苑出版社，2002 年版。
88. 李春祥，《樂府詩鑒賞辭典》，中州古籍出版社，1990 年版。
89. 賈誼，《新書》上海古籍出版社，1988 年版。
90. 龔克昌，《全漢賦評注》花山文藝出版社，2003 年版。
91. 韓兆琦，《司馬遷的審美觀》見《中國古代美學史研究》，復旦大學出版社，1983 年版。
92. 上海古籍出版社編，《漢魏六朝筆記小說大觀》，上海古籍出版社，1999 年版。
93. 王夫之，《楚辭通釋》，上海人民出版社，1975 年版。
主要參考的論文已隨文注出。